古訓堂日乗

kokundo-nichijyou

黒川達郎

古訓堂日乗

まえがき

私の家は古い医家で、私で十二代目になる。だからと言って特別なことは何もないのだが、古い傷んだ紙に記された代々伝わる家系図がある。

その系図には先祖代々の医者の名前、生年、妻や子供の名前などが記されている。簡単な略歴のようなものはあるが、その一人一人がどのような生活をして、どんなことを考えていたかは皆目見当がつかない。ご先祖の誰か一人でも、日々の暮らしを書き綴ってくれていたら、どんなに面白かったろうと思ったことがある。

この『古訓堂日乗』は、もちろん私と同時代を生きる友人や家族や知人に読んで欲しいと書いたものであるが、例えば百年後の子孫とか未来を生きる人々に読んで欲しいという気持ちも少しある。何を食べたとか、誰に会ったとか、どんなことでも興味深いに違いない。

そして「この黒川達郎と言う人は、あまりパッとしない人生を送っているようだけど、この本を書いたことはとても良かった」と思ってもらえたら、望外の喜びである。

さて、この本は永井荷風の『断腸亭日乗』と同じ、擬古文という文体で書いている。何故そうしたかというと、簡潔で明瞭な文章を書くには、現代文よりも擬古文のほうが適しているのではないかと思ったからだ。もちろん『断腸亭日乗』に対する憧れもある。

無論僕の力で出来ることではないので、上野丘高校時代の恩師笠木寛十郎先生に僕が書いた文章を添削してもらった。毎月十数枚の原稿を先生に提出し、その原稿はいつも真っ赤になってもどってきた。

笠木先生は高校三年十八歳のときの担任で、四十年以上のお付き合いになる。このような先生に出会えたことは、これ以上の幸せはないと思っている。
評価は読んでいただいた方に任せるしかないが、本人はこの本の完成におおいに満足している。

平成二十六年十一月四日　黒川達郎

目次

平成十九年

平成十九年三月

古訓堂で講演会を開催す

三月一日木曜、午後医療相談室開設準備のため大分に出向き、電話取り付け工事、インターネット用ケーブル設置工事に立ち会ふ。銀行融資に必要なる印鑑証明を市役所に取りに行かんとして印鑑登録証を竹田に忘れしことに気づく。同証明は月曜までに必要なるものにて慌てしも、大分市は土曜日にコンパルホールにて同手続き可能なることを電話にて確認し、安堵す。大分日赤病院に出向き、ゴルフを通じて知遇を得たる若杉院長に相談室開設の挨拶をす。看護師のみならず、医師にもうつ状態の人ありといふ話を聞く。

三月二日金曜、上野氏と当院の折込広告につき相談す。夕刻気紛れに家内の自転車を借り、玉来なるドコモショップへ行く。久方ぶりの自転車は快適なるも車道を走る際の自動車との並走には身の危険を感ず。店長は高校の同級生なる宇野君にて相談室用の伝言メモ設定方法を習ふ。

三月三日土曜、当クリニックのホームページを見しと言ふ胆管ガンの七十四歳の男性、娘さんとともに来院す。抗ガン剤による治療は県立病院にて受けてゐる由なれば、当院にては漢方薬による便秘、全身倦怠感等の副作用の軽減を試みることとす。午後、大分で広告を依頼する上野氏と打ち合はせ。同氏は糖尿病にて他院にて治療中なれども検査と投薬のみの診療内容には不満ある様子なり。

三月四日日曜、吉野コースにて当院のゴルフコンペを開催す。ダイキョーといふ薬卸会社の竹尾定弘氏、当院ホームページ製作者の甲斐猛氏、居酒屋店主山口氏などの面々参加す。夜、山口氏の居酒屋しばらくにて打ち上げをす。余は下戸なれどもゴルフに興じたる跡の麦酒には大いに惹かるるところあり。楽しき一夜をすごす。

三月五日月曜、当院二階北側サッシのガラス嵌め込み工事を施行す。午後、伊予銀行渡部氏と大分銀行竹田支店に出向き、クリニックと自宅のローンを返済し、担保の抹消手続きを依頼す。融資を伊予銀行に一本化するための処置なり。

三月六日火曜、余ここ数日軟便気味にて頻繁にかはやに通ふも腹痛血便などの症状は認められず。原因不明なるも、何らかのストレスを感じゐたるためかと思ふ。昼休みゴルフ練習に行くも、冷たき風を肌に感じ、早々に引き上ぐ。当院改修工事も、愈々最終過程の床の整備に入る。

三月七日水曜、午前中に外来診察を済ませ、午後漢方研修のため東京へ。文房具専門店銀座伊東屋にてCDケース、写真立て等を購入す。同店は八階まであり、ノート、筆記具等あらゆる文房具の品揃へあり。おそらくは日本一の店ならんと感嘆す。

三月八日木曜、午前中はいつもの如く、武蔵野の高木嘉子先生のヨシコクリニックにて、午後は東京駅近くの金匱会診療所にて研修す。それぞれの診療所にて患者層の様大きく異なれり。ヨシコクリニックは冷え性の虚弱体質の女性多く、金匱会診療所は裕福なる高齢者多し。金匱会にて患者のひとりより、近くの高島屋百貨店にて開催中なる勅使河原茜氏の華道展の招待状を貰ひ受け、研修の帰りに立ち寄る。生け花といはんよりは花、緑の葉を大胆、壮麗に配置したるテーマパークの如き様相なり。かやうなる華道展は東京にてのみ見ること可能なるものなれば、思はぬ機会を与へられしことを有難く思ふ。夜、最終便にて大分へ。機内にて旧知のD氏に偶然会ふ。D氏腎臓悪しく、近く漢方治療を求め、当院を受診したき旨のことを言ふも、予告する人、得てして期待を裏切るものなれば、話半分に聞くこととす。

三月九日金曜、夜大分にて産婦人科講演会あり、製薬会社よりタクシーチケットを贈らる。余の中学同級生に黒田君なるタクシー運転手あれば、同君に依頼し、往復す。車中、同級生の近況などよもやま話ありて退屈せず。

三月十日土曜、午後大分へ。相談室のカーテン取り付け作業に立ち会ふ。ユニークなる形状のカーテンにて、設置後の雰囲気大いに改善さる。

三月十一日日曜、月形コースにてゴルフ。同伴者は加藤、吉岡、TOSの池辺氏の予定なれども池辺氏現れず。同氏に電話すれば忘却したりと言ふ。同氏はニュースデスクとして極めて多忙なる日々を過しをれることに思ひをいたし、已むを得ざることと腹も立たず。練習場にて若杉先生と一緒になり、余のスイング、以前より改善すとの言葉を貰ひ、大いに気をよくす。夜、家族でしゃぶしゃぶを食し、早々に床に着く。

三月十二日月曜、夕刻待合室ステンドグラス作成のことにつき連絡あるも、家人並びに母親反対すればやむなく延期と伝ふ。講演会の折の挨拶文、粗方仕上ぐ。

三月十三日火曜、古訓堂日乗の二月分後半の原稿をパソコンにて執筆中、余の誤操作により消失す。いと情けなき心地す。市役所の渡辺一宏氏より講演会を手伝ひたしとの申し出あり。同氏頼り甲斐ある人なれば、心強き思ひす。

三月十四日水曜、朝の日課の散歩中、講演会の段取りにつき様々なる着想湧く。身体を動かすことの、頭の回転も滑らかにするは余のしばしば体験するところなり。当院改修工事並びに清掃等のメンテナンス、全て終了す。

三月十五日木曜、前夜午後八時に床に入り、午前三時起床す。頭の芯重く、気分不快なり。自動血圧計にて血圧測定するも百二十八の九十にて、さしたる変化なし。午後大分へ。散髪、書籍購入などの用事を済ませ、夜高校の先輩なる首藤氏の経営する府内町の居酒屋百万石にてカキフライ定食を食す。首藤先輩は留守なるも奥方と談笑す。相談室の依頼まだなきことを話せば、商ひにてもなにても、一所懸命なすべしと気合を入れらる。

三月十六日金曜、講演会参加者に供する弁当の食材にサフランを用ふることを決め、余の中学の先輩にて、地元で中華料理店を営む後藤正憲氏に依頼しサフランライスを試食す。美味なり。色彩もまたよし。サフランは当竹田が日本一の産地にて、また安眠、鎮痛、鎮静等様々なる薬効を有する生薬なれば薬膳料理にも適するものなり。医学部に通学しをりし甥、己が性格は医者に合はずとて大学中退を望めりと言ふ話を聞く。母と妹、その為の心労にて体調優れぬ由。余も未だに親に心配をかくる身なれば人事とも思へず。さりとて力となる方策もなく、ただ傍観者としてあるのみ。昼休み、家人食事準備物憂き様子なれば神原渓谷にある薬膳料理レストランに出向き昼食す。同店は祖母山の麓、渓流の辺りにあり、樹齢千年の大木もありて気分転換には最適の地にて、且つ車にて二十分ほどの至近距離にあれば余の最も好む所なり。
三月十七日土曜、午前三時に目覚む。頭の芯重く、気分不快なり。午後大分へ。夜、竹田出身の宮本氏の経営する焼き鳥丸ちゃんへ医療相談室の案内資料を持参し、顧客の紹介を依頼す。偶々隣席に座りし大手冊子メーカー大分支店長の加来氏の知遇を得て、食後スナックに同行し、一献を傾け歓談す。近頃早寝の習慣つき、早々に眠気を覚ゆるも何とか十一時まで付き合ふ。
三月十八日日曜晴、月形コースにてゴルフ。枯れたる薄茶色の芝の間にわづかに黄緑の芝を見出し得る季節となれり。ショット不安定にて平凡なるスコアなりしも、いつもの如く楽しき休日を過す。この日犬飼千歳間の高規格道路完成し、余も帰途初めて走行す。わづか数キロのことなれども、曲線少なき快適なる自動車専用道路にて、竹田あるいは熊本までの早期完成待たる。夕刻、父の肖像画を依頼せし早川先生に謝礼を持参す。
三月十九日月曜、仕事中緊張すると訴ふる看護師受診す。これまで仕事遂行可能なれば、今後も心配なしなどと説明し、漢方薬処方す。講演会まで愈々二日となり、準備万端整ひたりとはいへざれども反って腹座る心地なり。夜、当地医師会の懇親会に出席。今回は竹田駅よりマイクロバスにて長湯温泉直入荘へ。建物、料理など洗練されたる内容なり。長湯は新しき観光施設林立し、竹田に優る活況を呈す。懇談の話題は専ら大学の医師会病院派遣医師引き上げにより、病院運営に支障を来たす件なり。皆深刻なる様子なり。
三月二十日火曜、夕刻、講演会のためリース会社より会場に、椅子・マイク・演台等の機材を搬入す。子供たちマイクで遊び、また会場を走り回りて遊ぶ。余も童心に返り、楽しき心地にてその様を眺む。夜竹田駅へ講演会講師の出迎へに行く。熊本日赤健康管理センター名誉所長小山和作先生、吉富復陽堂院長吉富誠先生、いづれも熊本よりJRにて来竹す。地元旅館竹田茶寮に案内し、吉富夫人と余を加へし四人にて会食す。小山先生より国の医療政策など興味深き話を拝聴す。
三月二十一日水曜、講演会当日。九十名の参加申込みあれども、予め不参加者一割程度あるものと試算したるに、全員参加したるは嬉しきことなり。弁当注文数に不足を来たし、スタッフ、家族の分十七個緊急に追加注文す。天気晴朗なれど会場肌寒く、全体の空調設備なければ電気ストーブ、毛布などにて対応す。また厠混みあひて行列が出来たり。小山先生の講演は健診事業の草創期の逸話などを含めたるユーモアに満ちし話にて一同巻き込まれ、時の経つをも忘る。吉冨先生の講演のため用意したる余のパソコン旧型のため、プロジェクター作動せず。自宅より新型のパソコンを息子周が運び、事なきを得。子供の手伝ふ様子に感銘を受けたりとは、後日耳にしたる来場者の一人の感想なり。些細なる手違ひはあれども無事講演会終了し、安堵す。

三月二十二日木曜、娘梓の竹田小学校卒業式。十一時すぎに外来なく余暇時間出来たれば余も出席す。体育館に入りしに、先生生徒父兄並びてまさに記念撮影をせんとするところなり。余平服なれども先生に促されて皆の間に入り撮影す。余以外の父親、皆ネクタイ姿にて落ち着かざる心地す。

三月二十三日金曜、講演会参加者より御礼のメール届く。会の開催のため、少なからぬ散財をすれども、感謝の声聞くほど嬉しきことは無し。夜、上野丘高校出身の同級生にて医者になりたる者集まり大分にて飲み会。河村、永井、菅、曽根崎、井上、津崎、村上、木下、小野、穴井、古庄、首藤に余を加へて十三名参加す。同窓会幹事の菅の計算によれば同級生にて医者になりたる者四十一名とのこと。また菅は今夏開業予定との話あり。

三月二十四日土曜、当院従業員の結納に仲人として家人と共に出席す。新郎の父山中氏は当地にて山人参なる生薬の栽培に成功せし人なり。活力あふるる人にて懇談の場も山中氏の一人舞台となり、座談の名手なることを示されたり。とかくかかる場において、人々の距離を近づくるにはかくの如き人の存在きはめて貴重なり。余も挨拶を求められ、事前に準備せざりしままに出席したれば、少なからず狼狽せしもなんとかお茶を濁す。披露宴当日はかくの如きことのなきやう十分なる準備をせんと思ふ。

三月二十五日日曜、地元のゴルフ仲間なる児玉翼氏のホールインワンコンペに参加のため、久住高原ゴルフクラブへ。天気良好にて、高原の美しき風景を堪能す。

三月二十六日月曜、娘梓の持病の定期検査で久留米大学病院受診のため、家人本日より弟周と共に家を留守にす。夜、わさだタウンに出向き、一人夕食を摂り、食後映画「ホリデイ」を観る。気のおけぬラブコメディにて理屈抜きに楽しむ。

三月二十七日火曜晴、明日の漢方懇話会に備へて準備をす。余の担当は古典の解説にて辛気臭き作業なれども、数少なき得意分野なれば充実感あり。昼食時糖尿病新薬の勉強会。当然のことながら新しき薬剤の進歩には目を見張るものあり。余、数日来右肩の後ろに凝りを感じ、不快なり。「借金で首が回らない」と言ふ言葉を思ひ起こし、独り苦笑す。家人不在にて外食を考ふるも、外出面倒なれば冷凍の焼き飯を解凍し食す。美味とはいへざれども空腹を満たすには十分なり。夜、テレビにてアニメ映画監督宮崎駿氏のドキュメンタリー鑑賞。創作に打ち込む姿に感銘を受く。功成り名遂げたるに何ゆえにかくも創作に打ち込まるるやとの問ひに、「名声ってなんですか。そんなもの虚像でしょ」と素っ気なく答ふる氏に本物の創作者の姿を見る。

三月二十八日水曜、朝食はファミレスにてパンケーキを食す。初夏の如き氣候にて、午後は汗ばむほどなり。改修費用の建築会社への振込み、講演会送迎バスの支払ひと庭木の剪定料、ベンチ設置の費用等の振込みを銀行にて行ふ。夜、大分漢方臨床懇話会。終了後、織部先生、市ケ谷先生と久方ぶりに都町へ繰り出し、十二時過ぎまで歓談す。

三月二十九日木曜、午前中の外来に男性の新患あり。当院、元来産婦人科医院にて男性患者はまれなれども、近年漢方治療を求めて来院するもの漸増する傾向にあるは嬉しき兆候なり。午後大分へ出向き、雑事を済ます。

三月三十日金曜、朝の散歩に広瀬神社へ出向きたるに県議選候補者の出陣式準備の最中にて居心地悪しければ早々に退散す。午前中外来の合間に中庭に面する丸テーブルにて読書す。余の至福のときの一つなり。夜、家人ＰＴＡの懇親会に出席したれば、夕餉は子供を連れて後藤氏の中華料理屋へ行き、ギョーザ、中華丼、チャンポン等を食す。

三月三十一日土曜、余の自宅にて家内の教ふるピアノの生徒集まりて発表会あり。午後大分へ出向く。ジュンク堂書店にて書籍を購入す。アポロなる理髪店にて散髪す。同店は余と気心の通ずる男性理容師あれば、馴染みとなしたる店なり。

平成十九年四月

職員の結婚式で仲人を務む

四月一日日曜陰一時雷雨。月形コースにてゴルフに興ず。同伴せし高校後輩H君より白内障の漢方治療につき相談を受く。白内障は東洋医学にては腎虚といふ老化に伴ひて発症すと理解せられたる眼疾なれど、同君三十四歳と未だ若年なれば、非定型のものにて漢方方剤の選択にも一考を要すと愚考せらる。

四月二日月曜晴、桜満開となり気持よき日和なり。午後余と家内の結婚式にて媒酌人を務むることとなりし新郎の父山中氏、案内状を持ちて来院す。時間配分、衣装など式の進行につきて説明を受け、余の役割につき打ち合はせをなす。

四月三日火曜、午前中外来患者少なきためか、無意識のうちに余の表情の暗くなりをりしことに気づき、努めて明るき表情を保つことを心がくることとす。福祉専門学校教師K氏より当院就職希望の精神保健福祉士紹介の電話あり。後日面談を試みることにす。また建設会社社長M氏より医療相談室のクライアントの紹介あり。夜は、家族にて鍋料理を囲む。

四月四日水曜、大学病院勤務時代の重症患者に緊張する夢を見て目覚む。肌寒き天気なれば終日屋内にて過す。

四月五日木曜、ゴルフの試合と学会の演題提出、ともに生活に必須のことに非ざれば、取り下ぐることを検討す。余、顧みれば専らかくの如き事案に精力を使ひ来し印象あり。当地精神病患者の家族会代表者と連絡とれ、面談を依頼す。

四月六日金曜、医療相談室の予約者、本日が好都合のことなれば、診療後大分に出向くことにす。午後、精神保健福祉士の面接。履歴書を見るに大学文学部を卒業し、英文学を専攻したる由。生活のため、福祉専門学校にて介護士の資格を取得、精神保健福祉士の資格は三回目の受験にて取得せしものと言ふ。同氏今年結婚予定なりと聞けば婚約者に竹田に勤むることにつき同意を得らるるや否やの確認をするやうに促す。診療終了後大分に出向き、相談室にて依頼者の話を聞く。深夜竹田に戻る。

四月七日土曜、精神科デイケア施設に関する書籍二冊購入す。同施設は精神病患者の社会復帰を支援するものにて、歴史浅く、これからの時代に需要の増す施設と考へらる。

四月八日日曜、月形ゴルフ。今年一番の調子なり。同級生の実崎君より電話あり。同君には高校一年先輩の二十五期と我等二十六期のゴルフ対抗戦の幹事を任せたりしに、仕事の都合上已む無く出席出来ずとのことなり。幹事は余が代行せざるを得ずと腹を括る。

四月九日月曜、自傷癖のある女性、緊張しすぎて仕事に支障を来たす看護師、原因不明の頭痛に悩む市役所職員来院す。彼ら皆一見せしには、尋常なる人々なり。午後患者の家族会の代表と面会す。当地区には約四百名の患者あるも、余のデイケア施設を開設したる場合に利用するか否かは、患者家族の意向にかかると聞く。当地にては精神病患者を自宅に隠さんとする傾向強しと言ふ。同氏、竹田の如く風光明媚にして落ち着きたる環境は心病む人の治療に最適なれども、行政、医師、家族等様々なる人々、様々なる組織の連携必要なりとの意見なり。

四月十日火曜晴、長女梓中学入学式。真新しく、少し大きめの制服に身を包みたる姿を見るにいたいけなき心地す。

四月十一日水曜、出場することに躊躇ひを残ししまま、九州アマ一次予選に参加す。六ホール目にてバンカーに打ち込み、砂硬くしてボールの脱出困難なり。結局このホール十二打を要し、以後はただいたづらにラウンドを続くるのみ。徒労感、虚脱感残り、さすがに今日を限りに以後の平日試合出場を慎むことを誓ふ。

四月十二日木曜、大リーグの試合、松坂とイチローの対決をテレビ観戦す。大リーグのテレビ観戦は、現在余のもっとも楽しみとするところなり。

四月十三日金曜、精神保健福祉士候補者に連絡するに、婚約者竹田にて勤務することに難色を示し、当院への就職困難との返事を受く。

四月十四日土曜、朝俄かに書くことに本気に取り組み、小説家とならんかなどと思ひつき、午後高校恩師笠木先生宅を訪ぬ。この思ひを伝へ談笑するうちに、余の心情次第に鎮静し、かかる思ひの浅薄なることに思ひいたる。今後も書くことは続くるも、それ以上のことは余の預かり知らぬこととして、書くことのみならず、只目前の課題に真摯に立ち向かはんと思ふ。夜、織部塾。師の古典解説と武雄市の清水先生の症例発表を聞く。懇親会、二次会に参加し大分泊。

四月十五日日曜、竹田岡城会のゴルフコンペに参加す。市役所職員、美容師、薬卸職員とラウンドす。新緑、風薫るもっとも麗しき季節なり。心のうっ屈やや晴るる心地す。

四月十六日月曜晴、風強し。余、熟慮の後に六月の日本東洋医学会に提出せし演題を取り下ぐることとす。甚だ申し訳なきことなれど内容に自信を失ひたるが故なり。事務局に連絡するに、抄録集・プログラム作成前にて、記録には残らずとのことなるはせめてもの救いなり。

四月十七日火曜、さして必要性を感ぜざるも、日本産婦人科学会専門医の更新手続きをす。シールの点数規定にわづかに不足あり、更新をあきらめんかと思へど、その他の条件にても可能なれば思ひ直して更新す。

四月十八日水曜、終日雨降りて寒し。漢方生薬メーカー栃本天海堂の小倉氏来る。家人日中留守なれば、小倉氏と共に昼食に天丼を食す。瓊玉膏なる不老長寿の方剤の会員制販売につき説明を受け、検討することとす。久住にては雪降りしといふ。

四月十九日木曜、キーホルダーを紛失したることに気づくも、昨日昼食を摂りし料理屋にあることを電話にて確認し、安堵す。

四月二十日金曜、村上春樹新訳『ロング・グッドバイ』を読み終る。随所にハードボイルド古典として惹かるる箇所あれども、その余りに長きことに少々辟易す。

四月二十一日土曜、大分医療相談室に立ち寄り佇めば、当初の計画と現実との乖離明白となり、あまりに稚拙なることをしたりとの思ひつのり、一方ならぬ自己嫌悪に陥る。

四月二十二日日曜雨、余夫婦が仲人を務むる当院職員衛藤嬢の結婚式に参列す。同嬢の嫁ぎ先は健康食品として全国に販売せらるる山人参の生産農家なり。式を進行する神主の後藤氏は、かつてロータリークラブに在籍せしころの余の知人なれば、心安し。媒酌人挨拶には天気のことを考慮して、二十四節気のひとつ「穀雨」につき引用す。あまり緊張することもなく平静に話すを得たり。福岡より漢方の大家なる水野修一先生参加せられたれば、挨拶に伺ひ談笑す。先生によれば当地にて山人参を特産品として栽培すれば五十年は生活可能なりとのことなり。

四月二十三日月曜、東洋医学会県部会理事会ありて夕刻大分へ出向く。余は役員改選にて次期監事を仰せつけられる。元より、適任とは思はざれども織部先生の為に、少しにても力になることを得ればとの思ひにて受諾す。

四月二十四日火曜晴、夜、謡曲練習に出向く。余の技量さして上達せず、さほど面白きこととも思はざりしに十年近く続きたるは意外なり。

四月二十五日水曜、うつ状態の新患三名あり。それぞれに状況、病状異なれども、ストレスの時代なることを実感す。愚息の公文の勉強捗らねば、口やかましく注意するも反省したる様子もなし。

四月二十六日木曜、午後子供の送り迎へ、並びに母の市役所への用事のために車を運転す。最近、睡眠中に目覚むること多きがために柴胡加竜骨牡蛎湯を就眠時に内服す。

四月二十七日金曜、父の遺産相続手続きの残務整理あり。兎角事務手続きは繁雑面倒なるものなり。

四月二十八日土曜、医師会病院松永院長五月一杯にて辞職の意向なりとのこと。病院の存続愈々由々しき事態となり。

四月二十九日日曜、高校先輩とのゴルフ対抗戦。団体にては敗北するも、個人にては余最も優れたる成績なりしことに辛うじて満足す。

四月三十日月曜、振り替へ休日。家族にて久住レゾネイトへ。ガンジー牛につきての説明を聞く。

平成十九年五月

京都鞍馬へ

五月一日火曜、連休の合間の診療日なれば患者多し。夕方運動の為一時間ばかり近隣を散歩す。夜、謡曲の練習日なることを失念し、師匠の電話にてあわてて赴く。汗顔のいたりなり。

五月二日水曜、外来患者に膝の痛みを訴ふるもの多し。余の処方せし漢方薬にて痛みの軽快したる患者の紹介にて当院を受診する者多くなれるがごとし。少しばかり自信を持つ。

五月三日木曜、月形コースにてゴルフ。本日初めて同伴せし土井氏なる初老の人物、県立図書館にて余の著書を読みたりと言ふ。ラウンド中しばしばその話題となり、気恥づかしき心地す。妻子実家に帰省中なれば、夜母のもとにて食事。

五月四日金曜、陰後雨、終日家にて過す。テレビにてメジャーリーグ野球観戦。

五月五日土曜雨、月形コースにゴルフへ。TOSの岩野、池辺氏、日本文理大の平居先生とラウンドを共にす。終了後大分へ廻り、竹町のアーケード内のなじみの理髪店にて散髪す。同店は津久見出身の男性三人が働き、気のおけぬ雰囲気なれば余の贔屓とする所なり。

五月六日日曜、連休も最後となれり。クリニック内の雑誌、書籍などを整理して過す。夕刻、妻子戻る。

五月七日月曜、連休明けにしては外来少なし。大杉製薬入田氏来院し、漢方勉強会のために余が作成せし資料を手渡す。夕刻、余のゴルフ友達なる不動産業の谷脇氏に大分のマンションの処分につき相談し、対応を依頼す。

五月八日火曜、夕刻薬卸会社社長竹尾氏来院す。二年後には診療報酬更に厳しくならんとの見通しを聞く。我がクリニックも更なる経営努力なくしては、その存続はなきものと覚悟す。

五月九日水曜、昼食時家人と金策につき相談す。父の遺せしベンツ、車検を受けざるまま処分することを母とも相談の上決む。とかく車の保有は金のかかるものなる故、詮方なきことなり。我がクリニックのホームページを見たりといふ新患来院。本日天気よく、暑さの感ぜうる一日なり。

五月十日木曜、夜中より朝方にかけて雨。散歩出来ず、起床後呆然として室内にて雨音を聞く。夜、母も交へて手巻き寿司を食す。

五月十一日金曜、午前中外来多し。午後七時十分熊本空港発の伊丹行きの飛行機に搭乗。出発前に空港にて中華丼をあわてて流し込む。伊丹空港よりバスにて京都へ。からすま京都ホテルへチェックイン。午後十時になれば、部屋に入りてそのまま休む。

五月十二日土曜、京都在住の漢方関係書籍出版社社長垣本克則氏の案内にて鞍馬神社へ。徒歩で鞍馬山を越え、貴船神社に降り、近くの料理屋にて川床料理を楽しむ。清流の音を聞きながら、麦酒と共に竹の子、鮎など食するは風流なるものなり。帰途、宮本武蔵吉岡一門決闘の地、一乗寺下り松などを見学す。垣本氏、身長百九十センチあり、若き日は日本有数の走り高跳びの選手なりといふ。余より二、三歳ばかり年下なれど教へらるること多し。夜、夫人も交へ、居酒屋にて会食す。京都ホテルオークラ泊。

五月十三日日曜、余がこれまで宿泊せしホテルの中にては最も充実したる和朝食を食す。ご飯、味噌汁の美味なること比類なし。ホテルよりタクシーにて南禅寺へ。まづ手前の西福寺に立ち寄り、上田秋成の墓に参る。雨月物語にて知らるる秋成は生活の糧を医者の仕事にて得し者なり。南禅寺内に入り、慈氏院の先哲宇津木昆台の墓に参る。時間余りしため、京都駅内にて時間を費やし、帰路につく。

五月十四日月曜、新緑の美しき季節なり。所謂木の芽どきとて、心の不調を訴ふる人多し。夕刻散歩す。

五月十五日火曜、余の五十二歳の誕生日なり。夜、地元の居酒屋羅夢歩にて家族にて会食す。

五月十六日水曜、産婦人科理事会で大分へ。産婦人科医の不足せる件、待遇改善の件など。

五月十七日木曜、午後大分へ出向き、マンションのガス、電話停止の手続きをす。

五月十八日金曜、家人PTA懇親会に出席。母、子供二人とジョイフルへ。ハンバーグ定食。ドリンクバーに続き、スープバーもあることに感心す。

五月十九日土曜、大分には行かず、終日読書して過ごしかば目と腰に痛みを感ず。

五月二十日日曜、地元のゴルフコンペ岡城会で吉野コースへ。余の成績八十三とまづまづなりき。大分市にまはり、マンションの荷物を整理す。

五月二十一日月曜、続発性不妊症患者、漢方の処方にて妊娠を確認す。夕刻歩く。

五月二十二日火曜、朝歩く。「中神琴渓の墓を訪ねて」といふ文章を書き始む。

五月二十三日水曜、大杉製薬の漢方勉強会。余の担当する古典解説はまづまづの出来なり。終了後、師、仲間とスナックへ。今回初参加の鍼灸師は、以前サッカーチーム清水エスパルスのトレーナーの経験あり、興味深き話を聞く。

五月二十四日木曜、某製薬会社よりMRの骨粗鬆症薬説明につきての評価を依頼され、午後大分へ。タクシー券を渡されし故、中学同級生黒田君に依頼す。車中、雑談弾み、退屈せず。

五月二十五日金曜、午前中外来多し。終了間際に津久見より余の著書を読みしと言ふ老女二名受診す。有難きことなれど、難聴と動作緩慢故に診察に長時間を要し、昼休みに食い込みしは遺憾なり。生命保険会社より調査員来たり、当院受診患者の診断日などを質す。患者に不利益あってはならじと思ふものの、虚偽の報告も出来ざれば、つらきこと限りなし。

五月二十六日土曜、午前中に中神琴渓につきての文章仕上がり、FAXにて送る。午後、自宅に帰るに家人ピアノレッスン中にて居場所なくあたりを徘徊す。

五月二十七日日曜、東洋医学会大分県部会。余は一件のみ質問す。特別講演は「痛み」テーマにて臨床に役立つ話多し。

五月二十八日月曜、朝散歩。税理事務所より遺産相続の資料整理に来宅。税務署の調査に先立つ準備なり。母の住む本宅は鉄筋にて、建物内より外の緑を見るはことのほか心地よし。

五月二十九日火曜、午前中外来多く、午後は暇なり。昼休み、久し振りにゴルフ練習へ。夜中、長女原因不明の足の痛みを訴へ、心配す。

五月三十日水曜、松岡農相自殺のニュースを観る。夕刻母と連れ立ちて松本歯科へ。余には大きなる虫歯あり、神経を抜かねばならぬといはる。あまり痛まぬ故、しばらく様子を見ることとす。

五月三十一日木曜、夕刻親戚の九重町友成医院へ漢方外来診療のため出向く。不定愁訴の患者多し。

平成十九年六月

車を傷つける

六月一日金曜晴、朝歩く。日中外来の合間に先哲の資料整理をす。夕刻庭の草むしりをせしに、後になりて右瞼上に虫刺されの跡あることに気づく。

六月二日土曜、午前四時に目覚め、眠れざりしため睡眠薬内服。再び眠れしも日中朦朧とし過したれば、今後睡眠薬は用ひぬこととす。夜、オアシス音の泉ホールにてビオラ、ヴァイオリン、チェロなどの室内楽を聞く。チケットは義母より譲り受けしものなり。最前列に席を取るに隣席の愚息演奏中に居眠りを始め、落ち着かぬこと甚だし。演奏会後、議父母も交え、会食。

六月三日日曜、雨の中月形コースへゴルフに。激しき雨に、中止せんかと思へど同伴の岩野、池辺、小山の各氏乗り気にて決行す。気のおけぬ仲間と冗談を交へ、プレーするは最良の気分転換なり。夜、母もともにしゃぶしゃぶを食す。

六月四日月曜、外来多し。八十六歳一人暮らしの婦人来院。手押し車を押して来たりといふ。所作覚束なき様子にて病気よりは日常の生活心配なり。子供は鹿児島に住むといふ。

六月五日火曜、家人留守なれば振り替へ休日の息子と共に料理屋友修に赴き、昼食に天丼を食す。五百八十円は廉価なり。夕刻、自閉症の子供らの居場所を作る活動をすといふカウンセラー来院し、当院の貢献可能なるかにつきて話し合ひを持つ。

六月六日水曜、ネットにて医師会講座を聞き、高脂血症につきて勉強。薬品卸会社社長竹尾氏来院し雑談。小学生のときより働き、収入を得てゐたりとの話、最近の若者は仕事に対する情熱なしとの話を聞き、身につまさるる思ひなり。

六月七日木曜、大分市の漢方仲間のクリニックを訪問す。帰途駐車場にて車を発進せし際、左側面のブロックに気づかず、車を傷つけたり。ドアと車体の底の部分に傷跡を確認す。一瞬の不注意にておそらくは十万円前後の修理費を要することを考へ、気分不快なること尋常ならず。帰りに信号待ちの際車体大きく揺れ、車に不具合生じたるかと思へども、地震によるものと判明し安堵す。

六月八日金曜、近頃余の体調、下痢までには至らざれども原因不明の軟便気味にて不快なり。外来午前中多く、午後少なし。家人懇親会にて留守なれば子供達とジョイフルで夕食。車の修理費用、見積もりで十二万とのこと。

六月九日土曜、土曜にしては外来多く、受付に家人の応援を頼む。午後ジムで体を鍛へ、夜織部塾へ参加す。懇親会は遠慮し竹田へ戻る。

六月十日日曜、家族で地元井田医院の息女にして画家の井田孝子氏の個展を見に行く。子供らは感想ノートに何事をか書き付く。その後、田能村竹田誕生の催しに参加し田楽を食す。

六月十一日月曜、朝歩く。外来通常の数なり。医師会病院内科医師退職に関する協議会開催の案内あるも余に格別の意見もなければ欠席す。

六月十二日火曜、新患の高校教師あり。十分時間をかけて話を聞く。竹田に婦人科あることを知らざりしといふ。当院の周知には徹底的検討を要すと思ふ。昼休みに無為の時間長きは気分悪しきものなり。

六月十三日水曜、家人は友人と講演会に参加し終日留守。夜子供勉強中なれど余は眠くなりたれば、先に寝ぬ。

六月十四日木曜、車の修理代八万二千円なり。見積もりより安く安堵す。午後大分で散髪に行くも一時間近く待たせらる。ジムで体重測定するに増加傾向にあり。

六月十五日金曜、朝雨なれば歩かず。患者も少なく、終日屋内にてゆっくり過す。余の精神状態はここのところ安定せり。

六月十六日土曜、土曜にしては外来多し。夕方ゴルフ練習に行き、気分転換す。

六月十七日日曜、朝松坂の登板をテレビ観戦す。七回無失点にて見事なり。大分市の県医師会館で開催せられし産婦人科大分地方部会に参加す。展示会場にて産婦人科臨床関係の書籍二冊購入。夜、妻子の希望にて外食せんと思ふも適当なる所思ひつかず結局花水月にて食事す。
六月十八日月曜、登校拒否の女子中学生受診。原因不明なれども本人の話に母親との関係微妙なるを感ず。夜、「パッチギ」なる映画をテレビにて鑑賞。場所は異なれども余の学生時代を彷彿とさする雰囲気あり。
六月十九日火曜、朝歩く。外来多し。電子カルテの患者の支払額を確認し、その高額なる患者に対しては気の毒なる思ひ湧く。夕立あり。雨後は庭も涼しげなり。
六月二十日水曜、朝歩く。夕方庭木の枝葉を剪定バサミで落とす。日に日に伸びる枝葉の生命力に驚嘆す。夕方、ゴルフ練習に行き、同級生、知人と他愛ない会話を交はす。
六月二十一日木曜、朝歩く。相続税確定するも心配するほどでもなく、安堵す。新患の頭痛患者に呉茱萸湯処方。MRI、CT等にてもさしたる所見なしとのことなり。斯様なる患者には漢方よく適応す。午後九重町の親戚の診療所に漢方外来に赴く。
六月二十二日金曜、朝歩く。外来に手指が白く冷たくなるレイノー症状の患者有り。瘀血の所見あれば桂枝茯苓丸を処方す。昼休み家人と共に娘の中学校にミュージックフェスタなるクラス対抗の合唱を聞きに行く。当然のことながら上級生ほど上手なり。
六月二十三日土曜、朝歩く。四月後半の日記原稿をFAXで先生に送る。
六月二十四日日曜、月形でゴルフ。終日雨にて芳しからざるスコアなれども、七番ホールで第二打直接カップインし、イーグル奪ひしは唯一の喜びなり。
六月二十五日月曜、朝歩く。医学雑誌等より臨床に有用なる資料を抜粋し整理す。余の記事の載りし新聞を見たりと言ふ人より本の注文電話あり。掲載より数ヶ月経過したるに有り難きことなり。
六月二十六日火曜、自閉症患者のふれあいスペースの活動につきての話し合ひに参加を要請さるるも、当院の目指す方向とは異なれりと判断し辞退す。夜、寝室の空調故障して寝苦しき夜を過す。
六月二十七日水曜、電器屋の診断によれば空調設備は新品との交換を要すと言ふ。購入後十数年を経たれば詮方なきことと家人と語り合ふ。
六月二十八日木曜、朝松坂、イチローの対決をテレビ観戦。昼前より雨。午後大分へ出向き本屋、ジムなどに寄る。夜、竹田にて学術講演あれども胸部外科の話なれば敬遠して帰宅す。
六月二十九日金曜、朝の散歩時に虹を見る。外来は暇にて職員も雑談に興ず。掃除等して欲しきところなれど、敢へて何も言はず。
六月三十日土曜、蒸し暑き日にて終日だらりと過す。子供たち珍しく良く勉強す。長女の体調悪しく心配なり。

平成十九年七月

子供の学校のグランドゴルフで活躍

七月一日日曜、月形コースにてゴルフに興ず。夫人の病気のためにしばらくゴルフを中断しをりしU氏と久方ぶりに同伴す。かつて某氏がゴルフをせんがための条件とて、健康、財力、余暇時間の三を上げしが、まことにその通りと実感す。夜居酒屋「羅夢歩」にて家族と会食す。
七月二日月曜、朝児童の交通指導にて横断歩道に立つ。余の声かけに挨拶を返さぬ子供多きことに落胆す。夜焼肉を食し麦酒を飲む。余に晩酌の習慣はなけれども、焼肉に麦酒は欠かせぬものなり。深夜床にて雷雨の音を聞く。
七月三日火曜、朝雨上がりの町を散歩す。路上に木の枝、ゴミなど散乱す。昼休み、郵便局、銀行などにて雑用を済ます。夕方久方ぶりにゴルフ練習に行く。
七月四日水曜、大雨にて朝歩かず。当院事務員より夫の怪我にて休みたしとの電話あり。必ずしも納得はせざれど承諾す。当院六月の収益過去最高にて少し自信を持つ。午後漢方メーカーI氏、D氏相次ぎ来院す。
七月五日木曜、八十六歳の患者より余り布で作りしといふ草履をもらひ、クリニック内にて素足に履く。心地よきものなり。
七月六日金曜、今朝も大雨にて歩かず。終日激しき雨にて患者も少なし。
七月七日土曜、本日も終日雨で屋内で過す。妻子は玖珠の実家へ。夜、母と三重にあるひょう八にて食事。

三千円の会席料理は内容まづまづなり。
七月八日日曜、月形コースにてゴルフをす。竹田市の県体予選の組に入れてもらひ、荻町の鳥羽氏と初めて同伴す。プレー後、鳥羽氏、余よりも年下なることを知り驚く。帰途わさだタウンに寄り、「ロト6」の宝くじを購入す。
七月九日月曜、雨なるも外来多し。中学同級生二人と飲み会を企画せしも渋君ぎっくり腰にて延期することとす。
七月十日火曜雨、珍しく新患の痛風患者来院す。内科学の教科書にて痛風につきしばし勉強し、薬も二種類発注す。夜、謡曲練習に赴く時、激しき雨に遭ひて濡る。
七月十一日水曜、メジャーリーグのオールスター戦をテレビ観戦。史上初のランニングホームランを打ちしイチローMVPに選ばる。同じ日本人として誇らしき心地す。イチローに刺激を受けたるにはあらざれど、本日より腹筋、腕立て伏せを始む。
七月十二日木曜雨、午後大分に出で映画「ダイ・ハード4.0」を観る。ネット社会を反映したる内容なれど余にはあまり面白からず。
七月十三日金曜、本日も雨にて運動出来ず。息子周の日記に「パパにつられてテレビを見ないようにしたい」とあり、苦笑す。夜、母も一緒にしゃぶしゃぶを食す。梅酒を飲み、食後早々に床に就く。
七月十四日土曜、台風のために外来患者稀なり。終日屋内に。昼食は家族で朝地の隼ラーメンに行く。豚骨、醤油、味噌をそれぞれ試みに食す。
七月十五日日曜、中学生の娘の親子レクリエーションとて、中学校に行きてグランドゴルフをす。初めてなれ余の成績最も優秀にて妻子に面目をほどこす。競技後家人と娘は学校に所用あれば、息子と徒歩にて帰宅す。夜娘の下唇痺るといへるに心配したる大事には至らず。
七月十六日月曜海の日、自宅にてはエアコンの設置工事。余は月形コースにゴルフに行く。左腕に痛みありて思うやうにスイング出来ず。昼食時レストランにて新潟の大地震発生を知る。
七月十七日火曜、地震被災者のテレビニュースを観る。余にも水害に被災せし経験あれば他人事とも思へず。

虫歯痛み、歯科受診を決意す。
七月十八日水曜、虫歯の治療に行き、患部の神経を抜く。次第に健全なる歯失はるることに一抹の寂しさを覚ゆ。夜、「アフリカン・ダンク」といふ映画をテレビにて見しに思ひがけず面白し。
七月十九日木曜、午後大分へ出向き雑用を済ます。夜、地元医師会の親睦会「いざよい会」に出席。わづか八名の参加者にて寂しさを感ず。医師会病院の話等、興味深き裏話を聞く。
七月二十日金曜、朝面倒なれば歩かず。子供たち終業式にて通知表を持ち帰る。ごくごく普通の成績なれど、それで良しと思ふ。
七月二十一日土曜、S氏よりアルコール依存症の治療依頼の電話あり。S氏は旧知の間柄にて、余と同年輩の男性なれど斯様なる問題を抱へたりとは露知らざりき。
七月二十二日日曜、午後家族でわさだタウンへ。「ハリー・ポッターと不死鳥の騎士団」を観る。余には些か退屈なれば少し居眠りをす。息子の周財布を二回なくし、二回とも善意の人の親切によりて戻り、嬉しきやうなる、又情けなきやうなる心地す。
七月二十三日月曜、周は大分の教育セミナーに行き、心弾みたる様子なり。田舎にては刺激少なき故、斯様なる体験は貴重なり。
七月二十四日火曜、妻子は玖珠の実家へ。母と三重の祐貴に食事に行く。二千五百円の会席は充実せし内容なり。
七月二十五日水曜、日中、夜の漢方勉強会の準備をす。午後参議院議員候補松本文六先生の選挙カークリニック前に来たり、松本先生と握手をす。夜の勉強会の古典解説はやや棒読みになり反省す。
七月二十六日木曜、午後大分で雑用を済ませ、九重町の診療所へ。余の施設にはなき症例と常備せざる漢方方剤ある故に、余にとっては漢方医としての腕を上ぐる良き機会なり。
七月二十七日金曜、新たに求めしワンボックスカーのエスティマを初めて運転す。エンジンの始動わからず苦労す。座席高く、視界も良好なれど、慣るるまでには運転に不安を感ずるものと思ふ。
七月二十八日土曜、数日来余は再度下痢気味なり。おそらくは冷菓類の摂りすぎに起因するものと思ふ。午後大分にて散髪、ジムに寄りて帰宅す。

七月二十九日日曜、参議院選挙投票日。日中は月形コースにてゴルフ。夜、選挙関連のテレビ番組を観る。出口調査にてすぐに当確の出づるは興ざめの心地す。

七月三十日月曜、天気曇りなれど蒸し暑き一日なりき。自民党大敗するも安部首相は退陣せずとの意向なり。日本の為に良き事か悪しき事かは容易に判断できず。

七月三十一日火曜、昼休み郵便局などで雑用をこなす。歯科の治療終了。夜お好み焼きを食し、食後散歩す。

平成十九年八月

お盆旅行で西海橋に

八月一日水曜、第四回本屋大賞・大賞作の『一瞬の風になれ』全三冊読了す。高校生が主人公の陸上競技小説にして、ストーリーの展開に著者の卓抜なる力量を感ず。仮病疑惑の大相撲横綱朝青龍に二場所出場停止の処分下る。余の予想せしより厳しきものなり。夕方散歩す。最近、朝は気だるさを感じ、散歩する気起こらざればなり。

八月二日木曜、午前中診療す。午後妻子とわさだタウンに出向き食事す。その後、ジムにて体を鍛へ、大分市美術館の「ヴェネチア絵画の光展」を鑑賞す。台風により次第に暴風雨激しくなり、帰路野津原にて冠水のため、通行不能となる。已む無く大分市へ戻り、十号線犬飼経由にて帰宅す。豪雨のため前方の視界悪しく、運転に神経を使ひ疲労す。

八月三日金曜、娘の吹奏楽コンクールに、家族全員大分へ出向く。夜は、日本医大より医師会病院に派遣せられたる高橋医師の歓迎会に出席す。

八月四日土曜、土曜日にしては外来多し。新患に対しては特に丁寧に話を聞くことを心がく。お産予定の当院職員半年程度の休職を希望したるため、スタッフの補充を考ふることとす。

八月五日日曜、月形コースにてゴルフ。同伴者、加藤、伊東、岩野氏。互ひに好き勝手なることを言ひつつ楽しくプレーす。子供達玄関外にゐたるカブトムシを捕りて飼育を始む。ために百円ショップにてカゴ、餌などを求む。
八月六日月曜、職員の補充につき、母の知人より推薦あり、面接を行ふこととす。夕刻散歩す。最近夜早めに眠気を覚ゆる傾向ありて、早々に床に就く。
八月七日火曜、本日より三日間妻子里帰りす。夕食は母のもとにて摂る。昔の知人より暑中見舞ひあり、懐かしく電話をかけて暫し話す。
八月八日水曜、外来多けれど雑なる診療にだけはならぬやう心がく。夜、母と三重に食事に。予定せし店休みなればホテル豊洋のレストランにて食事す。
八月九日木曜、午後わさだシネフレックスにて「パイレーツ・オブ・カリビアン3」を鑑賞す。荒唐無稽なる映画なれど断片的には興味深き場面あり。
八月十日金曜、昼過ぎ妻子戻り、にぎやかとなる。連日猛暑続き、エアコンなしにては一日も過すこと能はず。
八月十一日土曜、午後大分へ出向き、ＡＴＭにて入金などの雑事を済ます。夕刻よりうつ病につきてのセミナーに参加し、二〇三〇年にはうつ病が全疾病の第二位にならむとの予測を聞く。また大分県にては各市町村の自殺の頻度異なり、精神科医の少なきところほど自殺者多き傾向ありとのことを聞く。トキハ近くのレストランにてホタテとヒレカツのフライを食す。ボリュームありて、味もまづまづなりき。
八月十二日日曜、お盆前なれば、朝家族総出にて墓掃除に行き、墓に参る。薮蚊に刺さるるも気分は良好なり。午後吉野コースにゴルフへ。調子まづまづなりき。
八月十三日月曜、午前十時母を含めし家族五人にてエスティマに乗り、お盆休暇の旅行に出発す。筋湯経由にて町田バーネット牧場に寄り休憩、九重インターより高速に乗り、山田サービスエリアのレストランにて昼食。お盆休みの人出多く、座席につくまでに暫し待たせらる。子供達の希望によりて武雄の宇宙科学館を訪ぬ。ここも人出多し。西海橋コラソンホテルには午後四時すぎに到着。息子と大浴場へ。夕食後カラオケに行くも、主役は専ら子供達なり。
八月十四日火曜、午前中子供たちとホテルのプールにて泳ぐ。昼食もホテルのレストランにて摂る。夕食は一日目は洋食、二日目は和食を注文す。遠くに花火を見る。
八月十五日水曜、新西海橋を車で渡り、帰途につく。玖珠の家内の実家に立ち寄り、昼食に寿司をごちそうになる。夜、精霊流しの花火を見る。
八月十六日木曜、午後大分へ。四四二号線は台風被害により五箇所修理中。体重七十四・一キロ。
八月十七日金曜、猛暑にて日中は戸外に出づればムッとす。午後採用予定の職員を面接、人の良さそうなる人なり。
八月十八日土曜、午後四時熊本空港発の飛行機にて大阪へ。伊丹よりのバスの接続も良く、六時すぎには梅田のリーガロイヤルホテルに到着す。大学同級生の教授就任祝賀会に出席し、久しぶりに友と旧交を温む。二次会は韓国バーへ。
八月十九日日曜、岡山より参加せし同級生とホテルにて朝食、イタリアの陸上選手らしき一行とともになり、その均整のとれたる体格に感心す。午前中は梅田の地下街にて買ひ物をし、帰途につく。
八月二十日月曜、同級生より依頼せられたる拙著を発送す。庭木の手入れを始む。夜、中学生の娘の作文を手伝ふ。
八月二十一日火曜、外来多し。他に特記すべきことなく、単調なる日続く。
八月二十二日水曜、出血性膀胱炎の新患受診。尿といはむよりは血液そのものの血尿なり。宮本輝『花の回廊』読了。著者の自伝的小説なれば、父親像、終戦後の日本の時代的背景等詳しく描写せられ、興味深く読む。高校野球は九州勢の佐賀北高校劇的逆転にて優勝し、喜ぶ。
八月二十三日木曜、暑さ未だ峠を越せる印象なし。最近肥満気味なればジムのトレーニングに励む。
八月二十四日金曜、外来の合間は読書三昧。知人より恵贈せられし海老を夕食にフライにして食す。冷凍にあらざれば美味なり。日中の暑さを避け、夕食後に散歩す。
八月二十五日土曜、ジムにて体重を測定すれば、最高の七十四・五キロ、減量に心がけねばと思ふ。高校の先輩と一緒になり、雑談す。
八月二十六日日曜、月形コースにてゴルフ。同伴者はいつもの加藤、伊東、衛藤の各氏にて楽しくラウンドするも、暑さひとしほなりて水分補給をこまめにす。夜、家族と割烹「友修」に行き、食事す。

八月二十七日月曜、朝方眠気強く、なかなか起きられず。早朝に覚醒するもまた考へ物なれば、軽々にはその良否を判断出来ず。夜、世界陸上をテレビ観戦す。日本勢奮はず。

八月二十八日火曜、クリニックの勝手口にて母蛇を目撃したりと言ふ。余は蛇嫌ひなれば、またいつ現るるかと心落ち着かず。白石一文『どれくらいの愛情』読了。氏の小説はストーリー面白く、当たり外れなし。

八月二十九日水曜、患者少なし。テレビでメジャーリーグの野球観戦。夕食は好物のオムレツを食す。世界陸上のロシア女性選手には美人多きことに感心す。

八月三十日、木曜。午後大分へ。東洋ホテルにて知人と会食。九重に高速を通り移動し、いつものごとく漢方外来を行ふ。

八月三十一日金曜、産休に入る職員と補充の職員の引継ぎ。大分のマンション、入居者きまるとの連絡あり。

平成十九年九月

山友会で東京へ

九月一日土曜、不妊症にて当帰芍薬散を処方せし患者来院す。診察するに妊娠を確認す。わずか一ヶ月余りの内服により妊娠せしことに余も患者も驚き感心す。午後、家人咽喉に刺さりし魚骨除去のため、わさだの加藤耳鼻科を受診す。加藤先生、余の高校の一年先輩にして、かつゴルフ仲間にてもあれば、家人の診察にも便宜を図り呉れしものなり。余の住民票を大分より竹田に移さんと、コンパルホールの市役所出張所に出向くも、土曜日なればその手続は出来ずとのこと。かかることは一々経験せざれば判らぬことなり。

九月二日日曜、早朝娘の中学の草取りに家人外出す。ために余久方ぶりに朝食を自ら賄う。竹中コースにて余の親しき人たちと催すゴルフコンペに参加す。余のクリニックホームページの作成を依頼せし甲斐氏、その同級生なる高校教師の佐貫氏とラウンドす。四十三、四十一の八十四で廻り、まづまづの内容なり。未だ盛夏の如き暑さにて、カートに乗りコースを移動す。夜は参加者一同田尻なる居酒屋しばらくにて打ち上げをするも、余は車の運転あるため、専らウーロン茶片手に相伴す。後刻参加者の一人と友人なりといふ竹中のキャディー加はるに、その人余の中学の一年先輩なること判明し驚く。

九月三日月曜、産休の職員の代替なる補充職員、他の職員と馴染める様子にて安堵す。中学より娘腹痛を訴へをりとの連絡あり、車にて迎へに行く。幸ひに大事には至らず。夕方の散歩中に雨降り、公園内の東屋にてしばらく雨宿りす。

九月四日火曜、外来の合間に漢方の勉強を始む。前日と同様夕方散歩中雨に遭遇し、暫し雨宿りするも降り止む様子なく、濡れて帰る。

九月五日水曜、クリニックのブレーカー落ち、FAX送信に支障を来たすも直ちに回復す。余酒類を常は嗜まねども、夕食餃子なれば麦酒を飲みしに、やがて眠気を覚えソファーにて仮眠す。

九月六日木曜、外来十時過ぎまで珍しく混雑す。午後大分へ出向き、市役所にて住民票を移す手続きをす。九月とはいへ、暑さ未だ衰へず、戸外を歩けば全身に汗の流るるを覚ゆ。トキハ内の「銀次郎」なる喫茶店にて知人と雑談す。高校同級生の神麻（旧姓続）さんと偶然出会ふ。ジムの体重測定にて七十三・九キロを記録し、減量を誓ふ。

九月七日金曜、家人所用にて大分へ出向き留守のため、昼食に即席チャンポンを調理して食す。夜、医師会病院に新しく着任せられし小川医師の歓迎会に出席す。ご子息、愚息と小学校の同級生とのことにて親しみを覚ゆ。料亭よりの帰途、岡神社の善神王様の祭りなれば、松明の明りに城の夜空に浮かぶを眺む。

九月八日土曜、WOWOWの無料視聴を申し込み、「博士の愛した数式」、「マディソン郡の橋」を鑑賞す。夕方、息子を伴ひ本屋とスーパーへ出向き、買ひ物をす。

九月九日日曜、漢方の山田光胤先生一門の「山友会」の学術講演会に出席のため東京へ出向く。熊本空港より飛行機利用の日帰りにて、余にとっては初めての経験なり。函館、徳島など全国から集ひし仲間と懇談し有意義なる一日を過す。羽田空港にて子供らに手ごろなる土産を見つけて求む。

九月十日月曜、前日の疲れのためか熟睡して起床す。息子周の小学校運動会父兄競技のリレーに出場することとし、夕刻散歩の途中少し試みに走る。夜、大きなる蜘蛛を見つけ、家族総出にて大騒ぎして退治す。
九月十一日火曜、昼休み住民票を竹田市に移す。夕方小雨の中を走る。夜何気なくホラー映画を観始め、つい深夜まで観る。
九月十二日水曜、漸く秋の気候となりクーラーの必要を感ぜず。外来少なくインターネットにて将棋に興ず。ニュースにて安部首相の突然の退陣を知り驚く。
九月十三日木曜、外来少なく午前中漢方勉強会の準備をす。午後トキハに用事のある母を車に乗せ大分へ。明野にあるゴルフ練習場イーグルへ行き、久し振りにレッスンを受く。スイングに大きなる間違ひはなしとのこと。
九月十四日金曜、昼休み家人の観るテレビドラマに付き合へず、時間を持て余す。子供たちの好むテレビドラマ「山田太郎物語」を面白く観る。
九月十五日土曜、午後大分に出向き、義父母も加へ李白で中華料理を食す。料理には満足なれど、入り口近き席にて人の出入りはげしく落ち着かず。夜雨降る。
九月十六日日曜、岡城会にて久住高原に行きゴルフに興ず。あやにくなる雨模様にて眺望も開けず、調子も悪しく四十五、四十八の九十三を打つ。夜母のもとにて食事す。
九月十七日月曜敬老の日、大リーグの試合テレビ観戦、読書等をして過す。余戯れに子供のニンテンドーＤＳの脳トレを試みるに脳年齢二十九歳なる診断を得て、気をよくす。敬老の日なれば母と家族とともに夕刻竹田茶寮にて会食す。子供たちも田楽などを好んで食す。
九月十八日火曜、息子周喘息のために欠席す。息子の喘息を漢方にて治療せられざることに内心忸怩たる思ひす。久しぶりに外来多し。ただ室内に蚊の居たることに閉口す。
九月十九日水曜、昨日に続き患者多し。参議院選挙に立候補して惜しくも落選せられし松本文六先生挨拶に来らる。夕刻リレー出場のための練習に励む。
九月二十日木曜、膝の痛みにて漢方薬を処方せし八十二歳の男性、だいぶ楽になりたりと云ふ。当然のことなれども医者の仕事の喜びは患者のかかる話を聞くことにあり。午後大分に行き、ゴルフのレッスンを受く。練習器具を使用してフォームを矯正す。

九月二十一日金曜、竹田市は来年の国体時にソフトボールの会場になるとのことにて、本日よりそのリハーサルの大会始まる。当院の職員の一人は試合の記録係に、中学生の娘は応援に駆り出さる。

九月二十二日土曜、午後大分へ出向く。相談室の応援をしてくれたるやぐら寿司に行き、その閉鎖せし事情を説明す。夕刻、高校先輩の首藤氏の経営する「百万石」に行き雑談す。午後七時よりの漢方の講演会にて福大教授の話を聞く。

九月二十三日日曜、月形コースにていつものメンバーとゴルフ。レッスンにて受けし矯正未消化にて調子悪し。夜、鳥鍋を食しつつ麦酒を飲む。メガネ紛失し、捜せども見つからず、往生す。

九月二十四日月曜、小学生の息子周の運動会。天気曇りなれど涼しくして快適なり。周は徒競走は下位なれど、集団のダンス演技なかなか見事なり。父兄競技のリレーはアンカーとして走り、足思ふやうに動かず、危ふく転倒せんとする醜態を演ず。疲れのためか夜は早々に床につく。

九月二十五日火曜、午前中は患者多けれど、午後は暇なり。漢方勉強会のための資料を作成す。福田内閣始動するにつけ、人の運命といふものにつき考へさせらる。

九月二十六日水曜、患者少なく、時間あるものの漢方勉強会の準備に今ひとつ集中出来ず。夕刻より大分コンパルホールに出向き、勉強会。余の話はまづまづのできなり。終了後、織部先生に誘はれ都町へ。余運転あるためウーロン茶のみにて先生と話し、十二時まで過す。

九月二十七日木曜、日本女子オープン始まる。午後九重の診療所に出向き、いつもの如く月に一度の漢方外来を行ふ。

九月二十八日金曜、好天の日続く。マンションの入居者ありとの連絡を受く。

九月二十九日土曜、『薪能』といふ小説のありしことを思ひ出し、立原正秋全集を出して読み始む。時代背景は古きものの文章はさすがに明晰なり。午後大分へ出向き、書店にて本を購入し、散髪して、ジムにてトレーニングをす。

九月三十日日曜、月形コースにていつものメンバーとゴルフ。調子悪しく、バンカーにて大叩きす。終了後県立図書館に廻り、江戸時代の古方派の医師、宇津木昆台の資料を探したるも目ぼしきものなし。

平成十九年十月

大分の友人を薪能に案内す

十月一日月曜、外来患者少なく不安なり。余が執筆せし「中神琴渓の墓を訪ねて」なる文章の掲載せられたるメディカル・カンポー十部届く。

十月二日火曜、四時に目覚む。昼休み久方ぶりにゴルフ練習へ赴く。今夏の暑さ故に、斯様なる気持ち湧かざりしが、漸く涼しき気候となり又その気起く。

十月三日水曜、余の中学時代恩師夫人逝去の知らせを聞く。通夜にお参りしたけれど、余りに気持ち重ければ花を届くることとす。

十月四日木曜、午後用事ある母を乗せて大分に出向く。竹田薪能に招く知人に会ひ、能、狂言の歴史などにつき説明す。

十月五日金曜、午後老健施設より往診依頼あり、二名の患者を診察す。両名とも黄色帯下あり、痴呆もあればその訴へは詳らかならず。ガン検診のため子宮頸部の細胞を採取し、老人性膣炎と診断して薬を処方す。

十月六日土曜、朝曇りて雨の気配あるも終日降らず。午後三時すぎより、大分の知人に竹田の街を案内す。竹田荘、滝廉太郎記念館等をまはりしが、但馬屋の出来立ての三笠野なる和菓子の美味なることに感心せし様子なり。その後、水上舞台での薪能を共に鑑賞す。

十月七日日曜陰時々雨、月形コースにてゴルフ。同伴者は高校同級生の村上君、高校先輩の加藤氏、常連の衛藤氏。村上君五十肩等体調不良を訴ふ。余もまた体調に気配り必要なる年代となれることを思ふ。

十月八日月曜体育の日、夕方より家族とともに長湯温泉の万象の湯へ。建物は農協の倉庫を改修したるものにてレトロ調の雰囲気あり。入浴後薬膳料理バイキングの夕食。一同腹一杯食す。エノハの空揚げ殊に美味なり。

十月九日火曜雨、クリニックの電子カルテを依頼せし中請氏久々に来院す。氏の実直なる仕事ぶりは常に感心するところなり。余暇時間に立原正秋全集を読む。

十月十日水曜、試みに本日一日の献立を記録す。朝トースト、野菜サラダ、果物、紅茶牛乳。昼豆腐、大根の煮物。夜かも鍋に麦酒。詳しき分析の結果にはあらざれど、栄養学的には、まづまづの内容なりと思ふ。

十月十一日木曜、外来少なし。午後大分へ出向く。通帳記帳等の雑用を済ませ、本屋に行き、それよりジムへまはる。夕刻、医師会病院の講演会に出席す。大分大学医学部門田教授の院内感染の話を聞き、終了後の懇親会にも出席す。

十月十二日金曜、建築家黒川紀章氏死去のニュースに驚く。新聞にて昨日行はれし高校対抗ゴルフに、母校上野丘高校優勝したることを知る。最近ストレスによる息苦しさを訴ふる患者多く、世相の厳しさを反映したるものと愚考す。

十月十三日土曜、マンションの入居者決まり、賃貸契約に署名す。夜織部塾にて織部先生の漢方古典解説を聞くも、疲労感を覚えしかば、続く塾生の発表は聞かずして引き上ぐ。

十月十四日日曜、月形コースにて衛藤、伊東、小山の各氏とゴルフ。夜、飛鳥Ⅱの船旅より帰りし母の土産話を話題にしておでんを食す。

十月十五日月曜、昼休み、江戸時代の古方派医師宇津木昆台の墓の写真をプリントす。余が五月に京都にて撮影せしものなり。写真館主人の撮影したる、さきの薪能の写真をたまたま目にし、数枚注文す。専門家の技量さすがなり。

十月十六日火曜、朝珍しく開院時に外来多し。午前大杉製薬、午後ツムラのMR来院し雑談す。テレビはボクシング亀田親子の話題にて持ち切りなり。

十月十七日水曜、予約患者にて来院せざるものあり。それぞれに様々なる事情あらんこととは思へど一度検討を要することとなり。最近余の体調に問題なけれど、頻尿の傾向あるは何ゆえなるか。

十月十八日木曜、時々昼休みに入浴に行く近くの温泉出会いの湯が、当院患者の経営によることを初めて知る。そこにて販売中といふ葡萄をもらふ。野菜を貰ふことは屡々なれど、葡萄は初めてのことなり。午後大分に行き、ジムにて高校対抗優勝メンバーの佐藤哲郎君に偶然会ひ、優勝を共に喜ぶ。

十月十九日金曜、昼休みゴルフの練習に行くに、珍しく人多く活気あり。楽しく練習す。

十月二十日土曜、天気良けれど肌寒し。外来に高校生の国体選手来院す。話を聞き、余人にはわからざる苦労あるを知る。午後大分へ出向き、県立図書館へ行く。宇津木昆台に関して取り寄せたる資料に目を通すに、有用なる情報なく落胆す。家人の誕生日近き故、プレゼントにトキハイタリア展にてヴェネッツィア製の写真立て購入す。

十月二十一日日曜、月形コースの竹田岡城会コンペに参加す。半袖シャツにてプレーするに肌寒きを覚ゆ。夜ギフトカタログにて求めし石焼ビビンバを食す。付属のキムチは本格的味なり。

十月二十二日月曜、松坂のレッドソックス、ワールドシリーズ進出を決む。余の暫しの楽しみとなるを喜ぶ。ネット将棋に時間を費やしすぎしことを反省す。

十月二十三日火曜、村上春樹『走ることについて語るときに僕の語ること』を読む。百キロマラソンに挑みしことを知る。

十月二十四日水曜、十時半まで外来多く、以後は閑散となりぬ。昼休み練習場にて珍しく医師会病院医師とともになり、立ち話をす。仕事多忙にて、運動の機会極めて稀なりとのこと。日頃の苦労を思ひ同情す。

十月二十五日木曜、午後九重町の診療所に漢方外来に出向く。夜テレビにて藤沢周平原作「風の果て」を観る。

十月二十六日金曜、四ヶ月毎に行ひをりし骨粗鬆症の検査、保険にて認めらるるは六ヶ月毎なることわかり愕然とす。ひとへに余の勉強不足に起因するものなり。三十年前に当院にてお産せし女性より、輸血が原因のC型肝炎になれりとの詰問口調の電話あり。大方最近マスコミを賑はしたる、フィブリノゲン製剤による肝炎のニュースに触発せられしものと考へらる。

十月二十七日土曜、同窓会ゴルフの世話人なる実崎君、やめたしとのことなれば、同級生有志一同、一度会して相談することとす。
十月二十八日日曜、竹田市民チャリティゴルフ大会にて久住高原ゴルフクラブへ。スコアは悪しかりしがハンディに恵まれ、とび賞のハムとニヤピン賞の米を貰ひ、家族に喜ばる。
十月二十九日月曜、マンション住人諸事情により解約して出づとの知らせあり。次の入居者の直ちに見つからんことを祈るのみ。昼休み地元の本屋に行くもこれといふ本なく、引き上ぐ。
十月三十日火曜、漢方勉強会の資料を作り始む。夜睡魔早々に来たりて早く床に就く。
十月三十一日水曜、昼休みゴルフ練習に行くも調子悪しく、ただただ務めのごとくボール打つのみ。

平成十九年十一月

娘の誕生祝いにアマファソンへ

十一月一日木曜、午後大分へ出向き、知人と久方ぶりに串揚げを食す。その後ケーキも食せしかば、カロリー摂取過多を惧れジムに赴きて、常にも増して運動に励む。帰途わさだの山田電器に初めて立ち寄り、広大なる店内を見て雑誌を購入す。
十一月二日金曜、薬の在庫に不足を生じ、患者に迷惑をかく。恥づべきことなり。後刻届くることにす。息子周九歳の誕生日なり。本人の希望により夜の献立はお好み焼きとケーキとす。
十一月三日土曜文化の日、吉野コースにて催されし大分カントリークラブのキャプテン杯予選に出場す。前半は四十二とまづまづの成績なるも、後半大きく崩れ予選通過ならず。
十一月四日日曜、今日も月形コースにゴルフに出かく。今年初めての連戦なり。同伴者は加藤先生、先生の知人の工藤、鶴田の各氏。夜は丸福食堂へ家族にて出向く。余は味噌カツを食せしに、脂身多き豚肉にて全てを食すること能はず。
十一月五日月曜雨、余の処方せし漢方薬によく効く患者とさして効果無き患者あり。斯くの如き経験を重ねつつ、漢方医としての実力は高まるものと信ず。家人に、ピアノのレッスン中は、余居間に立ち入らぬやうと言はれいささか気分を害す。
十一月六日火曜雨、寒くなりたれば、カーディガンを出す。雨により二日続けて歩かざれば軽き欲求不満を感ず。自動車保険更新の時期になり、保険会社社員より説明を聞くも、余には十分理解し難きところあり。
十一月七日水曜、民主党小沢代表唐突に辞意の意向を表明し、後に又撤回す。ただ驚くのみ。夕刻、久方ぶりに町を歩き、爽快なる気分を味はふ。
十一月八日木曜晴、午後大分にてゴルフレッスンを受け、復調のヒントを与へらる。夜は竹田に戻り、うつ病につきての大分大学教授の講演会に出席す。自殺せざることをうつ病患者に誓はすること肝要なりとのことにて余には意外なることなり。
十一月九日金曜、ゴルフ練習、少しく復調の兆しあり。余の通ふ竹田の練習場は古きものにして客少なく、大分のそれとは大きく異なれり。
十一月十日土曜、遠方より余の外来に通ふ患者を考ふるに、津久見・臼杵・豊後大野などよりの患者思ひ浮かべらる。将来大分よりの患者来たる時には、余も本物の漢方医と成れりと思ふ。娘の誕生日を祝はんと、瀬の本なるレストラン、アマファソンに家族にて行く。ハッピーバースデーの音楽と共にケーキ登場する演出あり。余は子牛のカツレツを食す。シャンパンを飲み眠気を催せしかば、帰途は家人に車の運転を任す。
十一月十一日日曜、月形コースにてゴルフをす。同伴者は加藤、衛藤、工藤の各氏。調子は未だ上がらず。テレビにて十六歳のアマチュア石川遼君の活躍を目にし、感心すること一方ならず。
十一月十二日月曜、寒さ厳しくなりたればクリニックおよび自宅の暖房を入る。佐伯より不妊症の患者来たりて、本人に当帰芍薬散合人参湯、夫に補中益気湯を処方す。
十一月十三日火曜、週末の長崎における学会は、遠方故参加を取り止むることとす。稲生和久氏死去のニュースを観る。余ゴルフ場にて幾度か見かけし折は、病弱とは見えざりしかば驚く。夜、三十数年ぶりにナタリー・ドロン主演の映画「個人教授」を衛星放送にて鑑賞す。余の記憶なきシーンばかり多く、過ぎ去りし歳月に思ひを馳す。

十一月十四日水曜、産後の当院職員赤ん坊を連れて来院す。夜、母の許にて家族一同焼肉を食す。
十一月十五日木曜、クリニックの机を整理す。雑誌、講演会案内等不要の物を廃棄せしかば、整然たる姿を取り戻す。
十一月十六日金曜、女子高校生、教室にて息がしにくしと訴へて来院す。気の毒に思ふ反面、その初々しさに羨望を感ず。本日より三日間竹田の町にて竹楽開かれ、夜家族にて会場に出向く。何時になき人出にて活気あり。屋台にてごまうどん、鳥めし、ぜんざい等を食す。竹筒の中の淡き灯りに導かれ、町を散策す。十六羅漢近辺の灯りを余は最も美しと感ず。
十一月十七日土曜、朝家族一同墓掃除に行く。余は納骨堂を雑巾にて拭き、汚れを落とす。斯くの如き作業は快きものなり。午後又家族にて用作公園に紅葉を見に行く。出店の草もちを食し、池の周囲を散策す。例年より紅葉の色鮮やかに感ず。
十一月十八日日曜、天気晴なれど風強く薄ら寒き一日なり。午前中中学行事にて家人と娘外出すれば、息子と留守を守る。テレビにて東京国際女子マラソンを観る。野口みずき選手優勝せり。その強さは他選手を圧するものなり。午後大分へ出向き、散髪、本屋等いつもの如く所用を済ます。夜、家族三重町の寿司店にて会食す。
十一月十九日月曜、「先哲の墓を訪ねて」シリーズの執筆にかかる。余最近甘きものの摂取過剰の傾向あれば、体重増加に注意を要す。夜は早めに床に就く。
十一月二十日火曜、サフランの花開花す。毎年のことながらその薄紫色の花びらの美しさには心惹かる。昼休み、寒さを覚えしかば練習には行かず。
十一月二十一日水曜、漢方勉強会の準備終る。夜は余の好物のすき焼きを食す。麦酒で眠くなりたれば早々に床に就く。
十一月二十二日木曜、午前中外来多く、充実感を覚ゆ。午後大分へ行き、ジャケットを捜すもこれといふものなく、購入は見送る。夜、竹田に戻り、医祖祭に出席す。医師会、歯科医師会、薬剤師会合同にて、物故者を祭る催しなり。
十一月二十三日金曜、娘の中学吹奏楽部の演奏を聞かんと家人と出かく。予想以上にレベル高き演奏なり。

打楽器担当の娘の姿を壇上に見つけ、家人と共に喜ぶ。余下痢気味なれど原因不明なり。

十一月二十四日土曜、家内の友人の主人蕁麻疹に悩み、余に漢方治療を求めて来院す。葛根湯処方す。午後大分のジムに行き水泳のコーチを受く。手の使ひ方、余のこれまで行ひ来たりしものとは全く異なれることを初めて知る。

十一月二十五日日曜晴、月形コースへゴルフに行く。同伴者は衛藤、岩野、秋本の各氏。秋本氏は定年後竹田に戻りし人にて、六十半ばの年齢なれどなかなかの腕前なり。屋久島へ行きし知人よりメールの写真届く。今更ながら現代機器の進歩せることに感心す。

十一月二十六日月曜、家人は知人の葬儀に出席せしかば、余は振替休日にて在宅せる娘とうどん屋にて昼食を済ます。日没早まり、夕方の散歩の帰途は暗闇となる。夜はおでんにて、余は好物の玉子二つを食す。

十一月二十七日火曜、インフルエンザ予防注射の患者多し。患者の性格により、余にも気楽に話せるものとさなきものあり。されど努めて心おきなき雰囲気を作らんも余の仕事なり。

十一月二十八日水曜、診療後大分臨床漢方懇話会出席のため大分へ。余の古典解説につき珍しく質問あり。難しき質問なれば後日勉強の上解答することとす。会の後、織部先生還暦祝ひにて二十名位参加し会食す。さらに織部先生とスナックへ行き、漢方のことなどを話題にして雑談す。

十一月二十九日木曜、午後九重の診療所に外来に出向き、帰途スキー場を過ぎしあたりにて、車前方に茶色の動物出現し接触す。後に確認するに、バンパーなどに小さきキズあるも大事には至らず。

十一月三十日金曜、漢方の先達で余の著書に推薦文を賜りし田畑先生より新刊の『比較傷寒論』を贈らる。電話帳以上の厚さにて、その勉強量は尊敬に値するものなり。朝青龍の謝罪会見をテレビで観る。

平成十九年十二月

慣例のクリスマスコンペ

十二月一日土曜晴、風強く寒き一日なり。予約患者数名来院せず落胆す。午後は大分に出向くこと大儀なれば、自宅と地元のゴルフ練習場にて過す。

十二月二日日曜、地元竹田の岡城会ゴルフコンペに参加す。調子悪しく、散々の成績なり。同伴者の昨年九州アマに出場せし和田氏より、グリップの緩みを指摘せらる。夜は岡城会の忘年会にてホテル岩城屋へ、すき焼きを食す。

十二月三日月曜陰、数少なき、余の信奉者なる工藤氏より患者をひとり紹介せらる。有難きことなり。余りの寒さに少し躊躇するも夕方歩く。

十二月四日火曜晴、叔母くも膜下出血にて倒れたりの知らせを聞く。七十歳をすぎたれど、日頃病気とは無縁の人なれば、その驚き一方ならず。

十二月五日水曜、外来少なし。新刊の著書『比較傷寒論』を恵贈せられし田畑先生に礼状を書く。余この書にて傷寒論を勉強し直さんと思ふ。

十二月六日木曜、午後大分へ出向き散髪す。余短髪にして後、散髪の間隔、二、三週間に一度と狭まる。理容師より竹田に行きたりとの話を聞く。夕刻医師会館にて東京の木下優子先生の漢方講演会を聞く。帰途わさだシネフレックスに寄りリメイク版「椿三十郎」をみる。黒澤明のオリジナル版と比較して、主演の三船敏郎と織田祐二の差あるは仕方なきものの、それなりに優れし作品と評価す。

十二月七日金曜、夕方寒く、暗きためウォーキングは中止す。夜、昨夜録画せし藤沢周平原作のドラマ「風の果て」最終回を観る。単に平板なる善と悪の区分けには非ざる人物描写に、リアリティを感ず。

十二月八日土曜、午後母と共に永富脳神経外科病院入院中の叔母を見舞ふ。化粧を落とし、別人のごとき容貌なれど、話しぶりは病前と変はりなし。夜織部塾に出席す。塾長の講義のあと、ツムラの生薬担当者野村氏の話を聞く。天安門事件の世情不安の折、中国に滞在して仕事をしたりとの話を興味深く聞く。ふぐ八丁にて忘年会あり。高校同級生の鹿児島大学泌尿器科教授中川君の内科医の夫人、長崎大村の前川先生らと歓談す。

十二月九日日曜、ジム主催のサニーヒルにて開催せられたるゴルフコンペに参加す。大学後輩の川本先生、海運業者の渡辺氏と初めて同伴しその知遇を得たり。

十二月十日月曜陰、余のクリニックのホームページを見たりといふ患者大分より来院す。病の主たる原因は家庭内暴力にありと判断せられたるため、次回の来院までに余も対策を考ふることとす。おそらくは家庭内暴力に苦しむ人々のための組織あらんと思ひ、同級生の精神科医河村君に照会す。夕方スーパーに行き、ジュース、チョコレート、アイスクリーム等、余の好物の嗜好品を購入す。

十二月十一日火曜、外来多く、充実せる心地す。昼休み、ゴルフ練習を矯正器具をつけて行ふ。夜、うどん、野菜、豆腐、団子などを味噌鍋にして食す。冬は鍋料理を余は好めり。

十二月十二日水曜、宇津木昆台の原稿の締め切り迫り、集中して取り組むこととす。中学の同級生黒田君より電話あり、同級生の集まりを提案せらる。夕方久しぶりに歩く。

十二月十三日木曜、外来多く充実。中学恩師より余の著書面白かりきとの感想を聞き、嬉しき心地す。

十二月十四日金曜、宇津木昆台の執筆、何とか形になりさうなる目途つき安堵す。夜、家人ＰＴＡ忘年会なれば子供らとジョイフルにて夕餉を食す。余はゴボウ天うどんとカキフライ定食を食し、満足す。

十二月十五日土曜、宇津木昆台の原稿完成し、ＦＡＸで送る。一段落したる心地す。午後、ジムにて泳ぎを習ひ、重心の置き方、手の揃へ方などを学ぶ。トキハにてカシオの腕時計Ｇ－ＳＨＯＣＫを購入す。電波時計にて時刻は正確、又太陽電池にて電池交換は永久不要の優れものなり。

十二月十六日日曜、月形コースにてゴルフ。同伴者はいつもの加藤、伊東、岩野の各氏。大分調子戻りたる感じありて自信を持つ。ラウンド後、練習グリーンにてアプローチの練習をす。

十二月十七日月曜、朝息子の小学校の交通指導にて歩道脇に立つ。余は防寒具に身を固めたれば、寒さを感ぜず。子供たちの歩行態度、挨拶の仕方等は概してよろしからず。漢方薬メーカー社員より、漢方勉強会に出席しをりし旧知の薬剤師、乳ガンにて逝去すといふ知らせを聞く。

十二月十八日火曜、暮れも押し詰まり、気ぜはしき心地す。年賀状を仕上ぐ。

十二月十九日水曜、韓国大統領決まる。新大統領は大阪生まれの由。クリニックの片付け、整理を始むるも容易に捗らず。夜衛星放送にて子供たちと映画「サンタクロース」を鑑賞す。

十二月二十日木曜、妊娠女性をエコーで診察す。余のクリニックのエコーは旧型なれば、画像分析に工夫を要す。クロールにて泳ぎ得る距離少し延びたれど、余は鼻に水入ること苦手なり。

十二月二十一日金曜、家人留守なれば夕刻娘を中学に迎へに行く。不要のカード解約の手続きをす。

十二月二十二日土曜、家人の友人の夫君蕁麻疹のため、余漢方薬を処方せしに、本日の診察にては改善の傾向あり。夜、自宅にてクリスマスの会食をす。子供たちケーキを作れるに、予想外の出来栄えにて皆驚く。

十二月二十三日日曜天皇誕生日、慣例のクリスマスゴルフコンペ。余の発案せし「お父さん慰労」の催しなり。昼のゴルフは日赤の若杉先生、田中、矢尾板の各氏と同伴、夜は都町の焼き鳥「丸ちゃん」にて打ち上げをす。運動後の麦酒の味は格別なり。同店経営者の宮本氏は竹田出身者にて余の懇意にする人なり。閉会後小山氏、高校後輩の原尻君とカラオケに繰り出し、クリスマスの一夜は更く。

十二月二十四日月曜、前夜は大分泊。昼前よりジムにて汗を流す。海運業の渡辺氏と一緒になり話し込む。余のこれまで知らぬ職種の人にて、興味深き話を聞く。かつて会社の経営順調ならざるときには、笑ひ方を忘れをりしといふ話に驚く。妻子は今日より留守。

十二月二十五日火曜、母のもとで朝食。知人の山中氏、山人参を足に貼り付くるサロンパスの如きものを持参すれば、余も試みに使ひてみることとす。夕刻、母と三重の寿司割烹「祐貴」にて食事。夜、テレビで小田和正のコンサートを観る。

十二月二十六日水曜、余日常は自づと午前六時には目覚むる慣ひなるに、今朝は珍しく七時半まで熟睡したり。夕方妻子戻る。家人より食材の買ひ物を頼まるるも、不慣れにて葱と長葱、榎とシメジを誤りて購入す。
十二月二十七日木曜、事務のミス二件あり、恥づかしきこととなり。午後、小雨模様の中、家族一同墓掃除に行く。木の葉大量にたまりをれば、その除去に苦労す。九重町の診療所に出向く。筋湯経由にて道路事情心配せらたるも、積雪、凍結なく安堵す。
十二月二十八日金曜、隣保班の九十四歳のFさん来院。体きつく熱ありとのことなれば、諸検査をし治療を施す。年賀状の毛筆書きは殊のほか手間のかかれば、来年よりは印刷にせんかと思ふ。
十二月二十九日土曜、仕事納め。Fさん、発熱続くも本人は元気になれりと言ふ。午後息子とジムのプールへ行く。夜、衛星放送にて伊丹十三特集の「マルタイの女」を面白く鑑賞す。
十二月三十日日曜、夜中に嘔吐、下痢を催す。原因不明なれど、胃腸の疲れし故か。体調悪しきもののゴルフへ。月形コースにて加藤、衛藤、岩野の各氏とラウンドす。夜、食欲、体調回復しキムチ鍋を食す。
十二月三十一日月曜、起床してみれば外は雪景色なり。道路情報を確認し、家族一同熊本経由にて福岡へ向かふ。ホテル日航福岡に宿泊し、キャナルシティの居酒屋にて食事す。母は日本酒を飲みすぎ、後に寝込む。紅白歌合戦をみて、余はロビーで催されし北村英治コンサートを見に行く。カウントダウンをして皆と共に新年を迎ふ。

平成二十年

平成二十年一月

筥崎神社に家族で初詣

一月一日火曜、新年を家族と共に福岡市のホテル日航福岡にて迎ふ。余は常のごとく午前六時に目覚むるも、家族はなかなかベッドを離れられず、一人退屈す。母も前夜の日本酒の二日酔ひの為か、起きられぬ様子なり。遅き朝食の後、駅前よりバスに乗り、筥崎神社に初詣に出かく。車中より窓の外を眺むれば、雪落ち始め、一時はバスの走行危ぶまるるほどに降りたり。参道には様々なる出店並び、多くの参拝客歩きたり。おみくじをひけば末吉なり。天気好転せざれば早々に引き上げ、地下鉄にてキャナルシティ博多にまはり、それぞれに買ひ物をす。余はスポーツショップにてゴルフ用のレインウェアを購入す。昼食はラーメンスタジアムにて海老味ラーメンなるものを食す。行列のなき店なりしもまづまづの味なり。ホテルに戻りて休養をとり、夜は全日空ホテルにて中華料理を食す。

一月二日水曜、バイキングの朝食。家人デパートの初売りに出かけたれば、子供と共にホテルで待機す。チェックアウトの後、玖珠町にある家人の実家へ向かふ。母は久留米に嫁ぎし余の妹の家へ向かふ。家人の実家にて新年の挨拶をなし、おせち料理をちそうになる。妻子を残して余一人辞し、大分経由で竹田に戻る。夜はさして面白くもなきテレビの正月番組を見て過す。ただイチローのインタビュー番組のみは興味深き内容なり。七年間昼食は毎日カレーのみを食して過せりといふ。

一月三日木曜、月形コースにて新年初のゴルフ。いつもの加藤、岩野、秋本各氏と同伴す。天気良く楽しくラウンドす。夜は、母のもとにて夕食。年賀状の整理をす。

一月四日金曜、仕事始め。職員自宅玄関まで年始の挨拶に来たり。外来さして多からず。のどかなる年始めなり。今日も年賀状の整理をす。運動は全くせず、夜は母のもとにてオムレツを食す。

一月五日土曜、外来に来たる何人かの患者には、余の処方せし漢方の効果顕著にて気を良くす。午後、わさだに行き、李白にて五目汁そばを食せし後、高速を通り玖珠の家人の実家に妻子を迎へに行く。帰途の筋湯経由は積雪の心配ありしため、湯布院、長湯経由にて竹田に戻る。

一月六日日曜、月形コースにて本年二回目のゴルフ。同伴は加藤、岩野、伊東の各氏にて気のおけぬ仲間なれば、遠慮なく好き勝手なることを言ひ合ふ。

一月七日月曜、夕方久しぶりに市街を歩く。川沿ひの風は未だ冷たかるも、日足は確実に伸びたりとの印象を受く。夜、娘の宿題を手伝ふにかなり難問多く、早晩余の手には負へぬ事態にいたらんと思ふ。

一月八日火曜、フィリッピン人女性二名、風邪で受診す。うち一名は保険証を持たざれば、自費診療を行ふ。診察室外の紅葉の枝にメジロ姿を見す。夕方、歩き始むるも寒気厳しく途中にて引き上ぐ。

一月九日水曜、外来午前午後ともに多く少し自信を持つ。夜、地元医師会の新年会出席のため一竹へ行く。記念撮影の後、麦酒をいつになく飲む。夜半、ために口の渇きと尿意を催し、数回目覚む。

一月十日木曜、高血圧なるも薬の内服を頑強に拒む患者あり。余には理解し難き考へ方なり。午後、大分へ出向き、大分信用金庫にて確定申告に用ゐる残高証明書をとる。支店長と挨拶を交はししが他の金融機関に比して、低姿勢なる印象を受く。夜、おでんを食す。

一月十一日金曜、今日も比較的外来多し。家人留守なれば昨日のおでんを昼に食す。夕方ゴルフの練習に行く。何打かは良き感じの打球あり。

一月十二日土曜、雨降る。漢方勉強会の資料完成す。午後大分のジムに行き水泳に打ち込む。甘き物欲しき心地すれば、洋菓子を購入して、家路につく。

一月十三日日曜、月形コースにてゴルフ。同伴者は岩野、衛藤、伊東の各氏。時折突然不調に陥り、スコアまとまらず。

一月十四日月曜成人の日。特に予定なければゆるゆると起く。午後より家族をともなひてジムのプールに行き泳ぐ。子供ら喜び、余も満足なり。帰りにロイヤルホストにて夕食、余はホタテ、ビーフシチューを食す。

一月十五日火曜、勉強会資料を大杉製薬の入田氏に手渡し一息つく。職員の娘、骨折したる由にて数日間休みたき旨の申し出あり。已むを得ざることなり。

一月十六日水曜、朝方に勉強を始むることにし、類聚方広義、比較傷寒論、漢方などの書籍、雑誌を毎日少しづつ読むこととす。愚息、時間割によりて教科書を揃ふることをせず、毎日全教科書を持ちゆくとのこと。これも個性なるかと思ふは親ばかなるか。

一月十七日木曜、午後大分の漢方仲間のクリニックへ行き、余の血液検査を依頼す。最近、ラジオにて耳にし、気に入りたるレミオロメンのCDを購入す。村松友視『武蔵野倶楽部』読了す。熟練したる作家の熟練したる小説といふ印象なり。

一月十八日金曜、近所に住む九十四歳の福田さん、発熱と全身倦怠感を訴へて受診す。血液検査を行ひ抗生物質を投与す。何分高齢故気がかりなり。

一月十九日土曜、息子とジムに行き泳ぐ。トキハの加賀百万石展に立ち寄るもさして欲しき物もなし。

一月二十日日曜、雨の中、月形コースにてゴルフを強行す。余は気進まざれども、同伴者の加藤氏の意に已む無く従ふ。雨のためグリップ緩み、散々の出来なり。

一月二十一日月曜、本日も雨。夕方より大分へ出向き、ワシントンホテルにて開かれたる日本東洋医学会理事会に出席す。織部師、以前より話しぶりにパワー減じたる印象ありて、心配なり。理事会の後、ラウンジとカクテルバーCASKにて懇談す。この店はツムラの社員佐藤さんの父君の経営したる店にて、その道にては有名なり。大分泊。

一月二十二日火曜、寒さ厳しければ一日運動せず。午後三時過ぎ保健所職員三名クリニックに来たり、立ち入り検査を受く。個人情報の取り扱ひ、トイレの手拭タオル等につき指導を受く。三名皆穏やかなる物言ひにて、特に緊張することもなく検査終了す。竹田保健所、三月一杯にて閉鎖し、豊後大野と統合せらるると聞く。

一月二十三日水曜、天気良けれども気温低き日続く。長女ミトコンドリア病にて、久留米大学受診中なれば、画像診断の検査結果を電話して聞く。脳の萎縮に進行は見られずとのことにて安堵す。夕方大分に出向き、大分臨床漢方懇話会に出席す。余の古典解説に質問なし。終了後、織部先生、市ヶ谷先生とスナックに行き、懇談す。

一月二十四日木曜、外来にて久し振りに妊婦の健診をす。大分行き続きたるため、今日の午後は竹田にてすごすこととし、出会ひの湯に行く。いつもと異なり、余の他に数名の客ありしため、寛げず。

一月二十五日金曜、夕方より中学同級生黒田君の運転するタクシーにて大分へ出向き講演会に出席す。内分泌に関する講演にて専門的内容なれば、余には理解できざる箇所多し。懇親会にて高校同級生松原（旧姓曽根崎）さんと話す。製薬会社よりタクシー券配布せられしにより、帰りもタクシーに乗る。高校同級生挟間君の社長を務むる春日タクシーを利用す。

一月二十六日土曜、近所の肉屋にして患者にてもある小沢氏の葬儀あり、母と家人出席す。梁石日『シネマ・シネマ・シネマ』読了。ストーリー面白く、文章も明快なり。午後は、母の誕生日を祝ふためにアマファソンへ。余は的鯛のトアレを食し、デザートにアップルパイを注文す。

一月二十七日日曜、月形コースでゴルフ。秋本、岩野、衛藤の各氏と同伴す。天気良ければ楽しくラウンドす。女子マラソン、福士は失速し何度も転倒す。大相撲は白鵬、朝青龍を破り優勝す。横綱同士の一番は手に汗握る熱戦なり。夜、団子汁を食す。

一月二十八日月曜、みぞれ降りて寒き一日なり。家人より実家の病院の当直を依頼され、二つ返事にて引き受く。

一月二十九日火曜、今日も寒さ厳しく、外来少なし。出入りの業者の話によれば他の医院も少なしとのこと。夕食時、珍しく缶チューハイを飲み、頭痛を覚ゆ。

一月三十日水曜、朝の勉強、習慣となる。一日一時間にても勉強を続くれば、小ならざる成果あらむものと信ず。中国製ギョーザに毒物混入のニュースありしに、偶々夕餉にギョーザ食卓に並ぶ。中国製にはあらざれど、複雑な心地す。

一月三十一日木曜、午後筋湯経由にて九重町の診療所へ。道路脇に雪残り、運転に神経を使ふ箇所いくつかありて、疲労す。甥志望の大学に合格したりとの知らせあり、母嬉しき様子なり。

平成二十年二月

長女発病で入院

二月一日金曜、天晴れて寒気緩む。夕刻、久しぶりに軽装にて散歩す。夜、家族一同教育テレビの模範をながら体操す。

二月二日土曜、みぞれのち雪。午前中悪天候のためか外来開店休業の状態なり。午後家族で大分へ出かく。まづ息子を駅前の学習塾全教研に送り、女性達と別れてトキハのバーゲンに行きセーターを購入す。黒地に面白き模様あるものなり。夕刻、息子を迎へ、一同揃ひてロイヤルホストにて食事す。余はハンバーグを食せしが、ファミレスとは思はれぬほど美味なり。帰途温見経由にて竹田に帰らんとするに、天気次第に崩れ、みぞれより雪に変りて、走行やがて困難となる。やむを得ずわさだまで引き返し、犬飼経由にて帰宅す。深夜、長女痙攣を起こし、座薬を用ふるも治まらず。家人付き添ひて救急車にて県立病院へ搬送す。

二月三日日曜、娘の病状気にかかり、ほとんど眠られず。予定せしゴルフを中止し、同伴予定者に連絡す。久方ぶりに朝食を作り、息子と食す。十時過ぎに大分へ向かふ。病院に到着すれば娘は点滴中にて熟睡しをれり。家人と義母付き添ふ。入院後は痙攣治まり病状安定したりとのことにて安堵す。余の病院を離れてもよき余裕ある様子なれば、県医師会館に行きてガン検診の講習を受く。夜は、母と息子と巻き寿司、湯豆腐などを食す。

二月四日月曜、朝病院の家人より、長女の病状順調に回復し、点滴を止め、歩行許可せられたれりとの連絡ありて安堵す。今日も朝食を作り、息子の塾の送り迎へ等、日頃の家人の仕事を果たす。夜、母コロッケを持参すればそれを食す。

二月五日火曜、朝長女明日退院との連絡あるも、後刻になりて検査のため一日延期との知らせあり。詮無きこととは言へ、一同喜びたるだけに罪なることとなり。プラセンタの説明会を企画す。夕食は母の用意したる太刀魚の塩焼き、刺身、味噌汁を食す。

二月六日水曜、夕刻診療を終へ、息子と共に県立病院へ向かふ。わさだにて、弁当とプリン等を購入し、病院の食堂にて親子四人で食す。主治医より娘の病状につき説明を受く。以前の発作時に比して、脳萎縮の進行は認められずとのこと。今回の発作は長女の持病なるミトコンドリア病とは別のてんかん発作なる可能性もありとのことなり。息子と竹田への帰途、息子本屋に立ち寄ることを強く希望すれば従ふ。

二月七日木曜、外来多し。午後大分へ向かふ。散髪に行き、すっきりす。長女の退院は諸検査のため夕刻となる。聴覚少し低下せりとのこと。気がかりなることなり。夜、自宅に家族揃ひ、鳥鍋を食す。日頃はあまり意識せざれども、斯くの如き平凡なる日常の中に幸せはあるものなり。

二月八日金曜、外来に夫婦喧嘩のために体調不良となれりと訴ふる女性受診す。夫も診察室に入れ、双方の言ひ分を聞き、いつしか人生相談のごとき、様相を呈す。最近話題となれる新訳の『カラマーゾフの兄弟』を読み始むるも、余にはさして面白きものとは思へず。新聞にて、余が懇意とする桑原慶吾氏の東急アマに優勝したることを知り、祝ひのメールを送る。長女は病み上がりの所為か、足元頼りなき様子なり。

二月九日土曜、早朝四時半に目覚むるも日昇るまで布団を離れず。特定検診のしくみ、余には未だよく理解できず。午後大分へ行き、長男を全教研へ送る。夜、牡蠣、刺身などを食す。

二月十日日曜、月形コースにてゴルフ。同伴者は宮脇氏、宮本氏。宮脇氏は米水津郵便局局長、宮本氏は焼き鳥屋の経営者なり。多様なる職種の友人出来たるもゴルフの効用なり。成績は前半アプローチのミスにて大たたきするも、後半はバーディーもあり、盛り返す。ラウンド後、宮脇氏よりアドバイスを受けアプローチの練習をす。帰途コンビニに寄り、トロピカルジュースとチョコレートを購入して帰る。ささやかなる幸せなり。

二月十一日月曜建国記念日、読書、ネット将棋などにてゆっくりと一日を過す。家人にも休憩を与へんとして昼はカップラーメンを食す。夕刻未だ日高きうちに風呂に入る。夜は三重町の割烹「祐貴」にて家族で食事す。

二月十二日火曜、晴れたれど寒き一日なり。長女久し振りの登校にて体調を心配せしが問題なく安堵す。旧知の漢方の先輩なる村木毅先生より新刊の著書『ステップアップ傷寒論』を贈らる。夕方歩くも、川沿ひの路は風強ければ、町内のコースに変更し、広瀬神社に新年初めて参る。

二月十三日水曜、長女に宿題の加勢を頼まれ、卒業といふ題の詩をともに作る。アメリカ大統領選、民主党候補のオバマ、獲得代議員数でヒラリーを逆転す。今後の展開興味深し。

二月十四日木曜、外来少なく、職員と雑談して過す。時間を有効に使ふこと肝要なれども難しきことなり。午後久しぶりにゴルフのレッスンを受く。夜、わさだシネフレックスにて映画「ラストコーション」を観る。中国の昔の様子、雰囲気よく表現せられたりと思ふ。

二月十五日金曜、家人は長女を連れて県立病院へ診察に行く。昼食は近くの店にて天とじ丼を食す。クラリネットの練習をするも音思ふやうに出でず。

二月十六日土曜、温泉にて当院の評判を聞けりといふ七十六才の男性受診す。嬉しきことなり。午後長男と共に大分へ向かひ、駅前の全教研にて降ろす。余はトキハの駅弁大会にて鰤の寿司、鱈子の握り等種類の異なるもの四個を購入し、夕食に当つることとす。夜、早き時刻より眠気を覚え、子供らより先に床に就く。

二月十七日日曜、月形コースにて開かれし岡城会に参加し、トップアマの佐藤憲一、歯科の佐藤亮医師、志賀氏と同伴す。余の調子悪しく、佐藤憲一氏より素振りの練習を勧めらる。夜はお好み焼きを食す。

二月十八日月曜、家人県立病院に検査のための長女の尿を持ちゆく筈なりしが、持参することを忘れたりと言ふ。俄かには信じがたきことなれども結局家人大分へ二往復す。右手親指に痛みあり、よくみれば小さきあかぎれを見つく。紫雲膏を塗る。

二月十九日火曜、特定検診は事後の指導に保健師必要の様子なりて、当院にての実施は検討を要す。イージス艦漁船に衝突し、テレビはそのニュースを繰り返し報ず。午後は外来少なくのんびりと過す。

二月二十日水曜、梅酒を購入し夕食時に水で割りて飲む。飲みやすければ、余の適量を越えてアルコールを摂取する傾向あり。

二月二十一日木曜、膝の痛みを訴ふる患者来院す。丸福といふ食堂にて勧められたりといふ。何としても治さんと思ふ。午後わさだへ行き、家人とレストランにて昼食を摂る。食後パフェを注文すれば、眼前にて小さき花火をあぐ。面白き趣向なり。長男は、やはり医師の子弟なる同級生と大分市の向陽中学に進みたしとの希望ある由。中学進学までにはいまだ三年の猶予あれば、恐らくは志望校決定につきては紆余曲折あらんものと思ふ。

二月二十二日金曜、高校同級生にて、余のクリニックの経理を任せたりし税理士の野中道彦君逝去との知らせあり。あまりに突然のことに驚き、かつ信じ難き心地す。

二月二十三日土曜、家人の実家の当直のため玖珠へ向かふ。到着して間なく病棟の患者死亡し、死亡診断書を書く。石原慎太郎『オンリー・イエスタディ』を当直室にて読む。氏は未だ若かりし頃より各界の著名人と交友関係を結びしことを知る。

二月二十四日日曜、退屈なることを心配せしが、時間は思ひのほか早く過ぎぬ。天気悪しく、夕方より雪降り始め、帰途の道行きに不安あれば、義父母の了解を得て早めに引き上ぐることとす。

二月二十五日月曜、余の外来診療する若き女性の母より、病状につきての問ひ合はせの電話あり。親の気持ちは理解せらるるも、やり辛きことなり。航空機のマイレージのポイントにて請求可能なるギフトカタログ届き、ハムやアイスクリームなどの食品を選ぶ。

二月二十六日火曜陰後雨。老人保健施設より帯下の患者二名来院す。いづれも痴呆あり、病状につきては専らヘルパーと話す。

二月二十七日水曜、午後暇なればネット将棋のみして過し、後に反省す。夜はミートスパゲッティ、カボチャのスープを食す。

二月二十八日木曜、外来出足悪しかりしも後に六、七人来たる。午後九重町の診療所へ出かく。ジムに廻り、体重を測れば七十五キロを越えをり、少しばかり衝撃を受く。

二月二十九日金曜、朝のスタート時珍しく外来混む。夜余の好物のクリームシチューを食す。

平成二十年三月

奇特なる患者あり

三月一日土曜、午前中外来少なし。午後、息子を大分の全教研へ送り、余は久しぶりにトキハ近くのみさき画廊を訪ね、今泉尚樹展を鑑賞、店主の池田氏と雑談す。池田氏は余と同年にして古き付き合ひなり。トキハの新潟展にて蛍イカ、桜餅を求む。夜は、雛祭りにちなみて、散らし寿司、鳥の唐揚げなどを家族で食す。

三月二日日曜、余のクリニックに関はりある薬品会社、ホームページ作成会社社員などによるゴルフコンペを、白木ゴルフクラブにて催す。午後よりのスタートなれば、午前中はゆっくり過ごす。余には初めてのコースにて、海見え、景観優れたり。グリーン外からのパターよく決まり、余思ひがけず優勝す。田尻なる居酒屋しばらくにて打ち上げをなし、鍋料理を食す。皆と楽しく語らふ。

三月三日月曜、陰時々雨、外来患者ほとんどなし。家人、長女の尿を検査のため県立病院に持参す。尿蛋白〇・八グラムなりしが一・三グラムに上昇せりとのことにて、心配なることこの上もなし。衛星放送にて将棋順位戦の最終局を観る。余の贔屓にする羽生氏名人戦挑戦者に決まり、楽しみ出で来たれり。夕刻、寒さのため散歩は取りやむ。

三月四日火曜、娘の持病のミトコンドリア病の権威にて、長女も時折診察を受くる久留米大学古賀先生に、電話にて腎機能のことを尋ぬるに、あまり心配の要なしとのことにて安堵す。午後、特定健診の実施医療機関訪問調査とのことにて、市役所保険課職員二名来院す。身長計新たに購入の必要ありとのことなり。夕刻、久しぶりに歩く。大学同級生にて未だに開業を迷へる本田と携帯にてしばらく会話す。

三月五日水曜晴、外来患者の、教室にて息苦しくなること多しと訴ふる女子高校生に対し、有効なる助言思ひつかず歯痒き思ひをす。ベトナム旅行に行きし患者より土産を貰ふ。申し訳なきことなり。朝方長女の体調優れず心配するも、上級生の卒業式に出席し、無事帰宅す。不妊症の患者、漢方薬の投与により排卵の存在を示す基礎体温となる。

三月六日木曜晴、久しぶりに午前中外来賑はひ、充実感を覚ゆ。夜、長女試験勉強を遅くまで行ふ。余、付き合ふつもりなりしが眠気に耐へ切れず先に床に着く。

三月七日金曜晴、外来多く本読む余裕なし。知人にて中華料理店の経営者なる後藤氏、余の処方したる麦門冬湯といふ漢方薬にて喘息軽快せりといふ。事務の山下さん四月にて家庭の事情により退職したしとの申し出あり。突然のことに驚き、かつ後任の人探しといふ問題を抱ふることになれり。夜、久しぶりに余の好物のすき焼きを食す。

三月八日土曜晴、少しづつなりしも勉強の成果出できたる心地し、自信らしきもの湧く。午後、長男を大分の全教研に送り届く。夜余に漢方の講演会に出席する予定あれば、家人と長女、後続にて大分へ来たり、夕食をトキハ会館近くの李白にてともにす。講演会の話は、あまり臨床と関係なく、些か期待はづれの内容なり。

三月九日日曜、月形コースにてゴルフをす。岩野、宮本、衛藤の各氏と同伴せり。後半雨となり、スコア崩る。名古屋の女子マラソン高橋尚子二十七位に終り、オリンピック出場の可能性消ゆ。

三月十日月曜、新しきハンディ二〇・五となれりとの通知届く。最近の成績より予想したりしものの、以前は八にてありしかば些かショックを受く。コピー機故障し、メーカーに連絡す。サービスマン一時間にて大分より到着し、修理す。夜、ハンバーグを食す。石原慎太郎『息子たちと私』を読了す。四人の子息のそれぞれの個性興味深し。

三月十一日火曜、昼休みゴルフの練習に行くこと億劫になり、自宅にて過ごす。夜、母も来たりて鳥鍋を食す。NHKのテレビ番組「プロフェッショナル」にて、心臓カテーテル治療名医をみて、刺激を受く。

三月十二日水曜、午後外来少なく、暇を持て余す。春を感ぜさする暖かき日和にて、夕方の散歩も毛糸の帽子よりゴルフキャップに代ふ。

三月十三日木曜、鼠径部の痛みを訴ふる患者受診す。余には原因の見当つかず。高校同級生只隈より電話あり、しばらく近況など雑談す。午後大分へ行く。ホワイトデーのチョコレートケーキとイチゴのタルトを購入す。

三月十四日金曜、津久見より二十五歳の女性新患来院す。主訴は生理不順とにきびにて、漢方薬二種類を処方す。夕刻、中学の同級生黒田君の運転するタクシーにて東洋ホテルへ行き、講演会に出席す。車中近隣の病院の噂話など聞く。講演会は卵巣ガンの治療テーマにて、余の診療に直接関係なければ途中退席す。帰途は高校同級生挟間君経営の春日タクシーにて竹田へ。

三月十五日土曜、外来に来たる患者に父のことを問はれて、死去せりと話せば、母のもとへ香典を届けにゆく。奇特なる人なり。午後大分へ行き、ワイシャツを購入す。長男は行きも帰りも車中にては眠りをれり。

三月十六日日曜、月形コースにてゴルフをす。前週と同じ岩野、宮本、衛藤の各氏と同伴す。夜、家族で地元竹田のらいす亭に食事に行く。

三月十七日月曜、診療報酬改定の資料に目を通すも理解し難き内容なり。隣保班の児玉さん、めまひと肩こりを訴へ来院す。葛根湯と苓桂朮甘湯を処方す。昼休み、マンションの売り込みの電話あり、その執拗さに思はず声を荒げしことを後に後悔す。夜、子供たちと並びて勉強す。

三月十八日火曜、外来にて採血困難なる患者あり。四回刺し直して、漸く少量の血液を採取するを得たり。午後、プラセンタの説明会に十名参加す。夕方、散歩中に雨降り始め、早々に引き上ぐ。

三月十九日水曜、久しぶりの雨。外来にここは待たずともよしと高血圧の薬求むる患者受診す。些か腹立たしき物言ひなれど、事実なればやむを得ず。

三月二十日木曜春分の日、朝家族一同にて墓掃除に出かく。余は納骨堂を雑巾にて拭く。息子の友達遊びに来たり、クリニック二階のホールにて、余も加はりてバスケットボールに興ず。夜、家族にて居酒屋「羅夢歩」に食事に行く。カルピスチューハイを飲み、眠気を覚ゆ。

三月二十一日金曜、家人風邪のため体調優れず。外来に東大出身といふ患者受診し、自分勝手なることを長々と話して帰る。浅田真央、転倒したるも世界フィギュア選手権にて優勝す。徐々に漢方医たるの存在認められつつあるかと思ふ。午後、家族で大分へ。母と家人はトキハの宝飾展へ。夜、余が時々訪るるやぐら寿司へ。五人で八千四百円とは驚くべき安さなり。帰りは犬飼より大野町まで本日開通せる高規格道路を利用す。快適なり。
三月二十三日日曜、月形コースにてゴルフ。新しき道を通りて三十九分で到着す。これまでより五分以上短縮したることとなる。日赤の若杉先生と一緒になり、しばらく立ち話をす。夜、息子の勉強の様子を観察するに、集中力なき様子なりて少しく心配なり。されど余の息子なれば、あまり多くは望めず。
三月二十四日月曜、上野丘高校二十四、二十五、二十六、二十七期のゴルフ対抗戦を四月二十九日に行ふこととなり、同級生に連絡す。夕方の散歩中、桜の開花を見つく。セーターそろそろ不要の気候となる。
三月二十五日火曜、外来はいつもの如く、午前に比して午後は閑散たり。夜、テレビ番組にて爆笑問題と京大の教授達との討論を興味深く観る。
三月二十六日水曜、津久見より患者来たる。夜、大分に行き大分臨床漢方懇話会へ。余の古典解説はやや平板なりしやも知れず。勉強会の後、織部先生に都町に誘はるるも、辞して帰途につく。
三月二十七日木曜、自宅にて家人のピアノ生徒集まり発表会あり。四月よりの医療制度改定につき勉強するも、容易には理解できず。制度複雑になり、事務作業繁雑になることは、腹立たしく、また憂慮すべきことなり。わさだのデポにてシュノーケルを購入し、ジムのプールにて泳ぐ。鼻の痛みなく、快適なるもジムの関係者よりは使用はご遠慮下さいと云はる。迷惑かくるわけにてもあらず、何故の禁止かと理解に苦しむものの、無用の騒ぎを起こさんことも本意ならざれば従ふこととす。
三月二十八日金曜、午後中津の医師より紹介の新患あり。警察官なるが強迫神経症とのことなり。夕刻、東洋ホテルにて近畿大学医学部出身の大分県在住者十名ばかり集ひ、懇親会を催す。余一期生にて最年長とのことなれば、乾杯の音頭をとる。
三月二十九日土曜、午後家人の実家なる玖珠の高田病院の当直へ。運転中暑くなり、セーターを脱がんとして、頚部にかかりて抜けず、暫く前方の視野を失ひ、パニック状態に陥る。幸ひ事故は免るるも、斯様の行為は二度とすまじと誓ふ。夜、足を農作業器具にて断裂せりといふ患者来たりて、縫合す。外科処置、久方ぶりなれば、少し手震へ、苦労す。
三月三十日日曜雨、当直室にてテレビのみ見てすごす。外来何人かを診るも風邪等の軽症のみ。
三月三十一日月曜、余の異常なしと診断したる患者、他の医療機関にて乳ガンとの診断を受けたりとの連絡を受け、驚愕す。久住大久保病院の三人兄弟の医師のうち、二番目、三番目の医師独立することとなり、挨拶に来らる。

平成二十年四月

花見は中止に

四月一日火曜晴、長女久留米大学病院に診察に行きたれば、その様子気にかかりて、長女の携帯に電話するに「よき感じ」との答へあり。一先ず安堵す。夜は、母のもとにて食事す。ニュースは道路税の暫定税率期限切れによるガソリン価格値下がりの話題で持ちきりなり。
四月二日水曜晴、レッドソックス松坂今シーズン初勝利を上ぐ。妻子久留米より実家の玖珠を経由して戻る。夕刻、散歩時に桜の開花を見る。新緑も目に鮮やかなり。
四月三日木曜晴、食欲不振と不眠を訴ふる市役所職員受診す。心構へ等を助言し、漢方薬を処方す。午後、大分に行き、ゴルフレッスンを受く。その場にては教へらるる通りの身体の動き不思議に可能なるも、一人になりてはさはうまくいかざるが悩ましきことなり。
四月四日金曜晴後陰、外来患者多く待合室より溢る。珍しきことなり。本日家族にて花見をせんと予定せしが長女発熱して中止す。已む無く昼食に用意したる弁当を食す。夕刻、母と息子と共に岡城に桜見に行く。床のみ復元されたる家老屋敷はきはめて広く、厠も五箇所に認めらる。
四月五日土曜陰、外来十名、土曜にしては多し。家人所用にて留守なれば昼食は母と子供たちとジョイフルにて済ます。余は海老カツを注文するにまづまづの味なり。夜は千代大海の父親なる魚屋より母の購入せし鯛を食す。吸ひ物美味なり。

四月六日日曜陰、月形コースにてゴルフ。起床前いまはしき夢を見たるためか、しばらくは気分乗らず。岩野、加藤、衛藤の各氏といつものごとく好き勝手なることをいひあふうちに、次第に気分晴る。まづまづの成績にて久方ぶりにB組三位に入賞す。

四月七日月曜陰後晴、大杉製薬入田氏来院し、漢方勉強会の資料のことなど相談す。夕方、身体気だるく面倒なれど、気持を鼓舞し、歩く。日に日に木々の緑濃くなるごとくなり。テニスの伊達公子現役復帰すとのニュースを興味深く聞く。

四月八日火曜晴、他院の調剤薬局薬剤師より勧められて当院を受診せし患者、主訴の頭痛七割方軽快せし由、結果を出だし得たることを喜ぶ。夜、好物のアサリ味噌汁を食す。

四月九日水曜雨、プラセンタの説明を聞きたしといふ患者受診す。注射したるに持病の肩こりたちまち軽快したりとのことにて余も驚く。夜、長女足痛がり、発作を心配せしに大事に至らず。夜、早くより眠気を催し子供とともに床に就く。

四月十日木曜陰、退職する職員、息子への伝言として「格好いいお医者さんになってください」と言ふ。余はさはなるまじと憂へつつ聞く。午後大分に行き、ゴルフ用のポロシャツ購入す。

四月十一日金曜晴、ギフトカタログにより注文せし鱶鰭ラーメンとアイスクリーム届き、早速家族と食す。皆喜ぶ。長女遠足より帰り、疲労のためかソファーにて昏々と眠る。診療の合間の勉強は集中力持続のための訓練と思ひ励む。

四月十二日土曜晴、うつ状態なりし市役所職員の症状かなり軽快せりといふ。肺炎ワクチン予約の患者現れず、迷惑なことなり。夜、織部塾に参加す。長崎の前川先生、沖縄の堀先生らと歓談す。最近入塾したる藤木先生、余の書を購入し、感銘を受けたりと言ふ。気恥づかしき心地す。

四月十三日日曜微雨、昨夜は大分泊。本日は月形コースにてゴルフす。加藤、宮本、村上の各氏と同伴す。加藤氏を前半は大きくリードするも、後半調子を乱し大逆転を喫す。口惜しきことなり。宮本氏よりオーバースイング矯正の練習法を習ひ、早速試さんと思ふ。

四月十四日月曜晴、早朝よりテレビにてマスターズゴルフ最終日を観戦す。伊予銀行の渡部氏より余の資産状況を尋ねらる。余には資産といふほどの資産なく、恥づかしき心地す。

四月十五日火曜晴、暑し。散歩は半袖にてちゃうど良し。余の執筆せし文章の掲載せられたるメディカル・カンポー届く。いつもながらの余のささやかなる喜びなり。

四月十六日木曜雨、中学一年の長女の担任による家庭訪問あり。家人と余の二人にて懇談す。学業、運動ともに人の後塵を拝しながらも、何とか学校生活に付きてゆかんとする様子を聞きて安堵す。修学旅行にも家人付き添ひの上、行かすることにす。ただ進学につきては楽観を許さずとのことなり。多くは望まねど何とか人並みの学生生活を送らんことを祈るのみ。

四月十七日木曜陰時々晴、余の不注意により携帯の料金七万円を超え、家人より注意を受く。ジムにて産婦人科女医貞永先生と久方ぶりに一緒になり挨拶す。正月に足を負傷し、運動出来ざりしとのことなり。清水義範『小説家になる方法』を読破す。かくの如き題名の書、余は幾冊も購入し、読了せしに、未だ小説家となれる気配見えず。

四月十八日金曜晴、家人帯状疱疹にて皮膚科を受診す。高血圧の患者より、普段自分が使用すといふ佐伯産の塩を贈らる。散歩時路上にてヘビを退治する老人を見たり。

四月十九日土曜晴、午後県医師会館にて高期高齢者医療制度につき研修を受く。役人の説明は、質問には答へず気持ちの入らぬものなり。

四月二十日日曜晴時々陰、ニッポーで行はれし岡城会に参加す。歯科の佐藤、高山先生、船員を退職せし清原氏と同伴す。余は半袖シャツを着用せしが風強く体感温度低きため、途中長袖に着替ふ。夜、家族にて三重町「裕貴」に食事に行く。

四月二十一日月曜晴、家人の帯状疱疹、頭部より顔面に広がり、心配なることなり。右人差し指の爪先に痛みあり、良く見れば傷ありて少量の出血も認めらる。原因不明なり。

四月二十二日火曜晴時々陰、夜糖尿病の講演会に出向き、二時間勉強す。『ヘミングウェイの酒』読了す。作品中の各種の酒の登場部分にその酒の説明などあり、下戸なる余にも興味深く読めたり。

四月二十三日水曜雨、外来多からざれど散発的に来院し、退屈せず。電子カルテには患者の支払い金額まで表示さるるに、高額となるときは気の毒なる心地す。夕方雨降り散歩出来ず。

四月二十四日木曜晴、午後九重の診療所へ。外来の合間に院長と暫し雑談す。院長は家人の親戚なるが、なかなかの人格者にて余の手本とすべき人なり。

四月二十五日金曜晴、午後小学生の長男の家庭訪問にて担任の先生来訪す。家人を交へ懇談するに、最近息子たち数人教室のベランダより外に出る危険なる行為ありし由。校長にも叱責を受けしとのことにて、思いがけぬことに驚く。担任は好人物なれど、容貌・物腰に軽薄なる印象を受け、余には好感持てず。夜、医師会病院にて乳ガンの講演会あり、受講す。

四月二十六日土曜晴時々陰、竹田荘に田能村竹田の絵画の陶板碑完成し、その除幕式に母と共に招かれて出席す。亡父、生前田能村竹田顕彰会理事長を務めしにより、逝去の折、香典の一部を同会に寄付す。これを基に陶板碑は建造せられしものなり。碑の裏面には父の名前も刻まれ、有難きことなり。午後、家人の実家の玖珠高田病院に当直に向かふ。

四月二十七日日曜晴、当直室にて終日テレビをみ、読書して時間を費やす。あまり重症なる患者なく、無事に当直を終はる。竹田に戻り、夕食後四十分ほど散歩す。

四月二十八日月曜陰、別府の漢方専門クリニックに通院せりといふ患者、余のクリニックの漢方処方を求めて受診す。先方の処方内容を検討するに、意外なる内容にて驚く。衛星放送にてたまたま「トスカーナの休日」なる映画を観、内容面白く最後まで観る。

四月二十九日火曜昭和の日晴、上野丘高校二十四期、二十五期、二十六期、二十七期対抗ゴルフ大会が富士見カントリーで開催され、我が二十六期も余を含む六名参加す。余は先輩の毛利、岸和田氏、後輩の阿部氏とラウンドす。夜、都町天まで上がれにて表彰式並びに懇親会を行ふ。挾間君、夜のみ出席せしが二次会の小料理屋国東、三次会のカクテルバーＣＡＳＫまで同伴し語り合ふ。

四月三十日水曜晴、昼過ぎ母を松本歯科に送り、車の方向転換せし際、段差に気づかず、前輪をはづす。建設会社の知人に応援を依頼し、窮地を免がるるも、余の不注意にして恥づかしきことなり。夜、医師会懇親の「いざよい会」にて、医師会病院の運営を巡り、口論始まる。余は幸ひに部外者にて聞き役に徹す。

平成二十年五月

陶板碑除幕式記事新聞に

五月一日木曜晴、外来患者多く充実感を覚ゆ。午後、大分へ出向き、通帳記入等の雑事を済ます。トキハにて同級生の井上君に会ひ、挨拶す。久し振りにジムに行き身体を動かせば心地よし。

五月二日金曜晴、外来患者に何かと不平を漏らす者あり、、苛立たし。四月分の保険を点検し、いくつかのミスを発見す。長女発熱するも自然に軽快し安堵す。夜、久し振りにお好み焼きを食す。美味なり。

五月三日土曜憲法記念日晴、午前中斉藤茂吉夫人のことを孫の北杜夫長女が書ける『猛女と呼ばれた淑女』を面白く読む。午後、実際の日より早けれど、余の繰上げ誕生祝ひをせんと家族一同瀬の本なるレストランアマファソンへ行く。ケーキのロウソクの火を消すに苦労するは御愛敬か。娘よりキーホルダーを祝ひに貰ふ。帰途、久住高原荘にて風呂に入る。

五月四日日曜晴、月形コースにてゴルフをす。珍しくバーディ二つをとるも、終ってみればいつもの如き成績なり。家人、子供達を連れ実家へ帰りしため、夜は母と竹田市内の寿司屋へ。母ビール少量にて酩酊し以前より弱くなりし印象なり。

五月五日月曜陰、吉野コースにてゴルフをす。岩野、小山、池辺の各氏と同伴す。久々の二日連続のゴルフなり。気候も涼しく楽しき一日なりき。終了後リニューアルされしパークプレイスへ向かひ、様子を見るに大きなる変化なし。人多く車の出し入れに長時間を要す。

五月六日火曜晴、連休最後の休日を独り所在なく過す。田能村竹田陶板碑除幕式の記事漸く大分合同新聞に掲載せらる。小さき写真なれど余と母の姿も載れり。夕方、妻子玖珠より戻る。

五月七日水曜晴、連休明けなれば患者多し。診療中に電子カルテに不具合生じ、職員総出にて復旧に努む。母より誕生祝ひとしてTシャツ二枚を贈らる。

五月八日木曜晴、午前中外来多し。午後、大分に出向き久々にゴルフレッスンを受く。おばさん連中の先客多く、余の順番遅れり。夜好物のクリームシチューを食す。十時すぎより眠気を覚え床につく。足にだるさを感ず。

五月九日金曜陰後雨、外来午前午後とも多し。『三谷幸喜のありふれた生活』読了。さしてうましとは思はねど読みやすさにはさすがに著者の力量を感ず。家人留守なれば、食器の後片付けなどを子供たちと分担して行ふ。

五月十日土曜雨、外来少なく余暇の時間はひたすら勉強に励む。午後息子と大分へ。家人後続で大分に来たり、夜はロイヤルホストにて食事す。フリードリンク制なればジンジャーエール、カルピス等一通りの飲み物を飲むにさすがに水腹となる。漢方講演会に出席す。余もひとつ演者に質問す。終了後、財前といふ医師より話しかけられ、高校の同級生なることを知る。たしかに見覚えのある顔なり。

五月十一日日曜陰後晴、月形コースにてゴルフす。川本、後藤、岩野の各氏と同伴す。川本君は余の大学の後輩にして、元来奈良の生まれなるも、病院令嬢たる現夫人と恋愛の末、別府に住むこととなれる好漢なり。

五月十二日月曜晴、夕刻より日本東洋医学会理事会出席のため大分へ出向く。時間に余裕ありしかばジムにて運動したる後、会場のワシントンホテルへ行く。食事をしつつ県部会の予定などにつき意見を交換す。終了後、カクテルバーCASKへ織部先生ら数名と行き、しばらく雑談す。帰途は新設成りし高規格道路を利用して、四十八分といふ短時間にて帰着す。

五月十三日火曜晴、午後便秘の漢方治療を求むる新患、来院す。先日知り合へる同級生財前君よりメール届く。夜、謡曲の練習に行き、師匠より乳ガンの手術を受けたりといふ話を聞く。

五月十四日水曜晴、他院内科にてホルモン剤を処方されし患者、出血したりとて来院す。母は歯科にて入れ歯を挿入し、顔つきの変はれるを愁ふ。

五月十五日木曜晴、余の五十三回目の誕生日なり。この日に当り感慨はなけれども、ただ月日の立つことの早きに驚く。夜、余の好物なるすき焼きを食す。
五月十六日金曜晴、ホームページの掲示板にうつ病らしき人よりの書き込みあり。返信を書く。昼休み、デジカメにて撮影せし写真のプリントを依頼に写真館へ行く。旧知の主人としばらく雑談するに、デジカメの普及により写真館の仕事明らかに減少せりと聞く。いかなる職業もなかなか大変なる時代なり。
五月十七日土曜晴、郵便局に勤務する女性、仕事中に緊張してドキドキすと訴へて受診せるに、余の処方せし漢方薬にて症状軽快す。午後長男と大分へ。助手席にて、居眠りをする長男を尻目に、戯れに旧道を通るに、道幅狭く走りにくし。今昔の感に堪へず。
五月十八日日曜晴、阿蘇グランヴィオゴルフ場にて行はれし岡城会に参加す。同伴者に女性二名加はり何かと気を使ふこと多し。夜、手巻き寿司を食す。長男お茶を飲むコップを口から離さざるやうにして吸ひ込み、口の周囲黒く変色し、滑稽なる様相を呈す。
五月十九日月曜雨、朝アメリカＰＧＡゴルフに日本の今田選手優勝せる様子をテレビにて観戦す。青木、丸山に継ぐ快挙にして余も興奮歓喜す。雨のため夕刻歩くことをやめ、木村拓也の総理大臣に扮する「チェンジ」といふテレビドラマ観る。意外に面白し。
五月二十日火曜晴、母臀部に痛みを訴ふるため、念のため医師会病院を紹介す。ＭＲＩ等にて検査するも異常なしとのことにて安堵す。レゾネイト久住に勤むる患者より、家族にて食事に来ざるやと誘はる。夜、うつ病の講演会に出席し、いくつか質問す。懇親会にて演者の大分大学教授と親しく話し、有意義なる一時を過す。会の後、秦先生、竹下先生と飲みに行き、医師会病院の現状など聞く。
五月二十一日水曜晴、午後外来少なく勉強に励む。夏の高校同窓会に際してゴルフコンペを企画し、関係者に連絡す。
五月二十二日木曜晴、事務室内のバイアグラの数量足らざること発覚す。他者の入り難き場所なれば奇怪なる事なり。午後大分へ。ジムにて、泳ぐこと可能なる距離の次第に伸び行くは嬉しきことなり。九重の診療所にまはり、漢方薬処方す。
五月二十三日金曜陰、特定検診に備へて注文したる身長計届く。試しに余の身長を測定するに一七〇・三センチなり。余最近、夜ストレッチ体操を行ふに、かへって腰痛出現せしことに戸惑ふ。

五月二十四日土曜陰後雨、午前中外来多し。午後大分へ。散髪に行き、すっきりす。トキハの連絡通路にて友人と久方ぶりに会ひ暫く立ち話す。夜、鰹のたたきなどを食す。

五月二十五日日曜陰後晴、日本東洋医学会大分県部会。余演題は出さざれども、いくつか質問す。終了後、家族にて会食するため久住のレゾネイトに向ふ。すでに家族到着しをり、温泉に入りし後、食事す。件の患者、何かと余ら一行へのサービスに勤め呉る。

五月二十六日月曜晴、余の処方する漢方薬、以前より的確なる薬の選択により、効果増したる印象あり。不妊症の夫婦とじっくり会話す。

五月二十七日火曜晴、昼休みよりほか来院出来ざる患者に、やむ無く一人にて対応す。

五月二十八日水曜陰後雨、新規採用職員の面接をす。夜、漢方勉強会で大分へ。織部先生所用にて遅れて到着したるため、不在の間余が司会をす。終ってスナックに付き合ひしに、話盛り上がり、引き上ぐる時機を逸し、帰宅遅くなれり。

五月二十九日木曜陰、職員よりそれぞれの希望を聞き、六月の勤務体制を決む。午後中学の同級生と吉野コースにてゴルフす。同級生思ひのほか腕を上げてをり、余は苦杯を喫す。夜、高血圧講演会に出席す。

五月三十日金曜晴、県病に紹介せし患者理解悪しくイライラす。夜、家人留守なれば母と子供と「大将」に行く。客多く、注文なかなか通らず、遅くなる。

五月三十一日土曜晴、植木の手入れ終り、きれいになる。午後、家人の実家の病院に当直のため玖珠へ向ふ。特に重症患者もなく、主にテレビを観て過す。

平成二十年六月

当直に往診に

六月一日日曜陰、前日より家人の実家の病院の当直を勤む。誤りて釘を踏み怪我したる男性など、普段余にはあまり馴染みなき類の患者を診る。幸ひにして重症患者はなし。待機時間は専らテレビと読書にて過ごす。午後三時頃、義母より家人にと晩の惣菜の材料等を託せらる。

六月二日月曜雨、夜中蚊に刺され目覚む。当クリニックのホームページを見て受診せしと言ふ大分よりの女性患者あり。生理毎に気分落ち込むと言ふ。その通院の手間を思ふとき余も良き治療にて応へんと思ふ。終日雨降り運動出来ず。

六月三日火曜雨、夕刻運動不足を解消せんと傘をさして歩く。富田薬品より薬の自動発注の器械の提案あり、設置することとす。電話代のかからぬこと、注文の記録の残ることなどのメリットあり。

六月四日水曜雨、午前中外来多し。夕刻、日本産婦人科理事会に出席のため大分へ出向く。理事会にては日本産婦人科医会のホームページにつき発言す。アメリカ民主党大統領候補にオバマ氏選ばれ、黒人初のアメリカ大統領誕生に一歩近づく。ガソリン価格高騰せし故、帰途は専らエコ運転を心がく。

六月五日木曜陰後晴、午前中の外来を終へ、吉野のゴルフコースへ向ふ。医師会病院の小川先生とともにラウンドす。久しぶりに調子よく好スコアにて上がる。小川先生は竹田市の医師不足を報道にて知り、応募せられし奇特なる人なり。

六月六日金曜晴、藤田宜永『前夜のものがたり』読了す。人気作家の書くもの、さすがに面白し。余の漢方勉強法、上滑りならずやと危惧す。詰めの甘さは余の短所なれば、疑問点は徹底的に解決することを心がけんと思ふ。昼休み、コスモス薬品に出向き、クリニック用の飲み物として、缶コーヒー、お茶など購入す。愚息とその友達の遊びは専らテレビゲームなることを心配するも、世の風潮なれば詮方なきこととも思ふ。

六月七日土曜晴、造園業の夫婦受診す。仕事柄、日射病のごとき症状にしばしば陥ると言ふ。如何なる仕事にもそれぞれの苦労あるものなり。受付の職員風邪のためか頻りに鼻をすすり、みっともなきことなり。午後息子と大分へ出向く。塾の終りし息子を迎へ、ドーナツ屋に寄りて帰途につく。

六月八日日曜陰、月形コースにてゴルフをす。同伴者は加藤、岩野、小山の各氏。余の調子はまづまづなれるも、大叩きするホールもありて、スコアまとまらず。母に頼まれし松ふぐりを拾ひ、持ち帰る。玄関脇のオブジェとして使ふとのことなり。帰宅後はじめて秋葉原にて七人死亡せる殺人事件起こりしことを知る。所謂無差別殺人事件にて亡くなりし人、真に気の毒なることなり。

六月九日月曜晴、外来患者少なく暇を持て余す。新しく勤務することになりし甲斐さん見学に訪る。ただただ誠実に仕事せんことを望むのみ。

六月十日火曜雨、今日も外来少なし。午後老人介護施設「悠々居」より往診の依頼ありて出向く。帯下を訴ふる患者にて、その検査とガン検査をあはせて行ふ。夜、医師会臨時総会に出席す。現会長辞職し、余の叔父医師会長に復帰す。医師会病院の経営状態悪しく、心配なることなり。

六月十一日水曜大雨、夜中に幾度も目覚むるは昨夜の臨時総会の討論の余韻なるか。朝よりかなりの雨降るも外来はまづまづなり。雨のため運動不足なり。夜、同級生にゴルフのことにて電話す。家人の実家より枇杷届き、早速賞味す。クリニックより自宅に所用あり電話するも家人長電話中にて通ぜず。後で叱りおく。

六月十二日木曜、外来は特定健診もあり、久しぶりに多忙なり。健診の手順を把握し、受診者更に増やさんと思ふ。午後、薬品メーカーより配布せられたるタクシー券を使ひ、中学同級生のタクシーにて大分へ向ふ。車中居酒屋タクシーの話題となり、冗談まじりに次回よりは余のために缶コーヒーを用意せんと言ふ。有難きことなり。まづジムにて身体を動かし、町に出て散髪す。トキハにてジーパン用のベルトを捜す。午後七時よりオアシスにて薬品メーカー社員の薬品説明の評価を行ふ。高校同級生の井上君も同席す。終了後カクテルバーCASKで一杯飲み、高校同級生挟間君の経営する春日タクシーにて帰途に就く。車中、熊本出身の運転手より聞ける熊本大分の違ひは興味深き内容にて退屈せず。

六月十三日金曜晴、本日も外来多し。ホームページのうつの掲示板の質問に対して解答を書く。掲示板に書き込む人、若者多し。

六月十四日土曜晴後陰後雨、警察の音楽隊隊員の患者、余の処方せし漢方薬にて身体の温もりを感ずとのこと、嬉しきことなり。午後、息子と大分へ出向くに、助手席にて出発早々シート倒し熟睡したる様子なり。

六月十五日日曜大雨、悪天候なれど、加藤、宮本氏と月形コースにてゴルフす。雨のためグリップ滑り、スコア悪し。帰宅して県教委に勤むる同級生逮捕せられしことを、ニュースにて知る。

六月十六日月曜雨、朝小学生の交通指導に行きしが、挨拶をせぬ子供多く失望す。昨年十月に出産したる職員、再び妊娠せしことを知り、驚く。

六月十七日火曜雨後陰、新患、特定検診等にて外来多く、せはしなく過す。夜、謡曲の練習に行き、本町通の店三軒続けて閉ぢたる話を聞く。商店街の衰亡いよいよ極まれり。余の贔屓にする羽生、名人に復位し、十九世名人の資格を得。羽生の如き輝かしき実績を有するものにしてなほ、対局終盤、手の震へ抑へられざる様子に、彼の人間性を感ず。

六月十八日水曜陰時々雨、最近長女余と同じタオルを使ふことを嫌ふ様子なり。かねてより、よく聞く話なれど、複雑なる心境なり。メディカル・カンポーに投稿する、六月一杯が締め切りの原稿の構想、未だ浮かばず苦慮す。

六月十九日木曜大雨夕方陰、雨激しければ午後のゴルフは中止し、大分へ出向きてトキハにてベルトを購入す。ジムにて三百メートル泳ぎ、まだまだ泳ぎ得る自信を持つ。家人はそのファンなる女性指揮者西本智美のコンサートに行きたれば、余は母と子供たちとジョイフルにて食事す。

六月二十日金曜雨、午前午後とも外来多し。原稿の材料ほぼ揃ふ。夜、眠気を覚えしかば早めに床に就く。

六月二十一日土曜大雨、バスケットボールの練習に行きし息子、気分不良とて途中帰宅す。情けなきことなり。午後、家人の実家の病院へ当直に向かふ。到着早々重症患者二名ありとの説明を受く。パソコンを持参して、ネットに接続することを得たれば将棋にて時間を費やす。原稿を仕上ぐるつもりなりしが集中出来ず。

六月二十二日日曜雨、夜は何事もなく当直室にてゆっくり眠る。昼過ぎに患者一人死亡せしが、その付き添ひの夫人の態度に感銘を受く。大きなる衝撃を受けしならんと思はるるに感謝の言葉のみ述べて帰られしかばなり。原稿は少し形になり、何とか見通し立つ。外来数名あり、再診は大体前回と同じ処置をす。夕方、竹田に戻り、夕食後、外まだ明るければ一時間ほど歩く。

六月二十三日月曜晴、佐伯より当院のホームページを見たりといふ看護師受診す。仕事場にてイライラすること多く、頭痛と不眠に悩むと言ふ。診察の上、病態を考察し、漢方薬を処方す。余の最も生きがひを感ずる作業なり。夕方散歩しながら日の光のいまだ明るきことに気づき、改めて夏至の季節なることを知る。夜、十時前に床につくも、寝苦しく十二時すぎに目覚め、しばらくテレビでウィンブルドンの試合を観る。

六月二十四日火曜雨、原稿（「先哲の墓を訪ねて―吉益東洞と中西深斎―」）を仕上げ、大杉製薬本社にファックスにて送り、一息つく。雨、梅雨なれば当然のことながら、尋常ならざる雨量なり。夜中蚊に刺されて目覚め、腹立たしく思ひつつ、蚊取り線香を焚く。

六月二十五日水曜雨、中学の同級生高血圧にて受診し、共通の知人の離婚せし話を聞く。人生いろいろなり。夕食はカレーを食し、雨止みたれば歩く。

六月二十六日木曜陰時々晴、新しき職員、やむを得ざることながら、いまだ仕事に慣れず頼りなき様子なり。大分の知人のクリニックを訪れしのち、高速に乗り、漢方診療のため九重町の診療所へ向ふ。

六月二十七日金曜晴時々陰、大分より通院する警察の音楽隊の患者、症状以前よりかなりよしと言ふ。また治療中のある中年女性患者、イタリアンレストランを開きたしといふも、客観的に見てその実現性は乏しとみゆ。漢方の勉強、少しづつ実力のつく実感あり。当たり前のことなれど、勉強せざるよりはする方まさるならん。

六月二十八日土曜雨、午後大分へ家族で出向く。かねてより貰ひ受けしトキハの食券を使ひて、地下の白菊にて食事す。ジムのプールにてはいくらにても泳ぎ得る気のして嬉しきことなり。夜、織部塾。今回は第一ホテルにて。同級生の寒川君、牧君と偶然遭遇す。大分泊。

六月二十九日日曜陰後晴、ホテルより月形コースに向かひ、加藤、岩野氏とラウンドす。幸ひ予報はづれ天気良く雨降らず。されど余のゴルフの調子はきはめて悪し。終日蒸し暑く、身体気だるく感ず。夜、しゃぶしゃぶを食す。
六月三十日月曜陰後晴、夕方ダイエット効果ありと言ふクロスウォーカーを初めて履きて歩く。身体締め付けられ、歩行時に抵抗感あり。画像のつきし舌診の書により勉強を始む。

平成二十年七月

家族で「崖の上のポニョ」鑑賞す

七月一日火曜晴、家人留守なれば、昼は友修に天丼を食せんと出向きしに、味は以前と変はらざれども海老小さくなりたる印象あり。昼休みゴルフの練習に行くもはかばかしき成果上がらず。情けなき心地なり。夕食は、イカの刺身、味噌汁、パスタと和洋折衷の料理を食す。
七月二日水曜雨後陰、母、高校同級生の首藤君のクリニックにて胃カメラの検査を受く。ピロリ菌ありとのことなれど、他に大なる病変なしとの診断にて、母も安堵したる様子なり。余の中学恩師受診し、近頃心身共に優れぬと言ふ話を聞き、診察の上、漢方薬を処方す。
七月三日木曜陰後晴、外来はまづまづなるも、再診予定の中学同級生黒田君受診せず、気がかりなり。午後吉野コースにて三重町の耳鼻科医後藤先生とゴルフ、余の調子は未だ上がらず。長女の期末テストの出来、よろしからざりし様子なり。
七月四日金曜陰夕方雷雨、午後医師会事務所長来院し、余への医師会病院の当直の依頼あり。出来得れば重症患者の集まる病院の当直は避けたきが本音なれど、何分医師不足なれば引き受くることとす。漢方勉強会の資料を一日がかりにて作成す。夕刻の散歩時は好天なりしが、夕食時激しい雷雨となり、子供たち恐しがれり。母腕を蜂に刺され、気分不良の様子なり。暑さきびしければ、就寝時今夏初めて冷房を入る。
七月五日土曜晴、今日も暑き一日なり。今まで机の奥に眠りをりし万年筆を使ふこととし、ブルーのインク購入す。午後長男と共に大分へ。車中、行き帰りとも、長男は熟睡す。羨ましさ覚ゆ。

七月六日日曜、早朝ゴルフに月形コースへ出かけ、七時にスタートす。同伴は加藤、岸和田、伊東の各氏なり。余の成績、相変はらず悪しく、加藤氏に敗る。午後一時半には終り、産婦人科の県部会に参加するため、県医師会館へ向かふ。専門医の更新に必要なるシールを得て、出席の主たる目的は果たせり。

七月七日月曜晴、洞爺湖にてサミット開幕す。テレビにて観る現地は涼しき様子なれど、余が周囲はクラクラするがごとき暑さなり。インターネットを見てきたりといふ五十二歳の男性受診す。これまで飲みをりしといふ精神科の薬当院にはなく、院外処方とす。大杉製薬の入田氏来院す。大杉の発行するメディカル・カンポーに、余の執筆する「先哲の墓を訪ねて」のシリーズ掲載中なるが、その掲載を今後も続けてもらひたしとの本社の意向ありとのことにて喜ぶ。

七月八日火曜晴、今日も暑し。診察室にも空調必要となりぬ。夕方、息子の友人四人来たりて、自宅とクリニックを飛び回りて遊ぶ。賑やかなることなり。教員採用汚職のニュース連日報道せられたり。

七月九日水曜晴、午後うつ病の男性二名来院す。じっくり話を聞く。夕方の散歩時の日差し強くなり、サングラス必需品となれり。

七月十日木曜晴、うつ病患者の母親話を聞きたしと来院す。子を思ふ気持ちは理解せらるれども、本人の了解なしとのことなれば、困惑す。午後ジムに行き、帰途わさだに寄りてスイカ、ジュースなど余の嗜好品を購入す。長女、職場体験とて保育園に行き、帰宅後疲れたる様子にて昏々と眠る。

七月十一日金曜晴後陰、漢方にて肝炎治療中の患者に顕著なる腹水認められたれば、医師会病院を紹介す。長男の友人達遊びに来たりしに、中に行儀の悪しき子ありて注意す。夕方の散歩、今日は比較的涼しく感ず。就寝後、小用のため何度か起く。

七月十二日土曜晴後陰、土曜にしては外来多忙なり。午後息子を連れて大分へ。ジムにて泳ぐ。五百メートルほどは泳ぐこと可能となる。夜、残りの家族も大分に来りて李白にて食事す。余は後に会食の予定あれば同席するのみ。母は首藤君のクリニックにて大腸ファイバーの検査を受けしに、憩室ありとのことなり。午後七時より、トキハ会館の木村豪雄先生の漢方講演会に出席す。講演後余もひとつ質問をす。その後、木村先生を囲みての「おおしま」での会食に出席す。余は運転あるためアルコールは口にせず。

七月十三日日曜晴、月形コースにてゴルフをす。川本、宮脇、近藤の各氏と同伴す。調子まづまづなり。夜、ソーメンを食す。

七月十四日月曜晴後陰、腹水の患者、救急車にて医師会病院に入院せりとの知らせを受く。諸検査の結果肝臓ガン発見せられたりと言ふ。外来にて、イライラが桂枝茯苓丸にて軽快せりと言ふ患者あり。漢方は思ひがけざる効果を示すことあり。夕方、雨降らんとして降らず。夜、口の渇きを覚え、つい冷たき飲み物を飲むこと多くなりぬ。

七月十五日火曜晴、メディカル・カンポーの校正刷り届く。訂正箇所いくつかを見つけ改む。印刷の形になると内容整ひてみゆる傾向あり、注意して点検する要あり。水道管工事の仕事による左腕のしびれを訴ふる患者、通院中なるに、漢方にてしびれの程度、半分になりぬと言ふ。又、余の謡曲の師匠のこむら返りと便秘も漢方にて軽快せりといふ。夜、テレビにて将棋の森内と羽生のライバル物語を興味深く観る。

七月十六日水曜晴、メディカル・カンポーの校正を仕上げFAXで送る。夕方医師会病院に腹水の患者を見舞ふ。酸素マスクをつけ苦しさうなる様子なり。MLBオールスターでイチローの好返球あり、感心す。家人、長女の勉強の面倒をよく見るは、余には真似しがたきことなり。

七月十七日木曜晴後陰、朝地の筑波先生の紹介による患者受診す。紹介状には漢方の力にて何とかしてもらひたしとあり、余も何とかせんと思ふ。午後、パークプレイスへ出向く。伊予銀行の人より余のクリニックの写真の掲載せられたる書物を当地にて見しとの話を聞き、購入せんと欲せしがためなり。夜、長男と公文の親子講習会に出席す。長男熱心にメモとる様子に、日頃の勉強嫌ひを思ひ、をかしき心地す。

七月十八日金曜陰一時雨、外来暇にて、漢方の勉強大いにはかどる。昼休み、久しぶりにゴルフの練習に行く。子供たちは終業式にて、それぞれ通知表を持ち帰れども大きなる変化なし。

七月十九日土曜晴、夏越祭りの太鼓の音聞こゆるも、以前より人出少なく、寂しき様子なり。午後、長男と大分へ出向き、帰りにドーナツを購入す。

七月二十日日曜晴、岡城会、やまなみゴルフクラブにて。同クラブは韓国資本の経営なり。伊藤、志賀、山田の各氏と同伴す。山田氏は東京より久住に移り住みし人なり。

七月二十一日月曜晴、朝一時間歩き、岡城に登るに思ひがけず汗かき疲る。午後家族で、映画を観に出かけ、「崖の上のポニョ」を鑑賞す。当初、余は別の映画を観んと思ひしも「ポニョ」も話題作なれば、家族と行動を共にす。中学同級生の家族と会ふ。夕食はイタリア料理店に行く。長女手のふるえを訴へ心配するも大事に至らず。夜、しつこきマンション売り込みの電話に怒り、ぞんざいなる対応をせしと子供より叱らる。

七月二十二日火曜陰一時雨、十四歳の女の子ニキビで受診す。皮膚疾患の漢方治療は瞑眩といひて一時的に悪化することのあることや時間を要することなど、母親と本人に説明す。長女の友達よりもらひしトウモロコシを美味しく食す。長男はＪＲで大分へ行く。良き経験なり。

七月二十三日水曜晴、家人は長女の薬を貰ふため、日帰りにて久留米へ行く。最近、余はＣＤＲのつきし舌診の書にて勉強しをりしが、それを良き書物と評価する故に、大杉の勉強会にて皆に紹介す。会の後、織部先生に誘はるるも帰りの運転の面倒なることを思ひ引き上ぐ。

七月二十四日木曜晴、不眠を訴ふる介護施設勤務の男性患者受診す。上司に勧められたりとのことなり。その理由を知りたしと思ふ。午後、吉野コースへ行き、後藤、竹尾氏とラウンドす。余は手首に痛みを感じ、成績芳しからず。大分にまはり散髪し、トキハにて同窓会に着て行く服を購入す。夜、長女が焼肉屋の友人の家よりもらひしといふ肉を食せしに、さすがに日頃食する肉よりは優れて美味なり。

七月二十五日金曜晴、朝歩く。午後外来少なく勉強せんと思ふに眠気を覚え捗らず。長女の吹奏楽コンクールにて家族留守なれば、昼は即席チャンポンを自ら作りて食す。夜、いざよひ会に出席す。工藤、小川先生と二次会に行き、久しぶりにカラオケ唄う。家人より義父が余の高田病院理事就任を望みをりとの話を聞く。

七月二十六日土曜晴後陰、筑波先生紹介の患者、少し効果あり安堵す。午後高田病院の当直に向かふ。夕食は寿司と天麩羅なり。町は祇園祭の最中にて賑やかなる様子なり。テレビはたいした番組なけれども、仕方なく見て時を過ごす。

七月二十七日日曜晴後陰、高田病院の当直を続く。昼間蜂に刺されし人受診し、処置に戸惑ふ。夕食はエビフライ、肉、刺身など本宅にて。家族留守。竹田に戻り、テレビで男子バレーの松平康隆氏のインタビューを興味深く観る。

七月二十八日月曜晴、外来終了後、夕刻より大分へ出向く。ジムにて水泳のフォームのアドバイスを受く。岸和田、加藤氏と都町バールカスッテロといふイタリアンレストランで会食す。この店のオーナーは竹田出身とのことにて紹介せらる。このあと、二軒飲み歩き、加藤氏宅に泊まる。

七月二十九日火曜晴、外来少なし。佐伯と大分よりの患者は経過よし。母と三重の祐貴に行き、食事す。運転中脇見をして危ふく事故を起こしさうになり、冷や汗をかく。下痢気味なり。

七月三十日水曜晴後雷雨、外来午後少なく無聊をかこつ。夏休みの里帰りをせし妻子玖珠より戻る。ギフトにて貰ひし牛肉の味噌煮あまりうまからず。同窓会ゴルフの連絡を始む。電話連絡の際、同級生の一人に前立腺ガンの疑ひありとの話を聞く。

七月三十一日木曜晴後陰、外来は新患四人あり、気合を入れて診察す。トキハに娘の誕生日に贈る花を注文す。九重町の友成医院に漢方の診察に行くも、たいした症例なし。竹田に戻り、夕立後の町を歩く。眠気を感ずれば早めに床につく。

平成二十年八月

高校同窓会で旧友に会う

八月一日金曜晴、新患の舌を診るに裂紋といふ症状あり、教科書に掲載したきほどの症例なり。患者の了解を得てデジカメにて撮影し、電子カルテに収む。福田内閣改造せらるるも目新しさ特になく、期待も出来ず。

夜はカレーなるも、挽肉を使ひしキーマカレーとて余の好みには合はず。片山恭一著『遠ざかる家』読了す。まはりくどき表現多く辟易す。

八月二日土曜晴、余の処方せし漢方薬にて浮腫み出でしと訴ふる患者あり。生薬の働きを一つ一つ説明し、漢方薬が原因なる可能性低きことを説明す。午後、家族四人とともに家人の実家のある玖珠へ向かふ。余は病院の当直をなし、額に裂傷を負ひし患者の縫合などをす。夜、当直室より花火を見る。子供たちメロンの差し入れに来る。

八月三日日曜晴、外来患者多ければ看護師に尋ぬるに本日は当番医とのことなり。竜門の滝より水面に飛び込み、腹部を打撲せし患者、蕁麻疹、飛び火、胆嚢炎、めまひ、吐き気など様々なる患者受診し、忙しく対応す。スイカを食して苦きもの口に上り来るといふ親子の話を聞くに、異物の混入を心配したりと言ふ。夕刻、妻子と春日うどんにて食事をして帰宅す。疲れのせゐか運転中に苦痛覚ゆ。

八月四日月曜晴、電子カルテ担当の職員、所用にて遅れて出勤し、不在の間業務に支障を来たす。昼休みと夕方、ソファーにて仮眠す。夜、ソーメンと鰻を食す。久方ぶりに焼酎を飲む。

八月五日火曜晴夕刻雨、久住高原ゴルフ場に勤むる患者来院す。玄関にてバッグを運ぶ仕事による足腰の痛みを訴ふ。冷えの関与が考へらるれば、漢方薬を選択す。夕方のウォーキングの途中、雨に遭遇しびしょ濡れとなる。夜、謡曲の練習に行きしに、課題の「八島」は長き物語にて通し稽古には疲るる演目なり。テレビで宮崎駿特集を観る。

八月六日水曜晴後陰、夕方教育講演会に行く家人を車で送り、帰途にコスモス薬品にて飲み物を購入す。オリンピックの女子サッカー、二点先取せらるるも後半追ひつく。家人留守なれば子供たちとオムレツを作る。斯様なるときは子供はお利口に手伝ふものなり。

八月七日木曜陰後雨、外来午前後半になりて少し来る。処方に迷ふ症例多し。午後大分へ。リーガルにて靴を見るも特に欲しきものなし。竹町を歩く途次高校同級生川原と会ふ。ジムに行き、初めて千メートル泳ぐ。

八月八日金曜陰後雨、夕方雨にて歩かず。母より近隣の人の噂話を聞くに面白きこと多し。夜北京オリンピック開会式のテレビ中継を観る。雄大にして素晴らしき演出なれど長すぎる憾みあり。

八月九日土曜陰、中学同級生の黒田君受診す。高血圧なれば大柴胡湯を処方す。午後大分にて銀行の用事を済ませ、ジムで泳ぎて帰る。帰途の運転中眠気を覚ゆ。オリンピック、谷亮子は金を逃し銅メダルに終る。

八月十日日曜陰後晴、月形コースにてゴルフ。同伴者は常連の衛藤、岩野、伊東の各氏。いまだ手首の痛み残る。同伴者皆調子よく、引け目を感ず。昼食はバイキング形式なれば余の好物のスイカを多量に食す。大分にまはり散髪す。オリンピック柔道、内柴金獲得す。夜、疲れあるに眠気なく深夜までテレビを観る。

八月十一日月曜晴後陰、お盆を前に朝、家族一同にて墓参、墓掃除をす。クリニックの雑誌、書物などを整理す。昼前、息子とその友達二人と共に北島康介のテレビ応援をし、百メートル平泳ぎで世界新にて金メダルを獲得するを観る。バトミントンのオグシオはパワフルなる中国ペアに完敗す。

八月十二日火曜晴後陰、外来少なきものの、漢方の処方に工夫を要する患者数名あり。家人と娘は県立病院受診のため留守。昼は即席の焼きソバを作る。オリンピック佳境に入り、様々なる競技をテレビ観戦す。日本と時差少なきこと好都合なり。

八月十三日水曜陰、盆休みの家族旅行に出発す。瀬の本なるシェ・タニといふ菓子店に立ち寄り、バウムクーヘン、プリンなどを食す。日常口にするものより味濃く旨し。店の人、旨かりしかとしばしば余の一行に尋ねしは自信ある証か。その後、九重町のブルーベリー農園に行く。五百円にて獲り放題なれば一杯食するに渋味結構強し。玖珠の家人の実家に立ち寄り、長崎の西海橋コラソンホテルへ向かふ。途中、子供達のお気に入りの武雄にある宇宙科学博物館に立ち寄り、ホテルには夕方到着す。息子と大浴場へ行く。夕食は西日の射すテーブルにて洋食を食す。梅酒ソーダを飲む。カラオケへ。子供たちにマイクを占領せらる。

八月十四日木曜晴、朝プールで泳ぐ。息子は監視人の若者より水泳のアドバイスを受け、上達す。昼は西海橋近くのチャンポンの店へ行き、余はアラカブの味噌汁を食せしが美味なり。食後海沿ひの道をドライブし、道の駅に立ち寄る。子供たちの食するオレンジシャーベットがうまさうなれば余も食す。夕方、今一度泳ぎしが小さきプールに大勢の人にて浸るのがやうやうなる状態なり。夜は和食でビールを飲む。

八月十五日金曜晴時々陰、コラソンから玖珠経由で高校同窓会出席のため大分東洋ホテルへ向かふ。ロビーにて同級生の川良君らしき人を見しも、自信持てざれば話しかけず。駅より貸切バスに乗り、上野丘全体同窓会のある九石ドームへ向かふ。受付をして余の二十六期生の場所を確認し、スタンドの座席へ向かふ。はじめに山口君を見つけ話す。同窓のオペラ歌手の歌などを聞き、同級生と旧交を温む。校歌の歌詞は当時の在校生の作なりとは初めて聞ける事実なり。最後に在校生もともに約四千人の参加者全員にて校歌を斉唱せしときには感慨あり。九石ドームのイベント終了後、二次会のザーズのビヤガーデンへ村上君とバスにて移動す。ゲーム大会、写真撮影などの催しあり楽しむ。三次会はピアノバーへ行きしが、予定以上の参加者のため座れぬ者も出るほどなり。最後は都町の屋台に宇都宮君と行きしが彼の健啖家ぶりには驚嘆す。午前二時半お開き。

八月十六日土曜陰後雨、寝不足のはずなるに気の昂ぶりのせゐか五時すぎに目覚む。竹田に戻り、診療を行ひ、午後、再び大分へ向かふ。ジムに行き、バーミヤンで食事す。

八月十七日日曜陰時々雨、同窓会ふろく会のゴルフを城島高原ゴルフクラブにて行ふ。余が幹事なり。天気悪しきこと心配せられしも、何とか無事プレーす。菅、宮崎、工藤、寒川、佐藤、村上、黒川、安藤、実崎の九名出席。余は前半好調にて四十の好スコアでまはりしも、後半崩る。温泉に入りし後、しばらく歓談して別る。

八月十八日月曜晴、盆休み、同窓会も終り、平常の日々に戻る。漢方薬の副作用と思はるる低カリウム血症の患者あり。庭園業者に依頼し自宅玄関前の雑草を除去す。すっきりす。謡曲の師匠、転倒して大腿骨を骨折したりとの連絡あり。息子、公文教室にてずっと眠りをりしとの連絡先生よりあり。

八月十九日火曜陰時々雨、沿線の大雨にて豊肥線一時不通となり、大分の学習塾に行きし息子遅れたるＪＲにて帰宅す。心細かりし様子なるも無事なればよき経験となれりと思ふ。昼休み、久方ぶりにゴルフの練習に行きしに、手首の痛みは感ぜられず。夜は十時すぎに眠気を覚え、早々と床につく。

八月二十日水曜晴後陰、祖母義江四十回忌。祖母の亡くなりしは余の中学生のときなり。テニス部の練習より帰宅して家の騒然たる様子に事態を理解せしことを覚ゆ。帝王切開の手術を施行し、妊婦を死亡せしめたりとて逮捕せられし医師に無罪判決下る。陸上二百メートル男子、ボルトが世界新記録にて優勝す。

八月二十一日木曜晴、朝起床せしとき涼しく、肌寒さを感ず。午後大分へ。ジムで一〇八〇メートル泳ぐ。夕刻、大分大学へまはり、漢方の講義を聴講するに初心者向けの内容にてやや退屈す。夜、ソフトボール女子、アメリカを破り金メダルを獲得す。際どき内容にて大いに興奮感激す。

八月二十二日金曜陰一時雨、外来少なし。オリンピック、野球は韓国に敗る。雨のため、夕方歩かず。左手中指付け根に原因不明の痛みあり。気候は次第に涼しくなり、空調不要の時間増ゆ。

八月二十三日土曜陰時々雨、昼過ぎ母と大腿骨骨折にて入院中の、謡曲の平川先生の見舞ひに医師会病院に行く。近所の初盆参りに行き、階段を降るる際転倒して骨折せし由。午後大分に出てジムに行き、ジュンク堂書店で本数冊購入す。夜、コンパルホールの織部塾に出席す。ひとつ質問し、懇親会にては鹿児島より参加の先生と話す。翌朝早きため、早々に引き上ぐ。

八月二十四日日曜晴、サニーヒル開場記念杯に参加す。同伴は岸和田、加藤、村上の高校同窓の各氏。七時十四分にスタートするも左手中指付け根の痛みありて、ショットままならず。スコア悪しきも、唯四番のショートホールであはやホールインワンかと思はるるショット光る。午後二時過ぎに帰宅し、ビデオに録画しありし「ゴッドファーザーＰＡＲＴⅢ」を観る。夜は北京オリンピック閉会式を観る。高校後輩の原尻君と電話で話し、子供生まれたりといふことを聞く。

八月二十五日月曜陰後晴、外来、佐伯よりの不妊症の夫婦受診す。体調よく、排卵もある様子なるも未だ妊娠せず。午後、不眠、イライラの患者、余の処方せし漢方薬にて少し加減よしとのことにて手ごたへあるを喜ぶ。夜、大杉の資料作成す。夕方、一時間歩きしが随分涼しくなれり。左手付け根の痛みいまだ残る。

八月二十六日火曜晴、長女修学旅行に出発す。持病あれば心配せしに、家人付き添ふことを条件に参加可能となる。駅に見送り、先生生徒の集団の中に、担任を見つけ挨拶す。午後、息子の友達、十人ほどクリニックにて遊び騒々しきこと限りなし。

八月二十七日水曜雨、外来少なし。薬屋の話にては、他の医療施設も患者少なしとのことなり。夕方大分へ出向き、東洋ホテルにて日本大学木下優子先生の漢方の講演を聴講す。余より若き先生なれど話面白く、参考となる内容なり。旅行中の長女の様子を家人に電話にて尋ぬるに、順調とのことなり。疲れしときは同級生車椅子を押して移動し呉るること。連日、息子の友人遊びに来る。

八月二十八日木曜陰、午後九重町の診療所へ向かひ、漢方の患者診察。時間が下がり、大分へまはることはあきらむ。帰宅し、三十分歩く。長女の修学旅行中観戦予定の阪神・中日戦テレビ放送せられれば、息子と観る。

八月二十九日金曜陰、長女修学旅行より大分空港へ帰りくれば、夕刻、息子と迎へに行く。空港にて解散するを待ち、車で帰宅す。長女無事にて安堵す。

八月三十日土曜陰時々雨、久しぶりに外来多し。午後大分へ。ジムで泳ぎて空港へ。漢方の山友会出席のため東京行きの便に乗る。品川駅よりホテルへ向かはんとするに豪雨となれば、駅内のレストランにて食事す。リゾット、イカ墨、温かきチョコレートケーキを食す。品川プリンスホテルに宿泊す。

八月三十一日日曜陰、幸ひ雨降らず。山手線の日暮里駅にて降り、谷中霊園へ向かふ。メディカル・カンポー連載中の「先哲の墓を訪ねて」取材のためなり。標識を目当てにして、浅田宗伯の墓を見つく。写真を何枚か撮り原稿の素材になりさうなるものを捜す。ＪＲの有楽町駅で降りて銀座を少し歩く。文房具の伊東屋で子供たちに回転する地球儀、アルファベットのスタンプなどを土産に購入す。東京駅八重洲ホールの山友会に出席し、最終便にて大分へ。空港より車で帰りしが、光吉のインターを降りしあたりにて、燃料計の黄色ランプがつき、心配せしも何とか竹田にたどりつく。

平成二十年九月

長女の運動会で競技に参加

九月一日月曜陰時々晴、午前中の外来患者数はまづまづなるも、午後は少なく、手持ち無沙汰なり。以前より余の文章を評価いただきし徳島文理大庄子先生に最近の著作を送る。またホームページの余の院長日記を努めて頻繁に更新せんと思ふ。過日、東京にて先生にお会ひせしとき、余の日記を楽しみにしてをらるると聞きし故なり。福田首相の辞任をテレビニュースにて知る。元々淡白なる人柄と見えし故、さして驚かず。昼休み、東京谷中霊園にて撮影せし先哲浅田宗伯の墓の写真をプリントす。

九月二日火曜晴、十時まで珍しく外来多く、待合室溢るる如くなるも後は閑散とす。母より拝借せし林真理子『ＲＵＲＩＫＯ』読了す。浅岡ルリ子、石原裕次郎のことなど、興味深し。夕方歩く。さして変化なき単調なる一日に退屈を覚ゆ。

九月三日水曜晴、昼休み久しぶりにゴルフ練習に行く。調子まづまづなり。外来は特に変はりし症例なきものの、執拗に異状の有無を尋ぬる患者ありて辟易す。夕刻歩きしに、日差しまだ強く日陰を選びて歩く。

九月四日木曜、久しぶりに散髪に行き、さっぱりとす。子供たちの勉強、能率上がらぬ様子なり。

九月五日金曜、午後電子カルテメンテナンスの契約をす。費用は要するものの、トラブル発生したる時電話回線にて回復可能などの利点あれば、必要ありと判断せし故なり。総裁選挙候補者乱立の様子にてその紹介記事などを興味深く読む。与謝野馨氏の当意即妙の受け答へは祖母与謝野晶子の血を受けし故のものか。昼休み、暑さと眠気で練習に行く気にならず、室内で過ごす。

九月六日土曜晴後陰後雨、抑うつ症のＡさん受診す。話を聞くに前の仕事にいまだ未練ある様子にて、現在の仕事に対する不満病状に大きく関与せるものと思はる。午後、息子と大分へ出向く。ジムに行き、千二百メートル泳ぐ。家に帰り、家人に指摘せられ鏡を見るに、左眼結膜に出血あり。ネットにて原因を調ぶるに、原因の一つに水中メガネあり、余の場合おそらくはそれならんと思ふ。特に症状なければ自然なる回復を待つこととす。

九月七日日曜陰一時雨、中学生の長女の運動会に参加す。余も風船運び競技に長女と共に出場し、二位になる。テントに座り続け、臀部に痛みを覚ゆ。一時雨にて中断するも天気回復し、予定通り終了す。帰宅し、クーラーを入れ、風呂に入り、ゴルフ中継を見て初めて人心地つく。夜は三重の裕貴に家族で食事に行く。専ら運動会の話題に終始す。結膜出血の部位はまだ残るものの、場所は眼球中央寄りに移動せり。

九月八日月曜晴、外来少なく気分晴れず。昼休み銀行に行き、中学同級生の但馬屋夫人と会ひ、薪能のことなど暫し雑談す。夜、トイレの水床に溢れ、余のせゐかといささか慌てたり。

九月九日火曜晴、午後中学の同級生N君、相談ありと来院す。N君中学時代は悪童なりしが、女性の下着販売などの商売にて成功したる男なり。経営するエステの店にてレーザーを使ふ脱毛処理を行ひ、今は顧客順調なれども、いづれは医療行為となりて医師の資格必要となる故、余の名義を借りてクリニックにしたしとの話なり。経済的には魅力ある話なれば検討することとす。夜、織部師に電話にてこの件を相談するに、法を犯す可能性あれば十分に注意するやうにとのアドバイスを受く。

九月十日水曜陰後雨、ドラッグストアコスモスにて飲料を購入す。自民党総裁選挙、麻生太郎、小池百合子、石破茂、石原伸晃、与謝野馨の五氏立候補す。余は沈滞せる気分一掃のために小池氏を推すものなり。

九月十一日木曜晴、外来に臼杵よりの患者きたる。遠方より受診せし患者に対しては功を焦る余り、失敗することあり、注意を要す。わさだにてジョディ・フォスター主演の映画「幸せの1ページ」を観る。映像綺麗にて楽しき映画なるも、ストーリーの展開に深みなし。

九月十二日金曜陰後雨、最近外来少なき状態続き、将来に不安を覚ゆ。昼休み、コンペ賞品準備のため酒屋に行く。昼休み、練習に行き、竹田より国体ゴルフに選手として出場する人の情報を聞く。聞けば午前、午後交代にて人その選手に付き添ひ、随時携帯のメールで情報を送ると言ふ。人事ながら、ご苦労なることなり。夕方、歩行中に雨に遭ひ、引き上ぐ。

九月十三日土曜陰後雨、職員一人休暇をとれば以前勤務せし阿南さんに応援を頼む。午後長男と大分へ出向く。家人と長女、後発で大分へ来て、夕刻ロイヤルホストにて食事す。夜漢方講演会あり。貝沼先生の話を聞く。余は気逆につきて質問す。ＣＤ「ＨＡＮＡＢＩ」を購入し、帰途の車中にて聞く。

九月十四日日曜陰後晴、当院主催の古訓会コンペのために白木ゴルフクラブへ。昼過ぎのスタートなれば近くの店にて石焼カレーを食す。それぞれの知人を誘ひし結果四組十六人参加し、思いがけず賑やかなる催しとなる。いつもの如く、居酒屋「しばらく」にて打ち上げをす。初参加の首藤氏優勝す。この人面白き人にて遅くまで話弾む。

九月十五日月曜祝日雨、早朝より雨激しく予定せしゴルフ中止す。同伴者に連絡するにひとりはすでにゴルフ場にて練習中とのこと、感服す。終日家で読書とテレビを観てすごす。夜、焼肉でビールを飲む。結膜の出血漸く消えたり。長男喘息発作起こり、苦しき様子なれば漢方薬を飲ます。

九月十六日火曜陰後晴、予約多かりしも実際にはその八割方よりほかは受診せず。徳島の庄子先生、余が院長日記に記せし「気逆の前に気滞」の説に興味を示されメールをいただく。夜、刺身、クリーム煮などを食す。半藤一利『それからの海舟』読了す。福沢諭吉と海舟の応酬は興味深し。

九月十七日水曜雨、長女生理止まらず、芎帰膠艾湯を飲ませしに一服にて止まる。余も長女もその効き目に驚く。雨のため夕方歩かず。夜、ＮＨＫで沢田研二の番組を観て懐かしき心地す。

九月十八日木曜雨、台風近づき天気悪し。家人留守なれば午後パークプレイスに出かけ、パスタ、ピザを食す。天候心配なれば帰りは犬飼経由にて帰る。夜、コロッケ、味噌汁、冷奴などを食す。余が亡父より貰ひ受けし会員権を所有せる、サニーヒルゴルフクラブ倒産のニュースを新聞にて知る。

九月十九日金曜雨、外来まづまづ。夜、地元医師会のいざよい会に出席す。余は下戸なれど生ビールジョッキ一杯は美味なり。母、口内炎などによりふらつき、体調優れざる様子なり。

九月二十日土曜晴、午後周と大分へ出向く。ジムにて長く泳ぐこと億劫なれば、そこそこに休憩す。夜、鮭のムニエル、クリームスープなど食す。

九月二十一日日曜陰後雨、長男の小学校運動会に参加す。息子は駆けっこで四人中四位となる。男女一緒に走ることは余の納得いかぬことなり。次第に雨降り始め、やがて豪雨となり運動会中止となる。校舎の中にて一同食事す。夕刻、神主来たれり。秋祭りに家族にて参加す。夜は運動会の残り物を食す。漢方雑誌に投稿する俳句三首を考ふ。

九月二十二日月曜晴、午後ネットを見たりといふ中津よりの患者あり。手の湿疹治らずといふ。夫婦にて来たりしかば、両方に漢方につきて説明す。長男、公文より帰るとの電話ありしになかなか帰宅せず。自転車にて捜せば、ゆっくりと歩きくる姿を見出し安堵す。夜、焼きそばを食す。ねんきん特別便の余の記録を確認するに、漏れと思はるる部分あり、訂正して送る。麻生総裁誕生す。

九月二十三日火曜陰一時雨、月形コースでゴルフ。伊東、宮脇、小山の各氏と同伴す。夜、竹田薪能に行き、八島を鑑賞す。源義経の亡霊の語る物語はかねて馴染みのものなり。今年は三日月岩に灯を入るるところも見学す。これらは皆将来に残したき貴重なる文化なり。

九月二十四日水曜晴、最近受診せざりし患者久方ぶりに受診す。夜、友人谷脇氏ご父君の通夜に参列す。会場にてゴルフ友達なる日本文理大学学長平居先生にお会ひし、暫し雑談す。その後、大杉の漢方勉強会に出席す。

九月二十五日木曜晴、長男風邪にて熱下がらざれば座薬を入る。クリニック薬局よりバイアグラ十錠紛失す。外部よりの侵入者は考へられざれば調査を要す。午後大分へ出向く。散髪の後、高速を通りて九重町に行き、漢方の患者の診察を行ふ。

九月二十六日金曜晴時々陰、産後うつ病の初診の患者受診す。話はよくわかる人なれば漢方のことなど詳しく説明し、薬を処方す。

九月二十七日土曜晴、気功を希望する患者あるも、教室を開き、講師を招くにはある程度の人数必要なることを説明し断る。午後玖珠の病院に当直に行く。大分国体の開会式をテレビで観る。テレビやたらに騒がしき番組多し。重症患者はなし。

九月二十八日日曜陰、当直。老婆「一人ですか」と当直室に尋ねくる。「一人です」と応ふれば、「私も一人です」と言ひ残して立ち去る。何やら幻のやうなりて、不思議なる心地す。帰途、鍋焼きうどんを食す。

九月二十九日月曜雨、池澤夏樹『きみのためのバラ』読了す。短編集にていづれも完成度高し。余の佐賀での病院勤務時代、お産中に輸血をせられてC型肝炎になれりといふ人よりの電話あり。気の毒なることなれど二十年以上前のことにて余には全く記憶なし。夜、韓国版「白い巨塔」を観る。今日一日でみかんジュース二本とデカビタ一本を飲む。反省の要あり。

九月三十日火曜雨、悪天候のため竹田市にて開催予定の国体ソフトボール中止となる。北京オリンピック金メダルの上野投手の出場を楽しみにしてありしに、残念なることとなり。水道工事原因の手の痛み訴へし人、久し振りに受診し、痛み再発したる故、漢方薬を処方せられたしと言ふ。夜、ロールキャベツを食す。テレビ、つまらずと思ひつつも観る。

平成二十年十月

国体ラグビー観戦に

十月一日水曜陰後晴、本日外来最後のYさんのポリープ切除術、子宮内膜採取により自己負担六五〇〇円になり、余のクリニックとしては珍しく高額となる。午後久方ぶりに青空見ゆ。昼休みの練習、調子よからざるも、打込みを続くるうちに次第に調子上がる。夕方歩く。いつもの水辺沿ひの歩道水浸しなれば経路を変更す。夜、栗飯と団子汁を食す。夜テニスプレーヤー錦織の試合をテレビにて観戦す。ゴルフの石川遼と共に先行き楽しみなる若者なり。

十月二日木曜晴、秋晴れの心地よき天気なり。午後大分へ出向き、ホールインワン保険更新の手続きをす。余の最近の調子にては必要ならざる気するも、プレー中の負傷、クラブの破損などの可能性を考慮して更新す。トキハのイタリア展に行き、ティラミスを購入す。夜、ジムにては長く泳ぐ気にならず、早々に引き上ぐ。夜、子供たちとトランプに興ず。長男の勝負強さには親ばかながら嬉しき心地す。
十月三日金曜晴、余のクリニックの事務員、子供のバス遠足の日に休みたしと言ふ。昼休み家人と運動公園に行き、国体ラグビーの試合を観戦す。夜、子供たちより市内唯一の書店閉店との話を聞く。余も大分の書店にて書籍購入すること多く、内心忸怩たる思ひあり。南木佳士『草すべり』読了す。著者のいつもの作風の如く、大きなる事件もなき筋書きなれど味はひ深き内容なり。
十月四日土曜晴、外来にて、現在の仕事自分には合はずと悩む患者に、実家の農業への転職を勧む。午後長男と大分へ。トキハでゴルフシューズを見るも気に入るものなく、購入せず。
十月五日日曜雨、朝食を自分で作り、雨の中月形コースへ行きゴルフ。加藤、後藤の両耳鼻科医、佐伯の伊東氏と同伴す。ラウンド後、ラウンジで日本女子オープンをテレビ観戦す。宮里藍は惜しくも二位に。夜、餃子を食す。長男は全教研の試験にて国語百点なるも算数は五点をとれりと言ふ。何とも言ひ難し。
十月六日月曜陰、外来今日も少なし。夜、大分市に分院を出だせる秦先生にエステのクリニックの件につき相談す。県の医務課に問ひ合はすべきなりとの助言を受く。ネット将棋の時間の長すぎるを反省す。
十月七日火曜陰、昼休み国体ラグビー決勝戦を観戦に行く。夜、長女右手薬指の具合悪しと言へば心配するも、座薬を入れ大事に至らず。
十月八日水曜晴、午前県医務課に例の件につきて問ひ合はす。検討して連絡すとのことなり。午後、医務課より回答あり、遠隔の二箇所にて診療所を経営することは、離島などの特殊なる例を除き、認められずとのことなり。テレビはノーベル賞関係のニュースで賑はし。友人の京都漢方関係出版社の垣本氏に連絡し、熊本の学会の折に会食することとす。
十月九日木曜晴、午後トキハにてアディダスのゴルフシューズのよきを見つけ、購入す。夜衛星で「ゆれる」といふ映画を観る。
十月十日金曜陰、産後うつの患者の症状かなり軽快し余も満足す。夕方、運動公園に車で行き、ウォーキングの合間にジョギングす。巨人セリーグ優勝を決む。
十月十一日土曜晴、衛星放送にて松坂の登板試合を観る。無失点なるも四球多く、安心して見るあたはず。午後大分に出向き、東横インにチェックインす。駐車場は無人にて従業員も少なし。織部塾に出席し、鹿児島の若き先生と話す。

十月十二日日曜晴時々陰、サニーヒルでゴルフ。織部、三愛病院の金子、竹尾の各氏と同伴す。秋日和にて涼し。余は前半四十一にてスランプを脱せしかと思ひしに、後半崩る。家人留守なればわさだタウンで食事して帰宅す。帰宅後は家でゴルフ番組のビデオ、篤姫など観て過す。

十月十三日月曜体育の日、月形コースにてゴルフをす。同伴は加藤、衛藤、豊島の各氏。余の成績は振るはざれど、気のおけぬ仲間とともに楽しくラウンドす。バイキングの昼食におはぎ三個を食したれば、満腹となりて体思ふやうに動かず。

十月十四日火曜陰、久し振りに外来多く充実せり。うつ状態の主婦受診し、漢方の得意とする方面の症状を訴ふ。夕刻、運動公園を歩く。

十月十五日水曜陰、外来多し。昼休み練習に行き、国体選手の松本氏に助言を受く。夕方運動公園で少し走る。空は青く高く秋らしき日和なり。夜、鳥の唐揚げ、クリームスープを食し読書す。

十月十六日木曜晴、午前中外来多し。午後大分へ。トキハ京都展にてみたらし団子購入す。夜、ねじめ正一『荒地の恋』読了す。いささか古臭き印象あるも初老の詩人の生活ぶり窺へて興味深し。日本オープン初日、石川遼一時首位に立つ。

十月十七日金曜晴、昼休みの練習にてはスイングのトップを小さくすることを心がく。夕刻、運動公園にてジョギングし、夜、竹田医師会を離れわさだにて開業する大久保兄弟の友修で行はれたる送別会に出席す。医師会病院の職員と話すも、余は知り合ひ少なく、間の持たざれば早々に引き上ぐ。

十月十八日土曜晴、中津より来院せし手掌湿疹の患者、漢方薬内服せしに、足の痛みも軽快したりと言ふ。この様に思ひがけぬ効能あるは漢方の特色なり。午後長男と大分へ。水泳はかなり上達してスムースに泳ぐこと可能となれり。夜、又も長女指こはばると言ふ。心配なり。

十月十九日日曜晴、岡城会で月形コースへ。矢尾板、志賀、財津の各氏と同伴す。秋晴れにて気持ちよき日和なり。新しきゴルフシューズを履くも、いまだしっくり馴染まず。日本オープン、石川遼二位に入り、その実力本物なることを天下に証明す。長男英検五級の試験を受くるも出来はわからずと言ふ。夜、長女またまた指の強張りを訴ふ。

十月二十日月曜晴、外来午前中少なし。昼休み、母を葬儀場へ車にて送り、方向転換で後進の折、路肩に衝突し左後輪のマフラーを損傷す。夜、長女の弁論大会の原稿作成を手伝ふ。ＩＢＭ98のパソコン、画面乱れ、そろそろ寿命の様子なり。夜は豚汁、厚揚げ、サラダ、鮭の塩焼き。長男勉強途中に眠る。習ひ事多すぐるきらひあり。

十月二十一日火曜晴、うつ状態にて人参湯を処方せし患者、薬甘しといふ。夜、産婦人科学会理事会出席のため大分へ。トキハ会館にてカキフライを食す。理事会にては組織の構成につき発言す。分娩の話題等、次第に余のクリニックに関係薄き内容になれば途中退席す。ジムに三十分寄り、水泳に励む。

十月二十二日水曜陰、外来暇、専らネット将棋にて時間を費やす。夕方雨心配なるも運動公園にてジョギングす。ミカンジュース、デカビタ、ポカリスェットと一日三本の清涼飲料水を飲み、反省す。

十月二十三日木曜陰後雨、外来にかねてより気にかかれる患者受診せず心配なり。午後、後発医薬品会社の竹尾氏と吉野コースへゴルフに。途中一時雨降るも、珍しく余の調子よく、久しぶりに八十台出る。パークプレイスにまはり買い物す。家人誕生日近ければ、ニットの帽子をプレゼント用に購入す。

十月二十四日金曜晴、外来に庭園業の夫婦受診す。昼、ガソリンスタンドにて車のタイヤ交換す。桜庭一樹『荒野』読了す。読みやすき文章、少女の視点よりの描写等秀逸なり。

十月二十五日土曜晴、プラセンタ注射希望の八十三歳男性受診す。北九州まで注射に行き、余の施設を紹介せられたりと言ふ。午後玖珠町、高田病院の当直に行く。老人保健施設玖珠園、病院の回診、外来診察などの業務を行ふも、重症患者なく、問題なし。

十月二十六日日曜陰、夜起こさるることもなく十分睡眠をとり、引き続き朝より午後九時まで当直す。外来は断続的に患者訪るるも重症者はなし。夕方、男子、女子、シニアのゴルフトーナメントをテレビ観戦す。夜、車少なく六十五分で竹田に戻る。

十月二十七日月曜晴、晴天なれど風強く寒し。佐伯より不妊の夫婦受診す。余の処方せし漢方は適切なりと考ふるも一年間妊娠せず。夕方、運動公園にてスピードを上げて走り心地よし。夜、十時頃眠くなり床につく。

十月二十八日火曜晴、外来に肝硬変にて腹水のたまりし患者受診す。漢方にても大きなる効果は期待出来ざるも少しなりとも力にならんと思ふ。夕方、ジョギングで競技場の周囲を十周す。約六キロの行程なり。帰宅後、疲れと筋肉痛を覚ゆ。長男はバスケットの練習より帰宅し、疲れのせゐかすぐに眠る。

十月二十九日水曜晴、家人誕生日。夜、居酒屋「羅夢歩」にて家族で会食す。マヨチャーハン、ピザ等食し、杏露酒ソーダを飲む。大崎善生『スワンソング』読了す。うつの話まだるく感ぜられしも、北アルプスの風景目に見ゆるやうにて、そのラスト感動的なり。

十月三十日木曜晴、気温下がり、暖房の必要を感ず。外来少なし。午後大分へ出向き、雑用をこなす。九重町に回り、漢方の患者を診察し、院長と暫し雑談す。

十月三十一日金曜晴、外来予約のわりには少なし。夜、ジム仲間の麻生大分県教育委員長慰労会に出席す。氏は高校の一年後輩なり。連日マスコミを賑はせし教員採用汚職問題の処理にあたり、老成したる印象を受く。

平成二十年十一月

坂田信弘プロ講演会に

十一月一日土曜晴、十月分の収益まづまづにて安堵す。始業前にガソリンスタンドに行き、店主より禁煙補助薬を依頼せらる。午後長男と大分へ出向き、ジムに寄りし後、わさだにて映画「ブーリン家の姉妹」を観る。史実に基づける初代エリザベス女王誕生までの物語にて面白く鑑賞す。大分トリニータ、ナビスコカップに優勝す。余は熱心なるファンにはあらざれど、大企業をスポンサーとして持たざる地方のチームの優勝は素直に賞賛したし。夜、日本シリーズをテレビ観戦す。西武、巨人に二対一で勝つ。

十一月二日日曜晴、長男周十歳の誕生日なり。長男を大分の塾に送り、待ち時間の間、みさき画廊にて店主の池田氏と雑談したり、トキハを徘徊したりして過す。長男と昼食に蕎麦を食し、ジムにてともに泳ぎし後、パークプレイスに行き、バスケットボールを購入す。

十一月三日月曜文化の日陰、大分上野丘高校同窓会ゴルフに出席す。二十六期は余の他に実崎、佐藤、寒川の四名参加す。インスタートにて余は出だし好調なりしも十七番で八を叩きスコアまとまらず。未だアプローチのイップス治らず。夜、トキハ会館にて行はれし表彰式に出席するも、二十六期は個人団体共に入賞を逸す。夜中に長女口唇のシビレを訴へ、頭を左右に繰り返し振れば、救急車を呼び、県立病院へ搬送す。病院に着きし後は症状治まれりと付き添ひし家人より連絡あり、ひとまづ安堵す。

十一月四日火曜晴、外来少なし。昼食は長男とジョイフルへ行きて済ます。カルボナーラ、ウィンナ、ピザを食す。食後余の運動公園にてジョギングするを見て、長男も一緒に走りはじむ。気分爽快なり。夕食後、風呂に入り、長男と県立病院へ向かふ。わさだにて弁当、サラダを購入し、病院の食堂で長女、家人と一緒に食す。主治医より説明を聞くに、今回は順調に軽快すれども、年齢と共に病状さらに進行すること多しといふ。

十一月五日水曜晴、外来連日少なし。昼休みに退院する長女、家人を県立病院に迎へに行く。帰途は家人に運転をまかせ、余は昼食のサンドイッチを車中にて食す。昼食後は眠気を覚へ、ぐっすりと眠る。夕刻、運動公園へ走りに行く。アメリカ大統領選挙、黒人の血を引くオバマ氏当選す。おそらくは歴史的一日とならん。

十一月六日木曜陰、クリニックの電子カルテ起動せず、業者に復旧を依頼す。大杉製薬新任の担当者、前任者に比して、気きかず勉強会資料の作成に苦労す。午後大分へ出向き、ジムで千四百メートル泳ぐ。散髪に行きさっぱりす。

十一月七日金曜雨、外来少なかりしも脳性マヒの男性と更年期障害女性の新患あり。ともに口づてに余のクリニックの評判を聞きて受診せしとのことにて、嬉しきことなり。夕刻、長女を中学に迎へに行きて、待てども出で来たらざれば確認するに、手違ひにてすでに帰りしとのことなり。ジャーナリスト筑紫哲也氏、肺ガンにて死去。氏は滝廉太郎の妹の孫にあたり、竹田市の滝廉太郎記念館名誉館長なり。

十一月八日土曜晴、臼杵より膝の痛み、腰痛を訴ふる夫婦とマタニティブルーの患者受診す。午後長男と大分へ出向き、ジムにて泳ぐ。後続の家人、長女と合流しロイヤルホストにて食事す。余はハンバーグを食したる後、午後七時よりの千福先生の漢方講演会に出席す。耐性につき質問す。同級生の井上君も姿を見す。漢方の理解者とならんことを期待す。

十一月九日日曜雨後陰、月形コースにてゴルフをす。同伴者は岩野、衛藤、小山のいつもの各氏にて楽しくラウンドす。余の調子相変はらず悪しく、スコアまとまらず。夜、日本シリーズをテレビ観戦し、西武の優勝を見届く。

十一月十日月曜陰、外来少なく、ネット将棋に興じ反省す。同級生の只隈と連絡をとり熊本にて会ふこととす。夕刻、運動公園にて約八キロ走り、後に心地よき筋肉痛を覚ゆ。夜、読書するも周囲騒がしく集中出来ず。

十一月十一日火曜陰、外来予約者は多かれど受診せぬ人もあり。昼休み、ゴルフ練習に行くも無人にて、気分盛り上がらず。母にリモコンの電池交換を頼まれ、昼休みベスト電器へ行きて購入、コスモス薬品で缶コーヒー等の飲料を求めて帰る。夜、謡曲の練習に行く。

十一月十二日水曜晴、事務員体調不良とのことにて休む。クリニックのブレーカーしばしば落ち、難儀す。夕方走らんとするも、億劫になり、歩くこととす。美しき夕焼けを見る。子供達の習字の師より誕生ケーキをいただき、みなで食す。

十一月十三日木曜晴、大分のルカス医院閉院とのことにて、うつ病患者を紹介せらる。さして重症ならざれば余のクリニックで診ることとす。夜、焼酎を飲み、マグロ丼を食し、酔ひてソファーでうたた寝す。『あなたも作家になれる』を読了す。斯くのごときハウツー本は、読むのみにしてただちに作家になり得るとは思はざれど、しばしその気にさせる効能あり。

十一月十四日金曜晴、クリニックブレーカーの工事を依頼す。外来まづまづ忙し。夜遅く、観光客少なき頃を見計らひ、竹楽を見に行く。見慣れたる風景なれど、らふそくの灯りに浮かぶ城下町、趣あり。

十一月十五日土曜晴後陰、アルコール依存症の患者受診す。家族や仕事に対し様々なるトラブルありとのことなり。午後、九州医学会出席のため車で熊本へ向かふ。お城近くのアークホテルにチェックインし、近くのホテル日航熊本で、国立がんセンターの垣添先生の講演を聞く。その後、ゴルフの坂田信弘プロの講演あり。余はむしろ後者の講演を楽しみとせしに期待通りの内容なり。上田桃子プロ、古閑美保プロの話などを興味深く聞き、参考になれり。補欠の選手が活躍したる話などは、あたかも劇画を見るがごとく、大きく感情を揺さぶらる。夜、高校同級生で熊本在住の只隈君と会食す。

十一月十六日日曜陰、朝交通センターホテルに移動し、東洋医学会に出席す。会長の吉富先生は竹田に来たることもある余の友人にて会場でしばしば立ち話す。いくつか興味ある演題あり。余もひとつ質問す。昼過ぎ、会場を出て、熊本城に徒歩にて行く。復元せられたる本殿大広間はその構造雄大にして、城の規模のみにても、大分にはたうてい太刀打ち可能なるものあらざるべし。帰途、友人にて京都のメディカルユーコン社の垣本氏を空港まで送り、車中雑談す。

十一月十七日月曜晴、アルコール依存症患者の肝機能驚くほど悪し。夕方運動公園の周囲を十五周走る。夜、BSでハリソン・フォードの「逃亡者」を観はじめ、面白くなりて最後まで観る。母めまひを訴へしため、水の採りすぎによる水毒の原因として多きことを説明す。

十一月十八日火曜陰、外来多く自信を持つ。アルコール依存症のSさんの父親、病状を聞きに来る。息子は好人物なるも、他方意志薄弱なる面もありと聞く。海老沢泰久『サルビアの記憶』読了す。読みやすく、ごく普通の文章と思はるるも、余が書かんとすれば、おそらく難しからんと思ふ。父の命日なれば隣の母の家にお参りに行く。

十一月十九日水曜晴、脳性マヒの患者、政治に興味ある様子なりて、民主党の福祉政策等につきて語る。たどたどしき語り口なれど、高度なる内容にて驚く。夕刻、屋外に出るに風ありて寒し。ために運動は控ふることとす。元厚生事務次官刺殺せられたりとのニュースあり。ブレーカー分割工事につきて、業者のプランを聞く。

十一月二十日木曜晴、めまひ、吐き気を訴へて里帰りせし患者、漢方薬内服三日にて軽快す。午後、吉野コースをダイキョーの竹尾氏とまはるに、成績いまだ回復せず。ラウンド後、パークプレイスにまはり、買ひ物す。

十一月二十一日金曜晴、蕁麻疹と肩こりを訴ふる患者、漢方により後者のみは軽快す。夜一竹で開かれたる医師会の医祖祭に出席す。市内の医師、歯科医師、薬剤師集ひ、この一年の会員物故者を弔ふ祭なり。余はいつになくビールと焼酎を飲み、夜中に気分悪しくなりて目覚め、五苓散を内服す。

十一月二十二日土曜晴、外来暇なれば勉強に集中す。腰痛を訴へプラセンタ注射を続けたる老人、効果少しありと言ふ。午後長男と大分へ。書籍、ＣＤ購入す。ジムにて千メートル泳ぎ、塾で長男を迎へドーナツを求めて帰途に着く。夜、刺身、豆乳なべなどを食す。

十一月二十三日日曜陰、月形コースにてゴルフをす。同伴者は加藤、岩野、柴崎の各氏。柴崎氏より左腕を伸ばすやうにとの助言を受け、幾分改善す。ラウンド後大分へ出向き、トキハの北海道展に行き、仮設食堂にて寿司とカニ汁を食す。食後、メロンソフトクリームを求めしにクリームの安定悪しく、床に落とす。無念なり。

十一月二十四日月曜雨、医師会病院初当直を勤む。日直にて午前九時より午後五時の勤務なるに、下痢の患者一名のみ受診す。漢方の勉強と読書にて時を過ごす。帰宅後、風呂に入り、肉まんを食し、焼酎を飲む。渡辺淳一『熟年革命』を読了す。

十一月二十五日火曜晴、外来多し。プラセンタ注射希望の男性、北九州の病院にて余のクリニックのことを聞き、受診す。子宮内膜症の女性、福岡より受診す。夜、爆笑問題の早稲田大学に行きて討論する番組を面白く観る。

十一月二十六日水曜晴、プラセンタ注射の効果を上ぐるため、ツボに注射する穴位注射をマスターすることとす。夕刻より大分へ出向き散髪す。午後七時よりコンパルホールにての漢方の勉強会に出席し、類聚方広義を解説す。

十一月二十七日木曜雨、自宅の大きくなりすぎたる樅の木を庭園業者に依頼し伐採す。見通しよくなり、明るくなりぬ。午後九重の診療所に漢方の診察に行く。夜、息子の勉強捗らざれば、十二時近くまでつきあふ。

十一月二十八日金曜晴一時雨、電気工事の結果ブレーカーの落つることなくなる。大杉製薬の入田氏、太虎堂に転社し、挨拶にきたる。夜、久しぶりにすき焼きを食す。

十一月二十九日土曜陰、午後玖珠の高田病院の当直に行く。不安、息苦しさを訴ふる老人、受診せしも特段の所見なし。救急隊より交通事故外傷の搬送依頼あるも断る。

十一月三十日日曜晴、当直中特別重症患者なし。テレビ、読書、ネット将棋で時間を過ごす。終り際、義父当直室に来たり、野菜、りんご等託せらる。長女、手の腫れ、口の違和感を訴へ心配す。夜、ギョーザ、こんにゃくの刺身、鍋を食す。女子ゴルフ、古閑美保逆転優勝し賞金女王となる。午後十時すぎ眠気を覚え、床に就く。

平成二十年十二月

織部塾忘年会で「ふぐ八丁」へ

十二月一日月曜晴、学会等で知遇を得、余の著書『春雷』に興味を示されし、医史学に造詣深き中津の川島先生、『漢方治療44の鉄則』の著者で奈良の阪東正造先生に拙著を送る。夕刻、運動公園を十七周走る。さすがに疲労し、足のがくがくするを覚ゆ。夜、食卓にて勉強する子供らに配慮し、テレビを観ず。

十二月二日火曜晴、昼休みゴルフ練習に行き、かつてプロを目指せる研修生なりし松本氏よりアドバイスを受く。左肩の回転十分ならずと言ふ。外来にて穴位注射につき説明すればその注射を希望する患者あり。ビタミン注射液、長針等の準備を始む。診察室前の紅葉萎れて散り始む。年賀状の印刷仕上がり、その出来に満足す。夕方、走らんとするも昨日の疲労残りたればウォーキングに代ふ。余の信条は体調を考へ無理せざることとなり。夜、衛星放送で、「タワーリング・インフェルノ」といふ映画を観る。余の大学時代、大阪道頓堀にて見し映画にて、懐かしき反面、随分記憶違ひも多く、反って面白き心地す。

十二月三日水曜晴、脳性マヒの患者来院す。不安感くなれりとのこと。前回同様政治の話題を好む。夕方、走るも途中疲れを感じ、十周にてやむ。夕食時、久方ぶりにサイダーを飲み、美味なるものなりと改めて思ふ。夜、テレビにて相変はらず意気軒昂たる田中真紀子の話を面白く聞く。クリニックより自宅に戻る折に見上ぐる自宅裏の崖に紅黄緑等様々なる色の木の葉を見つけ、改めて野趣を覚ゆ。

十二月四日木曜晴、またクリニックのブレーカー落ち、電子カルテの復旧に時間を要す。外来は少なし。午後大分に出かけ、全教研で長男の成績につきての面談を受く。分大附属小には合格可能なりとのことなれど、進路につきては未定なり。ジムで一六四〇メートル泳ぐ。

十二月五日金曜陰後雨、村松友視『男と女』読了す。プロの書き手による作品といふ印象なり。長女指の不調を訴へ心配するも症状増悪せず。珍しく外来多く、穴位注射も二名に施す。昼休み、母に付き合ひ、家電店にて電器ストーブ購入す。寒さのため、夕方の運動は中止す。夜、鴨鍋を皆で食す。

十二月六日土曜晴山沿ひ雪、長男と大分へ。山には雪の舞ひたる様子なれば、山道を避け犬飼経由で往復す。トキハ地下二階に竹田の和菓子の老舗なる但馬屋オープンす。外観を見るにごく尋常なる構へなり。ジムで千二百メートル泳ぎ、泳ぎに自信を持つ。

十二月七日日曜晴、朝、家人いまだ起きざれば自らトースト、ベーコンエッグの朝食を作りて食し、月形コースにての岡城会ゴルフコンペに参加す。矢尾板、菅、志賀氏と同伴す。未だ調子上がらざれども楽しくラウンドす。夜、同会の忘年会あるも気進まざれば、家にてお好み焼きを食し、焼酎を飲みて、早々に床に就く。

十二月八日月曜陰時々雨、一日寒ければ、夕方の運動を取りやむ。雑誌メディカル・カンポーに掲載予定の「先哲の墓を訪ねて」の原稿に取り掛かる。今回は幕末の名医にて浅田飴の由来にてもある浅田宗伯なるに、余の撮影せし写真を見直すに、これといふものなし。神奈川県より里帰りして、頭痛・吐き気を訴ふる患者受診す。呉茱萸湯を処方す。余は風邪にかかりたる自覚なければど、ただ鼻水のみよく出づ。

十二月九日火曜雨後陰、朝洗顔時に髭剃りの剃刀でアゴを切り、出血す。長女に家人付き添ひて手のしびれにつき県立病院を受診す。昼過ぎ連絡あり、大事なしとのことにて安堵す。昼、商店街のスタンプカードを使ひ、友修でわくわく定食を食す。アラ炊き、茶碗蒸し、刺身など、十分なる内容なり。豊後大野市の職員、いらいらと不安を訴へ受診す。役人もストレス多き仕事と見え、心身の不調訴ふる者多し。保健師に勧められ受診すとのことなり。

十二月十日水曜晴、久方ぶりの患者受診し、その受診せざる間の経過を詳しく聞く。クリニックの机上に雑誌、本など積み上がれば整理す。母めまひを訴へ、体調悪しき様子にて、小便の出も悪しければ、真武湯処方す。夕方、久し振りに市街地を歩く。寒さ緩み、暖房を必要とせざる一日なり。

十二月十一日木曜晴一時雨、午前中、外来の合間に勉強したり、本の整理をしたりしてすごす。ガソリンスタンドの店主よりゴルフのDVDを借る。午後、吉野コースでゴルフす。同伴は薬卸の竹尾、不動産サービスの谷脇、釣具店経営の山下の各氏。余の調子は相変はらず悪しく、スコアまとまらず。

十二月十二日金曜晴、穴位注射をせし患者、肩の痛みなくなれりといふ。夕方、運動公園を十八周走る。十キロ以上となり、余の新記録なり。池澤夏樹『星に降る雪／修道院』読了す。これまで読みし、氏の作風と異なり、物語性強き小説なり。夜、おでんを食す。

十二月十三日土曜陰時々雨、今日も穴位注射を行ふ。大分より月経困難症にて通ふ患者、漢方薬にて冷え症も改善し、生理痛も気にならぬ程度となりぬといふ。午後大分へ。ジムにて泳ぎのリズムよくなれりと誉めらる。夜、漢方の織部塾に出席す。発言者多く、質問出来ず。久留米より新入会の先生あり。ふぐ八丁にて忘年会。余の欲せざることなれど二時近くまで飲む。

十二月十四日日曜陰後雨、月形コースにて織部先生、漢方仲間の福岡の平田先生、ツムラの梅原さんとゴルフに興ず。織部先生時折思ひがけず好ショットを放ち驚く。されど、先生後半左足にこむら返りを起こし、しばらく倒れこみ心配す。

十二月十五日月曜晴、朝小学校の交通指導で横断歩道脇に立つ。相変はらず子供たちの挨拶悪しく、注意す。夜、メディカル・カンポーの原稿執筆、次第に形をなす。

十二月十六日火曜晴、ゴルフレッスンＤＶＤのドリルをこころみる。以前より不安神経症にて治療中の患者の夫、自らも治療を希望す。夜、子供たちと食卓にて勉強す。謡曲の練習後、思ひがけずショートケーキ、コーヒーにてもてなさる。

十二月十七日水曜晴、外来の終り際に他院の職員受診す。現代医学にては治せず、漢方で治せる病あることを示さんと思ふ。脳性マヒの患者、漢方の効果は定かならざれど、余と政治談議するは楽しき様子なり。夜、眠くなり十時前に床につく。

十二月十八日木曜晴、散髪に行き、店長と、近くでマッサージ店を開きたる余の知人の話をす。みさき画廊にて絵画、陶器を鑑賞し、作者の小林氏来合はせたれば、感想を述ぶ。日没後、アクアパークのイルミネーションを見る。青色多し。ゴルフ仲間数名と忘年会を小さきフランス料理店にて催す。カラオケ、スナックに遊び、大分泊。

十二月十九日金曜晴、余は少し風邪気味にて終日気分晴れず、夕方の運動も中止す。原稿完成に近づく。長男、疲れのためか食後すぐに眠る日続く。長女終業式にて通知表を持ち帰る。成績はさして変はらず。

十二月二十日土曜晴後陰、朝原稿を仕上げ、ＦＡＸにて大杉製薬本社に送り、一息つく。午後、息子と大分へ。車中、息子は弁当を食し、宿題も済ます。せはしなきことなり。

十二月二十一日日曜陰時々雨、天気悪しく迷ふも月形コースにゴルフへ。同伴は田中、加藤、小山の各氏。田中氏かねてより膝の痛みを訴へたれば、漢方薬を持参す。風邪悪化し、鼻詰まる。夜、鴨鍋を食し、焼酎を飲む。

十二月二十二日月曜晴、鼻声を患者に指摘され、恥づかしき思ひす。寒さのため戸外に出でず。夜、テレビで黒澤明につきて語る仲代達也のインタビューを面白く観る。

十二月二十三日火曜天皇誕生日晴、年末恒例の丸ちゃん会ゴルフコンペあり。十一名参加す。夜は焼き鳥丸ちゃんにて打ち上げを行ふ。二次会は加藤先生の紹介で四十分三千円の飲み放題の店に行く。時間帯により料金変はるとのことなり。

十二月二十四日水曜陰、風邪のため患者と話しにくく、外来に支障を来たすほどなり。外寒く、終日室内にて過す。元タレントの飯島愛、死去のニュースあり。夜、クリスマスを家族と、シャンペン・オードブル・ケーキなどで祝ふ。子供たちはツリーを飾る。

十二月二十五日木曜晴、外来まづまづ。年賀状書き始む。妻子、実家に帰りたれば、パークプレイス紅虎にて黒酢の酢豚を食す。量多く残す。

十二月二十六日金曜晴、プラセンタの注射四名。昼はインスタントラーメンとおにぎりを食す。夜は母とジョイフルへ。余はカキフライ定食とゴボ天うどんを食す。夜、「長生き競争」といふドラマ観る。

十二月二十七日土曜晴、夜中に二度目覚め、結局いつもより長く七時すぎまで眠る。まだ鼻つまりをりて、口渇く。『漢方の臨床』の「新年の言葉」の原稿執筆す。長女は久留米大学小児科受診す。経過順調とのことなり。午後、家人の実家の病院の当直に行く。当直室に子供たち遊びに来。

十二月二十八日日曜晴、当直は重症者なく、夜間起こさるることもなし。帰宅後年賀状書き。終りて十時には床に就く。

十二月二十九日月曜晴、夜、焼肉。クリニックの掃除、整理捗らず。夕方久しぶりに一時間歩く。

十二月三十日火曜晴、昼前に家族で墓掃除に行く。風あり肌寒し。午後、窓拭きなどの大掃除を手伝ふ。夜レコード大賞など年末恒例の番組を観る。

十二月三十一日水曜晴後陰、十時前家族一同車に乗り、年越しに福岡へ。雪の心配あれば、熊本経由とす。インターチェンジ手前の回転寿司店で昼食を摂る。五人で四三〇〇円なり。母しきりに感心す。ホテル日航福岡にチェックインし、休憩の後、キャナルシティに行く。昨年と同じ居酒屋にてもつ鍋、コロッケ、カルパッチョなどの夕食を早めに摂る。夜、紅白歌合戦を観る。余は途中よりロビーに降りて北村英治のカウントダウンコンサートに行く。かくして今年最後の夜も更く。

平成二十一年

平成二十一年一月

穏やかな新年のスタート

一月一日木曜陰一時雪、新年を家族と共に福岡市内のホテルにて迎ふ。余の性癖により早暁より起きて動き回り、家人、睡眠の妨げなりとこぼす。八時に朝食に行くも、バイキングにて正月料理なく味気なし。地下鉄にて筥崎宮に初詣に行く。余の引きしおみくじ大吉にて「朝日が昇る運勢」といふ。大勢の人混みの中、母としばらくはぐれ、心配す。キャナルシティに行き、長袖のゴルフシャツ、毛糸の帽子、手袋を買ふ。昼食はラーメンスタジアムにて塩ラーメンを食す。ホテルに戻り、ジムにて泳ぐに目に痛みを感じ、早々にやむ。鏡を見るに右目結膜に出血あり。

一月二日金曜晴、箱根駅伝に竹田出身の選手出場すれば、テレビにて応援す。ホテルをチェックアウトし、リバレイン四階にあるラ・マニーナといふレストランにてピザ、パスタなどを食す。アトリウムとなりゐて雰囲気良し。久留米の妹の家に行く母と別れ、家人の実家なる玖珠へ向かふ。夜、義姉の子供たちと一緒になり、御節料理を食す。オグシオや松坂などの出演するバラエティ番組を面白く観る。

一月三日土曜陰、朝、新年初めての雑煮を食す。箱根駅伝早稲田を応援するも僅かに優勝を逃す。家族は残り、余は大分に出てジムへ。わさだにてローストビーフと海老玉子ポテトなどを夕食として購入す。帰宅後、年賀状に目を通す。

一月四日日曜晴、新年初ゴルフに行く。同伴は加藤、衛藤、岩野の馴染みの各氏。「枝を鳴らさぬ御世なれや」といふ謡曲の一節を思ひ起こさする穏やかなる天気なり。ラウンド後臼杵インターより高速に乗り、玖珠へ。家族を乗せ、竹田へ戻る。夜は母が用意せし鍋料理を食す。たまたま用事で立ち寄りたるクリニックにて、電子カルテのピーピーと発信する音を聞く。

一月五日月曜晴、雑誌『漢方の臨床』に掲載する新年の言葉をメールにて送る。漢方勉強会資料を作成す。昼食後昼寝するに、余鼾をかけりと家人いふ。夕方散歩するに左足に痛みを感ず。録画せしＮＨＫの大河ドラマ「天地人」を観る。面白し。長女の作文を手伝ふ。

一月六日火曜晴、朝起くるに頭痛あり。川芎茶調散と葛根湯を内服するも効果はかばかしからず。一日気分悪し。午後腰痛の三十九歳男性新患受診す。長男大分の塾より帰宅するに疲れのためか元気なし。長女は机に座るものの勉強捗らぬ様子なり。午後、ツムラの森井氏、医師会事務所野仲氏、ダイキョー竹尾氏それぞれ新年挨拶に来訪す。

一月七日水曜晴、外来少なし。昼食は家族にて友修へ行き、わくわくスタンプカードの貯まりしポイントを利用して食事す。余はチキンカツ定食を食す。その後扇森稲荷に初詣に行く。余の引きしおみくじまたも大吉にて素直に喜ぶ。大杉製薬の人に勉強会の資料を手渡す。夕刻、大分へ向かひ、ジムの新年会に出席す。

一月八日木曜陰、午後大分にて待合室用のＣＤを六枚購入す。イージーリスニング系のヘンリー・マンシーニ、フランシス・レイ、101ストリングス、それぞれ各二枚の内容なり。散髪に行く。

一月九日金曜晴風強し、昨日購入せしＣＤ、早速待合室にて再生するに、よき音を奏づ。夜地元医師会のいざよい会に出席し、諸先生と新年の挨拶を交はす。参加者十二名にて写真撮影を行ひ、各々新年の抱負を述ぶ。

一月十日土曜雪後晴、いざよい会で飲みすぎたるためか、午前三時に目覚め、しばらく読書し、鳥越碧『花筏』読了す。谷崎潤一郎の妻松子を中心に書かれたる作品にて『細雪』との対比も面白し。二度寝して目覚むれば、外は雪景色なり。外来の終り際に忙しくなり、時間内に終らず。夜、ハンバーグなど食す。

一月十一日日曜晴、五時に目覚む。自分で朝食を作り月形コースにゴルフに行く。同伴者は桑原、岩野、加藤の各氏。余の調子一向に上がらず、やや落ち込む。夜、かたやきそばなどを食す。

一月十二日月曜成人の日晴、早朝読書す。十一時に家族とわさだに映画を見に行く。子供に付き合ひ、アニメ映画を観るも稚拙なる作品にて耐え切れず先に出づ。モロゾフでピザセットを食す。ピザ、サラダ、スープ、紅茶、プリンの内容にて満足す。夕食は新しく出来し焼肉のいおりといふ店に行くに、家人の従姉妹一家と偶然遭遇す。

一月十三日火曜晴、朝少し雪積もる。当院の便秘の薬よしと聞きてきたる患者受診す。県医師会報に投稿する予定の「『誰も書かなかった日本医師会』を読む」の原稿を書き始む。寒ければ夕方の散歩中止す。長女の友達の家より、余の家に遊びに来たる礼とのことにて鶏肉を貰ふ。

一月十四日水曜晴、メディカル・カンポーの校正刷り届きしに、珍しく訂正箇所なし。外来少なく、寒さ厳し。夕方久しぶりに歩き、時々走る。首藤県議、市長選に出馬とのニュースを新聞にて知る。竹田市発展のため、大いに政策論争せられんことを望む。御層蘇風呂に入る。片岡義男『白い指先の小説』読了す。登場人物も文章も品の良さを感ぜしむる小説なり。

一月十五日木曜晴、外来少なく、原稿書きに時間を費やす。午後大分へ出向き、ジムで泳ぐ。わさだにまはり、シネフレックスにて「チェ・28歳の革命」を観る。ドキュメンタリータッチにてあたかも本物のゲバラを見るがごとき心地す。ゲバラのアルゼンチン人なりしこと初めて知る。頭に靄のかかりたるやうなる感じあり。

一月十六日金曜晴、よく眠り夢も見る。原稿を書く。夕刻町を歩く。『「脳にいいこと」だけをやりなさい！』読了す。

一月十七日土曜晴、外来少なきも知人二名新患として受診す。原稿を仕上げ、県医師会にＦＡＸにて送る。午後、長男と大分へ。長男を塾に送り届け、余は県立図書館にて武見太郎の昭和三十年に『中央公論』に書きし論文をコピーす。トキハ加賀百万石展に行き、鰊酢漬けなど試食の上購入す。

一月十八日日曜陰後晴、天気を心配するも雨降らず。月形コースにてゴルフ。岩野、伊東、勝間田の各氏と同伴す。余の悪癖を直さんがために、右脇にタオルを挟みてまはるに、さすがに打ちにくし。夕刻、長女のための家庭教師派遣会社の人来たりて説明を受く。なかなかよしとは思へども、教材費五十五万円要すとのことなれば、今少し考ふることにす。夜、カレー鍋を食す。

一月十九日月曜晴、外来少なく寒し。夜、子供たちの塾、進学の話を親子にてす。家庭教師の件、地元にて塾を経営する余の同級生に相談することとす。子供たちとともに勉強するは心地よし。加賀百万石展にて購入せし、鰊の酢漬けは家族に好評なり。

一月二十日火曜晴、昨夜早く床に就きしためか午前四時に目覚む。夕刻、運動公園にて久しぶりに走る。夜、漢方勉強会の準備をす。謡曲の練習にてはよく声出る。

一月二十一日水曜陰後雨、夜中午前二時前に目覚め、アメリカのオバマ大統領の就任式を生中継にて観る。夕食後、漢方の勉強をす。夕方、雨で歩かず。左手中指の痛み広がるやうにて心配なり。

一月二十二日木曜雨、外来に不眠症の新患あり。イチゴ大福を買ふ。長女は地元の塾に通はすこととす。シチューにパンを食す。

一月二十三日金曜陰、外来終り際に冷え症の新患二名受診す。職員の仕事に間違ひ多く困る。夕方風強く、運動中止す。自宅のパソコン、ウイルス感染の徴候あり。

一月二十四日土曜晴、外来少なし。ジムにて千八百メートル泳ぐ。余の新記録なり。

一月二十五日日曜陰後晴、月形コースにてゴルフ。同伴は常連の加藤、岩野、池辺氏。天気不良の予報なれどまづまづの天気となりぬ。自分で朝食を作り、出かく。左手のグリップの緩みに注意してラウンドす。少し明るき兆し出できたれり。ラウンド後アプローチ、バンカーの練習をす。夜、母も一緒にお好み焼きを食す。

一月二十六日月曜陰、外来今日も少なし。夕刻大分へ。ジムにて泳ぎたる後、東洋医学会の県理事会のため、ワシントンホテルへ。今回より交通費五千円の支給あり助かる。終了後、スナックへ織部先生らと行き、コーラを飲みながら、漢方の話題に興ず。十時すぎ車にて竹田に戻る。

一月二十七日火曜晴、余の生命保険切り替への時期となり、昼休み家人と共に三井生命の人に説明を聞く。骨粗鬆症の検査のうち保険にて認められざる分の通知あり、憂うつなることなり。夜、地元医師会の役員を決むる臨時総会に出席す。副会長候補、辞退者続出し、決まらず、持ち越しとなる。余は裁定委員となる。

一月二十八日水曜晴、外来今日も少なし。夜、漢方勉強会で大分へ。事前に手渡したる資料に間違ひあり、少し慌つ。終了後、新年会へ。話題あまり弾まず。スナックにては眠くして、多く語らず。大分泊。

一月二十九日木曜晴、朝大分のホテルより竹田へ戻り、午前中外来。午後、再び大分へ。漢方仲間の挟間先生のもとに用事ありて行く。高速にて九重町の診療所へ。霧のため別府湯布院間通行止めとなりて、到着少し遅る。漢方外来に鎮痛剤の効かぬ頭痛の患者ありて、川芎茶調散をその場にて飲まするに、三分間にて軽快し、面目を施す。帰途の運転中に、皮肉にも余が頭痛を覚ゆ。

一月三十日金曜雨、朝県医師会よりＦＡＸにて原稿の校正刷り届く。ニンナ・ナンナのレストランの店主、患者として受診す。母の誕生日なれば、夜居酒屋羅夢歩へ行く。マヨチャーハン、ポテトなどを食す。余は杏露酒ソーダを飲み、ほろ酔い加減となる。

一月三十一日土曜陰、午後玖珠の病院の当直へ。余の保健所に提出する書類のため、心電図、胸写、血液などの検査を受く。夕食は寿司、天麩羅にて、当直室の冷蔵庫に在りし缶ビール半分を飲む。発熱、痛み等の指示のみにて重篤なる患者なし。

平成二十一年二月

黒川産婦人科医院開院五十周年

二月一日日曜晴、前日より玖珠にある家人実家の病院当直を勤む。夜は何ごともなく充分なる睡眠をとる。日中、インフルエンザの患者受診し、タミフル処方す。テレビに見るべきものなく、専らネット将棋と読書をしてすごす。夕刻、竹田に戻り、新聞広告にて余と同年の電気店経営小出君の死去を知る。電話にて同級生に確かめしところ、死因は心筋梗塞なりとのこと。夜、母も来たりて家族にて鳥鍋を食す。母より父の黒川産婦人科医院を開業せしは昭和三十四年二月一日にて、本日はちゃうど五十周年にあたるとの話を聞く。十時すぎに眠くなり、床に就く。

二月二日月曜晴、夕刻外来終り近くになりて頭痛と不眠を訴ふる男子高校生受診す。東洋医学的に可能性ある病態を説明するも今ひとつ理解出来ざる様子なり。最近診察室前の椛の木に小鳥集まれば、母米粒を枝に塗りつく。左手中指の痛み続く。断続的に読み続けし正岡子規の小説、漸く佳境に入り、面白くなれり。
二月三日火曜雨、昨日余の留守中に挨拶に来られし市長候補の首藤勝次氏にメールを送信せしところ、返信のメールあり。息子周は小学校の授業終了後、一人で特急に乗り大分へ。帰途は、家人車にて午後八時すぎに迎へに行き、十時すぎに戻る。余鬼の面を被り、家族にて節分の豆まきをす。夕食時、恵方巻を東北東の方向に向かって食す。長女の英語の宿題を手伝ふ。少し頭重ければ、血圧測定をせしに少し高めなり。夜、咽喉渇き、氷水をしきりに飲む。
二月四日水曜晴、外来少なき日続く。午後一月分レセプトを点検す。日本東洋医学会の専門医の更新、一年保留して来年に延ばすこととす。左目充血し、頭にモヤモヤしたる感触あり、気分悪し。市長選近づき、現職の夫人、挨拶に来らる。夕刻、運動公園を七周走り、日差しの延びしことを実感す。夜、おでんを食す。
二月五日木曜晴後陰、外来患者のK氏、グランドゴルフにてホールインワンを四回したりと嬉しさうなる様子なり。午後四時に息子の周と大分へ向かふ。トキハの工の技展で傘を購入す。余は裏地に龍の壮大なる絵の描かれたるもの気に入りしも、高価にて手出だす能はせず。夕食は松花堂弁当をトキハ会館にて食す。
二月六日金曜晴、佐伯より不妊症にて通ふ患者、子宮外妊娠したりとの知らせを受く。余の生命保険更新の時期至り、手続きす。支払額は現状維持とし、支給額を若干下ぐることとす。夕方、運動公園を九周走り筋肉痛と疲労感を覚ゆ。
二月七日土曜晴、朝親戚の結婚式にて東京に出発する母を駅まで送る。大分でＡＢＢＡのＣＤを買ふ。夜、カツオのたたきとラーメン鍋を食す。漢方の山友会の会報に投稿する俳句五首を作る。
二月八日日曜晴、朝、朝食を自分で作り、早めに月形コースへ出かけ、アプローチの練習をす。同伴は岩野、衛藤、伊東の馴染みの各氏。ドライバーの飛距離出づるもアプローチ悪しく、スコアまとまらず。終了後、風呂を簡単に済ませ、息子を迎へに行く。夜はコロッケを食す。
二月九日月曜陰後雨、正岡子規兄妹を描きし鳥越碧『兄いもうと』読了す。結核に冒され夭折する子規の明るさに驚嘆す。鼻水いまだやまず。大杉製薬の挽田氏来たりて、氏の前職なりし車とホテルの話をす。

二月十日火曜晴、外来予約者のわりに少なし。県医師会に投稿する文章の情報少なく、武見太郎についてネットで検索す。昼休み、昼寝の後練習に行く。夕方、運動公園を十周走る。周ひとりで特急に乗り、見知らぬ老夫妻より菓子を貰へりといふ。

二月十一日水曜建国記念の日晴時々陰、月形コースにてゴルフ。十時スタートなれど余は八時には到着し、練習グリーンにてアプローチの練習をす。同伴は伊東、加藤、岩野の各氏。出だしにパーをとり、幸先よくスタートするもアプローチのミス多くスコアまとまらず。練習の成果出でぬことに気落ちしたるせゐか疲れを感じ、専らカートに乗り、移動す。夜、もつ鍋を食す。

二月十二日木曜晴、外来にて膝の痛みを訴ふる患者より、テレビで広告する皇潤を処方出来ざるかと聞かれ、情けなき心地す。午後周と大分へ。ジュンク堂書店にて書物を購入し、ジムで泳ぐ。駅前にて高校同級生の森山君に会ふ。選抜高校野球に出場する母校上野丘高校同窓会より寄付金依頼の文書届く。

二月十三日金曜陰時々雨、外来少なし。待合室に異臭あり、アロマを焚く。昼休み、練習に行き、トップの位置を三段階に分けて打ち分くる練習をす。竹田市荻の白糸の滝近くのレストラン店主より、パスタソースをもらふ。夕方、少し走り、その後割烹友修にて催されし医師会事務所、野仲事務長の定年退職送別会に出席す。スライドにて開院当時の写真紹介あり、興味深く見る。竹下昌一先生、秦先生らと話す。記念撮影何度も取り直しあり、疲る。

二月十四日土曜晴、バレンタインデーにて家人と娘よりチョコレートを貰ふ。また外来にて患者の一人より貰ひ恐縮す。午後、長男を誘ひジムのプールへ。トキハでバーゲンあり、余はゴルフ用のパンツ一着を購入す。

二月十五日日曜晴、竹田のゴルフ仲間なる堀先生のホールインワンコンペ参加のため月形コースへ。記念品としてベルトを頂く。暖かき日和にて半袖シャツにてもよきほどなり。テークバックにて右脇の開かざるやう気をつく。表彰式の後、息子を迎へに行く。ネットにて月形コースのコンペのB組三位に入賞せしことを知る。

二月十六日月曜晴、余の文章の掲載せられし県医師会報届く。外来少なく心配になる。夕刻、久しぶりに街中を散歩す。庭の梅の花咲く。ニュースにて中川財務大臣の失態を知る。十年前の家族写真見つかり、一同大笑ひす。

二月十七日火曜晴、一人JRに乗り大分へ向かひし息子と携帯電話で話す。夜、衛星放送にて「手紙」といふタイトルの映画を観る。暗き話なれど惹き付けらるる内容なり。娘の宿題の短歌作りを手伝ふ。

二月十八日水曜晴、夕刻外来の終り際に躁うつ病の新患受診す。漢方のみの治療にては難しと判断せらるれば現代薬を併用す。夜早々に眠気を覚え、子供たちより先に床に就く。

二月十九日木曜陰後雨、外来久しぶりに多し。四時、小学校にて息子を車に乗せ大分へ。散髪をす。夕食はトキハ会館にてカツ重とソバのセットを食す。ジムに行き、午後九時すぎ息子を塾に迎へに行きて、お土産にドーナツを購入し帰途につく。

二月二十日金曜晴、新聞にて余の知り合ひの土居君県議選補選に立候補することを知る。早速携帯電話にて激励す。最近、外来にて採血せし検体に溶血と凝固で不適なるもの続けば、検査会社にて採血方法につきて講習を受くることにす。昼、家人留守なればサンドイッチを購入して食す。夕方大分へ。ジムにて泳ぎし後、子宮ガンの講演会に出席す。

二月二十一日土曜晴、起床時より鼻詰まり、風邪気味なり。午後、玖珠の家人実家の当直へ。アル中の患者の扱ひに手こずりしほかは持参せし小説をひたすら読みてすごす。

二月二十二日日曜雨、昨日に続き当直。重症者なけれど看護師頻繁に当直室を訪れ、余に指示を求む。竹田に戻り、夜家人が弁当大会にて求めし、カニ弁当を食す。テレビにてうつ病治療最前線を観る。余の知らざりしことも多し。息子は、竹田小学校と明治小学校が対等合併するため、一旦閉校することとなり、その式典に出席す。新しき校歌は間に合はずとのことなり。

二月二十三日月曜陰後晴、めまひ、肩こりを訴ふる新患受診す。漢方の最も得意とする領域なり。余診察中に鼻水出でて難渋す。夕方、運動公園を走る。「おくりびと」アカデミー賞外国語部門受賞す。夜、イクラ、鮭、鰯のつみれ汁などを食す。
二月二十四日火曜雨後陰、午前中は外来多けれど午後は少なし。夕方、家族とタイミング合はず、走りし後すぐに風呂に入ることかなはず寒し。
二月二十五日水曜雨、良く眠りて夢を見る。検査会社に来院して貰ひ検体の処理方法につきて教へを請ふ。昼休み、医師会病院の大多和先生、市長選の応援にこらる。徳島の庄子先生、余の日記を読みて、漫才、落語の台本を書くことを勧む。
二月二十六日木曜陰、余と同年の抑うつ状態の患者受診す。現在、失職中にて新しき仕事気になる様子なり。他人事とは思へざる心地す。午後、九重町の診療所へ。帰りは高速に乗り、別府湾サービスエリアでハンバーグを食す。九時すぎ息子を迎へ帰途につく。
二月二十七日金曜雨、朝テレビニュースに余のよく知れる産婦人科医登場したるに、その白髪の増へたる様子に驚く。婦人公論社より漢方特集で余のクリニックを載せたしとの電話あり。快諾す。夜、すき焼きを食す。
二月二十八日土曜陰、山本兼一『利休にたずねよ』読了す。品のいい作品にて面白く読む。午後、大分へ。ジュンク堂書店にて本を購入す。夜は織部塾にて佐伯の田淵先生、大分大学の中川先生、鹿児島の新富先生、久留米の四方田先生らと午前一時半まで話し込む。

平成二十一年三月

税理士の決算報告

三月一日日曜晴、起床後ホテルにて朝食を摂り、サニーヒルゴルフ場へ向かふ。前夜、織部塾にて同席せし織部先生、ツムラの梅原氏と同伴す。余は練習にて気づきし欠点の矯正に留意してラウンドす。夜、録画せしNHKの白洲次郎のドラマを観る。出来栄えはともかくとして力作なることは疑ひなし。
三月二日月曜晴、帚木蓬生『風花病棟』読了す。患者に癒さるる医師の話を集めし短篇集にて面白く読む。今年度より余介護保険審査会委員を務ることになりしにより、市の介護保険担当者挨拶に来らる。夜、長男周原因不明の腹痛を訴ふるも、手持ちの漢方薬にては軽快せざりしため、救急病院の受診を検討中に眠りにつけば、様子を観察することとす。長女宿題終らず、十二時まで勉強すれば余も付き合ふ。

三月三日火曜陰後雨、周の腹痛は原因不明のまま自然軽快するも、大事をとりて今日一日は欠席せしむることとす。午後、税理事務所の内田氏、決算の報告にこらる。営業収入は減少せるも、薬代増加したりとの指摘を受け、原因を考ふるも判然とせず。夜、雛祭りのちらし寿司を食す。天気悪しく、寒くもあれば、運動出来ず。

三月四日水曜陰後晴、不動産の谷脇氏よりマンションの居住者決まりさうなりとの連絡あり、安堵す。夜、偶々衛星放送にて「プレイス・イン・ザ・ハート」といふ映画を観る。学園物にて思ひがけず面白し。

三月五日木曜陰後雨、久しぶりに外来多し。午後読書などして時間を過ごし、四時に息子と大分へ。息子を塾へ送り届け、余は書店、トキハ等にて時間を過ごす。夕食はアーケード街を歩き、えび福にて天麩羅定食を食す。WBCの野球、日本予選リーグにて中国に四対〇で勝利す。

三月六日金曜陰後晴、よく眠り五時に目覚む。外来まづまづ。午後、中学同級生外来に来たり、市長選の噂などを聞く。前立腺ガンの疑ひありし熊本在住の高校同級生、生検にて良性なりきとの電話連絡あり。さすがに声弾める様子にて余も嬉しく思ふ。夜、八宝菜、麻婆豆腐、蒸し鶏などを食す。焼酎を少し飲む。

三月七日土曜晴、渡辺淳一『欲情の作法』読了す。内容はきはめて常識的なるものなれど、このタイトルにて売るは編集者の技か。午後、息子とプールに行き泳ぐ。その後二人してわさだタウンのリブロに寄り、それぞれ好みの書籍を購入し、隣接したる喫茶店にて休憩す。夜、ビビンバを食し、焼酎を飲む。白洲二郎のドラマ、二回目を観る。歴史的なることの勉強にもなり面白し。

三月八日日曜陰、月形コースにてゴルフ。同伴は岩野、池辺、衛藤の各氏。アプローチのミスと大たたき癖は相変はらずにて、スコアまとまらず。さすがにやや意気消沈す。池辺氏はテレビニュースのデスクなれば、ニュースの裏話等聞くはいつも興味深し。ドーナツを買ひ、塾の勉強終りし息子を乗せて帰る。夜、鳥鍋を食す。

三月九日月曜雨、白石一文『この胸に深々と突き刺さる矢を抜け』読了す。氏の作品は、余の予てより愛読せしところなれど、今回の作品はこれまでと異なり経済学に関する記述多ければ、興味なき部分は割愛して読む。電子カルテ不調にて、午前中は使ふを得ず。夜、かに玉、餃子など食す。子供達、食卓にて勉強すれば、余もテレビを見ずに読書す。

三月十日火曜晴、周は生徒会書記に立候補し、落選したるも平静なる様子なり。税理事務所より今年度の還付金につき連絡あり。大杉製薬の挽田氏、余の小説に感激したりとのこと。選抜高校野球で甲子園に出場する母校に気持ちばかりの寄付をす。

三月十一日水曜晴、母、下痢気味にて体調悪しとのことなれば、桂枝加芍薬湯を処方す。長男に続き、今度は長女梓、生徒会副会長に立候補したしとの意向を聞き、家人共々驚く。

三月十二日木曜陰、午後大分へ。散髪に行き、店主と世上の話題につき雑談す。シネマ5にて「エレジー」なる映画を観る。たまたま時間あり鑑賞せし作品なれど、主演のペネロペ・クルス、ベン・キングズレーに魅力あり堪能す。ワシントンホテルにてオムライスを食す。バレンタインデーのチョコレートのお返しに苺のチョコロール購入す。長女、家人とともに塾の進路面談を受け、竹田南高校を勧められたりとのこと。もとより健康第一なれば、余には異存なし。

三月十三日金曜雨、子宮筋腫縮小作用のあるリュープリン注射予定の患者に金額、副作用など説明す。荻のレストラン店主自ら漢方の勉強をなし、六君子湯なる漢方薬を飲みたしとの希望あれば従ふ。かくの如きケースにては本人の意向に添ふが結果的に良好なること多し。昼休み、母をベスト電器に送る。雨なれば夕方の運動中止す。母の下痢大分軽快したりとのこと。

三月十四日土曜陰後晴、午前中外来終り際に患者立て込む。午後、玖珠の家人実家の病院に当直に。山は雪模様なれば高速経由にて行く。当直はさしたることもなく、夕食時缶ビールを飲む。また病院前のホテルの屋上展望露天風呂に入浴す。夜、当直室にて暫し読書す。

三月十五日日曜晴、早暁、息苦しさを訴ふる患者ありて起こさる。幸ひ酸素投与などの処置により軽快す。外来少しあり。義母より米一袋を貰ひ持ち帰る。大分に出て、家族と合流し、ロイヤルホストにて食事す。余はシチュー、ピザなどを食す。帰宅後、衛星放送にて田中裕子、岸部一徳らの出演したる、映画「いつか読書する日」を観る。生徒会の副会長に立候補する長女の演説の練習を皆で聞く。夜中に長女痙攣を起こし、座薬にては軽快せず、家人付き添ひの上県立病院へ。余も心配にて眠るを得ず、ビデオなどを見て落ち着かぬ時を過ごす。

三月十六日月曜晴、夜中三時頃就寝す。朝食を作り、息子と共に食す。パン、牛乳、ウインナーエッグ、グレープフルーツなど。長男も一家の危機と思へるか、かくのごとき状況にては聞き分けのよき子となる。外来少なし。昼は玉来のらいす亭なる店にて中華丼を食す。知人の建設会社社長と一緒になり、雑談す。スーパーにて果物、カップラーメンなど購入す。夜、母と息子と創作料理のＫＩＰＳに食事に行く。梅チューハイ、チーズオムレツなど。入院中の娘の熱下がらず、画像診断にては梗塞の所見ありとのこと。ただ運動麻痺などの見られぬことは救ひなり。

三月十七日火曜晴、長女の熱三十七・一度まで下がれりとの連絡あり。家人昼過ぎに一時帰宅し、家事、雑事をこなす。外来多し。午後三時すぎ、母と墓掃除に行く。心配せしより整然たる様子にて安堵す。夕刻、少し走る。母のもとにて、鯛の塩焼き、団子汁、イカなどを食す。謡曲の練習後、大分に息子を迎へに行く。駅構内で上野丘高校野球部の写真展を見る。県立病院にまはり、長女を見舞ふ。少しやつれたる様子あり。長男と帰宅後、風呂にも入らず床につく。

三月十八日水曜晴、朝ホットドッグを作り、長男と食す。昼はカップヌードルとおこげスープ。昼過ぎ、長女退院し、家人と共に帰宅す。ＷＢＣの野球、日本韓国に敗る。長女の副会長選挙の演説、担任と相談の上行ふことに決す。

三月十九日木曜陰、ＷＢＣの野球キューバに五対〇で勝利し、準決勝に進出す。夜、地元医師会のいざよい会に出席す。七名出席。井田先生、二宮先生らと話す。余はアルコールをとらず散会後大分へ長男を迎へに行く。

三月二十日金曜春分の日陰後晴、月形コースにてゴルフ。同伴は岩野、加藤、谷脇の各氏。ドライバーの調子良くまづまづの成績を収む。帰宅後神官の小河先生来られ、春の祭事あり。早めに床につく。

三月二十一日土曜晴、五時起床す。午後は医師会病院の当直勤務をなす。腰痛と風邪の患者あり。長湯の伊藤先生来院し市長選のことなど雑談す。夜、トンカツと刺身を食す。

三月二十二日日曜陰時々雨、月形コースにてゴルフの予定なるも天気予報悪しく、予定せし二名欠席す。やむなく、岩野氏と二人セルフにてラウンドす。夜、カレーシチュー、パスタなどを食す。長男、向陽、岩田両中学は合格圏内とのこと。

三月二十三日月曜晴、午前中診療の合間にＷＢＣの試合を見ながら、漢方勉強会の準備。日本はアメリカに九対四で勝利し、決勝へ。長女副会長選挙に落選するもショック受けたる様子なし。長男の作文を読み、初めて一人で特急に乗りたる時の気持ちの描写に感心す。昼休み、携帯電話のショップに行き、新しき機種の説明を受く。この店の店長、余の高校同級生にて母校の甲子園出場などのことにつき暫し雑談す。夕刻、桜咲きたる町中を歩く。

三月二十四日火曜晴、夜中三時に目覚め、いかりや浩一『いかりや長介という生き方』読了す。読みやすく、エピソードも興味深し。電子カルテ不調にて、不便なるまま診療す。ＷＢＣ決勝、日本韓国を五対三で破り、優勝す。裏で母校甲子園の試合あり、已む無く録画す。母校は初戦敗退す。夜、高校の二年先輩瀧口氏より、四期対抗ゴルフにつきての連絡あり。

三月二十五日水曜晴、十時すぎに電子カルテまたも故障す。メンテナンスの会社に連絡したるところ、ハードの交換を要すとのこと。当然のことながら費用は不要とのこと。母は親戚を訪ぬるため、四国今治に旅立つ。上野丘同級生のメーリングリストに四期対抗ゴルフの案内を送る。夜、漢方勉強会にて古典の解説をす。イントロでＷＢＣ野球にて活躍したる、内川選手のことにつき話す。同選手の両親は竹田出身にて母親は余の妹の同級生なり。終って織部先生らとスナックに行き、暫し雑談す。

三月二十六日木曜晴、外来、薬を求むる患者数名あり。午後、九重町の診療所へ。いくつか興味深き症例あり。大分にまはり、久しぶりにジムにて泳ぐ。夜、カレー、サラダなどを食す。

三月二十七日金曜晴、マンション入居者の契約のこと心配になり、谷脇氏に連絡せしところ、本日入金したりとのことにて安堵す。昼前、広瀬神社の百五年忌祭に参列す。広瀬武夫顕彰会の名誉会長に石原慎太郎氏就任したりとの話を聞く。夕刻、岡城に登る。桜は見ごろなり。家人と子供たち留守なれば、夕食はカナディアンにてオムライスを食す。

三月二十八日土曜晴、母旅行より帰り、親戚に痴呆症状表れたることに衝撃を受けたる様子なり。午後大分に出かけ、途中今市の若妻の店にてジャンボ稲荷とうどんを食す。不動産の谷脇氏より新規入居者の敷金を受け取る。トキハにて父他界の折の主治医に偶然出会ひ会釈を交はす。

三月二十九日日曜陰、月形コースにてゴルフ。同伴は加藤、岩野、池辺の各氏。早めにコースに行き、アプローチの練習をす。序盤調子悪しく、苦労するも次第に良くなる。ゴルフ場、増客のためにバンカーを潰し、コースを容易にせんとする計画ありとのこと。余には納得しかぬる所業なり。

三月三十日月曜陰、銀行振り込み、コンビニのＡＴＭより可能とのことを知る。左手中指の痛み増悪す。家人、小学校の先生の送別会に出席せしため、母来たりてともにしゃぶしゃぶを食す。夕刻、一時間歩く。桜満開なるも肌寒し。タイガーウッズ、膝手術より復帰して初めて優勝す。

三月三十一日火曜陰、家族皆長女の診察にて久留米に行きしため、無聊をかこつ。夜、母のもとで刺身、ロールキャベツなどを食す。

平成二十一年四月

徳島の庄子先生竹田に

四月一日水曜晴、長女久留米大学病院を受診す。四時間待たされたりとのこと。諸検査の結果は変化なしとのことにて安堵す。夕刻、ウォーキングに出掛くるも風強ければ、川沿ひを避け町中を歩く。帰宅して、母より余の漢方仲間なる徳島の庄子先生の竹田に来られたるを聞く。先生の自宅に電話して夫人より携帯番号を聞き、連絡をとりて、余のクリニック内を案内す。夕食の後、地元のバーにて話し込む。

四月二日木曜晴、外来多く退屈する暇なし。薬服用後の吐き気を訴ふる患者、しばらく薬を中止してみることとす。午後大分へ出向き、通帳の記入をし、シネマ5にて映画鑑賞す。「そして、私たちは愛に帰る」といふトルコ映画なり。お国柄か淡々とした演出なれど異国情緒を堪能す。散髪に行き、トキハにて名刺入れを購入す。長崎展にてチャンポンを食するに、余の日頃口にするものとさして変はらず。新聞、雑誌等にてかねてより評価高き小林秀雄の講演CDを購入す。

四月三日金曜陰後晴、余のクリニックの評判を聞きたりといふ新患あり。訴へ多く、一向に効果の出でざる患者あり、薬剤を中止す。クリニック二階にてゴルフの素振りの練習をす。昼は母のチャーハンを食す。午後三時すぎ妻子久留米より帰宅す。夜は専ら読書に勤しむ。レンタルDVDにてジャック・ニコルスン主演「最高の人生の見つけ方」を観る。ニコルスンの動作、科白の一つ一つに惹きつけらるるものあり。定額給付金の手続きを完了す。

四月四日土曜雨、余のクリニックのこと、雑誌『婦人公論』の漢方特集に紹介せらる。全国にわづか十一施設のみなれば宣伝効果あらんかと期待す。午後大分へ出向き、名刺を作り直すこととし、トキハにてサンプル等見て、説明を受け注文す。余の携帯電話傷みはげしく、しばしば電池カバー外るれば、買い替へを検討す。ゴルフのレインハットを求む。家族への土産としてアイスクリームを購入して帰路につく。

四月五日日曜陰、夜中何度か目覚む。月形コースへ。岩野、池辺、加藤の各氏と同伴す。素振りの効果出でず、反って悪しくなる一方なり。終日、調子悪しく落ち込む。帰宅後、医師会病院の当直へ。過換気症候群と風邪の患者など来院す。小説『夏の岬』読了す。初老の男性と若く美しき女性との恋愛話にて、一種のファンタジーとおぼゆ。

四月六日月曜晴、当直何事もなけれども緊張のためか夜中に何度も目覚む。病院の常勤医六時前に出勤し来たれば、後を任せて引き上ぐ。大杉製薬挽田氏、余の原稿の掲載せられしメディカル・カンポーと原稿料を持参す。しばし雑談す。昼休み、振り替へ休日にて在宅したりし娘に後押しされて、新しき携帯を求めにいく。ワンセグにてテレビ視聴可能なること、ネット検索にてパソコンと同等の機能あることなど、これまでのものより優れたり。使用法はいまだよくわからざれども購入す。夜、「レッドクリフ」のレンタルDVDを鑑賞す。面白けれど、劉備の描き方あまりに凡庸なりと不満をおぼゆ。

四月七日火曜晴、外来少なし。昼休み、子供たちも春休みにて在宅しをれば、家族にて朝地の道の駅に行き、食事す。余は箱弁当とバニラと山葡萄のソフトクリームを食す。そののち大分全教研に行くため特急に乗車したる長男は、乗り過ごして別府まで行きたりとのこと。深刻なるトラブルにあらざれば斯様なる経験もむしろ成長を助くるものと思はる。先日、竹田を案内したる庄子先生よりお礼として戴きしバウムクーヘン旨し。医師会の和田事務長来られ、当直を依頼せらる。可能なるものは引き受く。新緑美し。

四月八日水曜晴、竹田市内・市長、市議選中にしては静かなり。中学同級生にてタクシー運転手なる黒田君受診したれば、選挙の形勢を聞くに全く互角とのこと。黒田君、漢方の効果なるか、血圧下がり、体重も減少す。ツムラの森井氏ら来院し学会の打ち合はせを行ふ。夕刻、一時間歩くに桜花風に舞ふ。子供達の新学期始まる。夜、竹の子を食し、淡麗ビールを飲みて眠る。

四月九日木曜晴、五十七歳男性、不眠を訴へ受診す。昼休み、市長選挙の期日前投票に行く。思ひがけず手続きは簡便なり。録画しおきし上野丘高校の選抜大会の試合を観る。好試合なれど敗戦は順当なる結果と思ふ。大分に赴き東京行きのチケットを注文す。ドコモショップにて新しい携帯の使ひ方を習ふ。マニュアル読むは面倒なれば、斯様にして必要なる操作を覚ゆるが余の流儀なり。トキハにてイベリコ豚の酢豚とオムライスを食す。大分駅にて息子を迎ふる際、高校同級生にて県職員なる宮川君と出会ひ暫し雑談す。

四月十日金曜晴、レストラン店主の夫人腰痛を訴へ受診す。芍薬甘草湯と麻黄附子細辛湯を処方す。マスターズゴルフトーナメント開幕し、石川遼4オーバーから1オーバーまで挽回す。夜、串揚げのカツ、海老、帆立などを食す。十時過ぎ床につく。

四月十一日土曜晴、頭痛とめまひの女性、漢方にて完全に治癒せりと言ふ。土曜日にしては外来多し。石川遼は予選落ち。片山4アンダーにて七位につく。午後大分へ。再びドコモショップにて携帯の使ひ方を習ふ。ホテルフォルツァにチェックイン、知人に勧められての初めての宿泊なり。清潔で市街に近く便利なり。夜、織部塾、久留米よりきたりし四方田先生と話す。一時すぎまでスナックにて歓談す。

四月十二日日曜晴、ホテルにてマスターズを見たるのち、サニーヒルゴルフ場へ。加藤、村上、藤本の各氏と同伴す。同級生の村上君しきりに溜息をつけば、マナーとして注意す。ドライバーは引っ掛け、チョロと全く当らず、暑さも加はりて面白み感ぜられず。されど新緑の美しさは格別なり。周を迎へて帰る。竹田市長選は余も支持せし新人の首藤勝次氏当選す。竹田市に新しき時代来たらんことを期待す。

四月十三日月曜晴後陰、早朝よりマスターズ最終日をテレビ観戦す。伏兵カブレラ優勝し、片山は二打差四位と健闘す。林望、茂木健一郎著『教養脳を磨く』を読了す。イギリスと日本のアカデミズムの違ひよくわかり、興味深し。夜は早目に床につく。気分、やや沈みがちなり。

四月十四日火曜雨、メールを送りし久留米の四方田先生より返信あり。昼は家人留守なればレトルトカレーを食す。パソコンのスライド用に保存せし和田東郭の写真、プリント出来ず。夜は眠くなり十時すぎに床につく。鼾をかきたるごとく、長女より指摘を受く。

四月十五日水曜晴、朝小学生の交通当番に行くに交通安全協会の先客あり。ケーズデンキに地デジのセットを依頼するも、電波状態悪しく受信不能なりとのこと。同じ日本国民としてかかる地域差あるは承服しがたきことなり。夕刻、運動公園を歩く。夜、自宅分の郵便物を整理す。診察室前の新緑きれいなり。夜は早く寝ぬ。

四月十六日木曜晴、朝、周新一年生の従兄弟の子を小学校まで連れていく。午前中十一時すぎまで外来途切れず。午後大分へ出向き、トキハにて名刺の最終チェックをす。セントラルシネマにて「レッドクリフＰａｒｔⅡ」を観る。同映画館久方ぶりなれば、入り口変はりをりてわかりにくかりき。

四月十七日金曜晴、外来暇。和田東郭のＣＤ－ＲＯＭはコピーしなほして漸くプリント可能となる。夕刻、医師会病院の花見にて、バスに乗り久住高原荘に行く。結婚式の披露宴のごとき会場にて様々なる出し物あり。新任の外科、整形外科の医師と話す。

四月十八日土曜晴、学会の準備をす。外来まづまづなり。昼は稲荷ずしとうどんを食し、玖珠へ当直に向かふ。病院停電中なればしばらく読書に勤しむ。重症患者はなし。腹痛の患者夜に一人来たる。

四月十九日日曜晴、夜は何事もなし。ネットより地図の取り込みを行ひ、先哲の略歴のまとめをして学会の準備をす。夕刻、外来に訴へ多けれど薬の服用は拒む患者あり、些か腹立たしき心地す。帰途の車窓より見る新緑美し。夕刻、録画せしゴルフ放送を観る。初優勝せる選手の姿にはいつも感動す。疲れを覚え十時すぎには床に入る。

四月二十日月曜雨、午前中気うつの患者多し。夕刻、自宅に首藤新市長挨拶に見ゆ。鼻に違和感あり、風邪をひきかけたる様子なり。ノート型パソコン、不調にて起動せず。

四月二十一日火曜晴風強し、パソコンの故障につきてサポートセンターに電話し、一旦復旧するも同じ故障を繰り返す。風邪少し悪化す。夕刻、風強く走る気にならざればウォーキングに代ゆ。学力テストを受けし娘梓、早くより寝たれば心配す。

四月二十二日水曜晴、朝起くれば風邪重く体調悪し。鼻つまり、鼻水出で、悪寒ありて、咳も時々出づ。首藤市長に面会時言ひそびれし町づくりにつきての余の意見をメールにて送る。中学の家庭訪問あり。担任は前年と変らず話し易し。進路につきて相談す。夕刻、風邪で体調悪しければ寝室にて寝ぬ。夜はお好み焼き一枚と八朔を食す。

四月二十三日木曜晴、風邪さらに悪化し気分不快なり。外来、不眠症の男性、補中益気湯で頭すっきりしたりと言ふ。午後、大分へ出向き、散髪に行くも咳を堪ふるに苦労す。やぐら寿司にて夕食。主人より余はおしゃれなりと言はれ面映ゆき心地す。周余の風邪の具合を心配し呉る。
四月二十四日金曜晴後陰、久しぶりに外来多し。レストランの夫人、漢方にて腰痛八割方軽減すと言ふ。風邪はいまだ治らず、咳をすれば胸に響く。西原理恵子『この世で一番大事な「カネ」の話し』読了す。貧乏のループなど考へさせらるること多し。SMAPの草彅君釈放せられ記者会見す。小学校周担任の家庭訪問あり。周はみなの意見をまとむる力ありとのこと。夜、カタヤキソバを食す。
四月二十五日土曜雨後晴、夜半より激しく雨降る。浅田次郎『ま、いっか。』読了す。氏の人生観よくわかるエッセイ集なり。午後面倒なれば大分行き取りやめ、家でゆっくり寛ぐ。夜、湯豆腐、アジの塩焼き、シジミの味噌汁を食す。
四月二十六日日曜晴強風、高校の四期対抗ゴルフにて別府扇山ゴルフ場へ。余は二十四期荒金、二十七期阿部の各氏とラウンドす。風強く、グリーン上にてボール動くほどなり。前半好調にて四十一で上がるも後半乱る。夜、天まで上れにて行はれし打ち上げにも参加す。先輩、後輩と楽しく談笑す。二次会には同期の六人とスナックに行き盛り上がる。大分泊。
四月二十七日月曜雨、朝大分より戻る。風邪治りきらず鼻水出づるも幾分楽になる。同級生のメーリングリストにゴルフの案内を送る。夜、賞品に貰ひし牛肉のすき焼きを食す。
四月二十八日火曜陰後晴、豚インフルエンザのニュース大きく伝へらる。銀行の月々の返済を現在よりも減額することを検討するも結局現状を維持することとす。夜、地元医師会のいざよい会に出席す。十名出席す。珍しく親子四人一緒に床につく。
四月二十九日水曜昭和の日晴、昼前に白木に出かけ、景色よきディッシュなるレストランにてオムライスを食す。白木ゴルフクラブにての古訓杯ゴルフコンペには十九名参加す。余には面識なき人あるも賑やかなることを喜ぶ。常の如く居酒屋しばらくにて打ち上げをす。話大いに盛り上がる。
四月三十日木曜晴、午前中外来多し。午後、九重町の診療所に漢方外来へ。音楽大学の学生神経性食思不振症にて受診し、漢方薬処方す。夜、録画せし実在の球聖ボビー・ジョーンズも登場するゴルフ映画「バガー・

ヴァンスの伝説」を面白く観る。長女に勉強教ふる家人、長女を激しき口調にて叱責す。同じ間違ひを繰り返すことに歯痒き思ひするは判れども、余には厳しすぐるとの印象あり。

平成二十一年五月

半袖短パンで歩く

五月一日金曜晴、連休中の予定、ゴルフ以外にさしたるものなし。昼休みゴルフ練習に赴くに、素振りの成果なるか良き球筋の打球多し。うつ病にて、受診したる患者、精神科にては薬の処方のみにて日々の心構へ等につきては何も説明を聞かずといふ。俄かには信じ難し。寒かりし春も終り、暖かさの感ぜらるる気候となれり。四月分レセプトの点検を行ふ。夜、麻婆豆腐など食す。余の知人の県議選に立候補せし土居氏、他に候補者なければ無投票にて当選す。

五月二日土曜晴、外来はまづまづなりき。午後、余の誕生日の早めの祝ひとて、家族にてアマファァソンに食事に行く。余はオマール海老のカレークリーム煮を食し、スパークリングワインを飲む。帰途久住高原荘にて風呂に入るに、面倒になりて身体も洗はずして出づ。

五月三日日曜陰、朝のニュースにて忌野清志郎の死去を知り驚く。自ら朝食を作り、久しぶりに早めに月形コースに行き練習す。岩野、小山、森岡の各氏と同伴す。ラウンド後、妻子実家に帰りて留守なれば、パークプレイスに行き食事す。

五月四日月曜みどりの日雨、医師会病院の当直。風邪の患者、六、七名来院す。医局に来たりし整形外科の医師に当地の観光情報を教ふ。夕食は母のもとにて、ステーキ、サラダなどを食す。

五月五日火曜こどもの日晴、再び月形コースにてゴルフをす。岩野、衛藤、小山の各氏と同伴す。ラウンド中も努めて素振りをし、スイングの乱れを防がんとす。されど次第にドライバーの振り方に迷ひ生じ、ＯＢ多発し、気落ちす。わさだタウンにまはり天麩羅定食を食す。運良く半額サービス中にて四九〇円と安価なり。帰宅後暇を持て余す。

五月六日水曜晴、早暁、亡父の先頃福大教授に選ばれし宮本君を祝ふ夢を見る。早速宮本君に電話して祝ひを述ぶ。大分へ行き、ジュンク堂書店にて書籍二冊を求む。昼食はラーメンとお握り、コーヒーとイチゴケーキを食す。ジムにて二千メートル泳ぐ。余の新記録なり、夜は、家族家に戻りともに焼肉を食す。

五月七日木曜晴、連休明けにて外来多し。ゴルフはトップで一度止めて振る練習を始む。午後周と大分へ向かひ、宮本君の祝ひに余と同じ名刺入れを購入す。夜、トキハ会館の澤やにて二段弁当を食す。

五月八日金曜晴、外来多忙なり。レストラン主人外来を受診すれば、後日余の家族食事に行く予定あることを伝ふ。漢方の勉強会の資料作成に集中し、大体仕上がる。中学同級生受診し、診察後しばらく雑談す。夜は本四冊を交互に読むも、眠くなり、十時過ぎには就寝す。

五月九日土曜晴、勉強会の資料、最後に治験例をコピーし、終了す。ゴルフはトップで止むる素ぶりを繰り返し続く。午後、玖珠の病院に当直に向かふ。気だるさの感ぜらるる暑さなり。回診時に痙攣をおこせし患者、夕刻死亡す。学会の原稿進まず。

五月十日日曜晴、病院当直、夜間は何事もなし。日中はテレビと読書にて過ごす。県部会のスライド原稿をまとむ。帰宅後、夕食は母も一緒に手巻き寿司を食す。暑くて寝苦しく、今年初めてクーラーを入るるも、夜中に何度か目覚む。

五月十一日月曜晴、外来少なし。県部会のスライド原稿完成す。尾台榕堂の碑文の内容につき、思ひあたる東京の先生に電話して問ふも不明なり。昼休み、ガソリンスタンドにたまたま知人集まりて、雑談す。家人ＰＴＡの会合より帰宅後、体調不良の様子なり。夕食は子供たちとジョイフルへ行き、ピザ、雑炊、サラダ等を食す。キーホルダーを紛失し、クリニック内を捜しまはりて新聞紙の間に見つく。

五月十二日火曜晴、外来に知人より余のクリニックを勧められたりといふ八十四歳の新患受診す。訴へ要領を得ず判然とせざれば、治療方針決まらず。薬卸会社社長にて余の知人にてもある竹尾氏腰痛を訴へ受診すれば、芍甘黄辛附湯を処方す。漢方勉強会の資料を挽田氏に渡す。夕刻、半袖短パンの夏スタイルにて歩く。韓国ドラマ「絶対の愛」、美容整形がテーマにて、面白く観る。子供たち、宿題終らず就寝遅くなれり。

五月十三日水曜晴、午後ツムラ森井氏来院したれば、学会のスライド原稿を渡す。何とかなりさうなる目安つく。佐伯の田淵先生より菓子届く。余の東洋医学辞書のソフトを氏に貸与したることに対しての謝礼なり。中外製薬のMR頻繁に訪るるも余の必要とする情報全くなくピントはづれの印象なり。余が肉眼にて子宮頚ガンを疑ひし患者の細胞診は、やはりクラスVと悪性を示す結果なり。夜、息子の宿題終りし後、ビデオ店にともに行く。

五月十四日木曜晴、初めて介護認定審査会に出席す。会場の社会福祉センターに三十分前に行き、市役所福祉課の担当者に手順を習ふ。作業は一時間余りにて終る。終了後大分に向かひ、くーたにてラーメンを食し、散髪す。その後、産婦人科理事会へ出席す。ジムにて泳ぎし後、塾の終りし息子を迎へて帰る。せはしなきスケデュールの一日にてさすがに疲れを覚ゆ。

五月十五日金曜晴、余の五十四歳誕生日。日中、診療の合間に二階のホールにてFMラジオを聴きながら素振りをす。昼休み、ゴルフ練習に行き、竹田市ゴルフの草分けなる児玉氏より助言を受く。夕刻、肌寒ければ運動控ふ。母より誕生祝ひを贈らる。夜はカレーとカボチャスープを食す。子供たちクラッカーを鳴らして余の誕生日を祝ひ呉る。

五月十六日土曜陰、余の大分のマンション居住者なる大分トリニータ選手、主力の故障続き、漸く試合に出場する機会を得るも勝利には繫がらず。外来には幻聴の聞こゆる人など三名の新患受診す。クリニック内の整理をするも未だ十分ならず。昼食はバスケットボール練習の長男を除き、家族にてニンナ・ナンナといふレストランへ。ニョッキ、ラザニア、サラダ、前菜、リンゴジュースなどを食す。庭はテレビドラマ「風のガーデン」の庭の如く、花咲き乱れ、気持ち良し。夕刻、練習に行く。

五月十七日日曜雨、岡城会ゴルフコンペにて阿蘇グランヴィアリゾートへ。同クラブは以前は阿蘇プリンスホテルと呼ばれしに、経営者交替し名前も変りたるなり。天気、スタート時より次第に悪しくなり、やがて暴風雨となる。ハーフにて打ち切りとなる。トップで止むる打ち方をコースにて初めて試しみるに、ドライバーはうまく打てたり。風呂にて冷えし身体を温め、天麩羅うどんを食す。周はバスケットの試合で八チーム中三位になれりと喜ぶ。夜、股関節に痛み感じ、ストレッチす。

五月十八日月曜晴、昨日の雨で濡れたるゴルフ道具を手入れす。動かずなりゐたりし自宅のパソコン、コード抜けをりて、元に戻せば復旧す。夜、ロールキャベツ、サラダを食す。レンタルＤＶＤで「インディ・ジョーンズ／クリスタル・スカルの王国」観るも、初期の作品の面白さなし。

五月十九日火曜晴、大分県の近大医学部出身者による懇親会にて、余の講話をと後輩の川本君より依頼せられ、快諾す。夕刻、久しぶりに運動公園に行き、走るも股関節の痛みを感じ、四周にてやむ。医師会よりインフルエンザ関係のニュース多量に来たるも、余にはさして効果的なる情報処理の方法とは思はれず。

五月二十日水曜晴、患者少なし。ねんきん特別便の書類、意味不明なれば電話するに送らずともよしとのことなり。夕刻、歩くに股関節の痛みは前日よりは軽減せり。夜、息子とビデオ店に行く。午前中気分重かりしかど、午後には回復す。

五月二十一日木曜陰後雨、周、滝廉太郎記念館にて余の小学生時の担任より声をかけられたりといふ。午後大分へ行き、トキハの北海道物産展にて、フランクフルトの詰め合はせ購入す。また「白い誘惑」といふ名のプリンを食す。ジムにて泳ぎ帰宅す。

五月二十二日金曜晴、夕刻より妻子は健康食品ミキの招待にて湯布院に行く。余は診療後わさだタウンへ行き、天麩羅を食し、水泳用の耳栓を購入す。パークプレイスにまはるに、余がかねてより興味を持ちたるカラーセラピーの教室案内を見つく。

五月二十三日土曜陰、午後は大分行きを取りやめ、竹田にてゆっくりと過ごす。ガソリンの給油に行き、練習に行くも調子は今ひとつなり。家にてＤＶＤで「オーシャンズ13」を観るも、豪華なる出演者のわりには面白味少なし。夕食は刺身、アジの塩焼きなど。新番組「ミスターブレイン」を観るも余にはせはしなき感じす。韓国前大統領自殺のニュースに驚く。

五月二十四日日曜晴後陰、月形コースにてゴルフ。岩野、衛藤、池辺の各氏と同伴す。新しきスイングいまだ安定せず、十一番ホールにてOB二つ叩き、一ホール十二のワーストスコアを記録す。ゴルフ終了後、塾の終りし息子を迎へに行き、共にプリンを食す。夜、先日余が購入せしフランクフルトを食せしに旨し。

五月二十五日月曜晴、外来多し。子宮筋腫の患者のエコー検査をするも画像不鮮明にて、診断困難なり。午後、ツムラの森井氏来院す。スライド完成し、夜は口演の原稿作成にかかる。昼休み、訪問販売に来たる女性を追ひ払ひしに、後になりて彼女にも生活あらんことを思ひ、後味悪し。夕刻、ウォーキング中に中学同級生の木田君に会ひ、来年同窓会を開くことを確認す。

五月二十六日火曜陰、『イチローの流儀』読了す。参考になること多し。読書家と言ふ高校二十七期の後輩に余の本を贈る。織部先生、来月十四日のゴルフに参加する能はずとの連絡あり、余がセッティングせしに残念なることとなり。夕刻、竹田の洋菓子店の経営する喫茶店に始めて行き、アイスクリームにエスプレッソをかけたるものを食す。三〇〇円と安価なれど、内容、量共に今ひとつなり。夜、医師会総会に出席す。病院いづれ公益法人化すとの話を初めて聞き、質問す。執行部にあらざることは気楽なることなり。配布せられし弁当とビールを自宅に持ち帰りて食す。

五月二十七日水曜雨、知人より当院にて枇杷療法をすることを提案せらるるも断る。外来少なく、午前中広瀬神社の例大祭に出席す。弁当を貰ひ帰る。午後は漢方勉強会の準備に集中し、夕刻、弁当を食し、勉強会のため大分へ。ジュンク堂書店にて書籍数冊を求め、会場なるコンパルホールへ向かふ。イントロで広瀬武夫のことを紹介す。解説は分量多く、読むのみにして疲れを覚ゆ。終了後、スナック白い花に織部先生たちと行き、雑談す。鍼灸で全国的に著名なる首藤伝明先生、余の著作を購入せられたりと織部先生より聞く。有難きことなり。余は専らコーラを飲み、十一時すぎには引き上ぐ。

五月二十八日木曜陰後雨、外来多し。県部会の口演原稿の仕上げにかかる。午後、九重町の診療所に行く。院長不在の間に、事故にて右耳に裂傷起こせし患者来たりて、看護師に請はれ縫合す。大分にまはり、トキハ会館にてオムライスと酢豚を食す。ジムで泳ぎ、周を乗せて帰る。

五月二十九日金曜晴、高校同級生にて同じ下宿なりし瀧口君の夕刊に載るを見る。老けたる様子に驚く。県部会の口演原稿完成す。伊予銀行の大森氏来院す。入金等の手続き、まどろっこしく感ず。外陰部の右半分のみに痒みを訴ふる患者の治療に困惑す。夕刻、運動公園を歩く。夜はこんにゃく、ナス、レバーなど食す。竹田医師会病院の小児科医派遣につきての記事新聞に載る。

五月三十日土曜晴後陰、午後吉野へゴルフに。日本文理大学の学長なる平居先生、その子息と同伴す。後半、調子出で自信を持つ。夜、家族皆で鳥鍋を食す。

五月三十一日日曜晴、吹奏楽の練習のある梓と共に大分へ行く。日本東洋医学会大分県部会に参加す。スライドの訂正を行ふ。余の演題はまづはうまくできたり。帰りに鹿児島出水市より参加せし新富君を竹田に誘ひ、居酒屋にて夕食をごちそうす。

平成二十一年六月

大分近大会で講話

六月一日月曜晴、メンタルケア協会編著『人の話を聴く技術』読了す。日常万人の行ふ行為に技術ありて、その巧拙あることを知る。『婦人公論』を読み、余のクリニックの存在を知りて受診せりといふ大分市の介護士あり。夕刻、レセプトの点検をしたるにさして時間を要せずして終る。クリニック二階より何気なく外を見れば、草むらより蛇の這い出づる見ゆ。濃い緑色なればおそらくは青大将ならん。メガネのフレーム曲り、右目のレンズ合はず。日頃家族にて世話になれる、家人実家の賄い婦白血病にて入院すとの知らせあり。鹿児島にて行はれし、九州アマゴルフに出場せし竹田市練習場の松本氏、惜しくも日本アマ出場はならず。

六月二日火曜陰、受付の職員、体調悪しきためか不機嫌にて、患者の印象悪しからんことを患へ、注意す。夕刻、運動公園に行きて一周のみ走り、あとは歩く。夜、謡曲の練習に行きし後、家人長男の迎へに行きたれば、長女と共に勉強す。
六月三日水曜雨、外来少なくゆっくりと過ごす。家人所用にて留守なれば昼はレトルトカレーを食す。夜は酢豚、サラダ、薩摩揚げなど食す。長男は高校は上野丘、大学は九大に行きたしと嬉しきこと言へど、遠き末の話なり。夜は十時すぎに眠くなり床に就く。
六月四日木曜雨、午後大分へ。散髪せし後、新しきメガネを求めにヤノメガネへ。緑色にてフレームに格子の入りたるもの気に入り、購入を申し込む。時間たまたま好都合なればセントラルシネマにて「天使と悪魔」を観る。スピーディなる展開、意外なる結末にて十分に堪能す。ジムに行き、塾の終りし息子を乗せて帰宅す。
六月五日金曜陰、リース会社より電話機の切り替へに伴う契約の話あり。斯様なることは余の最も不得手とするところにてよく理解出来ず。レストラン店主夫妻、ともに調子まづまづとのこと。夕刻運動公園に行くも雨降り始め、引き上ぐ。夜、家人懇親会にて留守なれば、母来たりて子供たちとステーキを焼きて食す。
六月六日土曜晴、患者かなり多し。昼、つけめんを食す。午後、家人実家の病院の当直のため玖珠へ向かふ。回診せしに、末期ガン患者多し。夜、当直室にてNHKドラマ「風に舞いあがるビニールシート」を観る。余には面白からず。無用の力みばかり目立ち、反面教師の意味にて表現法につきて学ぶ。
六月七日日曜晴、当直は外来数名あるも大きなる問題なし。午後よりテレビにてゴルフトーナメントを観る。スイカ、日本酒など貰ひて帰る。夜、寝ぬ間際に長女痙攣を起こして心配せしも、幸ひにして家人座薬を持ちきたる前に軽快す。
六月八日月曜晴、北方謙三『望郷の道』上巻読了す。初めて氏の作品を読むに面白し。夕刻、ウォーキング中に新しきメガネ届きたりとの連絡あり、受け取りに行く。新しきメガネをかけたる余の顔を見て、子供たち怖くなれりといふ。
六月九日火曜陰後雨、朝より少し下痢気味にて何度も厠へ通ふ。清涼飲料水等冷たき物の取りすぎか。昼休み、電子カルテのハードを交換するも調子悪し。更年期障害の患者につきては、余の力量にて、大方は漢方薬のみによりて対処可能なりとの自信生まる。竹尾氏余の好物枇杷を持ちて来たる。

六月十日水曜雨、クリニック内に保管したるバイアグラ錠紛失す。以前より疑惑ありし職員を疑はざるをえず。近大会に持ちて行く余の本に署名す。夕刻、雨にて散歩出来ず。

六月十一日木曜陰後晴、『望郷の道』下巻一気に読了す。下痢気味にて腹痛あり。午後、長女のミュージックフェスタなる合唱コンクールあれば中学に行く。長女のクラスは二位となる。終了後、長男と共に大分へ。本屋、ジムにて時を過ごし、府内町の海舟なる店にてイカのフライ、焼き鳥、アサリの味噌汁などを食す。

六月十二日金曜晴、かねてハローワークに依頼し、応募のありし人の面接をす。少し重き印象あるも真面目さうなれば可なりとす。夕刻、製薬会社のタクシー券を利用し中学同級生黒田君のタクシーにて大分へ出向く。車中雑談するも町内にはさしたる話題なし。東洋ホテルにて開かれし、大分近大会に出席す。十名の参加者に余の著書を配布し、話をす。ビール小ジョッキ二杯と赤ワイン二杯飲む。大分に近大卒業生稀なれば、楽しく貴重なる時を過ごす。

六月十三日土曜晴後陰、退職予定の職員、話し合ひの時刻に遅るれば苛立つ。午後母咽喉に後鼻漏の症状あり、三重町後藤耳鼻科まで余の車にて送る。大分に出向き、昨夜の講話料にてショルダーバッグを購入す。夜、織部塾に出席し、後はスナックにて午前二時まで話し込む。

六月十四日日曜晴、サニーヒルにてゴルフに興ず。金子、加藤、竹尾の各氏と同伴す。余、昼食は誕生日券を使ひてステーキを食す。加藤氏と競り合ひ、同点にて終る。夜、冷製パスタを食す。

六月十五日月曜晴、久留米四方田先生よりメール届く。フランスへ研修に行くとのこと。長男、小学校の研修にて祖母山麓の廃校となりし学校跡の施設へ。長女の成績、最下位なれど本人も気にせず、余と家人も健康第一なればとて気にとめず。昼休み、コスモスドラッグストアにて0カロリーのサイダー購入す。

六月十六日火曜晴、新しく勤務する森迫氏の初出勤なれば始業時に簡単に挨拶す。午後、竹尾氏タウモロコシを持参し来たれり。学会に備へ東京の漢方先哲の墓地を調べ、リストアップす。夜の謡曲の練習にては我ながら声よく出づ。
六月十七日水曜晴、母より最近余に笑ひ少なしと言はれ反省す。学会にメディカル・カンポー原稿を持参することとす。午後、テレビにて鳩山、麻生の党首討論を観る。余の判定にては鳩山の勝利なり。学会行きの準備として、先哲の墓地へのアクセスを調べ、プログラムにて聞きたき講演をピックアップす。
六月十八日木曜晴、外来暇なり。和田東郭の原稿脱稿す。午後、中学同級生の粟生君と吉野コースへ。調子よく久しぶりに八十台にてまはる。トキハ会館の星丘茶寮にて食事す。
六月十九日金曜晴、患者のFさん、整形外科の医師より漢方と西洋薬とは同じやうなるものなりと言はれたりといふ。腹立たしき気持ちを抑ふ。夜、家人PTA懇親会にて留守なれば母も共に羅夢歩に行き、エビマヨ、チャーハン、塩焼きそば等食す。
六月二十日土曜晴、日本東洋医学会出席のため、大分空港より東京へ。大分大学の産婦人科医にて漢方仲間なる西田先生と空港にて一緒になり同行す。学会には二千五百人参加すとのこと。漢方衰退の時代に比ぶれば夢の如き盛況なり。夜、山田光胤先生の山友会に出席し、石川会頭と話す。二〇一三年に九州にて開催予定の日本東洋医学会の会頭候補に、余の師なる織部先生の名上がれりとのこと、余の名誉にてもあれば実現せんことを望む。
六月二十一日日曜雨後陰、激しき雨なればホテルにて一緒になりし宮崎の中山先生とタクシーに同乗し、会場へ。シンポジウムにて織部先生講演す。会場の質問にも無難に答へらる。歴史展示室にて医史学権威の小曽戸先生と暫し雑談す。午後、徳島文理大薬学部の庄子先生と雨の中、メディカル・カンポー原稿の取材目的にて先哲の墓を訪ねて、新宿月桂寺と文京区の蓮光寺へ。目黒道琢と山田業広の墓に参り、写真撮影を行ふ。羽田で織部先生と一緒になり大分へ戻る。
六月二十二日月曜陰後雨、夜中に暑苦しくて目覚む。先哲の墓につき二件メールを書く。日中蒸し暑く不快なり。新人の職員、爪の長きことに気づき、注意す。夕刻より雨になり、ウォーキング早めに切り上ぐ。夜、タコの刺身にて焼酎を飲み眠気を覚ゆ。学会時に東京より余の出だしたる宅急便届く。干支の箸置きなどの土産なり。

六月二十三日火曜雨、午前中外来忙し。昼休みと夕刻、雨のため運動出来ず。学会にて知遇を得し、和智、渡辺先生に余の著書を贈る。高校同級生川良、漢方に興味ある様子なり。午後、クリニックを整理し、書籍の並べ替へを行ふ。

六月二十四日水曜晴、外来充実し、漢方の効果に自信持つ。昼休みドコモショップに行き、携帯電話の写真をプリントするためSDカード購入す。将棋名人戦、羽生防衛す。トキハの工の技展にて購入せし、余の傘自壊す。夜、野菜カレーを食す。

六月二十五日木曜晴、午前中外来多し。日頃不仲の患者同士鉢合はせとなり、気を使ふ。学会に忘れしデジカメのことを問ひ合はするに、先方の対応悪し。午後九重町の診療所へ。エアコンなく、気だるし。大分にまはり、散髪とジムへ。益田総子著『やっぱり劇的、漢方薬』読了す。

六月二十六日金曜晴、朝よりマイケル・ジャクソン死去のニュース賑ふ。骨粗鬆症の検査料、保険の審査にて削られ落胆す。夕刻、『広瀬武夫』読了す。天皇も知る存在なりしことに驚く。長女、担任よりきつさうなりとの連絡あり、中学より早退す。帰宅後、ソファーに横になり眠る。夜、焼きそば、シューマイ、麻婆豆腐を食す。

六月二十七日土曜晴、土曜にしては外来多し。長女の後輩来たりて、昼過ぎより母と共に廉太郎トンネル近くの店に食事に行く。ごまうどん、稲荷寿司を食す。やまだ写真館にて学会にて撮影せし写真をプリントす。午後、大分には行かず、自宅にてゆっくり過ごす。夜、イカ、あめたなど食す。

六月二十八日日曜陰時々晴、月形コースにてゴルフ。天気予報悪しけれども、幸ひにして雨降らず。同伴は衛藤、加藤、岩野の各氏。体重く、ショットの調子悪し。されど十番ホールで、ドライバーにてかつてなきほどの飛距離出でしは、唯一の成果なり。長く売り切れなりし村上春樹著『1Q84』上下巻（4月～6月・前編後編）を購入す。全教研に行き、長男の現状につきての面談を受く。理科、社会の暗記系弱しとのこと。夜、九時すぎには眠くなり床に就くも、十一時頃目覚め、録画せしテレビ番組などを観る。デジカメ戻る。

六月二十九日月曜雨、患者少なく、家人より皮肉を言はれ不愉快なり。本を贈りし先生方より礼状あり。雨で夕刻歩かず。夜、野菜炒め、ナスの味噌汁、鳥の皮など食す。

六月三十日火曜雨後陰、外来出足悪し。電話機のリース代の説明未だ納得出来ず、担当者に質す。夕刻、曇り空の下を久しぶりに歩く。夜、魚の煮付け、大根の煮物などを食す。長女の香ヶ地町でのキャンプ近づけば、天候のこと心配なり。

平成二十一年七月

初めての原稿依頼

七月一日水曜雨、長女、悪天候の中を香ケ地町のキャンプへ出発す。盆に行ふ予定の同級生ゴルフコンペの案内をメーリングリストに投稿す。雨で夕刻歩かず。メンタルケア協会編集『精神対話士の「ほめる」言葉』読了す。人をほむることの重要性は認むるも、余には難しき行為なり。小太郎製薬の雑誌『漢方研究』に新たに余の随筆を投稿せんと思ひ、徳島の庄子先生にテーマの相談をす。

七月二日木曜晴、家人留守なれば昼食はジョイフルにてハンバーグとえびカツを食す。ガソリンスタンドにて知人と遭ひ、暫しゴルフのことなど雑談す。長男とその友達のやはり大分の全教研に通ふ女の子を車に乗せ、大分へ向かふ。トキハのバーゲンにてポロシャツを見るも余の気に入るものなし。トキハ会館にて冷天定食を食す。長女キャンプより無事に戻り安堵す。ジュンク堂書店にて書籍二冊を求め、ジムにて泳ぎ、子供たちを拾ひて帰途につく。運転中眠気を覚ゆるも必死に堪ふ。

七月三日金曜陰、徳島の庄子先生より、先生の編集せらるる日本漢方交流協会の雑誌、『玉函』に原稿を依頼せらる。有難き話なれば受けんと思ふ。試験終りし長女、前回よりは少し成績あがれりとのことにて喜ぶ。夕刻、Tシャツ姿にて歩くに、心地よし。最近夜、早めに床につくも夜中に目覚むる傾向あり。

七月四日土曜陰時々晴、外来少なし。バイアグラ求むる男性二名あり。昼食は家人留守なれば母来たりて長女もともに釜揚げうどんを食す。パークプレイスにて開講する、以前より興味ありしカラーテラピーの講座に体験入学す。面白けれども余には深み感ぜられず。

七月五日日曜陰時々雨、月形コースにてゴルフす。同伴は岩野、衛藤、小山の各氏。ドライバーの調子悪しくスコアまとまらず。次第にスイングにも迷ひを生じ、落ち込む。大分に出て先日死亡せしマイケル・ジャクソンの手ごろなるCDを見つけ購入す。ジュンク堂書店にて高校同級生森本君に会ひ、暫し近況など話し込む。大分駅前で塾の終りし長男を乗せ帰途につく。夜、カレーを食す。美味なり。食後には好物のスイカとアイスクリームを食す。

七月六日月曜陰後晴、家人、家計のやりくりに苦労する様子にて気分重し。されど迅速なる増収の妙案も浮かばず。余の著書を贈りし医史学の先生より好意的なる感想届く。夕刻は、日差し強ければ、食後に歩く。夕食は母も来たりてお好み焼きを食す。『漢方研究』に投稿する随筆の素案成る。漢方先哲の遺せし文章を取り上げ、自分の意見を述ぶるといふものなり。

七月七日火曜晴、外来に久しぶりに来たる患者、子宮ガン検診は他施設にて済ませたりと言ふ。余の紹介したる専門施設にて心臓カテーテルを行ひ、胸痛消失せし患者、赤飯を持ちて来たる。夜、衛星放送にて偶々見出したるテニス映画「ウィンブルドン」を面白く観る。京大教授鎌田浩毅著『一生モノの勉強法』読了す。可能なることは実践せんと思ふ。

七月八日水曜晴、午前午後とも外来忙し。医師会和田事務長来たりて、納税のための診療報酬よりの貯金額を相談す。夕刻、久しぶりに運動公園を走る。夜は早々に眠気を覚えて寝ぬ。

七月九日木曜晴、『漢方研究』用の原稿「先哲は悟り、後人は惑う」を仕上げ、FAXにて送る。久しぶりに生命保険審査の人来院すれば、手順を確認す。昼過ぎ、テレビ番組「笑っていいとも」にリチャード・ギア出演し、興味深く観る。大分行きを取りやめ、自宅にてゆっくりとすごす。

七月十日金曜陰、午前中外来の合間にフロッピーディスクの整理をす。益田総子『女性に劇的、漢方薬』を読了し、患者向けの書籍として待合室に置く。携帯電話に相手不明の国際電話数回かかり気色悪し。夕刻、小雨の中を走り気持ち良し。

七月十一日土曜雨、外来受付は新しき職員担当すれど問題なし。クリニック裏の私道の水溜りに小さき蛇を見つけ、暫し見つむ。午後所用ある母を乗せて大分へ向かふ。久しぶりにジムで運動し、トキハ会館にてカツ重とソバを食す。午後七時より同所にて開かれたる考根論を唱ふる田中先生の講演会に出席す。興味深き内容なれど信じがたき面もあり。

七月十二日日曜陰後晴、織部、市ケ谷、目代の各氏とサニーヒルにてゴルフす。調子今ひとつなれど、終始なごやかにまはる。フロントにて旧知のメンテナンス会社社長箕作氏に会ひ、桃を貰ふ。大分駅にまはり、長男とその友達を乗せ、帰途につく。夜、テレビの城山三郎原作「官僚たちの夏」を観る。昭和三十年代の風景懐かし。

七月十三日月曜晴、外来まづまづ。肝機能障害にて内科を紹介せし患者、アルコール依存症との内科医の返書に驚く。昼食後、振り替へ休日の長女とケーキ屋を兼ぬる喫茶店に行き、アイスクリームを食す。夕刻歩くも暑さに閉口し、早めに引き上ぐ。親戚より贈られし桃を食す。美味なり。

七月十四日火曜晴、小太郎製薬に投稿せし余の原稿、採用との連絡あり。庄子先生に依頼せられし原稿は尾台榕堂題材の小説と決む。午後、竹尾氏余の好物のスイカを持参し来たる。海堂尊『極北クレイマー』読了す。医療破壊の、タイムリーなるテーマなれど深みなし。

七月十五日水曜晴一時雨、自民党内の混乱面白けれども、いづれ我が身にふりかかる災難の可能性を思へば事態深刻なり。午前中、診療の合間にMLBオールスター戦のイチローのヒットを見る。午後二時頃より激しく雨降り、暑さ幾分和らぐ。夕刻、運動公園を走る。小説にとりかかるも集中できず。

七月十六日木曜晴、外来少なく、家人より今後の見通しを聞かるるも答へられず。午後漢方仲間の挟間先生のもとへ行き、暫し雑談す。散髪に行きしに珍しく待たさる。ジムに行き、夜、全教研の授業終りし長男とその友達を乗せて帰途につく。後部座席にて二人歌を歌ひをりしに、直ぐに眠りこみたる様子に感心す。

七月十七日金曜陰一時小雨、昼過ぎ雷鳴聞こゆるも雨は少なし。信号待ちの車に旧知の土居県議を見つけ、束の間会話す。同級生の新日鉄勤務森君よりコンペ参加のメールあり。織部先生より先生の新刊本を贈らる。余すでに購入せし書籍なれば、誰かに譲らんと思ふ。

七月十八日土曜晴、外来まづまづ。母はアパートの入居者決まり嬉しさうなる様子なり。午後家族で大分に行き、府内町串の豊にて串揚げを食す。日頃、食の細き長女もよく食せり。家人と子供達は長女久留米大学病院受診のため、実家の玖珠に向かふ。余はわさだタウンにて天麩羅を食し、ゴルフ5にて手袋、ティーなど購入す。夜はひとり退屈して過ごす。

七月十九日日曜陰一時雨、岡城会ゴルフコンペにてやまなみゴルフクラブへ。松井、宮成、志賀の各氏と同伴す。アイアンの調子悪しくいつもの如くスコアまとまらず。天気予報悪しけれど、何とかラウンド中はもちたり。終了後、やまなみ道路経由にて家人実家の玖珠へ。寿司を馳走になる。夜、全英オープンを観る。トム・ワトソンわづかに優勝を逃す。

七月二十日月曜雨、早朝全英オープンを見て寝不足の中、竹田に戻る。午前九時より竹田医師会病院当直へ。発熱とめまひ、吐き気訴ふる患者のみにて重症者はなし。原稿を書くもあまり進捗せず。夜はひとりジョイフルに行き、ガーリックステーキを食す。帰宅後テレビにて江川、西本ライバル物語を興味深く観る。

七月二十一日火曜大雨、外来多く充実感あり。うつ状態を補中益気湯にて治療中の患者、待合室の様子をみるに快方に向かへりとの印象あり。後に診察にてそれを確認す。市役所健康増進課職員、子宮ガン検診無料クーポン券の件にて打ち合はせに来たり。不公平なる制度にて、政府厚労省の混乱ぶり伺はる。雨なれば運動出来ず。夜は、鰻を食し、謡曲の練習に。午後十時眠気覚えて床につく。

七月二十二日水曜雨、外来午前午後とも少なし。天気悪しく日食は観測できず。竹田小より生徒行方不明との連絡あるも緊迫感なし。あとで常習性ある子と聞く。夕刻、妻子玖珠より戻る。夜、大分にて中国出身の中川先生による舌診の話を聞く。懇親会にて、先生余のメディカル・カンポーの記事を読まれたることを聞き、気をよくす。織部先生、鍼灸の成田氏とスナックへ行く。大分泊。

七月二十三日木曜晴、外来まづまづ。先哲に関する資料を求めんがため識者二人にメールを送る。午後練習に行くも調子悪し。家に帰り、小説の原稿書きをす。午後四時、市役所横の福祉センターへ介護審査会に行く。大きなる意見の違ひなく早めに終了す。夜、地元医師会のいざよい会ありて、竹田茶寮に行く。十名参加し、時事の話題等にて談笑す。

七月二十四日金曜陰、午前午後とも患者多し。一人暮らしの老人、子供の住む都会へ転居するケース多し。夕刻、今週初めて一時間歩く。長男より、全教研の友達とその母、余のホームページの院長日記を面白く読めりとの話を聞き、嬉しきものの書き辛さを感ず。夕刻のOBSニュースで夏ばて対策の話に織部先生の出演せられたるをたまたま目にす。

七月二十五日土曜大雨、長男連日朝六時五十分の汽車にて大分の全教研へ行く。感心なることなり。長女、ブラスバンドのコンサートにて大分へ。余は玖珠の病院の当直のため、昼過ぎに出かく。途中、昼食のため久住の星ふる館に寄れば、余の患者従業員にありて驚く。病院の当直、特に問題なし。雨の降る様、まさにゲリラ豪雨と称せらるごとく、かつてなき激しさなり。

七月二十六日日曜雨、当直は昼過ぎガン末期患者一名死亡するも他は特に問題なし。家人の名古屋の叔父、当直室に土産持ちて来たれり。暫し雑談す。夕刻、竹田に戻る車中、久住の道路にて牛二頭道路を歩くを見る。夜、チキンフライ、ホタテ、サラダ、味噌汁など食す。

七月二十七日月曜晴、脇腹を痛がり心配せし患者受診せず、心配なり。家人携帯を変へたしとのことにて長女と連れ立ちて昼休みドコモショップへ行く。夕刻、運動公園に行くも走る気にならず、歩く。白水ダムよりのテレビ中継延期になれりとのこと。一日の映画の日に家族で映画に行くことになり、何を観るか相談す。

七月二十八日火曜陰後雨、午前中外来少なく専ら原稿を書く。隣で開業する余の従兄弟、原因不明の浮腫みにて県立病院に入院しをりしとのことを聞く。夕刻、雨で歩かず。長女の三者面談ありて家人出席するに、いま少し頑張るやうにと言はれしとのこと。夜、母も来てエビフライを食す。

七月二十九日水曜陰後晴、子供たち予定なければ朝寝す。外来の合間に尾台榕堂の資料、整理す。昼休み、車にて走行中右折時にブラインド方向より車あり、危ふく交通事故を起こさんとして驚愕す。夕刻、散歩時日差し強く、ムッとする感じあり。夜、茶ソバ、鳥の唐揚げなど食す。

七月三十日木曜晴、尾台榕堂の資料大分揃ふ。父の同級生の患者、久しぶりに受診す。葛根湯の働きにつき説明するも、理解したるや否や覚束無し。午後、九重町の診療所に。見かけはがっしりしたる体格なるも、腹には力なき患者あり。夜、家人懇談会にて留守なるも子供たちよく手伝ふ。

七月三十一日金曜陰後雨、外来午前午後とも多く、疲れ覚ゆるほどなり。レストランの夫人忙しさのため腰痛ぶり返したりとのことなり。新患にて、夫と話したるのみにして息苦しくなると訴ふる人受診す。事実なれば夫婦生活の継続無理かと思はる。

平成二十一年八月

お盆は墓掃除に

八月一日土曜陰後雨、午前中六月分の日記を仕上げ、印刷す。昼過ぎ家人長女と大分へ行き、塾の終りし長男とともに駅前にて食事す。後、家族と別れ書店にて注文せし書籍を受け取り、ジムにての参考にせんと水泳のレッスン書を新たに購入す。運動後わさだタウンに行き、映画を視むとするも満席にて入場出来ず。毎月一日は映画の日にて入場料千円なるがゆゑなり。家族はすでに入場しをれば、やむなくあたりを徘徊して二時間を過ごす。夕食は焼肉バイキングのいおりに行く。

八月二日日曜陰後晴、月形コースにて高校後輩の原尻君、大学後輩の川本君、耳鼻科医の後藤先生とラウンドす。余のスコアまとまらず、原尻君よりいくつかのアドバイスを受く。原尻君に、今年長女の生まれしかば、家にありし玩具、子供用毛布などを贈る。帰宅後、医師会病院へ当直に向かふ。予定せられしことなれど、些か気重し。救急隊より連絡のありし患者、余の手に余ると思はるる症状なれば断る。

八月三日月曜陰後雨、長女、試験時に問題は理解しながらも手の動かぬことありといふ。不憫なりと思ふ。ネットの古書検索にて尾台榕堂の『井観医言』を見出し、注文す。七月分の収入少額なれど増益となり、自信を持つ。夕刻、雨で運動できず。夜、しゃぶしゃぶを食す。

八月四日火曜晴、尾台榕堂の小説の資料集まり執筆捗る。盆の同級生のゴルフ、出席者確定しほぼその準備終る。季節はづれの梅雨明け宣言あり。謡曲の稽古、今年度薪能の演目なる殺生石始まる。

八月五日水曜陰後雨、長女高校見学に大分へ友達と出かく。外来午前午後ともまづまづの忙しさなり。トキハの佐藤氏、釣りに行きて足場踏み外し、肩を打撲せりと言ひて来院す。治打撲一方処方す。夕刻、雨で歩かず。酒井法子行方不明となり、報道加熱す。家人留守なれば、長男と滝廉太郎記念館近くに新たに開店せし食事処に行く。コーンスープ美味なり。

八月六日木曜雨、相変はらず雨よく降る。小説の締め切り、盆明けまで延長の許可をとる。ジムにて泳ぎ、わさだタウンにまはり先日見逃したる映画「アマルフィ女神の報酬」を観る。風景と話の展開に興味ひかれ、まづまづ満足す。夜、好物のシチューを食す。

八月七日金曜晴、玄関前の植木伸び、屋根を覆ひたれば、業者に依頼して剪定す。すっきりとしかつ明るくなる。夜、散らし寿司を食す。酒井法子に覚醒剤所持容疑の逮捕状出づ。父親、弟ともに暴力団員なりとのことにて驚く。

八月八日土曜晴後雨、朝方眠気を覚え、外来調子出でず。昼過ぎ、母と叔母を車に乗せ、大分へ。久しぶりに散髪す。町は七夕祭りの飾り残りて賑ふ。長女は隣組の家族の車に同乗し、阿蘇のカドリードミニオンへ出かく。同園のチンパンジー、パン君が彼女のお気に入りなり。夜、イカの刺身、ビフカツ、天麩羅などを食す。

八月九日日曜雨、朝起くるに雨激しく降るも、岩野、加藤、岩尾の各氏と月形コースをラウンドす。雨次第に止むも余の調子相変はらず悪し。キャディより漢方のことにつき相談を受く。夜、ソーメンなどを食す。

八月十日月曜晴夕刻大雨、外来に性交後の中絶を目的とせるアフターピルを求むる患者あり。余には処方経験なければ知り合ひに情報を求む。夕刻、激しき雨降り、玄関前の私道川のごとくになれば、車を移動す。一時は浸水を覚悟するも幸ひにして次第に小降りとなる。ニュースによりて、市内片ヶ瀬にて土砂崩れあり、車五台流されたることを知る。

八月十一日火曜晴一時夕立、パソコンに保存したる小説のデータの消失心配となり、八割方完成の原稿を予めメールにて庄子先生に送る。竹尾氏スイカを持ち来る。夕刻、運動公園に車にて移動中雨降り始め、到着時には土砂降りとなれば運動をあきらめ、夕食後歩く。待合室オーディオ故障するもメーカーの人来たりて復旧。

八月十二日水曜晴、朝家族一同、墓参と墓掃除に行く。余は持参したる雑巾にて納骨堂の苔や泥を落とす。庄子先生よりメールにて小説の感想届き、修正点を指摘せらる。外来少なくすでに盆休みの様相を呈す。電子カルテの保守料年間十万円アップしたしとの業者の意向に、納得しかぬるものあれば契約保留す。

八月十三日木曜晴時々陰、盆休みに入る。家族実家に帰り、珍しく午前中にジムに行くに、保守点検のため使用不可能といふ。やむなく府内町シネマ5にて映画「ディア・ドクター」を鑑賞す。監督は直木賞候補作品も執筆せし西川美和氏にして、シリアスともユーモラスとも言ひがたき不思議なる世界を感ぜしめ、丁寧に作られたる作品との印象を受く。夕刻、家人の実家に行き、寿司を食す。

八月十四日金曜晴、同級生のふろく会ゴルフコンペにて、玖珠より別府扇山ゴルフクラブへ向かふ。盆なれど平日扱ひにて、格安料金なればとて余が会場に選定せしものなり。森、花宮、津行、森本、寒川、村上、安藤、宮崎と余の九名参加す。調子今ひとつなれど、スコアはまとまりて八十六にてあがる。夕刻より、打ち上げをフォーラス屋上のビアガーデンにて行ふ。はじめ日差し強く暑さを感ずるも、次第に日落ちて夜風涼しくなり心地よし。二次回に安藤、寒川の両氏とスナックへ行き、他愛なき会話を交はす。大分泊。

八月十五日土曜陰後晴、コンフォートホテルにて全米プロゴルフの放映を早朝より観る。十時前にチェックアウトし、わさだタウンのデポにて、ゴルフ練習用のメディシンボールと矯正器具購入す。昼食用の弁当とデザートを求めて帰宅す。夕食は母とジョイフルへ行き、チキンとハンバーグを食す。

八月十六日日曜陰時々晴、朝、自ら朝食を作り、小説を書きて後月形コースへ。岩野、衛藤、小山の各氏とラウンドす。スイング中、右脇をあけざるやうに心がくるも、スコアは日頃とさして変はらず。家族夜帰り、揃ひて食事し、小説の仕上げにかかる。

八月十七日月曜晴、漢方歴史小説「雪と華—尾台榕堂物語—」第一回分脱稿す。CD—ROMと原稿を昼前に庄子先生に郵送し、一段落つく。暑さ激しく、診察室のエアコン一日中稼動す。夕刻は日差し強ければ、夕食後に歩く。夜、長女の作文を手伝ひ、爆笑問題の東京芸大を訪れし番組を興味深く観る。

八月十八日火曜晴、暑き日続く。早めに床につく。世界陸上のボルトの速さは驚異的なり。

八月十九日水曜晴、特に所見もなき患者、家族の勧めにて県立病院受診したしといふ。不承不承紹介状をしたたむ。夕刻運動公園を歩くに、風あれば暑さあまり感ぜられず。夜、長男にせがまれてレンタルビデオショップへ。

八月二十日木曜晴、高校野球県代表の明豊高校逆転にてベスト８に進む。外来に更年期障害の新患受診し、自信を持ちて漢方薬を処方す。午後、竹尾氏と吉野コースへゴルフに行く。まづまづの成績なり。長女、県立病院を受診したるに、異常なしとの診断あり安堵す。

八月二十一日金曜晴、夜中に目覚め、世界陸上二百メートルのボルト世界新にて優勝する瞬間をテレビで観る。漢方勉強会の資料作成ほぼ終了す。夕刻歩くに、日差し幾分緩みし印象を受く。夜、すき焼き風煮物を食す。

八月二十二日土曜晴、昼過ぎ、千葉在住の従兄弟一家来宅す。数十年ぶりの再会なれど、面影変はらず懐し。午後大分に行き、ジムのプールにて苦手の左側息継ぎの練習をす。織部塾、宮崎の川越先生の後藤艮山の話あり。スナックにて仲間と午前二時まで話しこみ、大分泊。

八月二十三日日曜晴、光吉にて練習せし後、サニーヒルへゴルフに。開場記念杯にて、織部、金子、時枝の各氏と同伴す。飲み物フリーなれば一日に十本余りを飲み干す。宇佐の時枝先生、小柄なれどステディなるゴルフをす。同氏は前宇佐市長の子息なり。余の成績、時枝氏には及ばざるもまづまづの出来なり。
八月二十四日月曜晴、午後外来なし。太虎堂の入田氏来院し、薬の購入を依頼せらる。夕刻、運動公園を歩くに秋の気配あり。レンタルＤＶＤにてアカデミー賞受賞の「おくりびと」を面白く観る。
八月二十五日火曜晴、「雪と華」の校正刷り届く。横書きの雑誌に縦書きの文章を掲載する困難あれど、大きなる違和感なき様子なり。長男、長崎で行はるる全教研の三泊四日の合宿に出発す。他県参加者との交流もあれば、よき経験とならんと思ふ。朝夕涼しく、虫の音を聞く。夜中に何度か起くるため、腎虚に用ふる八味地黄丸を飲み始む。
八月二十六日水曜晴、外来少なし。余は総選挙の三十日は家人実家の病院の当直なれば、期日前投票に行く。市役所の会場にて選挙区は自民党衛藤征士郎氏、比例は民主党に投票す。梓は中学校舎移転に伴ふ開校式の式典に出席し、記念のマグカップを持ち帰る。ツムラ森井氏来院し、勉強会のことなど雑談す。竹尾氏栗を持ち来たる。
八月二十七日木曜晴、顔の痒み訴ふる患者に、工夫して漢方薬処方すれど軽快せず。午後大分に出て散髪へ行く。その後、高速を利用して九重町の診療所へ。特に難しき症例なく、早めに帰途につく。夕食後、町を歩く。涼しくなりたれど、薄暗き箇所あるが難点なり。小太郎製薬の雑誌に書きし雑文の校正刷り届く。
八月二十八日金曜晴後陰、選挙の世論調査、民主党大勝と予測す。合宿より帰る長男を迎へに夕刻大分へ。長男より土産として坂本竜馬の携帯ストラップを貰ふ。夜、家族揃ひてお好み焼きを食す。
八月二十九日土曜晴、午後玖珠の家人実家の病院の当直へ向かふ。夜、熱中症の患者来院す。余、あまり治療経験なけれど、点滴して落ち着きし様子なれば安堵す。小指なく刺青ある患者、病院の管理体制に苦情を訴ふるとのことにて看護師より呼ばる。暫く話すも、話の通ぜぬ相手なること明瞭なり。いかに穏便に逃るるかにのみ頭を巡らす。
八月三十日日曜陰、本日の選挙予想通り民主党大勝するや否や興味深し。持参せしパソコン、ネットに繋ぎしまま放置せしところ、間なく故障す。夕刻帰宅し、風呂に入る。家族とともに友修に食事に行く。余はほごの唐揚げなどを食す。選挙速報、始まるとともに出口調査の結果により、民主党大勝と報じ、その通りの結果に終る。些かあっけなく、もの足りず。

八月三十一日月曜陰、パソコンの故障はデルのサポートセンターに連絡し、ハードの故障とわかる。四万円所用とのことにて、修理するか否かは考慮することとす。レセプトのオンライン請求に備へ、厚労省の作成したる病名の入れ方を業者に習ふ。夜、八宝菜を食し、梅酒を飲み、うたたねす。心地よし。

平成二十一年九月

母が鎖骨骨折

九月一日火曜晴、パソコンの故障によりて消失せし分の日記を断続的に書き直し、夜に入りて終る。業者との連絡取れず、電子カルテの病名変更の作業捗らず。夕刻、散歩せしに木の葉の色、風の涼しさ等、次第に秋を実感することの多くなりぬ。

九月二日水曜晴、大杉製薬挽田氏と約束せし日なることを忘れ、同氏来院後あわてて資料を用意す。子宮ガン検診の結果を懇切丁寧に説明せし患者より、帰り際になりて既に説明せしはずの結果を問はれ唖然とす。隣保班内の、転倒により歩行困難となりし福田氏を医師会病院に往診す。九十五歳の高齢なればさすがに意気消沈したる様子なり。大リーグイチロー、足の故障より復帰し、記録への挑戦再開す。夜、焼きそばに梅酒を飲み寛ぐ。

九月三日木曜陰、外来に広島よりうつ状態にて里帰りせし新患受診す。広島の病院にて処方を受けし薬剤を暫く継続することとす。ゴルフショップにてフォーム矯正用ベルト購入す。長男に塾にての成績下がりし原因を尋ぬるに、本人も定かならずと答ふ。

九月四日金曜晴、電子カルテの病名変換の手順漸くにしてマスターす。職員一人休むも、幸ひに患者断続的に訪れし故大なる支障なし。母は本日大阪の孫のもとへ旅立つ。夕刻歩くも身体たるければ早めに引き上ぐ。

夜、衛星放送にて映画「ハート・オブ・ウーマン」を面白く観る。
九月五日土曜晴、外来少なく専ら病名変換の作業をす。昼食に家族ニンナ・ナンナといへるレストランに行くといへば、余も付き合ふ。サラダ、ピザ、りんごジュースなどを食す。久々にのんびりしたる午後をすごす。夜はローストチキンなど食す。
九月六日日曜晴、朝早めに月形コースに行きアプローチ等の練習をす。同伴は岩野、谷脇、加藤の各氏。右脇の開きとショットの前の一定の手順に心してプレーするも、スコアはいつもと変はらず、やや落胆す。時間遅れ、ラウンド後着替へもそこそこに医師会病院の当直に向かひ、ぎりぎり間に合ふ。発熱、熱中症の患者など四名来院せしほかは大きなる問題なし。
九月七日月曜晴、夜中に何度か目覚むるも、当直業務自体は何事もなし。六時すぎに常勤医師出勤せしかば、後事を託して引き上ぐ。夕刻、いまだ日差し強ければ日陰を探して歩く。隣保班員にて他院に紹介せし患者は、胸椎の圧迫骨折なりきとの報告届く。夜は、岡神社の善神王様の祭りにて、たいまつに照らされたる城の姿夜空に美しく浮かぶ。
九月八日火曜晴、乳腺のはりを訴ふる患者、プロラクチン高く、薬剤による治療の可能性に検討を要す。夕刻散歩す。夕食後、謡曲の練習に行き、茶うけに栗飯を供せらるるも満腹なればさすがに辞退す。
九月九日水曜晴、無料クーポン券を用ゐたる初めての子宮ガン検診受診者あり。昼休み、ゴルフの練習に行き、右脇の開き少なくなれりと言はれ喜ぶ。夕食後、子供たちとともに勉強す。子供たち壁に大きなるクモを見つけ、大騒ぎす。母は太極拳の教室に見学に行き、興味を持ちたる様子なり。
九月十日木曜晴、午後竹尾氏と吉野コースへゴルフに。グリップの仕方を変へたれば、前半は方向定まらず不調なるも、後半はよき当たり出づるやうになれり。終了後トキハに行き、旅行代理店に寄りて、来月の大阪にての漢方治療研究会参加のためのチケットを予約す。夕食はカツ丼とうどんのセットを食す。ジムにてはレッスン書『ゆったりクロールで長く、楽に泳ぐ！』で覚えしことを実地に試す。夜、駅前に車を止めて塾の終る長男を待つに、警官より停車禁止なりとの注意を受く。
九月十一日金曜晴、患者少なし。家人留守なれば昼食は喫茶カナディアンに行きて、余の好物なるオムライスを食す。夕刻練習に行き、夕食後歩く。灯火暗く歩きにくきところ多し。
九月十二日土曜晴、職員二名子供の運動会のために休暇をとれば、母に手伝ひを依頼す。しかるにその母、母家の前にて転倒し、念のため医師会病院を受診しむるに、鎖骨骨折と判明す。思ひがけざる事故なれど、外来治療にて可なることは不幸中の幸ひなり。午後大分に出向き、ＬＯＦＴにて来年のスケデュール帳を購入す。今年使用せしものより小型にて、無駄なるスペース少なし。午後七時よりトキハ会館にての安井広迪先生の講演会に出席す。演題は「インフルエンザの漢方治療について」なり。医史学の分野にても高名なる先生なれば、講演前に暫し教へを請ふ。
九月十三日日曜晴、長女の中学運動会。朝起くるに頭重く身体たゆけれども、イスを運び、食べ物を運ぶうちに軽快す。長女騎馬戦などに出場の機会あり。長女の属する紅団勝利す。昼食弁当時は玖珠の義父母もきたれば長女喜ぶ。帰宅後撮影せしビデオを皆で鑑賞す。夜、弁当の残りを食す。
九月十四日月曜陰、外来遠方よりの受診者僅かながらも増加したる様子にて自信を持つ。イチロー九年連続二百本安打成る。振り替へ休日の長女、疲れのためか遅くまで起きず。夕刻歩くにすっかり涼しくなれり。夜は母も来たりてカレーを食す。周の勉強捗らざることを叱ればヒーヒーと泣く。あはれなり。
九月十五日火曜晴、今日も振り替へ休日の長女、ラーメンを食したしといへば、家人と三人して朝地のラーメン店隼に行く。豚骨細麺のラーメンを食す。余は帰途にソフトクリームを求めて食す。午後竹尾氏来院し、黒川杯ゴルフコンペの打ち合はせをす。二十名参加予定とのことなり。夕刻、歩く気起こらず。来年の正月はまた福岡に行くことを決む。
九月十六日水曜晴、復帰せし松坂六回無失点の好投にて安堵す。鳩山内閣発足す。厚労省の大臣は年金問題追及にて名を馳せし長妻昭氏なり。昼過ぎ、骨折後の診察を受けに行く母を医師会病院に送る。経過は良好とのことなり。夕刻漢方勉強会にて大分へ。余の解説はまづまづの出来なり。終了後、織部先生に誘はるるも、辞して帰宅す。テレビにて新閣僚の記者会見を興味深く観る。

九月十七日木曜晴、外来多し。顔の紅潮と瘙痒感を訴ふる患者、処方せし漢方薬にて軽快するも完治には至らず。さらに方剤の検討を要す。午後、九重町の診療所に行き、漢方外来担当す。はじめは眠気とたるさにて、頭冴えざれども診察するうちに次第に元気出づ。大分にまはりて散髪し、トキハうまいもの展にて仙台の牛タン弁当を購入し、アクアパークにて食す。ジムにては水泳のフォームをいろいろ工夫するもタイム上がらず。酒井法子保釈され謝罪会見あり。

九月十八日金曜晴、外来子宮脱にてペッサリー挿入中の患者、腰痛の原因ならんかと疑ひ除去を希望す。さなる可能性はなしと思へど、一旦除去することとす。昼休み練習に。右脇にハンカチをはさみて打つ。小太郎製薬より余の随筆掲載せられたる『漢方研究』届く。夜、コロッケに柚子のリキュールを飲み、食後眠る。

九月十九日土曜晴、土曜にしては外来多し。薬をとりにきたる人、クリニック前の中庭にていきなり立小便をはじめ驚く。午後吉野コースに行き、日本文理大学学長の平居先生ならびにその子息とラウンドす。平居先生より余のオーバースイング改善の徴候ありと言はれ、喜ぶ。母に頼まれし松ぼくりをビニール袋一杯拾ふ。夜、読書するもすぐに眠気を催し床につく。

九月二十日日曜晴、長男周の小学校運動会。今回も秋晴れ。余、あとより荷物を持ち、グランドに行くもカメラの望遠レンズを忘れ、家人より叱らる。近所の米田氏、テント内に当家の場所も確保し呉れしことに感謝す。周はかけくらべにて、女子三人とともに走り、一等になりて喜ぶ。応援団にては副団長として活躍す。またダンスの演技のリズム感よし。応援合戦まで見て帰る。夜、運動会のビデオを皆で見る。

九月二十一日月曜晴、朝おはぎを食し、白木に向かひ、黒川杯ゴルフコンペに参加す。同級生の宮崎とひとつ下の目代君参加す。余は最初好調なるも、次第にいつものペースに戻る。白木の温泉に入り、居酒屋しばらくにて打ち上げをす。いつものやうに盛り上がる。コンペの参加者増加するは、何よりのことなり。

九月二十二日火曜陰、医師会病院の日勤当直へ。吐き気を訴ふる患者など五名受診す。専ら読書して時間をすごす。夜、子供たち珍しく自発的に勉強す。録画しおきし「官僚たちの夏」を観る。

九月二十三日水曜陰、月形コースにてゴルフ。岩野、田中、原尻の各氏と同伴す。高校後輩の原尻君のアドバイスを受け、後半ショットよくなる。今日のところはすっかり要領をつかめる気したり。夕刻、秋の祖霊祭にて、神主来宅す。夜、衛星放送にてたまたま「宇宙大戦争」を観始め、家族全員で観る。宇宙人怖し。

九月二十四日木曜晴、午前中外来多し。午後大分へ。ホールインワン保険更新の手続きをす。五車堂にてチキンAランチ食す。長男の塾の終る九時までの三時間をジムにてすごす。体重増えて、少し心配なり。

九月二十五日金曜晴、外来に友人より勧められしといふ患者受診す。夕刻、中学同級生黒田君運転のタクシーで東洋ホテルへ。ジムにて泳ぎし後、肝炎治療の講演会に出席す。終了遅れて、懇親会の開始遅くなりたれば、数分にて食事を摂り、子供の迎へに行く。

九月二十六日土曜晴、夜中に何度も目覚む。昼食後、玖珠の家人実家の病院の当直へ向かふ。水筒に麦茶を詰め、到着してカバンを開くれば、蓋はづれ麦茶溢れて、書物パジャマ等濡れたり。回診は、ほとんどが意志疎通困難なる患者ばかりにて、面倒なる作業なり。夜、珍しく嘔吐の患者受診し、入院患者一名死亡す。持参せし様々なる書を少しづつ読む。

九月二十七日日曜陰、当直室にてテレビをつけしまま勉強す。小説、漢方の書など読む。病棟、外来に特記すべきことなし。帰り際に義母より米や様々なる食物を託せらる。夜は母も来たりて、すき焼きを食するも、割り下を買ひ忘れし故か味は今ひとつなり。ネット将棋詰め甘く、連敗続く。

九月二十八日月曜陰、午後医師会事務所の和田事務長来たりて、当直を依頼せらる。余の欠席せし懇親会にて、会員同士口論し、一方の会員当直を引き上げたるためなりといふ。情けなきことなれどせん無きことなれば引き受く。夕刻、歩きたる途中雨降り始め、早々に引き上ぐ。夜、テレビにて頭部結合したる双生児の映像を観る。自民党総裁に谷垣氏選出せらる。温厚にして好感を持ちうる人物なれど、今の自民党総裁にふさわしきか否かは判断しかぬるところなり。

九月二十九日火曜陰後雨、火傷に紫雲膏を処方したる患者、反って症状重くなれりと訴ふ。夕刻、雨にてまた歩かず。村上春樹の『1Q84』、読み進むるうちに次第に面白くなる。外来の血圧計故障がちにて、はらだたしき思ひす。夜、ぶり、もづく、湯豆腐などを食す。

九月三十日水曜陰後雨、朝起くるに鼻に突っ張りたる感じあり。鏡を見るに酒皶鼻出来ゐたり。黄連解毒湯と桂枝茯苓丸を飲み始む。外来多く忙し。午後は老人保険施設に往診に行き、四名診察す。いづれも帯下主訴なり。今日も雨、三日連続して歩き得ず、ストレス溜まれり。水漏れありといふ大蘇ダムのテレビニュースに知人の写れるを見る。母、整形外来受診す。骨折いまだ完治せずとのことなり。

平成二十一年十月

大阪で旧友と先哲の墓へ

十月一日木曜晴、顔面紅潮を訴ふる患者のために注文せし、梔子柏皮湯といふ漢方薬、先方の手違ひにて届かず、ために患者に使用出来ず。メーカーにクレームをつくれば、昼過ぎ旧知の小倉氏わびに来たれり。午後、練習に行き、竹田石油へ給油に立ち寄りてゴルフ仲間の児玉氏と暫し雑談す。午後四時、長男とその友達を車に乗せて大分へ。子供たちを塾に送り、トキハのイタリア展に行き、チーズを試食す。トキハ内の銀次郎にて牛筋カレーを食す。ジムに行き、クロールの記録伸びたるを喜ぶ。夜竹田に帰着せしに、長男ぐっすり寝込みて起こすに苦労す。

十月二日金曜雨、職員一名子供の病気にて欠勤す。家人、所用にて昼前より大分へ出向けば、昼食はジョイフルにてハンバーグを食す。日本女子オープンの放送を観る。夜、うつ病治療の講演会へ。精神科の講師の話は診断ばかりに重きを置きて、有効なる治療法少なき印象あり。終了後、数名の先生と医師会病院の経営につきて話し込む。はじめて知ること多し。

十月三日土曜晴、外来、新患の夫婦もありて忙しく充実感あり。午後何となくさんまの番組を見し後練習に行く。よき球あるもばらつきあり。夕刻、医師会病院の当直に行く。特別何事もなけれど緊張のためか眠れず。

十月四日日曜晴、朝、当直交替の医師来たれば引き上げてゴルフに行く。岩野、後藤、加藤の各氏とラウンドす。途中よりドライバーよくなれり。この日行はれし、シニアならびに一般のクラブ選手権決勝に、親しきゴルフ仲間の若杉、衛藤両氏優勝すれば握手して祝ふ。夕刻友修に食事に行く。余は天麩羅、やきとり、お茶漬けなど食す。夜は寒さを覚え早めに床につく。

十月五日月曜陰後雨、週末大阪行きの際に訪るる予定の先哲の墓所の情報を収集す。以前、職員たりし人、風邪にて受診す。今は介護施設に勤務すといふ。夕刻雨にてまた歩かず。長男、生徒会副会長に選ばれたりとのこと。午後患者少なく気分塞ぎがちなり。大杉の挽田氏、余の文章掲載せられたるメディカル・カンポーをもちて来たり、原稿料もくるれば気分やや持ち直す。夜、シチューを食す。

十月六日火曜雨後陰、祝賀コンペ開催の見通し立つ。久しぶりにプラセンタ注射の希望あり。トキハの担当者たりし佐藤氏退職することとなりあいさつに後任者と共にくる。夕刻天気回復し、久しぶりに歩き、気持ち良し。謡曲の練習に行くに、すでに暖房入りゐて、暑がりの余にとりてはいささか早過ぎる感あり。ボクシング、亀田判定にて敗れ、盛り上がりなし。資料の整理進まず、パイプのいすの上に置きて分類する方法を思ひつく。

十月七日水曜雨（台風）、朝四時に目覚め、録画しおきし映画を観る。Ｍ・ファイファーの歌とピアノに感心す。台風接近し悪天候の中なれど、まづまづの患者あり。余のクリニックのホームページを見たりという豊後大野市の患者受診す。午後、竹尾氏来たる。織部先生の二十五日のゴルフ参加不能となれりとの伝言あり。『１Ｑ８４』はオウム事件を素材にしたる様子あり。介護認定審査につき、市役所の担当者説明に来たる。

十月八日木曜陰後晴、午前中外来まづまづ。午後、Ｇ

OLF5に行き、グリップの交換を依頼す。散髪に行き、たまたま都合よき時間にシネマ5にて「ココ・シャネル」の上映あれば観る。面白きも女優の魅力いまひとつなり。アーケード内の店にて、オムライス、スープ、サラダ、シャーベットを食す。九八〇円にて満足す。

十月九日金曜晴、午後老人保健施設に往診す。夕刻、久しぶりに歩く。半袖のシャツにてはもはや肌寒さを感ず。長男の公文遅くなり、夕食遅る。夜、テレビにて筒井康隆のインタビューを観る。作品の構想を思ひつく過程の話興味深し。酒皶鼻また悪化す。クリニック玄関入り口の絵、母の提案にて紅葉の絵に代ふるも目立たず。

十月十日土曜晴、大阪にて開催せらるる漢方治療研究会に出席のため、昼大分空港へ。伊丹から空港バスで上本町へ。バスターミナルに隣接する都ホテル大阪にチェックインす。大学同級生本田君と合流し、先哲の墓のある近くの太平寺、蔵鷺庵に行く。写真もうまくとることを得たり。ホテルのレストランにて夕食を本田君にごちそうになる。彼も病院を経営すれば、いろいろ悩みある様子なり。シャンパンを飲む。

十月十一日日曜晴、早朝真田幸村ゆかりの真田山公園近くなる円珠庵に行く。門閉ぢゐて中の様子わからず。同所には華岡青洲弟の華岡鹿城の墓あり。ホテルにて朝食の後、電車を乗り継ぎ中之島センターに行き、漢方治療研究会に出席す。佐治敬三メモリアルホールにて午後まで演題を聞き、丸ビルまで歩く。慣れぬ革靴にて歩き回りたれば、足の裏にマメできたり。ベトナム料理のレストランにて、ベトナムカレーとベリーのデザート食す。昨夜ホテルのショップにて求めし『〈勝負脳〉の鍛え方』読了す。午後九時竹田帰着。

十月十二日月曜体育の日晴、月形に行き、祝賀コンペの件を関係者と相談す。岩野、小山、加藤の各氏と同伴す。ゴルフ、アプローチ不調なるもスコアはまづまづにまとまる。ドライバーの飛距離出できたるは自信となる。終了時刻遅れ、あわてて引き上げ、医師会病院の当直に行く。日直の医師より従弟の緊急入院せしことを聞き、驚く。

十月十三日火曜晴、医師会病院にては夜中に一度も起こさるることなく、六時半に常勤医と交替す。外来連休明けにて忙し。昼休み、大阪にて撮影せし写真のプリントに写真屋へ。夕刻、歩きに行くに、家人も後に外出したれば、余カギを持たざりしゆゑ、しばしの間締め出さる。蚊に刺されて不快なり。

十月十四日水曜晴、県医師会報に投稿する「低成長時代の幸福論」の執筆にかかる。午後、ツムラの森井氏来たり、十二月の織部塾にては、余が演題を発表するやうにとの織部先生の意向なりと伝へらる。昼休みの練習はアプローチのみとす。余の小説の掲載せられし『玉函』をよく見るに、重大なる誤植あることに気づき、関係者に連絡して訂正を要請す。

十月十五日木曜晴、外来出足悪しく、原稿を書く。午後、練習場に行く。午後四時より介護審査会に出席す。大分に行き、子供たちの誕生日プレゼントとしてWii(据え置き型ゲーム機)と上高地のパズルを見る。ジムにてはクロールのタイム伸びたるを喜ぶ。

十月十六日金曜晴、今日も外来の出足悪しく、原稿を書く。昼前に仕上げ、県医師会にFAXとメールにて発送す。竹田石油で雑談す。夜、カレー、コーンスープを食し、焼酎を飲む。録画しおきし「不毛地帯」を観る。長女の食事進まず、すぐに眠ること心配なり。

十月十七日土曜晴、外来少なくのんびりと過ごす。クリニック内の先哲の資料を整理す。日本オープン、石川遼コースレコードにてトップに立つ。驚異といふほかなし。午後、練習ののちテレビを見る。五時、薪能に行く。長男の友人三人来たりてゲームをす。佐伯のゴルフ友達も来たりをりて、近くに座りし首藤市長に挨拶するに、医師会病院のことなど聞かる。佐伯のゴルフ友達も来たりをりて、感激したりといへば、余も竹田人の一人として誇らしき心地す。帰宅途中、暗闇の城北町にて側溝の蓋なき箇所に気づかず、落ちて右手を擦り剥き、右胸を強打す。明るきところにて見れば、右手は出血せり。

十月十八日日曜晴、岡城会にて月形コースへ。昨夜の怪我は気になれども、ゴルフしたき気持ちには勝てず。菅、吉良の各氏とラウンドす。前半は調子よかりしものの、後半崩れ失望す。やはり怪我のあと痛む。長男を迎へに行き、途中ソフトクリームを食す。

十月十九日月曜晴、外来予約少なかりしに患者多く忙し。午後、医師会事務所和田事務長来たりて当直を依頼せらる。漢方勉強会の資料作成にかかる。夕刻、怪我の痛みと疲れを感じたれば歩くことは控ふ。夜、肉豆腐を余の好物なるすき焼き風にして食す。食後の日本茶と羊羹久しぶりにて旨し。

十月二十日火曜晴、午後和田事務長今日も来たりて準看護学院の講義を依頼せらる。気の進まぬことなれど、他に適任者も思ひ浮かばざれば引き受く。勉強会の資料、出来上がる。Wii届けども子供の誕生日までは手渡すことを待つこととす。怪我の痛み、まだ残れり。夜、謡曲の練習に行き、帰途戸外を歩くに寒さを感ず。

十月二十一日水曜晴、外来少なし。以前の患者、新患としてその娘を連れ来る。パニック障害のごとき症状なれば、時間をかけて心がくべきことを説明す。看護学院の教務主任来たりて、講義の進め方につき打ち合はせをす。長男、Wiiのセッティングをして、ゲーム可能となれり。痛みひかざれば通導散を飲むに、黒い便出づ。

十月二十二日木曜晴、新型インフルエンザ予防接種を余と職員に行ふ。午後アプローチの練習を打ち放題にてす。午後四時、中学同級生の車に塾に行く子供達と同乗して大分へ行く。夜、オアシスにて開催されし骨粗鬆症の講演会に出席し、懇親会にて諸先生と暫し懇談す。

十月二十三日金曜晴、外来少なし。ついネット将棋に時間を費やす。庭園業者に剪定を依頼し、すっきりす。夜、Wiiのボーリングをし、長女ストライクとれば、家族一同皆喜ぶ。長女に作文を頼まるるも眠くなりて途中で床につく。

十月二十四日土曜晴、午後母は別府にて旧知との集まりありて参加するを、大分駅まで車にて送る。東洋ホテルの山茶花にて家人、長男と鉄板焼きを食す。散髪に行きすっきりす。織部塾に出席するも眠くなれば、早々に引き上ぐ。

十月二十五日日曜雨、朝練習に行きしのちサニーヒルへ。加藤、箕作、金子の各氏と同伴す。途中までは好調なりしも十六番のアプローチにて崩る。各々好き勝手なることを言ひつつ楽しくラウンドす。遅くなれるも、待たせたる母と長男を駅に迎へに行く。夜、キムチ鍋を食す。Wiiのピンポンは結構よき運動となる。夕食後、長女の作文を一気に仕上ぐ。

十月二十六日月曜雨後陰、天気悪しく外来少なし。午後以前一緒にゴルフをせしMR来院し暫し雑談す。夕刻歩くに、風ありて寒し。片山恭一『壊れた光、雲の影』読了す。死がテーマなれど余には理解しがたし。織部塾の発表のスライド作成を手伝ひてもらふツムラの森井氏に、ネットにて取り込みたる写真を送る。口内炎に黄連解毒湯使ひし患者効果あり。秋深まり、追い立てらるるがごとき心地す。

十月二十七日火曜、先日ともにゴルフをせし箕作氏、夜間頻尿ありといへば漢方薬を送る。夜、医師会の臨時総会に出席す。病院の再建につき余も発言す。牛肉弁当の配給あれば帰りて自宅にて食す。

十月二十八日水曜晴、昼休み三本のウェッジを用ひてアプローチの練習をす。昔の通帳見つかりて金額は僅かなれど儲けたる心地す。夜、読書するも根気続かず。夕刻歩きしに、目に見えて日没早くなれり。

十月二十九日木曜晴、家人誕生日なり。車を車検に出だしたるに代車として赤きインサイトく。午後九重町の診療所に行くも、これといふ症例なし。院長と雑談す。大分に行き、トキハの銀次郎にて牛筋カレーを食す。ジュンク堂書店にて本を買ひ、ジムへ。久しぶりに長距離を泳ぐ。

十月三十日金曜晴、家人、長女の薬を貰ふため久留米まで往復す。余の昼食は友修の天丼なり。子宮筋腫を漢方にて治したしといふ新患受診し漢方薬を処方す。

十月三十一日土曜晴、県医師会報の校正刷り届くに仕上がり良し。午後、家人実家の病院の当直へ向かふ。同病院の看護師腹痛を訴へ、尿管結石の疑ひあれば泌尿器科を紹介す。

平成二十一年十一月

漢方薬に保険はずしの動き

十一月一日日曜雨、前日より家人実家の病院の当直を務む。日頃余には馴染みなき気管支喘息の患者来院し、カルテを参考に治療す。発熱、下痢などの入院患者の指示を出す。夕刻は、男女、またシニアのプロゴルフトーナメントのテレビ放送ありて退屈せず。帰宅後、子供たちに本日行はれし滝廉太郎記念音楽祭のビデオを見せられ、いささか辟易す。家人より携帯電話をトイレ便器に落としたりと聞きて驚く。

十一月二日月曜晴、市の主導によりて竹田保険所跡に小児科のこども診療所オープンす。風冷たく寒き一日なり。余は少し寒気を感じ、風邪気味なれば葛根湯を飲む。午後、ツムラの森井氏来院し、スライド作成の打ち合はせをす。車の車検終る。費用は十万円にて想定の範囲なり。夕食は長男誕生日の祝ひをせんとて家族にて三重の祐貴へ行く。鯛しゃぶもあり料理内容は満足なれども、客多かりしゆゑか食事を終ふるに長時間を要す。外寒く、風邪は増悪する傾向なり。

十一月三日火曜陰後晴、起床時鼻づまり、口渇ありて最悪の体調なり。大分カントリーの公式競技、キャプテン杯に参加し谷脇、山下、佐藤の各氏とラウンドす。アプローチ不調にて七のスコアが九個もあり、敢へ無く予選落ちす。夜、シューマイ、ギョーザ、豆腐を食し、焼酎を飲みて床に入る。

十一月四日水曜晴、余の風邪、症状に咳・鼻水出現し、相変はらず体調不良なり。レセプトの点検をす。午後、大杉製薬の挽田氏来院し、余が担当する漢方勉強会の資料を手渡す。体調悪しき故、運動は中止す。夜、長女の宿題の俳句作りを手伝ふ。

十一月五日木曜晴、ワールドシリーズにて活躍せしヤンキース松井ＭＶＰとなる。午後わさだにて、ゴルフトレーニング用のゴムチューブを購入し、パークプレイスにまはりて紅虎にて海鮮五目麺を食す。具沢山にして味良く満足す。ジムに行くも、未だ体調不良なれば運動は控えめにす。

十一月六日金曜陰、風邪は未だ軽快せざるも咳は治まる。外来は少しづつながら断続的にあり。テレビにて国会中継を観るに、政権変はりたるも同じやうなること続く感あり。夜、ビビンバを食し焼酎を飲む。

十一月七日土曜陰、外来まづまづ。長年原因不明の喉の痛みに苦しみし野々下氏、漢方によりて少し楽になりたりといふ。午後、体調悪しきため大分行きを中止す。夜、日本シリーズをテレビにて観戦す。二対〇にて巨人勝ち優勝す。夜、読書もせず漫然と時をすごし、後に反省す。

十一月八日日曜晴、月形コースにてゴルフす。岩野、衛藤、池辺氏と同伴す。アイアンの調子は良かりしも、大たたき癖は治らず。進行良く、午後三時すぎには終り、風呂に入りて長男を迎へに行く。

十一月九日月曜陰、風邪少し軽快す。午前中、外来比較的多し。患者より、その娘の意識せざる手指のふるへにつきて相談を受け漢方を処方す。夕刻、歩く。長男、用作公園に遠足に行きてヘビを見たりといふ。長女の誕生日プレゼントとして贈りし上高地の風景のパズルを開封す。

十一月十日火曜雨、イギリス人留学生殺人事件容疑者の市橋、逮捕せられたりとのニュースあり。その逃亡の遍歴、逮捕の模様等あたかもドラマの如し。外来少なければ、看護学院講義の準備をす。長女体調不良にて学校を休むも大事には至らず。長男も吐き気ありとて早退し来たる。雨なれば夕刻歩かず。年賀状を用意するシーズンとなり、改めて時のすぎゆく速さを思ふ。クリニック前の庭に、サントリー飲料水の自販機を置きたしとの申し出あり。

十一月十一日水曜雨、患者の夫、口唇の乾きありとの訴へにて受診せしに、話を聞く最中、感情失禁にて笑い止まらず困惑す。スライド原稿を作成し、地図を除きて完成の目処立つ。Wiiのゴルフを長男とするに、予想したるより面白し。夜、家族にておでんを食す。

十一月十二日木曜陰、外来新患もありてまづまづなり。先般の自販機の件、当方の出費は電気代のみとのことなれば設置を認むることとす。午後、わさだにて映画マイケル・ジャクソンの「THIS IS IT」を観る。すでに見たるやうなる映像多く、あまり面白からず。散髪に行き、ジムにまはりて泳ぐ。

十一月十三日金曜雨、外来少なし。看護学院講義の準備、担当分野が保健・倫理など興味なき分野なることもありて捗らず。風邪未だ完治せず。雨でまた歩かず。夜、コロッケを食す。家人外出すれば、長女家事を手伝ふ。充実感に欠けたる一日なり。

十一月十四日土曜陰後晴、朝久方ぶりに青空を見て、今更ながら美しきものなりとの感慨あり。外来、久しぶりに子宮体ガン検診あり。午後、看護学院に講義へ。準備不十分なれど一応形を成せりと自己採点す。夜、漢方仲間の挾間先生の講演会に行き、講演後一、二質問す。余の投稿せし「小確幸―低成長時代の幸福論―」掲載せられし県医師会報届く。

十一月十五日日曜晴、月形コースにてゴルフす。衛藤、岩野、岩尾の各氏と同伴す。昼食時に衛藤氏クラブチャンピョン、若杉氏シニアクラブチャンピョン獲得の祝賀コンペの相談を岩尾氏とす。案内状の作成と発送はクラブに依頼することとす。臼杵の元村先生より余の医師会報の文章につきお褒めのことばあり。終り遅れ、風呂にも入らず長男の迎へに。夜、長女誕生日のロールケーキを家族にて食す。

十一月十六日月曜陰、朝の交通指導の務めを果たす。余には余り意義ある活動とも思へざれば、早々に引きあぐ。外来にて、野々下氏の咽喉の症状軽快せりときく。夕刻歩く。長女の親しくする友人の親より貰ひたる牛肉を家族にて食す。トイレ紙詰まりしたれば、業者に修理を依頼す。

十一月十七日火曜陰、外来少なし。風邪概ね治癒したり。暖房の季節となる。資料を整理す。新聞、テレビにてトリニータの経営危機のニュース流れたり。

十一月十八日水曜晴、父命日。外来午後少しあり。家人留守なればカナディアンにてオムライスを食す。夕刻大分へ。漢方勉強会。終って織部先生とスナックへ行き、暫し雑談す。

十一月十九日木曜晴、午後竹尾氏と白木ゴルフクラブにてプレーす。練習の成果出でず、相変はらずの結果にて情なし。夕刻、知人ジャングル公園近くのビルに飲食店を開業したれば、食事がてらに訪る。帰りの運転、いつになく眠たし。

十一月二十日金曜晴、最近外来に訪れなくなりし患者ありて心配なり。夕食後竹田の火祭り「竹楽」を見に行く。余の知人街角コンサートに出演するを知り、聞きに行くに、思ひがけず上手なり。帰宅後、織部塾発表の練習をす。

十一月二十一日土曜陰後晴、「三都物語」とタイトルをつけし発表の準備は順調なり。祝賀コンペ案内原稿のＦＡＸ届く。訂正なし。昼食は母の希望にて荻町の藤野屋といふ鳥料理の店に行き、食後近くの「スロービート」といふ喫茶店に行く。

十一月二十二日日曜陰、月形コースでゴルフ。岩野、原尻、小山の各氏とラウンドす。前半は調子よく、原尻君よりよくなれりと誉めらるるも、後半もとに戻る。パークプレイスにボジョレヌーボーを求めに行くに、売り切れとのことなり。トリニータの地元最終戦ありて道路渋滞す。夜は豆乳鍋を食す。

十一月二十三日月曜勤労感謝の日、陰後晴、医師会病院日直へ。発熱の患者十名来院し、大半はインフルエンザテスト陽性なり。たまたま来院せる医師会病院院長と経営のことにつき話す。夜は八宝菜などを食す。寒くて暗ければ夕刻の運動はせず。

十一月二十四日火曜陰時々雨、外来予約多く、来院もまづまづなり。広島より戻りし神経症の患者、調子悪しければ対応に苦慮す。久しぶりに夕刻歩く。夜は眠くなり早めに床につく。

十一月二十五日水曜陰後晴、朝より発表のための先哲プロフィール作成に集中し、夕刻仕上がる。診察室前の紅葉きれいに色づく。昼休み運動公園で歩く。夕刻、子供たちゲームばかりすれば注意す。夜、講演会に参加し、終了後親しき医師五、六人にて民主党の医療政策につきて雑談す。

十一月二十六日木曜晴、午前中外来多し。竹田市に現在はなき本屋開店の計画ありと聞く。午後母とともに大分へ。はさまクリニックにて採血す。午後九重町の診療所の漢方外来に向かふ。大分に戻り、ジムにて泳ぎ、夜東洋ホテルにて子宮頚ガンのワクチンの話を聞く。保険利かず、かつ高額なれば希望者広がるか疑問なり。長男を乗せて帰り、クリニック前に設置されし自販機を見る。

十一月二十七日金曜晴、職員の一人子供のインフルエンザにて欠勤す。外来まづまづ。夜、いざよい会に出席し、大久保先生、歯科筑紫先生らと話をす。民主党の仕分け作業にて、漢方薬を保険よりはづす動きあり。

十一月二十八日土曜晴、漢方古典読破等、余が自ら課せし月内のノルマ達成に忙し。携帯に心当たりなき料金の支払いを請求するメールあり。無視するつもりなれど気色悪し。午後家人実家の高田病院へ。グループホームの訴へ多き患者あり。

十一月二十九日日曜陰、当直。糖尿病患者のインスリン量に思案す。夕刻、心筋梗塞の疑ひある患者来るも大事に至らず。夜、「坂の上の雲」始まる。大作なれば受信料の元を取るためにも見んと思ふ。

十一月三十日月曜陰、長妻厚生労働大臣、漢方薬の保険はずしに反対を表明し少し安堵すれど、決着はいまだ先のことなり。夕刻、一時間みっちり歩く。夜、麻婆豆腐など食す。長女試験勉強なればテレビのボリュームを落として協力す。

平成二十一年十二月

祝賀コンペを催す

十二月一日火曜晴、昼休み久方ぶりにゴルフの練習に行き、アプローチのみ練習す。余のゴルフ友達なる衛藤氏のクラブチャンピョンと、若杉氏のシニアクラブチャンピョン獲得を祝ふコンペに参加したしと申し出づる人あり。余も主催者の一人として嬉しきことなり。午後、竹尾氏来院し雑談す。通帳の記帳を依頼す。余の年内のイベント、織部塾の発表と祝賀コンペのみとなれり。

十二月二日水曜晴、十一月分のレセプトの点検を行ひ、夕刻までに終了す。祝賀コンペ幹事の岩尾氏より参加者四十名を越えさうなりとの連絡あり。大杉製薬挽田氏来院し、メディカル・カンポーに投稿する予定の原稿の打ち合はせをす。夕刻久しぶりに運動公園に行き、三周走る。長女、学校の階段にて転倒し、怪我するも幸ひに擦り傷程度にてすみ安堵す。

十二月三日木曜晴、現在執筆中の目黒道琢の新しき資料見つかり喜ぶ。午後練習場に行き、打ち放題にてアプローチ重視の練習をす。午後四時、長男と友達を乗せ大分の塾まで送り届け、トキハにて湯たんぽ購入す。腹空きたれば、五時すぎに五目そばを食す。夜、早速湯たんぽを抱きて眠るも、期待せしほどの心地よさはなし。

十二月四日金曜晴、朝より電子カルテメーカーより社員二人来たりて、レセプトオンライン化の作業をす。夕刻歩くも気だるさを覚えたれば、三十分にて引き上ぐ。夜、どっきり番組を見て家族皆大笑ひす。

十二月五日土曜晴、外来少なし。午後大分へ。市立美術館に行き、デュフィ展を鑑賞す。色彩鮮やかなり。家族の土産としてファイルを購入す。散髪に行き、ジムにて千メートル泳ぐ。夜、フグの天ぷら、シジミの吸ひ物など。ヤナーチェックのCDを購入す。

十二月六日日曜晴、岡城会に出席す。組み合はせが高齢者と一緒になりていささか落胆す。前半のドライバーの調子はよかりしものの、後半乱れ、スコアまとまらず。されどB組にて優勝す。周を乗せ、わさだタウンに行き、ATMにて通帳記帳す。夜、母も来たりて焼き肉を食す。

十二月七日月曜晴、高校同級生にて電気工事関係の仕事を営む佐藤正彦君より、河村クリニック新築工事の件につき依頼あり。織部塾発表準備として、スライドに沿ひて説明する練習をす。自動販売機百本売れたりとのことなり。夜、家人忘年会にて留守なれば、子供たちとマルミヤ、ローソンにて弁当を購入し、自宅に持ち帰りて食す。録画しおきしNHKドラマ「坂の上の雲」を観る。

十二月八日火曜晴、午前中キョーリン製薬の藤本氏来たる。氏に手伝ひを依頼する祝賀コンペや、氏の縁談のことなどにつきて話す。外来まづまづなり。織部塾にて発表する内容大体まとまる。夕刻、歩く。夜、河村君に電話し、新しく建築するクリニックのことにつきて聞き、佐藤君のことを話す。

十二月九日水曜雨、外来少なき日続く。雨で昼休みと夕刻の運動できず。午後、ツムラの森井氏来たりて、スライドの並べ変へと修正完了す。ともに缶コーヒー飲みて労をねぎらふ。寒き一日なり。夜、長女の高校入試のための推薦文を書く。

十二月十日木曜雨、外来少しありて一息つく。午後大分に行き、ダイキョー竹尾氏の会社を初めて訪問す。しばらく雑談せし後、明野のゴルフ練習場イーグルにまはり、久しぶりに綾部氏のレッスンを受け、アプローチのコツを習ふ。トキハ会館にて和定食とホットケーキを食す。運転の途次、小林秀雄の講演CDを聞き、悟るところあり。

十二月十一日金曜晴、外来まづまづ。午後、ツムラの森井氏来院す。氏に手伝ひを依頼せし織部塾のスライド百二十九枚になる。夜、余の好物牡蠣のムニエルを食す。上野丘高校二十六期医師の会の案内が津崎君より届く。今年の漢字は「新」になる。

十二月十二日土曜陰、午後大分へ。ホテルにチェックイン。部屋にて入浴の後、ベッドに横になり、本日の発表を録音せしテープを聞く。トキハ銀次郎にて午後四時に祝賀コンペの幹事岩尾氏、原尻氏と打ち合はせをす。参加賞は原尻氏の提案にて肉とすることとす。参加者は四十四名と予想以上の多さなり。みさき画廊にて旧知の池田氏と雑談し、コーヒーのもてなしを受く。小腹空きしゅゑやぐら寿司に行きて巻き寿司を食す。織部塾の発表はうまく行き、時間も丁度におさまる。織部先生より誉められ、何人かの先生よりも感謝の言葉を貰ふ。スナックにて午前一時まで歓談し、織部先生より先に引き上ぐ。

十二月十三日日曜陰、ジョイフルで朝食。ジャンボゴルフ練習場にて練習の後、サニーヒルでゴルフ。織部先生、金子先生、箕作氏とラウンドす。前半の調子よく、後半もまづまづの出来にてラウンドす。帰宅後、長男のバスケットボールの試合に付き添ひて日田に行きし家人より、財布を失ひたりと聞き、紛失せるカードの手続きなどを手伝ふ。夜は、友修に行き、カルパッチョ、天ぷら、焼き鳥などを食す。

十二月十四日月曜晴、午前中の予約少なけれど、そこそこの患者受診す。昼休み、広瀬神社に詣で、おみくじをひけば大吉なり。午後、先哲の資料を整理す。織部塾にて泊り込みて漢方の勉強をし、その内容を一書にまとむることを計画するも、メディカルユーコン社垣本氏に相談するに、そのままにては本にすることは難しといはる。夜、読書し十一時すぎに就寝す。

十二月十五日火曜晴後陰、寒くなれば夕刻歩くことは取りやむ。夜は湯たんぽとカイロを布団に入れて温む。祝賀コンペの準備は一段落す。週末の天気予報、雪とのことにて心配す。

十二月十六日水曜晴、性交後の避妊目的のアフターピルを求むる患者二人あり。今日も寒く、久住にては雪降れりと患者より聞く。昼休み練習に行くも、寒さのためか余の他に一人もなし。家人、免許証再発行のため大分の松岡へ。眠くなれば十時前に長男とともに寝ぬ。自販機の売れ行きはぼつぼつとのことなり。

十二月十七日木曜晴、徳島文理大の庄子先生より余に、『漢方の臨床』に投稿する新年の言葉の文章の添削依頼あり。雪心配なれば高速道路経由にて九重町の漢方外来に行く。窓の外に粉雪舞へば、早めに引き上ぐ。湯布院インター付近の道路に積雪あれば、慎重に運転す。ジュンク堂書店にて書籍二冊を購入し、五車堂にてA

ランチを食す。大学後輩の川本君より一度会食したしとの誘ひあり。

十二月十八日金曜晴、庄子先生の原稿の添削をすませ、添付ファイルにて送る。午後、ダム工事の現場にて働く男性、死にたき気分になれりとて受診す。よく話を聞き、さいりゅうとうを処方す。今日も寒ければ、室内で運動す。夜は母も来たりてカモ鍋を食す。山は雪模様。自販機は予想以上の利用者あり。

十二月十九日土曜晴、外来暇。午後温見経由にて大分へ。道路の日陰部分には雪残る。二一〇号線を経由して玖珠へ向かふ。水分峠付近は残雪ありて危険なり。当直にて顎のはづれし患者来院し当惑するも、看護師整復して事なきを得安堵す。夕刻より病院近くの清流荘にて高田病院の忘年会開かれ出席す。乾杯の音頭の指名を受く。夜中近く、狭心症の疑ひの患者ありて、心配するも大事に至らず。

十二月二十日日曜晴、本日は日曜当番医なれば、風邪とインフルエンザの患者多し。子供の薬の量、余には不慣れなることとなれば往生す。外は雪降り、長男の迎へもあれば、昼過ぎに義父に当直の交替を依頼し大分へ。わさだタウンにて、長男と天ぷらを食す。

十二月二十一日月曜晴、外来少なし。昼休み、故障せる寝室のエアコンを日立のメーカーの人に見て貰ふも、異常なしとのことなり。家人付き添ひて長女久留米大を受診するも、特に変はりなしとのことにて安堵す。夕刻、長男と新たに開店せし書店に行く。夜は、母のもとにてステーキを食す。年賀状を書き上ぐ。長男とともに十時に床に入る。

十二月二十二日火曜晴、患者たちから漬け物、トマトジュースなど貰ふ。大分合同新聞に、街づくりの授業を取材せられたる長男の名前載る。明日の祝賀コンペのことにつきての問ひ合わせ三件あり。昼前、家人ら帰宅す。

十二月二十三日水曜天皇誕生日晴、祝賀コンペ当日なり。幸ひに良き天候なり。月形に着きてみれば、岩尾氏受付の机にてスタンバイす。TOSのカメラマンなりし池辺氏、池田氏により、練習グリーン脇にて優勝カップを抱く衛藤、若杉の両氏を中央にしたる参加者全員の写真撮影をす。スタート三十分遅れにて、後ろの組は日没のため最後は自動車ライトの中でのプレーなるも不満は出でず。余は後半、久しぶりに三十九が出でておおいに気をよくす。祝賀会の表彰式の司会は余が担当す。二次会はゴルフ友達宮本氏の経営する都町の焼き鳥丸ちゃんにてなり。十四人参加す。最後はスナックブーケにて盛り上がり、無事終了す。

十二月二十四日木曜晴、外来わりに多し。メディカル・カンポーの文章大体の形出来たり。寝不足なれば昼寝せんとするも眠られず。介護審査は四十分で終る。夜、クリスマスイブなれば家族にてシャンペンを飲み、チキン、ガーリックトースト、ケーキを食す。早く眠くなりたれば、湯たんぽを抱え、布団に入る。

十二月二十五日金曜陰時々雨、外来比較的多し。目黒は詰めに入る。夕刻、キョーリン製薬の藤本氏来院し、祝賀コンペの写真二百三十六枚を見る。夜、先日のコンペの賞品の豚肉を食す。疲れを覚え家族より先に寝ぬ。国の予算案決まり、漢方薬は保険からはづされざること決定す。

十二月二十六日土曜晴、午前中に原稿を仕上ぐ。午後大分へ行き、ジムで運動し、散髪へ。珍しく込み合ひて待たさる。ユニクロにて母のシャツと余のアンダーウェア、靴下を購入す。夜、加藤先生よりふぐ良にて、ふぐのごちそうになる。

十二月二十七日日曜晴後陰、月形コースでゴルフ。衛藤、岩野、加藤の各氏と同伴す。朝、佐藤憲氏より参加賞を貰ひ忘れたりと言はる。前半のドライバーの調子良かりしものの、後半崩れたり。時間に余裕あれば、風呂も入りし後医師会病院の当直に行く。ＮＨＫドラマ「坂の上の雲」に広瀬武夫登場す。

十二月二十八日月曜晴、午前中藤本氏来たれば、写真の焼き増しを依頼す。氏は転職することとなり、二ヶ月東京に研修に行くとのことなり。昼休み、ガソリンスタンドに行き、ゴルフ談義をす。午後、大杉製薬挽田氏来院したれば原稿を渡す。夕刻、久方ぶりに歩く。夜、八宝菜などを食す。テレビは年末番組多くなりて面白味なし。

十二月二十九日火曜晴、昼休み練習場の松本氏よりフォーム矯正用のゴムチューブを貰ふ。午後玄関内側の掃除をす。靴箱も一旦靴を外に出し、雑巾で拭く。夕刻長女を連れて本屋にいく。自宅洗面所のドア開閉不能となる。夜は家族とおでんを食し、余は梅酒を飲む。テレビの歌番組はすでに正月気分なり。
十二月三十日水曜陰、外来少なし。クリニックの中の整理をす。墓掃除に行くに、叔父すでに先に参りてきれいに掃除して呉れてゐたり。余は納骨堂をきれいにふきあぐ。午後、子供たちと共に玄関外の掃除、泥をホースの水で流し、タイルをブラシで磨く。天気予報を見るに、明日よりの天気心配なり。
十二月三十一日木曜雪、大分道の高速、雪のため通行止めなれば、熊本経由にて家族一同福岡へ向かふ。昨年と同じ熊本インター手前の回転寿司にて昼食。福岡のホテルにて家族を降ろし、余は亀井南冥の墓に行く。雪が舞ふ。一族の墓並びてあり。財布を忘れたることに気づく。キャナルシティに行き、牡蠣料理を食す。紅白を見て、北村英治のコンサートに行く。

平成二十二年

平成二十二年一月

長女推薦で高校に合格

一月一日金曜陰、午前五時に目覚む。旅先にて読まんとして持参したる書、児玉光雄『この一言が人生を変えるイチロー思考』読了す。家族にて地下鉄を利用し筥崎神社に初詣に行く。余の引きしおみくじは末吉なり。長女の高校受験合格祈願の受付をし、家族一同境内にて待機するかなりの間、風強く寒し。終りてタクシーでキャナルシティへ行く。車中雑談せし運転手は九重町の人にて、家人実家の病院や家族のことなどに詳しければ驚く。キャナルシティはいつもの如き賑はひなり。各自好みの店に分散す。夕食は全日空ホテルにて中華料理を食す。昨年よりは美味なりと感ず。

一月二日土曜陰、朝食はホテルロビー横の喫茶店にてモーニングセットを母と息子と食す。バイキングより落ち着ける感あり。車を駐車場に置きしまま、タクシーにて岩田屋百貨店に行く。ゴルフ売場にて高校先輩の歯科の毛利先生夫妻と会ふ。石川遼の着用するが如きハンチング帽あれば購入す。丸善にて先哲資料整理のためのファイルケースを購入す。また店内のショーケース内にありしポメラなる製品を見る。ポケット・メモ・ライターの略語にして、電子メモの如き機器なり。パソコンとの互換性も有りといふ。かねて余は携帯の文章機能のみにてパソコンの如きものを望みしに、その条件に合致する機器なり。価格三万四千円といへば購入は検討することとす。リバレイン五階の昨年も訪れしイタリアンの店にて昼食、余はリゾットを食す。帰途の高速は基山インター付近少し渋滞したるも、雪の影響等はなく家人実家の玖珠に着き、義父母に年始の挨拶をす。テレビの正月番組に魅力あるものなければ、当地のゴルフ練習場に行く。

一月三日日曜晴、玖珠より高速を経由して月形コースへ。本年の初ゴルフなり。加藤、岩野、池辺の各氏と同伴す。スイングの良きリズムを心がけてラウンドするもスコアまとまらず。終りてアプローチの練習をす。帰宅後、年賀状を見る。夜は母妹とお節料理と鳥鍋を食す。大河ドラマ「龍馬伝」始まる。新しき演出にて面白く観る。

一月四日月曜晴、仕事始め。患者予想より少なし。母のもとで妹と朝食昼食をともにす。『漢方の臨床』の「新年の言葉」を仕上げ、メールで添付ファイルにて送る。夕刻、妻子を迎ふるために玖珠へ。寿司をごちそうになり、家族と帰る。帰りの運転中眠気を覚えたるも必死に堪ふ。

一月五日火曜晴、本日は外来多し。日記を仕上げ、昼休みに郵送す。洗面所のカギの修理を依頼す。夜、お節の残りの鍋を食し梅酒を飲みて、ソファーにて眠る。寒さのせゐにて運動不足の日続く。佐藤君より再度河村クリニック工事参入の件につき口利きを依頼せらる。熱心に運動する気はなけれど、一応の務めは果たすつもりなり。

一月六日水曜晴、外来三人のみ。河村君に工事の件につき電話するも、他にもいろいろ頼まれたる所ありとのことなり。ポメラの購入を決断す。ネットにて映画の予約をす。長男、黒川家の先祖に興味を持ちたるごとし。頼もしきことなり。夜、余の苦手なる鶏のムニエルを無理して食す。

一月七日木曜晴、外来少なき日続く。午後、わさだタウンにて話題の映画「アバター」を観る。三次元画像にて、夜の森の風景など目を見張る美しさなり。帰宅入浴の後、地元医師会いざよい会の新年会に出席のため竹田茶寮に行く。幹事として会費を徴収し、写真撮影をす。子供たちの通知表のコメントを書く。

一月八日金曜晴、外来久しぶりに多し。天気よけれども寒気きびしければ運動せず。村上春樹の『1Q84』読了す。オウム事件の影響を感ず。面白さは感ぜられぬものの、底流には何か深きものあらんと思ふ。午後、ツムラの森井氏来院し、織部塾のことなどにつき暫し雑談す。

一月九日土曜晴、正月に福岡の丸善にて見たるポメラを早く入手したくなり、インターネットにて検索するに二万九千円のものあれば早速注文す。午後、久しぶりにジムに行き運動するに心地よし。ユニクロにて母に依頼せられたる防寒用タートルネックのシャツを求む。夜、長男周にせがまれてビデオショップへ。宮尾登美子原作の映画「蔵」を借る。

一月十日日曜陰後晴、月形コースにてゴルフ。スタート前に若杉先生に祝賀コンペの写真を手渡し感謝せらる。いつもの如きスコアなり。ラウンド後、失敗せるアプローチの復習をす。帰宅するにポメラすでに届きてをれば、早速使ひ方の練習をす。

一月十一日月曜成人の日陰、朝方ガソリンスタンドに寄り、当直勤務のため医師会病院へ。五、六名の患者あるも風邪、下痢などにて問題なし。ポメラの説明書を一通り読み、使用法をマスターす。夕刻、十分に防寒対策をして久しぶりに歩く。夜、もつ鍋を母もきたりてともに食す。

一月十二日火曜晴、早朝、レンタルのＤＶＤ新藤兼人監督の「墨東綺譚」を観る。津川雅彦の永井荷風はいかがなるものかとは思へど、さりとて他に適当なる俳優も思ひ浮かばず。病気にて仕事をやめ、現在生活保護受給中で、透析を受けつつうつ病を病む元バス運転手の新患受診す。同情すべき境遇なれば何とか力にならんと思ふ。懸賞小説に応募せんと思ひ、昼休み、本屋と図書館にて文学賞の情報を探す。夕刻、風強く、ウォーキング中止す。夜、長女大腿部がひきつると訴へて心配したるも、座薬を使用すれば軽快し安堵す。

一月十三日水曜雪、朝より雪降り、患者ほとんどなし。夕刻、旧知のレセコン会社木田氏来る。しばし雑談し顧客の紹介を依頼せらるるも咄嗟には思ひつかず。夜、ビビンバを食す。小沢事務所強制捜索のニュースあり。

一月十四日木曜晴、午後大分へ。ジュンク堂書店にて公募ガイド購入す。県立図書館にて亀井南冥・昭陽の全集を確認するも、閉館間際にて十分に内容を確かむることをえず。ロイヤルホストにて夕食。ジムで体重を測るに、七十四・七キロまで増加し、ショックを受く。

一月十五日金曜晴、亀井南冥の資料のある能古博物館の鈴木氏と電話にて話す。昼休み、久しぶりに練習に行く。夜、元小沢幹事長秘書なる石川衆議院議員、政治資金規正法違反の疑ひにて逮捕せられたりとのニュースあり。夜、家族の中で一番さきに床につく。

一月十六日土曜晴、外来まづまづ。准看学院に講義に行く。グリーンロード経由にて大分へ行き、ジムにて運動す。ジュンク堂書店で司馬遼太郎の講演ＣＤを購入す。夜は天ぷらを食す。

一月十七日日曜晴、朝は零下二度と寒く、霜降りしも日中は暖かくなれり。月形コースにてゴルフす。岩野、岩尾、衛藤の各氏と同伴す。先日のテレビレッスン番組にて覚えしグリップを緩くする方法を試みるも安定せず。長男を迎へに行き、ソフトクリームを食して帰る。夜は母もきてトマト鍋を食す。

一月十八日月曜晴、『漢方の臨床』の「新年の言葉」とメディカル・カンポーの目黒道琢の文章の校正刷り届く。外来少なし。ポメラの使用法の疑問点を電話にて聞く。長女は明日の推薦入試の面接練習に余念なし。連日小沢幹事長の政治資金関連の報道続く。

一月十九日火曜晴後陰、長女竹田南高校の推薦入試に行く。余も昼休み同校へ行き、食堂にて食事す。長女の宮崎より来たりし受験生と親しげに話す様子に安堵す。暖かくなれば、昼休みに練習し、夕刻歩く。長女午後二時すぎに帰宅し、緊張して疲れし所為かソファーにて眠る。夜、梅酒を飲み読書も勉強もせずに床に就く。

一月二十日水曜陰後雨、外来は予約少なきもののそれ以外の患者数名受診す。昼前、広瀬神社の新年祭に行く。夕刻、漢方勉強会に出席のため大分へ。中国より帰化せられし中川先生の話を聞く。終了後新年会にて食事に。楽しく歓談す。織部先生らと白い花といふスナックに行く。

一月二十一日木曜晴、午前中外来まづまづ。午後母を乗せて大分へ。ジムに行き、寝不足なればしばらく仮眠をとる。体重を減らすために、よく運動す。トキハ会館で食事す。ジュンク堂書店で本を購入し、喫茶店みまつで読む。周を乗せて帰るに、彼帰着するまで眠り続けたり。

一月二十二日金曜晴、外来多く充実感あり。ラエンネックなくなりたれば、午後竹尾氏に注文し届けてもらふ。昼休み練習に行くに、上級者の和田氏より余の球の軌道、以前より良くなれりと誉められ喜ぶ。夕刻、少し寒けれども歩く。夜、家人と子供たち映画の予約をネットにてするを手伝ふ。次の小説の題材となる亀井南冥の年表作りを始む。

一月二十三日土曜晴、午前中はゆるゆるとすごす。長女と一緒に大分へ。わさだにて、家人、長男と合流しモロゾフにて昼食をとる。ホテルフォルツァにチェックインす。トキハにてカステルバジャックのバッグを注文す。夜オアシスにての二十六期医師の会に出席す。

出席者は小野、木下、三宮、首藤、菅、津崎、永井、曾根崎、村上、森本、財前、足立に余の十三名なり。医師にはあらざれど、たまたま東京より帰省したる高木も参加す。神経内科の三宮君の講演を聞き、歓談す。二次会に白い花に行く。

一月二十四日日曜晴、月形コースにてゴルフ。川本、後藤、岩野の各氏とラウンドす。相変はらずのミスあるも、そこそこにまとめ、B組三位に入賞す。夜、母も来たりて鶏鍋を食す。梅酒を飲み、早めに寝ぬ。

一月二十五日月曜晴、絶え間なく他人の歌声聞こゆといふ患者受診す。昼休み竹田南高校より書留届き、長女入学試験合格せりとの知らせを受く。夕刻、大分へ。ワシントンホテルにて東洋医学会理事会に出席す。

一月二十六日火曜晴、外来午前も午後もまづまづ。国会中継を見ながら勉強す。昼休みと夕刻に運動す。夜は勉強も読書も進まず。

一月二十七日水曜晴後陰、外来少なし。昼休み学資保険を引き出し、長女の入学金を振り込む。余の新年の言葉の掲載せられたる『漢方の臨床』届く。夜、医師会臨時総会に出席す。執行部の説明に疑問点あればいくつか質問す。帰りのエレベーター内にて、長老の医師より、よき質問したりと誉めらる。

一月二十八日木曜陰、外来少なし。ポメラよりパソコンへの取り込み、うまくいく。午後、九重町友成医院へ。漢方薬にて下痢する患者あり。大分へまはりジムにて減量のため運動す。

一月二十九日金曜陰、外来少なき日続き心配なり。昼休み、眠気を感じ昼寝す。家人留守なれば夜は公文に行きし子供たちと母と一緒にジョイフルに行く。余はミニハンバーグとドリアを食す。夜は梅酒を飲み、早めに床につく。

一月三十日土曜晴、外来にまた幻聴聞こゆと訴ふる、こたびは女子高校生来院す。話したる感じにては特に異常を疑はするものなし。午後、玖珠高田病院当直に。意識なき患者を搬送すとの連絡に緊張するも、到着したるときには異常なし。夜はテレビにて「ハッピーフライト」を観る。

一月三十一日日曜雨、当直、夜は何事もなく、眠るを得たり。日中は外来少しあるも重症患者なし。テレビ、読書等にて時間を過ごす。帰宅後、夕食はカモ鍋を食す。夜、二宮清純と諸見里しのぶの対談を興味深く観る。「左手を鍛ふるために食事は左手にてとり、ミスせしときは笑ふ」など参考になる話を聞く。早めに床につく。

平成二十二年二月

交通事故を目撃

二月一日月曜雨、朝アメリカプロゴルフのテレビ放送を観る。好位置につけてゐたる今田竜二、最終日のスコア伸びず優勝を逃す。先月のレセプトを点検するに収益前年度同月より少し減少す。一日中寒くて運動出来ず。長男発熱して寝込み、夕刻その長男に頼まれて『週刊マンガ日本史13号 足利尊氏』を求めに行く。発熱続けば、夜座薬を入る。長女、今年は入院せざることが目標なりといふ。

二月二日火曜晴後陰、外来少なし。母、父の遺せし榧の木の碁盤を処分せんかといふ。午後、無為に時間をすごす。夕刻、久しぶりに歩く。長男、風邪症状続き、学校を休むも夕刻には元気を回復す。

二月三日水曜晴、医師会の事務長来たり、総会に於ける余の発言に感謝せらる。夕刻、久しぶりに運動公園に行き、二周走る。専門医資格更新のための症例報告まとめに着手す。

二月四日木曜晴、午前中外来六、七人。腎臓の手術をせし岩川さん、また具合悪しといふ。午後大分へ出向き、通帳記帳の後散髪へ。ジュンク堂書店で書籍数冊購入す。トキハ前にて朝青龍引退の号外を受け取る。些かの感慨あり。

二月五日金曜晴、外来にて患者より福沙屋より旨しといふカステラを貰ふ。夕刻、医師会の和田事務長来たりて当直を依頼せらる。可能なる限りは引き受く。母より入れ歯の相談を受くるも、余には何とも言ひ難し。

二月六日土曜晴、外来二人のみ。長女耳の痛みを訴へ、加藤耳鼻科を受診す。外耳炎とのことなり。午後、准看護学院にて講義、社会福祉などの面白からざる分野なれど淡々と講義す。センチュリーホテルに宿泊し、ジムの新年会に出席す。

二月七日日曜晴時々陰、ホテルにて午前四時に目覚む。月形コースにてゴルフ。加藤、岩野、衛藤の各氏と同伴す。出だしまづまづなるも、その後アプローチ、バンカーなどにミスを繰り返し、いつもの如きもの足らざるスコアにて終る。疲れて自信をなくし、ラウンド後の練習もする気にならず。「龍馬伝」に吉田松陰登場す。

二月八日月曜陰、午前中外来少なく気分塞がりしも、終り際に少し来たりて外来時間を延長す。夕刻、一時間ほど歩くに、戸外暖かくマフラー、毛糸帽子など不要なり。夜、鈴木輝一郎『何がなんでも作家になりたい！』読了す。あいうえおにても、とにかく書き上ぐること大事とは至言なりと思ふ。ゴルフの練習、やる気なし。

二月九日火曜陰時々雨、長湯の伊藤会長より医師会の裁定委員を余に依頼したしとの電話あり。特に支障もなければ引き受くることとす。午後生活保護受給者のうつ病患者とじっくり話す。長女の作文を手伝ふ。専門医更新の症例報告の作業を進む。久しぶりに多量の降雨あり。

二月十日水曜雨、年金記録届きしに、内容に事実と異なれる記載あれば電話にて確認す。外来まづまづ。診療報酬の改訂に於いて再診料二十円下がること決定す。クリニック内の湿気高く、床の濡れが目立つ。夜、コロッケ、海藻サラダなどを食す。滋賀県の中神琴渓の子孫なる中神源一先生より、かねて依頼しありし琴渓の資料届く。

二月十一日木曜建国記念の日雨、雨の中竹中コースにて加藤氏と共にゴルフす。到着後激しく雨降れば、加藤氏気乗りせぬ様子なるを、叱咤激励してプレーを始む。雨にてグリップ緩み、スコアは悪しきもののそれなりの面白さもまたあり。トキハにて余の下着三枚購入す。バレンタインデーの近きせゐなるか、男性下着を求むる若き女性多く興味深し。夜、珈琲店みまつにて本を読みて時間を潰し、塾の終りし長男を迎ふ。

二月十二日金曜晴、気温十一度なるも、体感温度はそれ以下にて肌寒く感ず。母に依頼せられ、インターネットにて鎌倉シャツを注文す。専門医の作業捗らず。夕刻より中学同級生の黒田君運転のタクシーにて大分へ。子宮ガン手術の講演を聞く。懇親会にて赤ワイン二杯を飲みしゆゑか、帰りの車中少し気分悪し。

二月十三日土曜晴、外来にて必要以上の薬を欲しがる患者を諭す。午後、緒方の准看に講義に行く途中、余の差し掛かる直前、交差点に赤信号なるに突入する車あり、四、五台の車衝突す。余は危ふく事故を免る。ジムに行き、大分銀行会長高橋靖周氏と雑談す。トキハにてブルーインクの水性ボールペン注文す。織部塾にて山口の稲本先生に治療学につきて質問す。三次会には行かず、ホテルに帰りて十二時前に就寝す。

二月十四日日曜陰、サニーヒルにてゴルフ。二組に別れ織部先生とは別の組となり、時枝、萱島、箕作氏とまはる。ドライバー好調なるもアプローチは相変はらず悪し。バンクーバーオリンピック、上村愛子惜しくも四位とのニュースを昼休みに聞く。夜、疲れのせゐか早めに寝ぬ。

二月十五日月曜陰、朝オリンピックで複合の小林選手、一時トップにたち興奮するも結局七位に終り落胆す。夕刻、周の友達きたりてWiiで楽しさうに遊ぶ。専門医更新のための症例、電子カルテにて整理す。長女より昨夜余の鼾うるさかりきといはる。夜、小説を読んで過ごす。

二月十六日火曜晴時々陰、マンション管理組合よりの文書にて、居住者の水道代を余が自ら支払いをりしこと判明す。漢方薬にて舌のぴりぴりする患者あり。夕刻、歩き始めたるも寒さ厳しく、早々に家に引き返す。最近、早寝早起きの傾向続く。町内のケーブルテレビの工事進む。

二月十七日水曜晴、寒き日続く。夕刻三十分歩く。電子申告のための住基カードを作るため、母と市役所に行く。家人、大分の塾へ長男の面談に行き、県内の中学ならばいづこにても合格可能なりと聞きて帰る。夜は子供たちと机を並べて読書す。湯たんぽを抱へ、家族と共に布団に入る。

二月十八日木曜晴、外来わりと多し。午後、光吉のゴルフ練習場に行き二百五十球打ち、よき感触をつかむ。わさだタウンにて、「インビクタス／負けざる者たち」といふ映画を観る。南アフリカにて行はれしラグビーのワールドカップを描ける実話にて、面白し。天ぷら定食を食しジムへ行く。余と同年代のジム仲間の男性より、過敏性大腸炎なれば漢方薬を飲みたしといふ相談を受く。
二月十九日金曜晴、外来まづまづ。専門医更新の作業進まず。今年の冬は例年より寒く感ず。先日鑑賞せし映画に登場したるW・ヘンリーの詩を、インターネットにて調べプリントアウトす。夜、梅酒を飲みて早く寝ぬ。
二月二十日土曜晴、外来わりと多し。専門医更新の作業、漸く少し進み始む。午後、緒方准看の講義に。規定の講義を手早く済ませ、「私もう長くないんでしょう」と患者より問はれしときは、いかに答ふるかといふ問ひを生徒に発す。大分に行き、ジムにて漢方薬を件の男性に渡す。周を迎へて、ジュンク堂書店に行く。本の支払ひを済ませ、エスカレーターに差し掛かりしとき、店側の手違ひにて警報が鳴りて驚く。帰りの運転は眠たし。
二月二十一日日曜晴、朝長男を塾に送り、それより月形へ。加藤、岩尾、衛藤の各氏とラウンドす。午前中ドライバーよくあたるも、終りてみればいつもの如きスコアなり。夜、すき焼きを母も来たりてともに食す。
二月二十二日月曜陰、外来少なく、専門医更新の作業も捗らず。夕刻歩くに、気温は温きものの途中体に疲労感を覚ゆ。最近、早寝するはよけれども、四時頃には目覚め難儀す。夜、長男にせがまれビデオショップに行く。本日は平成二十二年二月二十二日と二並びの日なり。今まで長男と竹田より一緒に大分の全教研に通ひし女の子の歯科医一家、大分に引っ越すとのことを聞き驚く。
二月二十三日火曜晴、外来出足悪しきも断続的に患者受診す。午後、母に頼まれて銀行まで送りしが、帰途駅伝にかかりて通行止めとなり車を置きて帰る。うつ病の患者に川柳、俳句を勧む。夕刻歩くに肌に感ずる風に春の息吹を感ず。
二月二十四日水曜晴、長女体調悪しく学校を休む。専門医更新作業のゴール見ゆ。昼休み、オリンピック女子フィギュアを観る。夕刻、近戸より岡城に登る。大分パルコ来年閉店のニュースあり。大分市内中心部の空洞化は深刻なり。
二月二十五日木曜陰後雨、外来少なければ専門医更新の作業を進めて漸く完成し発送す。これにて一段落つく。午後九重町に行き漢方外来を行ふ。大分にまはり散髪す。
二月二十六日金曜雨、午後外来に来たれる新患と話すうち、余の小学校の同級生なること判明す。不安ありといへば半夏厚朴湯を処方す。昼休み、女子フィギュアフリーを観る。キム・ヨナ完璧なる演技にて金メダル獲得、浅田真央健闘するも銀メダルなるはやむなし。周の算数の成績悪しければ、家人と相談してゲームをやめさすることとす。レンタルＤＶＤ「プロヴァンスの贈り物」を観る。
二月二十七日土曜雨、午後家人実家の高田病院当直へ。古典、読書、日記書きの三つを順番に繰り返す。外来に血便を訴ふる患者あり。同じ本能寺の変を題材とする津本陽と池宮彰一郎の作品を読み比ぶ。梓の卒業記念の絵を二階に飾る。
二月二十八日日曜晴、当直中本三冊を読む。嘔吐の患者受診し、診察中にも嘔吐して慌てしが、吐き終はるや気分回復し安堵す。オリンピック、女子パーシュート惜しくも銀メダル。夕刻、竹田医師会病院へ移動し、初の連直。早めにベッドに入る。

平成二十二年三月

医師会病院の勤務へ

三月一日月曜陰後雨、医師会病院の当直明けなり。常勤医師午前六時半に出勤したれば余は帰宅す。午前中、空暗くなりまもなく雷雨あり。クリニックの二月分収益、例年の通り少なし。ホームページのアクセス数、以前に比べ減少せしかばリニューアルを考慮す。連日の当直の疲れはなし。夜は梅酒を飲みて早めに床につく。長女、中学卒業記念として吹奏楽部の後輩より色紙を贈らる。
三月二日火曜陰、新患のうつ病の主婦受診す。仕事にての失敗忘れられずといふ。詳しく話を聞かんとするに、ひたすら泣き続くれば事情判らず。税金の電子申告に必要の住基カード作成のため、母と市役所に行く。津本陽『本能寺の変』読了す。信長の天才的発想に改めて驚嘆す。夕刻一時間歩く。柳に青き葉の見ゆるころとなれり。夜、刺身、白身魚のフライなどを食す。
三月三日水曜雨、長女が卒業祝ひにと希望したるコーチのキーホルダーをインターネットで注文す。夜、母も来たりて手巻き寿司を食す。食後長男にせがまれてビデオショップへ。車中、中学は久留米大の附設を目指すと長男のいへば、余の意見を述ぶ。居間の模様替へを考ふるも、家族の意見まとまらず。ピアノの調律の予定あればその上のものを片づく。

三月四日木曜雨、外来まづまづなり。当院にて処方する漢方薬、その効果出できつつあり。午後センターで練習。調子わりとよし。午後三時、長男を乗せて大分へ。トキハにて長女の色紙を入るる額を購入す。母の誕生日プレゼントとしてウォーキング用のトレーナーを購入す。ジムのプールにて高校先輩の岩崎弁護士と歩きながら話す。体重が七十四・八キロと自己の最高記録を更新したれば、しっかり運動す。

三月五日金曜陰、松本進『ゴルフ、あっというまに上達する極意。』読了す。長女の中学校卒業式。余の祝ひとして注文せしキーホルダー、よきタイミングにて帰宅したる長女に届く。居間の本や書類を整理す。夜、家人留守なれば母も一緒にジョイフルへ行く。ステーキを注文して、安価なれば期待せざれども意外に旨し。夕刻歩くに桜の芽のふくらむ様子。芝も青み増す。

三月六日土曜雨、外来まづまづ。午後大分へ。ジムにて測定するに体重少し減り喜ぶ。長男を乗せて帰途につく。運転中腹空きたればローソンに寄りて菓子を購入す。夜、ＮＨＫの「龍馬が愛した女」を観る。お竜さんの写真の現代風美人なることに驚く。勉強も読書もせず、早めに寝ぬ。雨激しく降る。

三月七日日曜陰、月形コースにてゴルフす。衛藤、岩野、岩尾の各氏と同伴す。高校大先輩の、うみたまご会長二宮氏と一緒になり暫し雑談す。ラウンド後、二階休憩室のテレビにて女子プロの試合を観る。夕食は三重の祐貴にて家族で会食す。母に誕生祝ひとして、トレーナーを贈る。

三月八日月曜陰、予約は少なけれども新患来院して意外に忙し。寒さ戻り、夕刻の運動は控ふ。夜、春雨サラダ、麻婆豆腐など食す。隣に座れる長男の旺盛なる食欲に感心す。夜、「アバター」のキャメロン監督の特集番組を観る。梅酒を飲み、床につく。長女より余の鼾かしがましと言はる。

三月九日火曜雨、外来まづまづなるも、予約したるに受診せざる人の経過気がかりなり。長男の将来の夢は一に医者、二は海軍、三は総理大臣の順なりといふ。とりあへず現在は海軍はなきことを説明す。夜、生姜焼きを食す。NHK「プロフェッショナル仕事の流儀」を観て、酒造りに打ち込む杜氏の姿に感銘を受く。レンタルのDVDで「ベンジャミン・バトン」を見終はる。次第に若返るといふ、主人公の特殊メイクの技術驚嘆すべきものなり。

三月十日水曜雪後陰、朝窓の外を見るに雪積もれり。非常に寒し。外来にて体重の減量を指導せしに、一向に痩せぬ患者ありて呆る。昼食、家人留守なれば長女きしめんなどを用意す。大杉製薬挽田氏来院す。現在余が執筆中の「先哲の墓を訪ねて」のシリーズ、あと二回とのことにて落胆す。夕刻、医師会の伊藤会長、宮成事務長より療養型病床勤務を依頼せらる。当院の外来との掛け持ち可能なりとのことなれば、引き受けんと思ふ。

三月十一日木曜晴、天気回復し気温上昇す。午後練習場に行きアプローチを中心に練習す。調子まづまづ。介護保険の審査会に出席す。終了後、大分に出て当院の顧問税理事務所なる北迫税理事務所に初めて行き、電子申告を済ます。五車堂にてチキンAランチ八五〇円を食す。

三月十二日金曜晴、長女右足のしびれを訴ふれば、家人付き添ひの上、県立病院受診す。診察の結果、大きなる問題はなしとのことなれば安堵す。昼休み練習に行き、松本氏より手首の角度につき、アドバイスを受く。家人より夜の献立の希望を聞かれ、焼きそばとコーンスープを提案して採用せらる。夕刻歩くに、日に日に春を思はす気色となれり。池宮彰一郎『本能寺〈上〉』読了す。

三月十三日土曜陰後雨、外来少なし。午後わさだのゴルフ5に行き、翌日の黒川杯のためのカップを購入す。一三〇〇円と安価なり。県立図書館にて儒医亀井南冥関係の書籍を調ぶ。トキハにて家族と職員より貰ひし、バレンタインディのチョコレートのお返しを購入す。漢方講演会に出席して、脳出血後のリハビリと漢方の関係につきての話を聞く。レンタルDVDで「プラダを着た悪魔」を観終はる。

三月十四日日曜陰、朝食は前日購入せしメロンパンとカレーパンを食す。大分市のジャンボ練習場にて行き同級生の村上君と会ふ。白木ゴルフクラブにて黒川杯のゴルフコンペ。高校後輩の原尻君、目代君とラウンドし、いつもの如く居酒屋しばらくにて打ち上げをす。

三月十五日月曜陰、外来は新患もあり午前中はまづまづ。高校一年先輩の三木氏より四期対抗ゴルフにつきて連絡あり。早速同級生に連絡し六名の参加を取り付く。夜、お好み焼きを食す。子供たちの勉強する食後の食卓の側らにて、漢方勉強会の準備をす。早々に眠気を覚え、床に就く。

三月十六日火曜晴、気温は高きものの、風の強き一日なり。幾度も禁煙に失敗したる患者、また挑戦したしといふ。竹田にて一番早く開花する、ふれあい駐車場の桜開く。家人は長女の久留米大学病院受診のため、夕刻より玖珠へ。夜は母のもとにて好物のアサリの酒蒸しを食す。長男と二人して眠る。

三月十七日水曜晴、朝食を二人分作る。久留米大学病院を受診せし長女、たまたま発熱して点滴を受けたりとの連絡あり。先日、白木にて一緒にまはりし目代君と、ヘッドカバーの入れ替はれることに気づき連絡す。夜、大杉製薬の漢方勉強会へ。手違ひにより本文のコピー参加者に配布せられず、慌てて余のノートをコピーして配布す。二次会は遠慮して帰宅す。

三月十八日木曜陰、午後知人の見舞ひに行く母を永富整形外科病院に送る。余は光吉のゴルフ練習場に行き、アプローチを中心に練習す。トキハに行き、ゴルフ用のベストを購入す。散髪に行き、店長より新しく階下にて開業したる炉端焼きの店の煙上り来て困惑すといふ話を聞く。ジムにては体重を減らさんがためにプールの中を歩く。アイスクリームを購入して帰る。

三月十九日金曜陰、母家にて指輪、バッグなど紛失すといふ。外来は断続的に受診者あり。午後、ホームページリニューアルの件で専門業者甲斐氏来院す。風邪気味にて寒気あり、体きつし。夜、肉じゃがなどを食す。夕食前、長女いすより転倒し心配するも問題なし。

三月二十日土曜陰一時雷雨、体調未だ優れず。麻黄附子細辛湯を飲む。午後家人実家の玖珠高田病院の当直に向かふ。夜、激しき雷雨あり。九時過ぎ床に就く。何度も目覚むるものの、まづまづ眠るを得たり。

三月二十一日日曜晴、矢沢永吉『成り上がり』読了す。

氏の驚くほどの真面目さが成功の秘訣か。当直、特に問題なし。夕刻、医師会病院の当直に移動す。入院患者車イスよりベッドへの移動中転落し頭部打撲す。念のためCT検査を行ふも異常なし。

三月二十二日月曜晴、当直は夜中に蕁麻疹の人来院して起こされ、以後眠られず。交替の安西先生早く来院したれば月形へ。月例競技の日で天気もよければ、混み合ひてスタート遅る。ドライバーは調子良し。

三月二十三日火曜雨、外来多し。午前中、ケーブルテレビの工事きたりて、あとは宅内工事を残すのみとなる。昼休み、疲れたるためか鼾をかきて眠る。午後は長湯の老人保健施設みはるヶ丘に往診に行く。車で竹田から二十分かかれり。夕刻、長男に再びせがまれビデオショップに連れていく。長女は高校の制服とジャージを試着して喜ぶ。

三月二十四日水曜雨、外来にて血管細き患者の採血に苦労す。昼休み、大分銀行に行き、古き通帳の再発行の手続きをす。雨で運動出来ず。竹田市に新図書館建設のニュースあり。クリニックの看板落下しかけたれば、修理を依頼す。カードのポイントにて得たる焼き豚届く。

三月二十五日木曜陰、三十年前に当院にて避妊リングを挿入したりといふ患者受診す。九重町の漢方外来に行く。帰途スキー場周辺を通過する際、雪降りて心細き心地す。夜、友修にて行はれし地元医師会の懇談会いざよい会に出席す。九名の参加あり。

三月二十六日金曜晴、医師会病院勤務につき病院にて事務長と会ひ、詳細なる説明を聞く。有り難き話なれば余には異存なし。夕刻、ケーブルテレビの宅内工事終り、ＯＡＢ漸く視聴可能となる。夜、久しぶりにビールを飲む。

三月二十七日土曜晴、外来は少なけれど、天気良く気持ちよき日なり。昼前、広瀬神社に行き広瀬武夫命日祭に出席す。医師会病院と医師会の両事務長来院し、勤務条件の確認をし、契約す。午後大分に行き、家人懇談会にて留守のため長男とわさだで和風ステーキ膳とチーズハンバーグの夕食を摂る。

三月二十八日日曜陰後晴、午前五時起床。月形コースに早めに行き、アプローチなど練習す。岩野、衛藤、加藤の各氏とラウンドす。県立図書館に行き、亀井南冥の資料を入手す。

三月二十九日月曜晴、深夜三時に目覚め、しばらくテレビや読書にて過ごし、寝直す。夕刻、歩くに町内の桜は今し見頃なり。坂田信弘『山あり、谷あり、ゴルフあり』読了す。夜、周の求めきたる唐揚げと創作稲荷を食す。午後九時半に眠くなり、床につく。長女、目の周囲の湿疹治らず。ケーブルテレビの地元番組に知り合ひ出演す。

三月三十日火曜晴、外来少なきものの新患あり。処方を工夫す。まだ肌寒し。夕刻、竹尾氏がイチゴを持参す。子供たちは先生の離任式にて登校す。長男は生徒代表として教頭への手紙を読めりとのこと。夕刻、運動公園に行き、少し走る。夜、カツオのタタキ、アサリの酒蒸しなど食す。

三月三十一日水曜雨、朝長男全教研の合宿に出発す。外来少なし。電子カルテの操作確認のための職員の電話長くイライラす。テレビにて国会の党首討論を観る。首相の普天間移設の腹案の存在、信じがたし。

平成二十二年四月

漢方薬で妊娠する

四月一日木曜陰、三月分のカルテチェックをペーパーレスで、パソコン上にて初めて行ふ。当初は見にくさを感ぜしも次第に慣る。外来少なし。午後大分へ出向き、昼食は途中の店にてホットドッグを食す。大分信用金庫にて定期預金満期の手続きをし、トキハにて病院用の上履きを購入す。ジムでの運動に頑張りたれば、夜は疲れて早く寝ぬ。日本医師会長選挙、民主党支持の原中氏当選すとのニュースあり。

四月二日金曜陰、午後初めて医師会病院へ出勤す。五階の療養病棟を、カルテをワゴンに乗せて回診す。東病棟と西病棟の全てをまはり、少し疲れを覚ゆ。余のクリニックにも呼ばれ、診察す。

四月三日土曜晴、医師会事務所の和田事務長来院し、今回の医師会病院勤務につき、保健所への届け出の手続きをす。午後大分、県立図書館に行き、亀井南冥の資料収集に少し収穫あり。夕刻、大分駅前にて長男の塾の合宿より戻るを迎ふ。夜、ロールキャベツを食す。連休中の予定なければ家族と相談し、熊本に行くことに決定す。

四月四日日曜晴、月形コースにて衛藤、佐藤俊、畑の各氏とラウンドす。アプローチ、バンカーはまだまだなれど、楽しくラウンドす。夕刻、医師会病院の当直に行く。何事もなければ、携帯電話に好みの曲を数曲ダウンロードして過す。

四月五日月曜陰、あまり眠るを得ず当直より帰る。午前中、市内将棋界の代表者阪口氏来院すれば暫し雑談す。午後、医師会病院にて回診す。長男将棋の指しかたを覚えたれば二局対局す。

四月六日火曜晴、起床時珍しく気分爽快なれば、体を動かしたくなりてウォーキングに出かく。新緑、目に美し。職員の一人、患者に誤ちて処方と異なる薬を渡したりといへば、厳しく注意して改めさす。全身を写すこと可能なる姿見届き、クリニック二階に運ぶ。その前にて素振りせんと思ふ。午後、携帯電話のイヤホーンを購入す。夕刻、ゴルフの練習に行く。

四月七日水曜晴、大杉製薬挽田氏、余の文章の掲載せられたるメディカル・カンポーを持参し、原稿料を置きて帰る。午後医師会病院勤務中、余のクリニックより何度も呼ばる。ゴルフの練習はせずに帰宅し、長男をベスト電器に連れていく。長男ＤＶＤプレーヤーを購入す。

四月八日木曜晴、外来にて、診療目的のために写真撮影したる患者より苦情を言はれ、情けなき心地す。午後、漢方仲間のはさまクリニックを受診し、採血検査などを受く。ユニクロで仕事用のズボン、白と緑を購入す。一本一九〇〇円と驚くべき価格なり。リーガルに行き、四十年間デザイン変はらずといふカジュアルなる靴を求む。夕食は久しぶりに高校先輩の経営する百万石へ。生憎先輩は不在なるも、迷惑客を撃退する夫人の勇姿を見る。ジムにて常連のメンバーに産婦人科の現状など聞かる。

四月九日金曜雨、長女入学式。ブレザーの制服よく似合ふ。家人とともに玄関前にて写真撮影す。昼休み、早速写真のプリントに行き、ついでに運転免許更新用の写真を撮影す。家人留守なればサンドイッチを食す。午後医師会病院勤務中に余のクリニックより再三電話あり。疲れたれば夕刻の練習はせず。夜は母も来てトマト鍋を食す。

四月十日土曜晴、早朝マスターズをテレビ観戦す。午後、織部塾のためホテルにチェックインしトキハへ。ジャケット、ワイシャツなど見るも購入はせず。織部塾にては、鍼灸師成田氏の話あり。二次会では、福井より織部先生のもとにて漢方修行せんと希望して通ふ山下先生と主に話す。余は十二時には引き上ぐ。

四月十一日日曜陰、ホテルでマスターズを見てサニーヒルへ。織部先生欠席のため三愛病院の金子、新谷先生とまはる。出だしは好調なりしもアプローチはいまだしの感あり。されど、春らしきよき日和にて桜の花びらも舞ひ、新緑も美しくして気持ちよくラウンドす。夜は「わが家の歴史」の第二話を観る。早々に眠くなり床につく。

四月十二日月曜雨、午前二時に目覚め、三時半よりのマスターズをテレビ観戦す。医師会病院の業務には慣れたれど、一日中眠たし。薬の説明会にてウナギを貰ふ。長男とその友人たち、やむると約束せしゲームをまたしをれば厳しく叱る。しばらく泣きたるも、やがて洗面所より歌声聞こえ安堵す。夕食後、しばらくソファーにて眠る。

四月十三日火曜陰、外来に漢方仲間の挟間先生より紹介せられたる患者あり。アフターピルの患者、透析のうつ患者と午後三回余のクリニックに呼ばる。ツムラの森井氏来院し、東洋医学会会計資料を受け取り、演題の相談をす。夕刻歩くに、桜の花より新緑へと移行するを感ず。夜は十一時すぎまで起きゐて、漸く通常の生活に戻る。

四月十四日水曜陰、早朝、孫に会ふために大阪に赴く母を駅まで送る。運転免許更新の手続きに警察に行きたるに規定の期日より一日早ければ引き返す。以前より長女の頸部にある湿疹、皮膚科を受診するも一向に軽快せざれば、桂枝加黄耆湯を処方す。自身の誕生日の家族での会食のためにレストランを予約す。最近覚えし方法によりて携帯に取り込みし曲、十曲となる。

四月十五日木曜陰、午後吉野コースを竹尾氏、同級生の粟生君とラウンドす。時々、よきショットありて少し感じつかめたる感あり。夕食は、はじめて高速入り口近くのチャイナムーンへ行き、天津飯と酢豚を食す。

大分駅にて塾の終りし長男と大阪より帰りし母を乗せて帰る。母は伊勢神宮に詣でて疲れたりとのこと。

四月十六日金曜陰、余がメディカル・カンポーを送りし、小曽戸先生より礼状届く。田能村竹田ゆかりの竹田市に行ってみたしとのこと。医師会病院の歓送迎会に出席す。余も挨拶をす。帰宅後、酔ひを醒まし、十二時近くに風呂に入る。母は下痢して体調悪しといふ。

四月十七日土曜晴、外来に通院する患者に精神療法の請求をしたれば本人よりクレームつき、気分悪し。午後家人実家の病院の当直のため玖珠へ。途中、久住高原にては、新緑美しく、観光客も多し。「遙かな人へ」といふ高橋真梨子のよき歌を見つく。読書、テレビ、日記書きなどで過ごし、十一時まえに床につく。

四月十八日日曜晴、当直室にてぐっすり眠る。外来に抗うつ剤五十錠内服したりといふ老婆受診す。すでに時間経過せしため胃洗浄は行はず。腹痛、便秘を訴ふる患者に桂枝加芍薬大黄湯を処方せんと思へど、病院にはなきため別の方剤にて代用す。夕刻、帰宅してテレビにてゴルフトーナメント、水泳選手権を観る。亀井南冥につきての理解深まる。

四月十九日月曜雨、午前中の外来まづまづなり。診察室前の椛の新緑鮮やかなり。回診に時間かかり疲る。薬剤の説明会で寿司を貰ひ帰る。医師会病院の仕事、事務的なことには慣れたり。「TVタックル」にて久方ぶりに麻生太郎を見るに、首相在任中に感じたる嫌悪感なし。不思議なるものなり。

四月二十日火曜雨、雨降るも寒さはなし。桂枝茯苓丸を出したる患者、甘くしてアップルティーのやうなりといふ。医師会病院の判定会議は、余には発言する機会もなく退屈す。帰りにセンターに寄り、久しぶりに練習す。心地良し。池宮彰一郎『本能寺〈下〉』読了す。肝心の信長自害場面簡潔なる描写にてやや期待はづれなり。

四月二十一日水曜小雨、高校同級生のメーリングリストに四期対抗ゴルフの案内を投稿す。午後医師会病院へ。医局にて党首討論を観る。「私は愚かであったかもしれない」と語る首相、寅さんがそこにをれば「それを言っちゃーおしめーよ」と言ひさうなり。夕刻、久しぶりに歩く。今にも降りさうなる空模様なれど何とか持ちたり。夜、梅酒をソーダ水で割って飲み、クラッカーにレバーを乗せて食す。食後、眠気を覚ゆ。

四月二十二日木曜雨、朝早くから木田さん受診す。朝方かなり激しく雨降る。朝七時頃よりクリニックの外にて待つ常連の患者あり。午後九重町の診療所へ。入院患者のみにて格別なる症例なし。大分にまはり、最近将棋に興味を持ちたる長男のためにジュンク堂書店にて将棋の入門書を購入す。学会と先哲の墓探訪の目的で十一月に京都に行くことを検討す。

四月二十三日金曜陰後晴、不妊症にて漢方薬処方せし患者、妊娠す。夕刻、久しぶりに練習す。半袖にては少しばかり肌寒し。夜、ビビンバを食す。自宅にパソコンデスクを購入し、便利となる。テレビにて高嶋ちさ子とダウン症のその姉の番組を観る。

四月二十四日土曜陰後晴、外来にて採血に苦労す。午後大分へ。散髪してさっぱりす。長男を乗せて、わさだに寄り、アイスクリームとジャスミン茶のセットを購入す。夜は冷麺、あさりなど食す。

四月二十五日日曜晴、上野丘四期対抗ゴルフのため、サニーヒルへ。同期の寒川君と二十五期児玉、加藤氏と同伴す。ショットは調子良けれども、パット悪し。わが二十六期は予想外に健闘し三位入賞す。東洋ホテルにて打ち上げをす。上のバーに同期四人にて行き、飲む。来年は余が幹事をすることとなり、二十六期優勝のための秘策を練る。

四月二十六日月曜陰、外来に久住大久保病院の山下先生より紹介せられたる患者来院す。夕刻、医師会病院にて麻子仁丸の説明会あり。外科の医者興味を示す。医局会に出席するも、東京の建築家の従兄帰竹したれば、途中退席し、従兄との会食に参加す。母泥棒の現場目撃すといふ。

四月二十七日火曜晴、従兄の哲郎氏前立腺ガンとのことなり。外来に新患二名あり。家人の姪、結婚、妊娠の知らせあり。午後、病院とクリニックを行き来す。夕刻、練習に行くもすぐにやむ。

四月二十八日水曜晴、朝早く目覚め、天気良ければ一時間歩く。県部会の抄録を仕上げ、織部先生にＦＡＸにて送る。便汁の出る患者、ＣＴで瘻孔の所見あり、されど原因はわからず。少し疲れを感じ、夕刻の練習をやむ。ツムラの森井氏来院し、漢方薬の説明会のことにつき相談す。

四月二十九日木曜晴、月形コースで加藤、佐藤、村上の各氏と同伴す。バンカーショット、左手主体のスイングを心がけ収穫あり。ラウンド後医師会病院当直へ。ネット将棋可能となり、暇つぶしには好適なり。

四月三十日金曜晴、朝方入院患者一名死亡し、死亡診断書を書く。家人留守なれば長女を迎へに行き、ソバを食す。医局の雰囲気良し。夜、医師会のいざよい会十七人出席す。整形外科石井先生による診療状況の話あり。

平成二十二年五月

吉富先生の案内で村井琴山の墓へ

五月一日土曜晴、外来を十一時すぎに切り上げ、連休の家族旅行に熊本へ出発す。一泊二日にて近場なれどそれなりに楽しまんと思ふ。肥後大津の国道沿ひの回転寿司にて昼食を摂る。各人好みのものを取りて満腹となる。まづ熊本市郊外の輸入家具店プラムハウスに行き、ソファーを見る。国産の布張りに気に入りたるものあれど、高価なれば検討することとす。ホテルに入れば、ちゃうど部屋の窓の外のあたりにて結婚式ありて長女喜ぶ。夕刻、疲れさせざるやうに長女を車椅子に乗せて、キャッスルホテルの中華レストランまで食事に行く。

五月二日日曜晴、家族の起床する前に、熊本にて開業する漢方仲間の吉富先生に案内せられて、タクシーにて村井琴山の墓に行く。琴山の別荘跡にも立ち寄るに素晴らしき庭なり。ここにて湧出する水は熊本一の水質なりといふ。ホテルに戻り、家族にて朝食を摂り、一休みして、近くのアーケード街の商店を覗きし後、十二時前にチェックアウトす。家族一同、昼食は軽き物にてよしとのことなれば、スターバックスにてサンドイッチとコーヒーを食す。大津あたりで、国道渋滞すれば、わき道のミルクロードを経由して帰る。中日クラウンズの試合で、石川遼五十八でまはり逆転優勝せしとのニュースありて驚嘆す。

五月三日月曜憲法記念日晴、急に暑さを感ず。衛藤、田中、小山の各氏と月形コースをラウンドす。最近求めしレッスン書どほりの方法にてアプローチするも、結果は様々なり。昼食はバイキング方式なれば、意地汚く食し、コース上にて二度嘔吐す。されどＢ組四位に入賞す。家人子供たちと共に実家に帰りしため、パークプレイスにて食事して帰る。

五月四日火曜みどりの日晴、平居、畑、小山の各氏と同伴す。今日も月形コースにてゴルフ。平居、畑、小山の各氏と同伴す。最初の四ホールは調子良かりしも、大くづれのホールあり。疲れのためか足の裏に痛みをおぼゆ。今日もパークプレイスにてパスタの夕食。

五月五日水曜晴、朝食は月形コースのレストランで摂る。少し風ありて気持ち良き気候なり。同級生の寒川、後藤、岩野の各氏とラウンドす。調子良く三日間にて最も良きスコアなり。ジュニアの試合ありて、その練習を見学するにきはめて上手なり。ラウンド後、医師会病院の当直に。心下部痛を訴ふる患者受診するも、心電図の結果に異常なく安堵す。

五月六日木曜陰後小雨、連休明けにしては患者少なし。眠気あれば昼食後暫く昼寝して大分へ。トキハでゴルフキャップを購入す。シネマ５で「新しい人生のはじめかた」といふ映画を観る。昔なつかしきダスティン・ホフマン出演す。

五月七日金曜陰、外来多く、採血患者も多し。家人よりクリニックの通帳に残金少なくなれりと聞き、意気消沈す。病院にては毎日六十床の患者を回診することを心がく。夕食はＰＴＡの集まりにて家人留守なれば、子供達、母とともにジョイフルへ。余はミニハンバーグとチキンドリアを食す。母玄関にて転倒し、頭部を打撲したりといふ。

五月八日土曜晴、外来三人のみ。午後大分へ。ゴルフ５にて夏用のアンダーウェアを購入す。光吉にてゴルフ練習す。距離の打ち分け未だ習得出来ず。トキハにてゴルフキャップ購入す。夜にはテレビのチャンネルを子供たちに独占せらる。

五月九日日曜晴、朝食を自分で作り、月形コースへ。岩野、衛藤、小山の各氏とまはる。昨日購入したるアンダーウェアとキャップを着用す。前半はまづまづの調子なるも、後半にショット乱る。夜、母も来たりてキムチチャーハンを食す。

五月十日月曜雨、東京より来たれるうつ病の夫婦受診す。二人ともに気弱さうに見ゆるも、余には真のうつ病とは思へず。漢方仲間の山下先生紹介の患者も受診す。医師会病院は林下先生腰痛にて医局にて静養すれば、余一人にて回診す。院内は冗談もいひ得るなごやかなる雰囲気なり。従兄の哲郎氏、体調を考え竹田市の図書館設計を断念すとの連絡あり。残念なり。

五月十一日火曜雨後陰、起床時より腹痛と倦怠感あり。日本東洋医学会の専門医更新手続書類を発送す。午後、今年より校医を勤むることとなれる豊岡小学校の健康診断に。子供たち可愛らしく、問題も特になし。病院にては患者の割り振りを決むる判定会議長引きて疲る。肺炎の患者に抗生物質の点滴を行ふ。帰宅後、胃腸の調子悪しければおかゆを食し、早めに床につく。排便、便秘気味にて不快なり。

五月十二日水曜晴、体調未だ悪しきものの数回の排便にて幾分改善する傾向にあり。原稿書きなど懸案の課題に取り組む。病院にて回診中の、余の知らぬうちに亡くなれる人ありて驚く。夕刻、久しぶりに練習に行く。夜、カレーを粥にかけて食す。

五月十三日木曜晴、こたびは下痢気味となれるも、体調は以前より良し。午後、センターに行き、アプローチを中心に練習す。夕刻、介護審査会に出席す。余以外の委員二名は女性にて、決定に時間を要す。大分に出て散髪し、アーケード内の店にてオムライスを食す。

五月十四日金曜晴、外来まづまづ。医師会病院の仕事にも慣れ、漢方の処方増加す。夕刻、珍しく静かなる長男の様子を子供部屋に見に行けば、大の字にて眠れり。夕刻、練習に。調子良けれども半袖にては寒し。

五月十五日土曜天気快晴、余の五十五歳の誕生日なり。外来多し。午後医師会病院半直に。発熱患者二名来院す。午後五時終了し、家族一同にて瀬の本のレストラン、アマファソンに行き、余の誕生日を祝ふ。オーナーシェフの小幡氏と暫し談笑す。誕生ケーキ登場し、余のロウソクの火を消さんとする一瞬前、隣に坐せる長女その火を全て吹き消したれば皆笑ふ。

五月十六日日曜晴、月形コースにてゴルフ。加藤、岩野、竹内の各氏と同伴す。ゴルフ友達のひとり、家庭の事情によりゴルフができなくなりさうなりとの話を聞く。客は少なし。帰宅後、専門医認定証届く。家人余の帰宅遅きものと勘違ひしたれば、コンビニにて弁当を購入して夕食とす。
五月十七日月曜晴、外来順調。ゴルフの仲間内にて、秋の連休中にゴルフ旅行に行く計画持ち上がる。午後、老人保健施設へ往診す。夕刻、歩きたき気持ち沸き、歩く。気持ちよし。夜、原稿を少し書く。長男に先日テレビにて加山雄三の言ひし、三カンにつきて尋ぬるに、感動・感謝・関心と正確に答ふ。親ばかなることなれど感心す。
五月十八日火曜晴後陰、朝歩く。六時にはすでに明るし。職員外来にて患者に薬を余分に出したること判り厳しく叱責す。医師会病院にて将棋好きなる患者と一局指し、余が勝利す。夜は雨の中謡曲の練習に。勉強は進まず。
五月十九日水曜陰、午前中小太郎製薬の原稿に集中して仕上げ、発送す。医師会病院にては、レセプトの請求額と収入額の乖離問題となりをれり。夕刻大分へ。ジムにて泳ぎし後、日本東洋医学会の県の理事会出席のため、ワシントンホテルへ。中華料理を食し、織部先生とスナックへ行く。
五月二十日木曜陰、次の原稿への気分の切り替へうまく行かず。午後、竹尾氏とサニーヒルをラウンドす。調子良く、涼しくして快適なり。後半、ドライバー乱る。トキハに行き、シャツとゴルフ用の短パンを購入す。清涼飲料水を飲み過ぎて、下痢気味となる。
五月二十一日金曜晴、将棋の羽生谷川の話をまとめて、メールにて県医師会に送る。若松病院勤務時代の患者より、血液製剤につきての電話あるも三十年も前のことにて全く記憶になし。医師会病院は特に変化なし。夕刻、歩く。気持ちよし。夜、チキンカツ、サラダ、イカと里芋の煮物、味噌汁を食し、梅酒を飲みてソファーにて居眠りす。
五月二十二日土曜陰、職員二名子供の学校行事のために休暇をとりたれば、やむを得ず外来を休むこととす。新聞により神原渓谷の樹齢五百年の栃の木に花咲けるを知り、車にて見に行くもすでに盛りを過ぎたり。センターにて練習の後、大分へ。く〜たでラーメンを食す。ジムにて体を鍛へし後、家人とトキハにて待ち合はせ、家具を見るも気に入るものなし。夜、ツムラ講演会にて皮膚科における漢方の話を聞く。
五月二十三日日曜雨、予報通り朝より大雨になりてゴルフは中止す。ながら勉強にて漢方勉強会と学会の準備をす。夕刻、クリニック二階に行き、素振りをす。夜、焼きそばを食す。

五月二十四日月曜陰、朝雨止みたれば歩く。漢方治療のうまくゆかざる患者と話すうち、三年前にその子息不慮の事故により他界したることを知る。傷まし。夕刻、病院の説明会にトンカツ弁当出づ。医局会は進行遅ければかみつく。サッカー、韓国とのテストマッチによきところなく敗る。

五月二十五日火曜陰、外来出だしより好調なり。十一時前警察に行き、運転免許証更新の講習を受け、新しき免許証を受領す。夕刻、歩くに途中より雨降る。夜のテレビOBSニュースに長男映れり。

五月二十六日水曜陰、午前中県部会のスライド原稿に目を通し、目処つく。午後、ツムラ森井氏来院すればスライド作成を依頼す。午後、大杉製薬の漢方懇話会を聴取せんと神戸より来たれる医師ありて驚く。余は解説の前に熊本の村井琴山の墓と別荘の話をす。

五月二十七日木曜晴、外来忙し。広瀬武夫の誕生日なれば広瀬神社に参詣するに、名を呼ばれ折り詰めをもらひて帰る。はさまクリニックにて余の血液検査の結果を見るに、コレステロール値と尿酸値やや高し。九重町へ漢方外来に。チャイナムーンにてタンタン麺を食す。

五月二十八日金曜陰、朝一時間歩く。肌寒ければ長袖のシャツを着る。薬のすぐになくなる患者には少量づつ出すこととす。回診は特に変はりなし。夕刻久しぶりに練習に行く。調子いま一つなり。夜、久しぶりに梅酒を飲む。

五月二十九日土曜晴、外来にて経済的に苦しければ薬を減らさんことを欲すといふ患者あり、対応に苦慮す。午後高田病院の当直へ。集会にて気分悪しくなりたる人救急車にて来院す。夜は興味あるテレビ番組もなければ早めに床につく。例年の同時期よりも涼し。

五月三十日日曜晴、当直。入院患者への処置、外来数名あるも問題なし。読書、勉強して過す。夕刻、スイカなど貰ひて竹田に帰る。本日は一日中部屋の中にてすごしたり。夜、冷麺を食し、みつ豆とスイカを食す。社民党、連立離脱のニュースあり。

五月三十一日月曜陰、四月分の日記を仕上ぐ。外来は少なし。午後、医師会病院の回診中に余のクリニックより呼ばる。長女、制服の衣替へにて嬉しさうなる様子なり。夕刻歩くに、雨振り出だしたるも、小雨なれば続けて歩く。夜、お好み焼きを食す。

平成二十二年六月

東洋医学会県部会で発表

六月一日火曜陰後雨、県の医師会報に投稿する原稿完成す。荻生徂徠、忠臣蔵を題材としたる作品にて苦労して漸く形あるものに成し得たり。外来にて不平ばかりいふ患者の扱ひに苦慮す。医師会病院にては手のしびるる患者あり、原因を探るも不明なり。夕刻、雨降り、ゴルフの練習をする気にならず。

六月二日水曜陰、学会発表のスライド一応完成す。外来少なくのんびりと過す。鳩山首相退陣のニュースあり。米長邦雄『六十歳以後―植福の生き方』読了す。氏独特の人生哲学興味深く、参考にせんと思ふ。夕刻、久しぶりに練習に行く。調子いまだし。夜、クラムチャウダー、タタキを食す。

六月三日木曜晴、学会の演題の口述をレコーダーに採り、チェックす。昼食後、センターに練習に行く。小学校で長男を迎へ、大分に行きて、散髪す。トキハにて文化人・芸能人の美術展を見る。絵画の他に写真・手芸・昆虫標本などあり、夏休みの課題発表会の如き様相を呈したり。トキハ会館にて酢豚定食を食す。味いまひとつなり。ジムにて運動し、帰途空腹をおぼえたれば、ローソンに立ち寄る。

六月四日金曜晴、外来久しぶりに忙し。母より近隣の印刷会社倒産せりといふ話を聞く。医師会病院にて看護師よりにジョークをいはれ、気をよくす。周の成績下降気味なりと家人より聞く。原因は不明なりとのこと。先長きことゆゑ、親のあまり過敏にならざること肝要なりと思ふ。

六月五日土曜晴、朝歩く。菅総理となり支持率回復の兆しあり。午後、医師会病院当直へ。発熱の患者ひとりのみなり。夜、焼き肉を食せんとして、キャベツの準備を手伝ふ。

六月六日日曜晴、七時四十分のスタートで平居、高本、秋本の各氏と月形コースをラウンドす。ショートパンツを穿く。終了後、トキハの倉庫市へ家人らとソファーを見るために向ふ。なかなか気に入りたるものなきも、相談の結果ドイツ製のソファーを購入す。クロス張りにて、色はクリームとベージュのコンビなり。予算の関係にて三人掛けの長いすと机だけとす。家族にて李白で食事し、腹一杯となり、皆満足す。家人と余の車に分乗して帰途につく。

六月七日月曜陰、午後、二週間前に紹介せられし患者再度来院するも、漢方薬の効果未だ出でず。何とかしたしと思ふ。夕刻、長女の携帯を交換するためにドコモショップへ行く。その必要なしとは思へど、楽しみにしたる様子なればやむを得ず。三十年前、余が出張勤務せし、若松病院の岡先生亡くなれりとの連絡あり。

六月八日火曜陰、午前中外来ヒマにてなすこともなし。医師会病院の判定会議の基準、いまだ判然とせず。菅内閣発足す。中学同窓会の案内届く。インターネットオークションを始むるための手続きをす。

六月九日水曜晴、朝歩く。県部会の準備を進む。電子カルテの調整に業者来たりて、オンラインにて送る方針につき尋ねられたるも、余には判断しかねたれば一任す。冷え症の漢方薬につきて外科医より相談あり。夕刻、長女ソファーにて眠る。最近、横になること多し。『中部銀次郎のゴルフ』読了す。技術面よりも精神面を重視したる部分多し。

六月十日木曜晴、午後練習場にて二百五十球を打つ。ジムに早目に行き、ウォーキングを頑張って六十分間行ふ。本屋にて歌人徳田白楊の書に黒川病院のこと書かれたるを発見し購入す。帰りに駅前にて周とラーメンを分けあって食す。

六月十一日金曜晴、余の執筆せしエッセイの掲載せられたる県医師会報届く。われながらわかりやすく面白しと思ふ。外来、予約よりも多し。県部会の準備、いま少しなり。

六月十二日土曜陰、迷惑メールを削除せしに、重要なるメールも一緒に削除したることに気づく。幸ひ大なる支障はなし。東京より移住し、林業を学ぶ患者の話を聞き、その苦労多きことを知る。午後吉野コースを竹尾氏とまはる。前半調子良く好スコア出でたるも、後半崩る。竹尾氏より疲れのせゐならむと言はれ、落ち込む。夕刻、ホテルにチェックインして、織部塾へ。鹿児島、福岡よりの医師と話す。二次会のスナックにては最近覚えたるペリー・コモの歌を歌ふ。大分泊。

六月十三日日曜雨、ホテルにて東洋医学会大分県部会の最後の準備をし、県立図書館に立ち寄りて、資料を探すも目新しきものなし。余の発表はうまくいき、質問もあり。参加者多く、盛会にて安堵す。帰りにトキハにてゴルフ用のベルト購入す。周を迎へ、ジムに行き、一緒に泳ぐ。

六月十四日月曜陰、学会終り、本や資料を整理す。外来にてうつ病を訴ふる患者、自発的意欲皆無なればなすすべなし。夕刻、携帯に取り込みし歌を聞きながら歩く。夜、ワールドカップのサッカーにて日本、カメルーンを一対〇で破る。

六月十五日火曜雨、痴呆患者受診するも、程度重く、余のクリニックにては不能。病院にて患者死亡し、その死亡診断書を書く。夕刻、疲労を覚え、ソファーにて休む。長女九州女子大に進みたしといふも、確固たる根拠はなきがごとくなり。

六月十六日水曜晴、母に化粧品を頼まれオークションにて落札す。夕刻久しぶりに練習に行く。調子良し。夕刻より暑さを感じたれば、扇風機を出し、夜は寝室にエアコンを入る。

六月十七日木曜晴後陰、外来しばらく途絶えたれば、職員とともに掃除をす。午後、竹尾氏とサニーヒルへ。出だし好調なるも後半崩る。いつものパターンの繰返しにて情けなき心地す。明太子のオムレツを食してジムへ。

六月十八日金曜陰、外来少なく原稿を書く。医師会病院にては医師不足解消のために竹田出身の医師の噂をす。天気悪しく夕刻歩くことを得ざれば、早めに風呂に入る。ワールドカップサッカーと全米オープンゴルフをテレビ観戦す。

六月十九日土曜陰、大坂の伝説的医師、北山友松子の原稿を仕上げて発送できる形にす。長男友情のホタルのテレビ取材を受く。石川遼、全米オープンの二日目、二位タイにつく。午後玖珠の家人実家の当直へ。本を読み、エッセイのアイデアを練る。サッカー、日本、優勝候補のオランダに〇対一で惜敗す。内容はあまり見劣りせず。

六月二十日日曜雨、午前四時半に喘息の患者来院す。症状ひどければ入院せしむ。日中はソファーにてうたたねす。帰宅後、家族そろひて食事し、娘より父の日のプレゼントとしてチョコレートと手紙を貰ふ。

六月二十一日月曜陰、朝歩く。全米オープン、石川もタイガーも優勝争ひには絡めず。夕刻、説明会の寿司を貰い、帰宅す。病棟には酸素チューブを繋がれたる患者多し。あまり充実せざる夜を過す。

六月二十二日火曜晴、最近夜中に目覚め、寝直すこと多し。サッカー、フランスチームの内紛興味深し。クリニック前の雑草伸び、見苦し。竹尾氏より竹の子を貰ふ。

六月二十三日水曜陰、患者少なく手持ちぶさたなり。家人長女の薬を貰ふために久留米大学病院へ。余はコンビニにてサンドイッチを購入して昼食とす。夕刻、久しぶりに歩く。夜、牛肉、サラダなどを食し、読書す。

六月二十四日木曜晴、午後九重町の診療所に行く。興味深き症例あり。ジムにて運動し、肝炎の講演会に出席するも、専門外なればあまり面白からず。

六月二十五日金曜陰、レストランの夫婦の経過順調なれば今後は四週毎の通院とす。サッカー、日本、三対一にてデンマークを破り決勝トーナメントに進む。予想以上の健闘なり。知人の夫人逝去せりとの連絡あり。弔電を打つ。

六月二十六日土曜雨、外来少なし。妻子は親戚の結婚式にて宮崎へ。昼食はわさだにてカレーうどんを食す。うまし。散髪に行きてすっきりす。ジムに行くこと面倒になり、ステーキ弁当を求めて帰り家にて食す。トキハにて気に入れるジャケットを見つけたり。

六月二十七日日曜晴、月形コースで加藤、衛藤の各氏とラウンドす。前日の雨の後の好天なればサウナ状態にて、後半気分悪しくなり朦朧状態となれり。風呂場にて水を被り、頭を冷やしたるも帰りの車中にて嘔吐す。夜、医師会病院の当直へ。八十三歳の女性頭痛を訴へて来院するも、特に所見なく心因的なるものと考へらる。

六月二十八日月曜晴、当直の朝方、腹痛の患者来るも到着時にはすでに治まりをれり。長女、疲れのためか昼過ぎまで眠る。病院にてはベッドよりの転落事故ありしとのこと。夕刻、医局会に出席す。治験、紹介患者の薬等の議題あり。雨で運動不足なり。

六月二十九日火曜陰後雨、膝痛を治し得ざりし患者、様々なる薬を処方せし結果、漸く効果出で始め喜ぶ。運動不足続きしため、ジムに行き、長男を連れて帰る。サッカー、日本パラグアイにＰＫ戦にて惜しくも敗れ、ベスト十六にて終はる。

六月三十日水曜陰、夕刻練習に行き、その後歩く。雨降り続きしため足下悪し。夜、エビチリなどを食す。早々に眠気を催し早めに床につく。

平成二十二年七月

旧友の近況を聞く

七月一日木曜晴、朝歩く。県医師会の会報に掲載する原稿、大体仕上がる。内容は「ちょっとよき話」として荻生徂徠と豆腐屋の交流を紹介せしものなり。ネットのオークションにてゴルフボール、ＣＤを注文す。夕刻、大分へ。トキハにて同窓会に着用するためにシャツとジャケットを求む。シネマ５にてたまたま時間の合ひたる「半分の月がのぼる空」を観る。大泉洋主演の少し悲しき物語なり。

七月二日金曜晴後雨、外来出足良く、一時間に六、七人あり。夕刻、歩くつもりなりしに雨降り始めたればあきらむ。ワールドカップ佳境に入り、素人目にもレベル高し。参議院選挙近づき、選挙カー往来す。

七月三日土曜雨後陰、県医師会会報の原稿を仕上げ発送す。レセプトのチェックを行ふ。午後、医師会病院の当直に行く。幸ひにして暇なり。夕刻練習に行き、雨止みしのち歩く。風あり涼し。イカの刺身とカレーを食す。ドイツ対アルゼンチンの試合、予想に反して一方的にドイツ勝てり。

七月四日日曜陰後雨、月形コースにてゴルフす。岩野、衛藤、高本の各氏と同伴す。最初は調子良かりしも後半力み出でて乱る。ラウンド後、産婦人科の県部会に出席し、専門医更新のために必要なるシールを貰ふ。夜、スーパーに梅酒を買ひに行き、黒砂糖入りを求む。

七月五日月曜晴、漢方勉強会の資料作成、思ひの外に速く終はる。他院より紹介せられし患者に漢方を処方せしに未だ効果現れず、焦りを覚ゆ。医師会病院は患者少なく読書す。夕刻歩くに夕日眩し。夜、ビビンバを食し梅酒を飲む。

七月六日火曜晴、七月末までに仕上ぐる予定の小説にいまだ没頭できず。午後、トキハの倉庫市にて注文せしソファー届く。部屋の雰囲気随分変はり満足す。クリニック前の雑草、中高年事業団に依頼して取りたればすっきりす。夕刻、歩くにシューズ内に異物あり。たしかむれば豆なり。大相撲、不祥事によりＮＨＫ中継放送を取り止むることを決定したりとのこと。

七月七日水曜晴、外来少なく心配になれり。医師会病院にて回診、大久保医師と雑談す。夕刻は暑ければ、夕食後に歩く。涼しく、気持ち良し。

七月八日木曜陰、大杉製薬の挽田氏に資料を渡して一段落。小説はまだ捗らず。パークプレイスに行き、昼食に紅虎にてラーメンとチャーハンを食す。シネマ5にて「オーケストラ」といふ映画を観る。コミカルなる部分もありて面白く観る。夕食はトキハ会館近くの店にて琉球とろろ丼を食す。ジムにて運動ののち長男を迎へて帰る。

七月九日金曜陰、朝全米女子オープンを観る。日本勢、全員成績振るはず。外来少なし。昼休み、参議院選挙期日前投票に行く。夕刻、歩くに涼し。児玉清『あの作家に会いたい』を読了す。夜、ハヤシライスとサラダを食す。

七月十日土曜晴、小説の構想大体決まる。午後一休みして大分へ。ジムにてはいつもより運動量を増やす。織部塾にては鹿児島の新富先生と話す。先哲についての発表、諸先生より認めらる。スナックにてビールと梅サワーを飲み、気分悪しくなれり。

七月十一日日曜陰、あまり眠り得ず。ジャンボゴルフセンターにて練習してサニーヒルへ。織部、金子、時枝の各氏とラウンドす。余の調子悪しく、やや落ち込む。夜、選挙の開票速報を観る。民主党過半数に達せず。

七月十二日月曜陰後雨、午前二時に目覚め、ワールドカップ決勝と全米女子オープンを観る。家人実家の病院事務長より当直日変更の依頼を受く。外来少なし。

病院にてはツムラの説明会ありて焼き肉弁当を貰ふ。梅酒を飲み、早めに寝ぬ。

七月十三日火曜雨、外来断続的に来。母が診察前の患者と長話して迷惑す。雨のため運動不足続く。小説、書く時間はあれども集中出来ず。夜、ポークソテー、刺身、大根の田楽、トウモロコシなどを食す。

七月十四日水曜雨後陰、ＭＬＢオールスターにてイチロー守備に活躍す。小説遅々として進まず。夕刻、雨上がりたれば久しぶりに歩く。医師会病院で麦門冬湯の採用を依頼す。オムレツを食す。長女、食後すぐに眠る傾向あり。

七月十五日木曜陰、農繁期終りたる所為か外来まづまづ。午後母を乗せて大分へ。はさまクリニックにて採血してもらふ。散髪に行き、空きたる時間に県立図書館へ。小説のための資料を集む。ロイヤルホストにてハンバーグを食す。ジムにて全英オープンを見つつ七十分間歩く。

七月十六日金曜雨、外来多く充実感あり。午後、登校拒否の高校生、母親と共に受診す。母を交へてじっくり話し合ひ、気楽に生活可能なる環境を整ふるやう助言す。夕刻、練習に行く。夜、もんじゃ焼きを食す。夜、子供たちと新しくオープンしたるスーパーへ。ミスタードーナツ入居せしほかは変はり映えせず。

七月十七日土曜晴、外来まづまづ。昼前に長女と玖珠へ。シェタニにてケーキセットを食す。外のデッキに坐りをれば俄かに雨降り始め、室内に入る。当直中夜間に患者一名死亡す。ふろく会ゴルフの件、同級生各氏に連絡す。

七月十八日日曜晴、当直。テレビ、小説執筆などにて時間を過ごす。夕刻、大分に出てロイヤルホストにて家族と義母と会食す。カレーと冷製スープを食す。夜は全英オープンを観る。

七月十九日月曜晴、月形コースにてゴルフす。岩野、竹内、伊東の各氏と同伴す。調子悪しくよきところなし。日中暑くなりて、日差し肌に痛し。されど風あれば、熱中症にはならず。夕刻自宅にて三十分ほど休み、医師会病院の当直へ行く。可能なる限り診察す。小説は進まず。

七月二十日火曜晴、連休明けなるも、外来意外に少なし。朝食時、口中に異物あるを感じて確認すれば、前歯と銀色のその詰め物なり。夕刻、松本歯科へ行く。当直明けにて疲れ抜けざれば、運動はせず。夜、久しぶりにサザエを食す。長男とともに競ひて殻より身を取り出す。

七月二十一日水曜晴、朝久方ぶりに歩く。午前中小説少しはかどる。依頼せし植木の剪定終りたれば、車庫の道路側の見通しよくなれり。夕刻より大分へ。同級生の川原の夫人と会ひたれば、同君の近況を尋ぬ。漢方の勉強会にては儒学につき少し話す。

七月二十二日木曜晴夕刻一時雨、外来まづまづなり。午後大分行きをやめ、ゆっくりすごす。ゴルフ練習に行き、手応へあり。介護保険の審査会は冗談も出でてうまく運べり。激しき夕立あり、夕食後歩く。涼しくして気持ちよし。小説は少しづつ進む。夜は早く眠くなりて床につく。

七月二十三日金曜晴夕刻一時雨、外来まづまづ。長男体験実習にて廃校となりし小学校跡に宿泊に行く。回診をすませしのち小説を書く。夕刻、雨と雷にてしばらく停電す。夕刻松本歯科に治療に行く。三回にて治療終了の予定とのことなり。夕食後三十分ほど歩く。

七月二十四日土曜晴、夜中幾度も目覚む。小説わづかづつなれど捗る。わさだモロゾフにて家人・娘とともに昼食。ジムにては軽めの運動をす。マルマンのユーティリティを購入す。串の豊にて家族で夕食を摂る。織部先生の許へ行き、漢方先哲の書を借用す。

七月二十五日日曜晴、月形コースにてゴルフ。岩野、高本、平居の各氏と同伴す。左腕を伸ばすことを心がけてまはる。後半、熱中症のごとき症状となり頭痛を感ず。風呂にて冷たき水をかぶり頭を冷やす。家にてゆっくり休養す。

七月二十六日月曜晴夕刻一時雨、外来少なけれど漢方仲間より紹介の患者あり。秋にゴルフ仲間にて旅行に行くこと決定す。夕刻、薬の説明会にてとんかつ弁当を食す。医局会にて余の求めし麦門冬湯の採用決まる。夕立後に歩く。

七月二十七日火曜晴夕刻一時雨、外来多し。判定会議にて管理困難なる患者の受け入れにつき議論す。ガソリンスタンドに行くに、旧知の店主肺ガンの疑ひありて入院の予定なりと聞き、驚く。夜は母も来たりて手巻き寿司を食し、ビールを飲む。小説手につかず、早めに寝ぬ。
七月二十八日水曜陰後晴、徳島の庄子先生に依頼せし小説の資料届く。医局に熊本出身の先生より到来のスイカあれば、食す。院長より、おがた病院医師より言はれたりとの、当直体制の苦情の扱ひにつき相談を受く。小説少しづつ形となる。レセプトチェックを行ふ。夜、キムチチャーハンを食す。白石一文『ほかならぬ人へ』を読了す。初期の作品の方が余には面白き印象あり。
七月二十九日木曜陰一時雨、午後九重町の診療所へ。帰途大分へまはり、県立図書館へ行きて、本の返却と資料の検索を行ふ。長男を迎へ、ジムに行く。長男の泳ぎうまくなれるに驚く。わさだにて天ぷらを食して帰る。夜、テレビにて九大の北山修教授の最終講義を観る。「上手に消えることで何か残すことができる」といふ言葉印象に残る。
七月三十日金曜陰、レセプト点検す。鹿児島在住の中学、高校の同級生中川君と話す。夕刻、松本歯科にて欠落せし歯に銀をかぶす。夜、海老蔵の結婚式を観る。スピーチ面白し。
七月三十一日土曜晴、周と家人は向陽中学のオープンキャンパスに。長女ひとりＪＲに乗りて、大分にて歌人達と合流す。午後、玖珠へ。当直は外来多忙なり。吐き気を訴ふる重症の患者あり。夜、全英女子オープンを観る。

平成二十二年八月

長男は向陽中学を目指す

八月一日日曜晴、家人実の病院当直の二日目。外来もなく前日よりは暇なり。夕刻帰宅するに、テレビにて矢沢永吉と糸井重里、お金につきて対談中なり。興味深く観る。長男、昨日オープンキャンパスに行きたる向陽中学、気に入れたりとのことなり。お好み焼きを食す。夜は早めに床につく。『内藤雄士のゴルフ練習法』を読む。
八月二日月曜陰、六月分日記を仕上げ発送す。県医師会報の校正刷り届き、夕刻までに校了して送る。医師会病院の回診を手早く済ませ、夕刻歩くに次第に元気出づ。薬の説明会にて出でたる鰻を家に持ち帰るに家族喜ぶ。

八月三日火曜晴、レセプトチェックを行ふ。ペーパーレス方式にも漸く慣れたり。竹田石油にて顔なじみの客とゴルフのことなど話す。病院の判定会議をうっかり失念して面目を失ふ。市長のことにつき院長と話す。

八月四日水曜陰、外来少なし。小説は少しづつ捗る。病院にて院長の愚痴を聞く。夕刻、一時間歩く。夜、イカの煮物、海老のコロッケを食す。長男に缶けりの仕方を問はれ、余も詳しくは知らざればネットにて調ぶ。

八月五日木曜雨、外来新患もありて充実す。午後、長女の担任と副担任家庭訪問にこられたり。学校にては元気に過ごしをれりとのことにて安堵す。大分に出て散髪し、塾の終りたる長男とジュンク堂書店に行き、書籍数冊を求む。ジムにてともに泳ぎ、食事して帰る。夜、高校後輩の原尻君より子供の病気のことにつき相談の電話あり。

八月六日金曜晴、朝広島の原爆の平和式典をテレビで見て、厳粛なる気持ちとなり黙祷を捧ぐ。原尻君の子供のことは旧知の別府医療センター産婦人科の角沖先生に依頼す。小説は一日一ページのペースにて進む。病院にてはレセプトチェックの要領を大体把握し、能率上がる。練習に行き、夕食後歩く。

八月七日土曜晴、朝、家人の意見にてクリニックと自宅のソファーの一部入れ替へをなす。外来多し。午後、医師会病院当直へ。小説の校正を三回行ふ。夜はゆっくりすごす。子供たちは七夕祭りに行けり。

八月八日日曜晴、朝食を自分で作り、月形コースへ行く。平居、宮脇、高本の各氏とラウンドす。課題のアプローチ安定す。熱中症予防のため、首を冷やすネッククーラーを使ひ、幾分の効果あり。楽しくラウンドす。早く終りたれば戸次の帆足本家に行く。パークプレイスに行き、夕食のため弁当、好物のスイカなど買ひ込みて帰る。夜は、家族実家の玖珠に帰りたればひとり手持ちぶさたにて過す。

八月九日月曜陰、昨日の疲れ残る。外来はまづまづなり。母のもとにて昼食と夕食を摂る。夕食は焼き肉なればビールを少し飲む。小説、最後の段階に入る。今年の夏の暑さはやはり例年とは異なりて、ゴルフ翌日に疲れを感ず。
八月十日火曜晴、朝涼しきうちに歩く。小説は締め切り近づき、完成も近し。病院にて患者死亡し、その診断書を書く。母に頼まれたる姪の縁談を整形外科の石井先生に依頼す。夕方、練習に行く。夜、羅夢歩に行き、石井先生らと会食す。ビール、酎ハイを飲む。
八月十一日水曜陰、小説最終段階に入る。拙文の掲載せられたる会報届く。嬉しき瞬間なり。竹田石油にては店主体調悪しく辛さうなる様子なり。夕刻、歩き、夜は母も来たりてオードブルを食す。
八月十二日木曜晴、小説第二回分二十八枚完成し、徳島の庄子先生にメールにて送る。午後になりて早速返信あり、いくつかのミスを指摘せらる。大分行きはやめ、竹田のゴルフ練習場に行く。竹田中学の同窓会を欠席すといふ友人に出席を勧む。夕刻、家族にて墓参に行き、余は納骨堂の汚れを雑巾にてふき清む。妹とその次男母のもとに帰省す。
八月十三日金曜晴、わざわざシネフレックスに親子四人して映画を観に行く。スタジオジブリの「借りぐらしのアリエッティ」をみる。映像きれいにしてよし。終りて盆休みの小旅行に別府の清海なる旅館に行く。目の前に海広がり、部屋に露天風呂ありて食事もよし。仲居に余のメガネをほめられ気分をよくす。何度も風呂に入り、いささか湯疲れす。夜、家族はみな早めに眠りにつくも余は眠られず、手持ちぶさたなり。
八月十四日土曜晴、朝も部屋の風呂に入る。朝食の海鮮味噌汁にサザエ入りて美味なり。家族は家人実家の玖珠に車にて向かひたれば、余は別府駅よりＪＲにて竹田へ帰る。ネットにて注文しおきしクラブ届く。エアコンを効かせて暫し休憩し、夕刻より竹田中学の同窓会にホテル岩城屋へ行く。中村、鶴田、小池、進司、伊東、鶴井らと二次会まで付き合ひ話す。
八月十五日日曜晴、竹中にて高校同級生のゴルフあり。七名参加す。オネストジョンと称する目標スコアに近きはうを勝ちとするルールにて初めて行ふ。余の調子は悪しけれども楽しくラウンドできたり。夜は家族みなくつろぐに、疲れのせゐかソファーにて独り居眠りし早く床に入る。
八月十六日月曜陰後晴、暑き日続く。盆明けにしては外来少なし。下痢気味にてトイレに往復す。病院の回診のあと、医局にて勉強す。夜は母も来たりて焼き肉を食す。暑くしてクリニック内の整理進まず。

八月十七日火曜晴、夕刻、激しき夕立ありて落雷し停電す。その後雨上がりの涼しき中を歩く。夜、鯛の塩焼き、シジミ汁などを食す。長男を駅まで迎へに行くに、雨の影響にて列車到着二十分遅れたり。

八月十八日水曜晴、福岡の溝部先生と先哲の墓につきてメールのやりとりをす。長女の読書感想文を手伝ふ。漢方を求むる患者はあるものの、外来少なし。家人と長男、映画を見に行けば、長女と昼食は母のもとへ。病院にては回診とカルテ書きを済ませ、医局でゆっくりす。日中は、外に出づれば日差し強く肌に痛し。

八月十九日木曜晴、朝四時前に目覚め、長女の感想文を仕上ぐ。外来今日も少なし。当クリニックに来院するレストラン主人夫妻の記事、新聞に掲載せられたり。午後、わさだにて映画「インセプション」を観る。筋の理解できざる所あるも、アイデアは面白し。水泳用のメガネを買ひ、ジムに持参す。

八月二十日金曜晴、外来まづまづ。暑き日続き、家人実家の玖珠は昨日日本一の高温なり。甲野善紀・名越康文著『薄氷の踏み方』読了す。いぢめのとらへ方など参考になる。病院にて院長と温泉治療の話などす。夕刻、練習に寄りて帰る。夜のカボチャの冷製スープ旨し。読書す。

八月二十一日土曜晴、外来まづまづ。加賀乙彦『不幸な国の幸福論』読了す。共感するところ多し。高校野球、沖縄興南春夏連覇す。ジムにて泳ぎ、散髪に行く。ソレイユの漢方講演会に出席す。肝臓移植の外科医より漢方医に転身したる医師の話にて質問す。

八月二十二日日曜晴、月形コースにてゴルフ。寒川、後藤、堀の各氏とラウンドす。ドライバー、アイアンの調子良し。先週失ひたる自信を取り戻す。終り際にまた熱中症になりさうなる感じあり。風呂場にてともになりし日赤の若杉院長より、職員、トライアスロンにて死亡したりといふ話を聞く。帰宅後、クーラーを効かせて休む。

八月二十三日月曜晴、ゴルフ旅行、参加予定者のキャンセルあり中止となる。外来は午後新患二人ありて、多忙なり。説明会にて出でたる鰻美味なり。医局会は、病院の収益上がれるにより雰囲気良し。長男、全教研の合宿に長崎へ出発す。県医師会報に投稿する「ちょっといい話」（その3）を書き始む。

八月二十四日火曜晴、講演を聞き、メールにて質問を出だせし井斎先生よりメールの返信届く。夕刻より市役所の母子保健委員会に出席す。よき意見発言できたりと思ふ。夕刻、歩きをりて無意識のうちに帽子を脱ぎ、サングラスを落とすも、のちに発見するを得たり。タイガーウッズ離婚のニュース。

八月二十五日水曜晴、インターネットのオークションにてユーティリティのクラブ落札す。また薬の間違ひあり注意す。病院にては大久保雅彦先生と子供の塾のことなどにつき雑談す。いきつけのガソリン店店主、肺ガンにて入院す。夜、豚しゃぶ、葡萄を食す。

八月二十六日木曜晴、朝より小沢一郎、民主党党首選挙出馬のニュースあり。面白くはあれど、憂ひもあり。午後、九重町の診療所に。外来にて待たさる。大分に出て、琉球とろろ丼を食し、ジムにて練習す。

八月二十七日金曜晴一時雨、落札したるU４のクラブ届く。レセプトの整理をす。夕刻、全教研の合宿より帰る長男を迎へに家族にて大分へ。ロイヤルホストにて食事す。お土産に耳掻きをもらふ。

八月二十八日土曜晴後雨、本日佐伯行きのため、午前中その準備をす。午後大分に行き、注文せし書籍を受け取り、ジムに行きて、軽めに運動す。大晦日まで塾のある長男のことを考慮し、年末年始は大分市のホテルを予約す。高速道路を使ひ佐伯に行く。高校同級生三宮君の勤むる長門病院に、同級生十数名集まる。薬剤師森君の講話を聞き、懇談ののち二次会に行く。老健施設に宿泊するに、露天風呂もありその豪華なることに驚く。

八月二十九日日曜晴一時雨、佐伯より月形コースへ。竹内、加藤、高橋の各氏とラウンドす。スコアまとまらず。家に帰りて暫し休み、当直のため医師会病院に。特に重症の患者なし。

八月三十日月曜晴一時雨、当直、深夜は何もなし。外来には統合失調症の患者あり。十一月の高校全体の同窓会ゴルフにつきて出欠確認をす。病院には首吊り自殺の連絡あり。夕刻歩くに、だるさあり。夜、冷製パスタを食す。

八月三十一日火曜晴、八月中の勉強のノルマ大体終はる。会報の原稿進まず。午後、竹尾氏来院しコンペの相談をす。母のもとに掃除ロボット届き、みなでその動きを興味深く見る。京都の友人垣本氏より電話あり、余の京都行き予定の日は不在なりとのこと。計画を練り直すこととす。夜、魚の塩焼き、イカと芋の煮物、キュウリとこんにゃくの酢味噌和えを食す。

平成二十二年九月

おみくじで初めて凶を引く

九月一日水曜晴後陰、暦にては九月となるも暑さは変はらず。されど夕刻の日没の早まれるは実感す。週末の上京に備へ、訪ぬる予定の先哲の墓の情報を集む。医師会病院にては、病棟の仕事を手早く済ませ、医局にて読書などす。夜、コロッケ、サラダなどを食す。

九月二日木曜晴、画家の中山忠彦夫妻をテーマとする県医師会報に投稿予定の随筆、少し形になる。午後母を乗せて大分へ。わさだにて先行せし家人も合流して天ぷらを食す。漢方仲間のはさまクリニック受診す。前回の余の血液検査の結果は尿酸値高しとのこと。何故なるか心当たりなし。みさき画廊に行き、当主池田氏に中山忠彦の評価などの話を聞く。ジムにてはいつもより熱心に運動す。夜、上京に備へネットにて銀座伊東屋の商品のチェックをす。

九月三日金曜晴、尿酸値に影響する食物をネットにて調べ、プリントして家人に渡す。外来多く自信を持つ。病院の看護師腹痛を訴ふれば、漢方薬を処方す。夕刻練習に行く。夜、八宝菜、かに玉など食す。長女、食後すぐにソファーにて眠る傾向あり。

九月四日土曜晴、医師会に原稿をメールにて送る。午後は医師会病院の半日直。病棟よりは一度電話ありしのみ。交代の医師二十分遅れたれば、あわてて熊本空港へ向かふ。工事中の箇所あり、ぎりぎりにて東京行き最終便に間に合ふ。羽田より品川へ京急電車にて移動し、駅二階のレストランにてリゾット、ソーセージ、赤のグラスワインなどの遅き夕食を摂る。品川プリンスホテル泊。

九月五日日曜晴、早朝に目覚め、五時半より朝食。ホテル近くの高山稲荷にてお神籤を引きしに、生まれて初めての凶なり。少しばかり気になる。京浜東北線にて上中里駅へ。城官寺を訪ねて、考証医学の名門多紀一族の墓を見る。谷中霊園にタクシーにて移動し、苦労の末今村了庵の墓を見つけて見学す。銀座に出て、伊東屋にて自分のペンケース、子供たちのシャープペンシルなど購入す。家人には山野楽器にてピアノの模様の入りたる小銭入れを土産として購入す。山友会出席のため東京駅近くの八重洲ホールへ向かひ、開始時刻に少し遅れて到着す。余が懇意にする徳島の庄子先生、函館の久保田先生らと旧交を温む。出展しありし書店にて腹症のパネルと治験集一冊を購入し宅配を依頼す。羽田にて焼き肉を食して帰途につく。

九月六日月曜陰後雨、疲れのせゐかよく眠る。外来、予約以外にも結構受診す。病院の回診は進行遅く疲れを覚ゆ。薬の説明会にて寿司折を貰ひ、持ち帰りて家族と食す。東京にて撮影せし先哲の墓の写真をプリントす。まづまづの出来なり。

九月七日火曜陰、病院にて、知人のＣＴ画像の診断を大分大学医学部呼吸器外科の准教授に依頼するに、肺ガンとのことなり。夕刻、練習をやめて歩く。福岡の溝部先生より余の送りしメールの返信あり。夜、善神王様の祭りの松明によりて岡城の姿浮かびあがれり。あづま団子配布せらる。夜、刺身、サラダなど食す。読書。

九月八日水曜陰、漢方勉強会の資料揃ふ。上京時に求めたる腹症のパネル届く。診察室に掛くることとす。夕刻、久しぶりに練習に行く。夜は読書。ＢＳにてたまたま放送中の「慕情」を少し観る。懐かし。

九月九日木曜陰、大杉製薬の挽田氏来たれば、漢方勉強会の資料を手渡す。午後、吉野コースへ行き竹尾氏とともにラウンドす。調子良く少し自信を取り戻す。終りて大分へ行き散髪す。店長、理容師の傍ら副業として新聞配達をしたりとの話を聞く。懸賞小説に応募するため公募ガイド購入す。暑さ少し和らぐ。

九月十日金曜晴、外来に右手の震へ止まらぬ中学生母親とともに受診す。同級生の神経内科専門の三宮君に電話にて相談し、永富脳外科を紹介す。録画せし森繁の「夫婦善哉」を観る。

九月十一日土曜晴、朝歩くに朝焼け美し。外来少なし。午後、家人実家の玖珠の病院の当直へ。途中、葡萄を購入し、夜の慰めにせんと思ふ。何の症状もなきに点滴を希望する老婦人あり。夕刻、ソファーにて居眠りす。ネットに徒競走の走り方を見つけ、運動会近き長男のためにプリントす。

九月十二日日曜晴、当直、深夜は何事もなし。外来二名、軽症のみ。読書、漢方、テレビにて時間をすごす。帰途の道路、車少なくして一時間少々にて帰宅す。果物、ジュース、お菓子など実家より託せらる。

九月十三日月曜雨後陰、外来ひまなれば漢方勉強会の準備す。病院にては小説校正の作業に入る。温泉治療の処方箋の話を院長より聞く。夕刻歩くに、今年初めて赤トンボを見る。夜は虫泣きて秋の訪れを感ず。子供たちとともに勉強す。

九月十四日火曜晴後陰、判定会議に知人の名前を見つけ驚く。状態悪し。夕刻、涼しき中を歩く。民主党代表選の、菅、小沢両候補の演説を聞く。

九月十五日水曜陰、外来まづまづ。医師会病院に漢方薬二種の採用を依頼す。市長の推進せんとする温泉療法には、理事会にて反対ありとのこと。漢方勉強会における余の話はまづまづの出来なり。終了後織部先生らとスナックへ行き、新任の大杉製薬福岡支店長と懇談す。

九月十六日木曜晴、涼しくして外来のエアコン不要となる。午後、竹中コースに行き、高校同級生の寒川君とラウンドす。寒川君、週刊文春に川柳入選せりとのこと。氏より庄内の梨を貰ふ。大分に出て海鮮丼を食す。夜、早く眠くなれり。

九月十七日金曜晴、梨は旨し。小説の校正ほぼ終了す。長女、学校よりメガネを忘れたりとの電話あれば、届く。夜、ビビンバを食しビールを飲む。長男、苦手の逆立ちの練習をす。

九月十八日土曜晴、外来一段落つきたる後、校正せし原稿を大杉製薬へ送る。午後大分へ向かひジャンボゴルフセンターにて練習す。ジムにて大分銀行元会長高橋氏と久住の開発につき話す。夜はオムレツ、刺身、豆乳シチューなど食す。

九月十九日日曜晴、長男周の運動会。例年より暑き印象あり。余は綱引き、運命競争、ブザービートの三種目に出場す。玖珠の義父母も昼食時に来たれり。帰宅後、エアコンを効かせて休む。夜は家族にて居酒屋羅夢歩に行き食事す。歯科の筑紫先生一家と会ふ。夜は早く寝ぬ。

九月二十日月曜敬老の日晴、運動会の弁当の残りを食し、白木ゴルフ場にて開催する黒川杯に。挨拶にてハナ肇の「それなりのゴルフ」の話をす。ゴルフの調子まだまだなり。しばらくにて打ち上げ。いつもの如く盛り上がる。思いがけず同級生の宮崎君優勝す。

九月二十一日火曜晴、外来、連休明けにて多し。右手のふるへある中学生は、心因的なるものの可能性高しとのこと。母に頼まれたる姪の縁談を整形外科医に依頼す。夜、アジの蒸し焼きを食し、久しぶりに梅酒。駅前の田能村竹田の銅像除幕式に母出席し、ケーブルテレビに映れり。

九月二十二日水曜晴一時雨、医師会病院に知人入院す。肺ガン、肺気腫にて酸素六リットルと状態悪し。夜、医師会の懇親会いざよい会に出席す。志賀、安西、加藤、大久保、工藤、竹下親子、井田、柚須の各医師と、黒川英次、余の十二名出席す。一竹の料理、いつもより内容よし。広瀬武雄の銅像の話題など出でて盛り上がる。帰途、駅前の竹田像を見る。

九月二十三日木曜秋分の日陰時々小雨、月形コースにてゴルフ。加藤、加藤伸、高本各氏と同伴す。スタートにてクラブ一本足らざることに気づき、走りて捜しまはり焦る。しかれども楽しくラウンドす。夕刻、医師会病院当直へ。日直の秦先生と暫し雑談す。外来に嘔吐、だるさを訴える患者受診す。

九月二十四日金曜晴後陰、朝当直より帰宅す。ＦＡＸにて小説の校正原稿を送り、一段落つく。中国人船長釈放のニュースあり。

九月二十五日土曜晴、午後大分へ。オアシス音の泉ホールにて岸恵子のトークショーを聞く。話面白くして、かつその若さに驚嘆す。散髪と本屋へ行き、長男を迎へて帰る。エビの天ぷら旨し。夜、寒川君に貰ひし残りの梨を食す。

九月二十六日日曜陰、月形コースを加藤、岩野、高本の各氏とラウンドす。岩野氏船長釈放のニュースに憤慨す。秋らしき気候となりて快適なり。終了後、パークプレイスへ行くに、トリニータの試合終了したる直後にて、渋滞に巻き込まる。

九月二十七日月曜雨、子供たち、当然の如く朝の洗顔をせざるを知り、愕然とす。高校全体同窓会のゴルフに二十六期よりは八名の出席を確保す。病院にて末期ガンの患者より治るかと問はれ、言葉に窮す。医局会にて採用の決まりし漢方薬につき説明す。新人の医師と当直体制につき意見を交はす。夜は読書し、家族とともに床につく。

九月二十八日火曜陰後晴、外来今日も少なし。中学同級生の消防署後藤君、火災報知器の件にて来院す。夕刻天気回復すれば歩く。夜サンマ、シジミ汁などを食す。読書す。

九月二十九日水曜晴、外来少なし。病院にては入院中の知人の部屋に行くも就寝中なり。在宅医療の時代来たると病院医師より話を聞く。夕刻歩く。夜、母も来たりておでんを食す。

九月三十日木曜陰後雨、外来終り際になりて新患も来たり立て込む。午後、九重町の診療所の漢方外来へ。難しき症例なし。余の小説を贈りし日本東洋医学会会長の寺澤先生より礼状届く。別府にまはり、今日より草野プロのレッスンを受く。頭の位置などの指導あり。大分へ長男の迎へに行く途中、海辺なるラ・メールにてカレーを食す。

平成二十二年十月

日本東洋医学会会長より手紙届く

十月一日金曜陰後晴、八月分の日記を仕上ぐ。県医師会報に載する原稿の校正刷り届く。余の小説を贈りし日本東洋医学会の寺澤会長より、感想として尾台榕堂の江戸への出立経路に矛盾ありと指摘したる手紙届く。指摘はそれのみなれば寧ろ安堵す。医師会病院の余の知人末期ガンの児玉氏、病気治る様子なければ「主治医を解任す」といふ。日頃冗談好きの人にて状態悪しき中の斯様なる言葉に感心す。医局にて日本女子オープンを観る。頭痛あり、風邪引きかけの感あり。

十月二日土曜陰、職員二名休みたればクリニックを休診とし、月形コースへゴルフに。桑原、矢尾板、同級生の寒川の各氏と同伴す。草野プロに習ひしことを試む。ドライバーの飛距離は以前より伸びたる印象あり。大分に出で、トキハのイタリア展にてブラッドオレンジジュースを求む。長男を迎へに行くに、時間割の変更ありて約束の時間に遅れたれば、何ゆえ連絡せざるかと注意す。

十月三日日曜陰後雨、長女の高校運動会に家族して応援に行く。普通、高校の運動会には親は行かざるものと思へども、長女の望みなれば止むを得ず。朝方の予報より天気良し。車にて竹田南高校に行き、テントにて観戦す。次第に雨模様となり、昼は体育館にて弁当を食す。帰宅後日本女子オープンゴルフを観戦す。二十歳の宮里美香優勝す。ゴルフ友達にて昨年のクラブチャンピオンなりし衛藤氏より、今年は獲ること能ざりきとの電話あり。

十月四日月曜晴後陰、県医師会報に載する原稿完成す。外来少なし。南生中学の先生に紹介せられたりといふ新患あり。医師会病院に入院中の児玉氏に話しかくるもわからざる様子あり。夕刻歩き、涼しくなりたるを実感す。夜、バラエティ番組に、大スターなるトム・クルーズとキャメロン・ディアス出演すれば、興味深く観る。

十月五日火曜晴、レセプト整理終はる。外来まづまづ。医師会病院の児玉氏の状態ますます悪し。氏の佐伯の友人桑原慶吾氏見舞ひに訪れたれば、病状を説明す。夕刻歩くに、半袖シャツにては寒し。夜、刺身などを食す。眠くなりたれば早く床につく。

十月六日水曜晴、余の小説の掲載せられたる『玉函二十八号』届く。医師会病院に行き、児玉氏の病室を訪ぬるに、無人なれば看護師に聞くに、今朝方亡くなれりといふ。あっけなきことにて驚く。風邪気味の看護師に小青竜湯を処方す。夕刻練習に行く。ショット良し。夜、うつ病の講演会に。終了後、秦、竹下先生とスナックに行き、医師会のことなどにつき話し込む。

十月七日木曜晴、外来まづまづ。ツムラ森井氏、大杉製薬挽田氏相次ぎて来院す。余の文章の掲載せられたるメディカル・カンポー届く。午後大分へ行き、シネマ5にて「スープオペラ」といふ映画を観る。坂井真紀、藤竜也など好演するも、風変はりなる映画なり。運動効果を上ぐるため、靴底の形状に工夫したるイージートーンといふ運動靴を購入し、そのレッスンを受けて、ジムに行く。体重増えすぎなれば減量せんと思ふ。

十月八日金曜雨、外来少なし。午後児玉さんの葬儀ありて伊東斎場に行く。同級生らの弔辞に心打たる。遺族と少し話す。夜、かに玉などを食す。サッカーの試合ありて日本アルゼンチンを破る。親善試合とはいへど、嬉しきことなり。

十月九日土曜雨、緒方の准看へ講義に行く。教科書紛失せしため借用して何とか間に合はす。大分にまはりホテルにチェックインし散髪へ。みさき画廊へ行き、診療所を新築移転したる同級生河村君へのお祝ひの相談をす。午後六時より余の家族と玖珠の義父母と合流し一緒に李白にて会食す。織部塾に参加す。大分泊。

十月十日日曜晴、月形コースにて平居、高本、柴崎の各氏とゴルフす。ペア戦を行ひ引き分く。レッスンの効果未だ明白ならず。ラウンド後、風呂にて友人の上級者衛藤氏としばらくスイング談義をす。

十月十一日月曜晴、ゴルフ仲間の加藤、岩野、衛藤の各氏と熊本中央ゴルフクラブへ遠征す。広々として芝の状態も良く、大分県にはなき素晴らしきゴルフ場なり。パット難しきものの面白し。福岡の平田先生より織部塾の運営につきメールあり。夜、瓦そばなどを食す。

十月十二日火曜晴、午後外出時に車右前部にキズあることに気づく。夕刻、予防接種患者の診察をす。税理事務所より経営セミナーに誘はるるも気乗りせず。夜、焼き魚、豚汁など食す。

十月十三日水曜陰、朝食事前に歩く。病院にては予防接種を行う。チリ鉱山事故の救出活動をテレビにて観る。夜、すり身団子、牛のたたき、ポテトサラダを食す。

十月十四日木曜陰、外来まづまづ。午後日本オープンをテレビ観戦す。大分CC所属の高校生三重野君健闘す。車を修理に出し、代車来たる。夕刻、介護保険の審査会に出席す。その後、レッスンに向かふもカーナビなく道に迷う。丸亀うどんにてごぼ天うどん、イカ天、いなり寿司を食す。

十月十五日金曜晴、外来少なし。医師会病院にて院長に病院の問題点の話を聞く。夕刻同級生黒田君のタクシーに乗りて大分へ。車中同級生諸氏の近況につき語り合ふ。うつ病の講演会に出席す。以前ファイザーの担当なりし樋口氏と話す。

十月十六日土曜晴、外来に興味深き新患あり。昼過ぎ、余の文章掲載せられたる県医師会報届く。午後、玖珠の家人実家の病院へ当直に。原因不明の腹痛を訴ふる患者来院す。長男修学旅行より帰る。ゴルフ友達の岩野氏胆石にて入院したりとの連絡あり。眠気を覚え、早目に床に着く。

十月十七日日曜晴、朝四時に目覚む。傷の創交処置など外来数名あるも問題なし。午後日本オープンを観る。体躯小さきも業師なる藤田プロを応援するに韓国の金優勝す。夜、トマト鍋、からあげなど食す。

十月十八日月曜晴、朝歩くに少し寒し。外来少なし。医師会病院にて夕刻ツムラの説明会あり。風邪の漢方の話に外科の明石先生興味を示す。食堂園の弁当配布せられたれば持ち帰る。オークションにてルコックのキャップを千円にて落札しお得感あり。

十月十九日火曜晴、外来久しぶりにまづまづ。医師会病院の判定会議あり。入院待ちの患者多し。ドコモの料金支払ひ専用カードを作る。カードは増やしたくなけれども、優遇措置あればやむを得ず。車の修理終はる。

十月二十日水曜陰後雨、朝歩く。公園の遊歩道の水たまり改修工事未だ行はれず。オークションにて、二十円で目的のCD落札す。外来はひまなり。医師会病院にては麦門冬湯を処方せし患者、飲むを得ずといへば落胆す。熱心に素振りの練習をす。夜、カレー、クリームスープなど食す。

十月二十一日木曜雨、午後大分へ。はさまクリニックにて採血す。その後、保険会社の人にガン保険の説明を受く。家人の誕生祝ひにパジャマを求む。レッスンではよき感じにてボールを打つを得たり。オムライスを食し、ジムへ。

十月二十二日金曜晴後陰、久しぶりに来院したる患者に、薬必要なしとて処方せざりしが、それにてよかりしかと反省す。外来まづまづ。母は久留米に嫁ぎし妹と小倉にて合流して京都へ。韓国の「少女時代」をテレビにて観る。夜、スープ、餃子など食す。

十月二十三日土曜陰、朝歩く。午後、緒方の准看に講義に行く。講義の合間に生徒に自分のアピールポイントを話さしむ。それぞれ個性ありて興味深し。大分にまはりジムへ。トキハに車を駐むるに混み合ひて時間を要す。周とジュンク堂書店へ行き本を購入し、パルコのロフトに行き、糸井重里考案の「ほぼ日手帳」を購入す。来年は親子にて同じタイプの手帳を使ふこととす。夜はうどんすき、ちくわ、キュウリなど食す。CD届く。

十月二十四日日曜雨、朝、朝食のことにて家人と諍かふ。高本、衛藤氏とゴルフす。予定の加藤氏現れざれば連絡するに忘却したりとのこと。しきりに余に詫びをいふ。調子今一つなるもショートホールのみは三ホールグリーンに乗る。夜、家族にて羅夢歩に行き、会食す。ビールを飲む。ネットにて注文せしゴルフ練習器具届く。

十月二十五日月曜小雨、朝町を歩き、近頃歴史資料館に設置せられたる広瀬武夫の銅像を見る。立派なるものの顔貌は余の知る広瀬武夫とは異なれり。町内は朝霧かかり神秘的なる雰囲気なり。医師会病院医局会にてボーナスなどにつきて意見を述ぶ。同窓会ゴルフの組み合はせ届く。夕刻、インフルエンザ新薬の説明会。一回の内服のみにて効果ありといふ。雅風の弁当を食す。

十月二十六日火曜陰、戸外は随分寒くなれり。医師会病院にては予防接種を行ふ。夜、長女の切り分けし刺身を食す。夜中によく夢を見て目覚む。

十月二十七日水曜陰、朝少し暗き中、町を歩く。医師会病院にて帯下の多い患者の診察をし、萎縮性膣炎と診断するも薬なし。次の医局会にて購入を依頼せんと思ふ。夜、ハンバーグ、クリームシチューなど食す。タンスよりカーディガンなど冬季の衣類を出す。

十月二十八日木曜陰、外来少なき日続き心配になる。午後、九重町に行く途中、路上販売にて二千円の松茸を購入す。診療所にて漢方の外来を済ませ、車に戻るに車内に松茸の香り充満す。大分に出て散髪し、十二月の京都行きのためのチケットを購入す。ホテル漸く一箇所見つくるを得たり。風花随筆文学賞に作品発送す。

十月二十九日金曜陰、朝歩く。外来少なし。家人の誕生日なれば用意したるパジャマをプレゼントす。夜、レストランキップスにて家族で誕生祝ひの会食す。ピザ、山芋、デザートなど食す。草野プロ、日本シニアオープンに上位にて予選通過せしかば、激励のメールを送るにすぐに返信あり。

十月三十日土曜陰、十月分の売り上げ少なし。猟銃保持診断書の患者多し。草野プロ、三日目は順位を落す。午後、医師会病院の半日直へ。電話指示のみにてすむ。夜、松茸を食するに、わづか一切れのみなれば家族の反応もなし。

十月三十一日日曜雨後陰、月形コースにて竹内、岩野、高本の各氏とラウンドす。六番ホールにて左林に打ち込み、十一打ちて落胆す。ショットの改善効果未だ明らかならず。ラウンド後急ぎ風呂に入り、自宅に立ち寄りし後、医師会病院当直へ。幸ひにして何事もなし。見たきテレビ番組もなければ、早めに床につく。

平成二十二年十一月

柔道古賀稔彦氏と握手

十一月一日月曜晴、九月分の日記を仕上げ発送す。外来少なし。瀧廉太郎音楽祭に出演し演奏する周をケーブルテレビにて観る。医師会病院にては最近被害多発すといふ泥棒の噂を聞く。薬の説明会にて寿司を貰ひ持ち帰る。夕刻歩く。夜、周の誕生祝ひをす。母も来たりて周の好物なるしゃぶしゃぶとケーキを食す。同級生河村君より余の贈りし絵の礼としてジャム届く。

十一月二日火曜晴、朝歩かんと思ふも気乗りせざれば取りやむ。産婦人科医会理事会にて用ゐる資料作成す。レセプトの整理をす。外来まづまづ。夕刻練習に行くもドライバーの感じ出でず。夜、里芋、大根の煮物、焼き魚、味噌汁など食す。

十一月三日水曜文化の日晴、上野丘高校同窓会ゴルフに大分東急ゴルフ場へ。素晴らしくよき天気なり。腰を悪しくしてゐたる同級生の川原と久しぶりにラウンドす。余の調子珍しく良く八十六にてまはる。終了後二十六期のメンバー集まり、ミーティングす。トキハの北海道物産展、みさき画廊にて時間を潰し、夜の表彰式に出席するも、わが二十六期は個人団体共に入賞せず。

十一月四日木曜晴、昼前にファイザーの樋口氏来院し雑談す。午後わさだタウンに行き、トム・クルーズ主演の映画「ナイト&デイ」を観る。理屈抜きの娯楽映画なり。夕刻、別府にまはり草野プロのレッスンを受く。ジムにても頑張りしかば、帰りの運転中疲労を覚ゆ。

十一月五日金曜晴、診察室前の紅葉日光に映えて美しく、小鳥も来たり遊ぶ。漢方勉強会の資料作成終はる。病院ではレセプトの整理をす。夕刻、練習に行き汗をかきし後、すぐに風呂に入るを得ざれば、寒気を覚ゆ。ネットに流出したる尖閣問題のビデオ放映せらる。

十一月六日土曜晴、これまで書き貯めたるエッセイを、余の中学時代の美術の恩師にて画家なる早川先生のところへ持参す。挿し絵を依頼するためなり。家人と子供たち、親戚に子供産まれ、その子を見に日田へ。午後医師会病院半日直へ。動脈血採血、久々に行ひたればうまく行かず。夕刻練習に行き、友修にて天丼を食す。夜、日本シリーズをテレビ観戦す。河野太郎、二宮清純著『変われない組織は亡びる』読了す。題名を見て期待せしほどには内容なし。

十一月七日日曜陰、朝食に昨日購入せしサンドイッチを食し月形コースへ。加藤、工藤、竹尾の各氏と同伴す。加藤氏又遅れてスタートぎりぎりになりて来たり、ラウンド中も酔っぱらひ状態なれば注意す。夜、鴨鍋を食す。日本シリーズ、延長戦となり十一時すぎまでかかり、ロッテ中日を破りて優勝す。辻井喬『茜色の空』読了す。大平正芳の生ひ立ち興味深し。

十一月八日月曜晴、車の修理代予想以上の高額となり、落胆す。外来少なく、小説も進まず。されど風邪はひかずに済みさうなり。母は亡父の五年の法要の準備に忙し。夜、かつて同じ医局にて仕事をしたる別府医療センターの角沖医師に電話し、産婦人科医会の組織改革の件につき話す。氏に勧められたれば余の意見を文章にまとむることとす。オークションでポロシャツを落札す。夜、弁当、味噌汁を食す。TVタックルに安部、麻生の元総理出演すれば興味深く観る。在任中より生き生きしたる様子あり。

十一月九日火曜陰、風強く寒き一日なり。午後病院にて患者の家族に病状を説明す。夕刻大分へ。ジムにて泳ぎし後、オアシスに移動し、柔道の古賀稔彦氏の講演を聞く。久光製薬の主催せる会なり。古賀氏と握手し、記念撮影す。夜は疲れて早々に寝ぬ。

十一月十日水曜晴、外来まづまづ。娘の梓生理痛にて学校を休む。産婦人科医会の組織改革につきて考ふ。豊岡小学校の就学児検診に行くも十数人なれば直ぐに終はる。病院にては漢方を嫌ひをりし患者、漢方にて症状軽快し喜ぶ。夜、おでんを食し、ビール飲む。

十一月十一日木曜陰、外来まづまづ。保険会社の社員にガン保険の説明を聞き、月額四四〇〇円のコースに加入することとす。時間空きたれば少し早めに散髪に行き、トキハの北海道展にて牛乳とヨーグルトを購入す。レッスンにては草野プロより大分よくなれりと誉めらる。ジムにて運動して帰宅す。

十一月十二日金曜陰、うつ病の患者にて、何事にもやる気を示さざるM氏に腹立たしき心地す。オークションにて落札せしシャツ届くも、思ひをりしよりも地味なり。病院にて院長と小児科医の採用につきて話す。夕刻歩き、夜は漢方勉強会の準備をす。家人、長女の高校を卒業したる後は大分に住みたしといふ。

十一月十三日土曜陰、疲れのためか珍しく六時すぎまで眠る。外来まづまづ。家人の録画せし番組を誤って消去し、怒りし家人と言ひ争ひとなる。午後准看の講義に緒方に。イーグルに行きて練習す。夜、ちらし寿司を皆で食す。

十一月十四日日曜陰後晴、朝食を作り月形コースへ。竹内、岩野、高本の各氏と同伴す。バーディ二つとパー五つをとり自信を持つ。終了後、三重の和食店祐貴に行き、長女の誕生日を祝ひて会食す。

十一月十五日月曜陰、角沖先生より余の組織改革案につきての意見FAXにて届く。外来ひまなれば漢方勉強会の準備をす。病院の薬の説明会にて食道園の焼き肉弁当配布せらる。長男とともに風呂に入り、その体格の良くなれることに驚く。夜、チーズフォンデュを食す。

十一月十六日火曜陰、外来にて薬のみ受け取りて帰る患者に受診を勧む。病院にては少しづつなるも漢方の処方を増やしつつあり。夕刻大分に出て、県医師会館にて開かれたる産婦人科理事会に出席す。組織改革につき発言するも、過激ととられざるやう穏やかに説明し、敢へて同意を得んとすることはせず。短時間なるもジムに寄りて運動す。

十一月十七日水曜晴、猟銃所持のための診断書の希望者多し。家人長女と久留米大学病院受診に行きて留守なれば、昼はサンドイッチと卵スープを求め来たりて食す。夕刻二日連続なるも大分に出て、漢方の勉強会に出席す。余の持ち時間内に予定せし内容消化出来ざりしかば、次回にまはすこととす。織部先生らとスナックにて一時間ばかり話す。

十一月十八日木曜晴、父の命日の法事を、子供たちも学校から昼休みに帰して親戚のみにてとり行ふ。正座したれば足痺る。早川先生の描きし父の肖像画を皆に披露す。英次叔父より、周の顔つきしっかりしてきたりと誉めらる。大分に行き長袖のポロシャツを購入す。

十一月十九日金曜晴、外来にいつも来院する夫婦姿を見せざれば心配す。病院にて老人性膣炎により帯下を訴ふる患者のために、ホーリン膣錠の採用を申請す。夕刻、練習に行くも調子いま一つなり。夜、母のもとにて焼き肉を食す。食後竹楽の行はれたる町を歩く。長女、歌手の樋口了一学校を訪れたりと喜ぶ。読書す。

十一月二十日土曜晴、外来ひまなり。午後玖珠高田病院に当直に行く。夜になり胸の痛みを訴へ、狭心症の疑ひある患者受診し心配するも、心電図には異常なし。深夜、患者死亡し、その子息たまたま高校の同級生なりしことを初めて知る。名刺をもらひ少時間話す。

十一月二十一日日曜晴、午前二時、死亡せし患者を見送り、七時すぎまで眠る。江國香織『真昼なのに昏い部屋』を読了す。面白し。義母より子供たちの誕生祝ひを貰ふ。周の夜音楽を聞きながら勉強するを見て、自分のことは棚に上げ注意す。

十一月二十二日月曜雨、朝歩くつもりなりしも天気悪しければ取りやむ。外来にしばらく来院せざりし工藤夫妻受診すれば安堵す。薬の説明会にて出でたる寿司を食し、医局会に出席す。柳田法相失言の責任をとり辞任す。

十一月二十三日火曜勤労感謝の日陰、月形の月例競技に参加す。また日頃なじめる八名にてコンペを開き余優勝す。帰途の車中、ラジオにて北朝鮮韓国を砲撃すといふニュースを聞き、驚愕するとともに寒々しき心地す。ゴルフの調子上向きなれば気分高揚す。

十一月二十四日水曜晴、家人留守。昼はインスタントのクッパを食す。病院にてレセプトチェックをす。夜、医祖祭に出席す。事務長に医師会事務所に田能村竹田に関する古書あることを聞く。かなりのビールを飲みたれば、帰宅後、すぐに眠る。

十一月二十五日木曜晴、織部先生に京都で会はんと思ふも日程合はず。京都の垣本氏に電話し、今度の京都行きの予定を決む。午後九重町の診療所に行くも格別の症例なし。レッスンにてはドライバーの感じ次第につかめたり。ラ・メールにて千円のステーキを食するに肉かたし。

十一月二十六日金曜晴、落語全集のCDを買ふべきか否かに迷ふ。外来にて漢方薬に手応へあり。医師会事務所の『大風流竹田』を借用す。周は苦手強化克服合宿に出かけたり。梓を公文に迎へに行き、ジョイフルにて食事す。カキフライを食し、デザートにワッフルを食す。

十一月二十七日土曜晴、竹田の書、職員にコピーを依頼す。診察室前の紅葉、散り始む。家人より家人実家の病院の後継につきて打診せらるるも、事情判らざれば一度話をよく聞くこととす。夜、高校先輩三木氏の会社設立祝賀会に出席す。弁護士の岩崎氏、ヤナセの中野氏と話す。

十一月二十八日日曜陰、月形コースにてゴルフ。平居、岩野、加藤の各氏と同伴す。午前中調子悪しきも、午後はよくなりてバーディを二つとる。午後気温下がり、寒し。夕刻、医師会病院の当直へ。ゴルフ仲間の竹内先生の息女フジテレビに採用され、来春アナウンサーとしてデビューすることを知る。

十一月二十九日月曜晴、外来少なく心配なり。漢方薬の上限二剤までか三剤までかはっきりせざれば、国保の担当者に確認す。医局に新しきパソコン入る。外科の明石先生風邪気味なれば漢方薬を勧む。夕刻、久しぶりに歩く。日没早くなりたれば、街灯のあるところを歩く。

十一月三十日火曜晴、外来少し多し。妻の様子あやしと訴ふる夫、夫婦にて受診す。新しきパソコンにて文章を作る。夜、謡曲の練習に行くも、咳出でて困惑す。

平成二十二年十二月

京都の友人垣本氏と鞍馬へ

十二月一日水曜陰、外来少なし。家人留守なれば試験中で昼過ぎに帰る長女を迎へに行く。週末の京都行きにつき垣本氏と電話にて打ち合はす。夕刻、竹田石油に行くに、経営者変はりて手際悪しく、時間を要しイライラす。夜、お好み焼きを食し、読書す。

十二月二日木曜陰後雨、午後大分に行くに財布を忘れたることに気づき慌つ。幸ひ上着ポケットにバイトの交通費ありて事なきを得たり。保険会社社員に会ひ、余のガン保険の契約をす。ロイヤルホストにてチキンを食す。レッスンはアプローチを中心に指導を受く。ジムにて泳ぎて帰る。

十二月三日金曜晴、夕刻医師会病院の医局にて、看護師より忘年会に歌ふことを依頼せる。暫し考へてPUFFYの「渚にまつわるエトセトラ」を歌ふこととす。夕刻歩く。夜は早く眠くなり床につく。

十二月四日土曜晴、ぎりぎりまで外来の診察をしたるのち大分空港へ。空港にて味噌ラーメンを食し、搭乗す。空港バスにて京都に入り、烏丸御池のハートンホテルにて垣本氏と落ち合ふ。しばし歓談して旧交を温めしのち、荻野元凱の開業跡地にある紫織庵に行き、庭を鑑賞す。竜安寺にまはり、石庭を見る。残念ながら数日前の強風にて紅葉は大半散りたりといふ。南座向かひの伊澤屋にて家族らへの土産を購入す。垣本氏懇意の魚菜えぼし庵といふ店にて会食す。思ひのほか料理の量多く食べ残したり。

十二月五日日曜晴、朝ホテル周辺を散歩し、偶然に吉益東洞の旧宅跡を発見す。思ひがけざる収穫なり。垣本氏の車にて鞍馬へ行く。昇りの石段急にして息弾めり。貴船べにやといふ料理旅館にて、鰻のひつまぶしを食す。ひなびたる雰囲気ありて余の好みなり。次いで京都造形美術大学裏といふ明治の漢方医新妻荘五郎の墓を訪ぬるに、わかりにくくして、探しあつるまでに苦労す。等持院にて家康の木像を見、庭を鑑賞す。

帰途は時間節約のため、空港の待ち時間にサンドイッチを食す。
十二月六日月曜晴、内膜症の患者より、腹痛を訴ふる電話あり。いくつかの可能性を考へ対処法をアドバイスす。夕刻歩く。京都旅行の事後処理として写真の整理、礼状など。忘年会の歌の練習をす。
十二月七日火曜陰、夕刻寒ければ運動は控ふ。夜、謡曲の練習に行く。市川海老蔵の記者会見あり。
十二月八日水曜晴、朝ブレーカー落ち、暫しの間パソコンの使用できず。外来暇なり。打撲せし家人の臀部の痛みとれざれば、午後医師会病院を受診するに、骨折が認めらるとのこと。夕刻寒ければ、室内にて素振りをす。夜、チキンナゲット、味噌汁など食す。
十二月九日木曜晴、外来まづまづ。患者より自家製柚子ジャムを貰ふ。午後九重町の診療所にて漢方外来を行ひしのち、大分へ。ジムにて運動しえび福にて天丼を食す。
十二月十日金曜晴、外来まづまづ。夜、ホテル岩城屋にて医師会病院の忘年会あり出席す。PUFFYの「渚にまつわるエトセトラ」を歌へば、看護師後ろにて踊る。二次会に秦先生、事務長らとスナック一家に行く。
十二月十一日土曜陰、外来に知人の子息不眠を訴へて受診す。午後わさだタウンにて映画「ノルウェイの森」を観る。予想せし以上に重き内容なり。夜、ふぐ八丁にて開かれたる織部塾の忘年会に出席す。五十回記念なれば織部先生に弟子一同より花束を贈る。大分泊。
十二月十二日日曜晴後陰、早朝ジャンボ練習場にて練習せし後、サニーヒルゴルフ場へ。時枝、二宮、梅原の各氏とラウンドす。調子安定して良かりしも、後半に時間なくなりて一ホールを残してやめ、医師会病院の当直へ。
十二月十三日月曜雨、新患の認知症患者受診す。不眠症の女性にサフラン効果あり。寒くしてクリニックの整理出来ず。薬の説明会にて貰ひし食道園の弁当と牛のタタキにて梅酒を飲み、ソファーで眠る。
十二月十四日火曜小雨、体調良くなりたれば漢方をやめたしといふ患者あり。同級生の教員汚職の罪に問はれし江藤君、亡くなれりとのこと。傷ましきことなり。ペニスの痒みを訴ふる高校生受診す。夕刻久しぶりに歩く。夜、焼き魚、クリームシチューなどを食す。

十二月十五日水曜陰後晴、寒き日続けば明日のゴルフは中止す。医師会事務所にて医祖祭の昔の写真を見る。曾祖父、祖父、父の写真ありて黒川家の歴史を感ず。家人周の成績最近上昇せりといふ。向陽中学に周の願書を提出す。散髪に行きさっぱりす。時間あれば、みさき画廊に行きて暫し雑談す。

十二月十七日金曜晴、日頃よく行く大分カントリークラブより、余のプレイ年間四十回を越えたりとて、ブリ届く。夕刻歩くに少し日脚延びたる印象あり。メディカル・カンポーに掲載する多紀元簡の原稿に着手す。たまたま、居間にありし周の入試用の自己推薦文をみるに、「僕の特長であるねばり強さ」といふくだりありて思はず笑ふ。

十二月十八日土曜晴、外来少なければ午後よりの当直の準備をす。午後、家族も一緒に車で玖珠へ。道中、雪残れる場所あり。夜、望山荘の高田病院忘年会に出席す。あいさつののち、歌も歌ふ。当直は特記すべきことなし。

十二月十九日日曜晴、夕刻義父のところに行き、高田病院の今後のことにつき相談す。夜、小国町経由にて帰宅す。途中黒川温泉の店にて団子汁、うどんなどを食す。帰宅後眠くなりたればそのまま床につく。

十二月二十日月曜晴後陰、朝四時半に目覚め、録画せし「坂の上の雲―広瀬、死す―」を観る。最近判明したる史実も採用せし内容なり。年の瀬にて何かと気ぜはしき心地す。説明会では珍しくカレー配布せらる。夕刻の散歩中、電話とメールあり。寒さ少し緩む。夜、ステーキで梅酒を飲む。年賀状を書き始む。

十二月二十一日火曜雨、家人、臀部のしびれ未だ残れりと訴ふ。外来まづまづ。夕刻、介護保険審査会に出席す。順調に終はる。帰宅後三十分歩く。夜、保健所主催の自殺対策研修会に参加するも、内容空疎なれば異議を唱ふ。

十二月二十二日水曜陰、病院経営につき相談するため天心堂事務長榎本氏に会ふこととす。家人の痛みは軽快す。しびれにつきては、漢方仲間の麻酔医平田先生に電話にて相談す。メディカル・カンポーの原稿少し形になる。夕食は鶏のササミとチーズのカツ、カボチャのスープ。ＢＳにて歴代総理の評価を観る。

十二月二十三日木曜天皇誕生日晴、余が幹事を務むるクリスマスコンペを行ふ。予定通り十六名の参加あり。オネストジョン方式にてコンペを行ひ、同点五名がジャンケンにて優勝を決す。打ち上げを都町のいちじくなる店にて行ふ。大分泊。

十二月二十四日金曜晴、年も押し迫まりたれば、クリニックの片づけ、整理の作業をす。外来まづまづ。午後三時すぎ、天心堂榎本氏来院し、いろいろと話を聞く。夕刻は寒ければ歩く気にもならず。病院職員に漢方薬を出す。夜、おろしハンバーグなど食す。

十二月二十五日土曜晴、外来十人以上受診す。外は極めて寒し。午後家族と大分へ。トキハアフターヌーンティーで昼食。家人と義父に贈るシャツを購入す。書を求め、ジムにて運動す。えび福にて天丼を食す。

十二月二十六日日曜晴後陰、月形コースにて平居、岩野、衛藤の各氏とゴルフをす。調子はいまひとつなり。家人と長女は玖珠実家へ、周のみ竹田に帰りたれば、ローソンにて弁当やスープを求め、夕食とす。早めに床に入る。

十二月二十七日月曜陰、朝食を作り、大分の塾へ行く周を駅まで送る。外来はまばらなり。原稿完成するも、大杉製薬の挽田氏雪のため来ず。病院の医局会は早く終了す。母とすき焼きを食す。

十二月二十八日火曜陰後雨、寒き日続く。挽田氏来院すれば、原稿を渡す。夕刻、家人と長女、玖珠より戻る。長女の久留米大学にての検査は異常なし、されど、この病気の経過としては奇跡的なりとのこと。夜、刺身、豆腐、ブリ、大根の煮付けなど食す。夜、家の本など整理す。

十二月二十九日水曜晴、クリニックの本など整理す。机の上を片づく。病院で雅彦先生と雑談す。寒さ少し緩み、夕刻久しぶりに歩く。夜、鉄板焼で梅酒を飲む。

十二月三十日木曜陰後雨、一日中暗き天気なり。クリニックの片づけ終はる。午後、病院の半日直に。夜、ピザ、ポトフ、コロッケなど食す。オークションにて注文せし高橋真梨子のＤＶＤ届く。

十二月三十一日金曜陰、朝雪。道路凍結し滑るため、墓参りは断念す。昼前に家族で出発し、年越しの為東洋ホテルへ。ビスタテラスにて昼食。夜は十四階の和食処にて会食す。時間遅れ紅白歌合戦の開始に間に合はず。部屋に戻りて紅白を観る。コンビニで購入せし、カップ麺の蕎麦を皆で食す。

平成二十三年

平成二十三年一月

長男の中学受験

一月一日土曜晴、新年の朝を家族と共に東洋ホテルで迎ふ。西側の窓の外の、遠方の山々や近き家々に朝日の射す様見ゆ。朝食に行くに正月料理は和食にて雑煮もあり、家族一同満足す。護国神社に車にて初詣に行く。余の引きしおみくじ大吉にして、何事も思ひのままなりといふ。昼食はわさだタウンに行き、オムライスを食す。夕刻ジムに行くに、体重七十四・六キロと思ひがけなく増え、減量を誓ふ。夕食はセンチュリーホテルの李白にて、中華料理を食す。上野丘先輩なる、百万石の首藤氏一家と一緒になり、挨拶す。夜はテレビにてイチローのインタビュー番組を観る。興味深し。ホテル泊。

一月二日日曜晴後陰、夜中何度も目覚む。周を塾に送り、トキハデパートへ行く。三万円のダンヒルの福袋を購入す。ベルト、財布、名刺入れ入りゐて、得したる感あり。手袋を探すも適当なるものなく購入せず。トキハ内の喫茶銀次郎にてサンドイッチの昼食を摂る。実家の玖珠へ帰る妻子と別れ、母と共に竹田へ。正月早々ゴルフの練習に行く。夜は母のもとにてちらし寿司と雑煮を食す。年賀状の整理す。体調悪しく、寒気を覚ゆれば葛根湯を飲む。

一月三日月曜晴、起床するに、体調回復したる感あり。月形コースへ本年の初ゴルフに。高本、岩野、加藤の各氏と同伴す。調子悪しく、いささか落ち込む。ラウンド後大分へ廻り、塾の終りし周を迎へて帰る。おせち料理を食し、焼酎を飲む。早めに床に入り、本を読み、音楽を聞く。

一月四日火曜晴、周は岩田中学受験のため家人の車にて大分へ。仕事始めなり。患者多し。夕刻歩く。夜、家族にて鍋料理を食す。焼酎を飲む。周は初めての受験で緊張したりと言ふ。

一月五日水曜陰、午前三時に目覚め、二度寝す。午前中外来ひまなり。病院の判定会議への出席をすっかり忘却す。夕刻、明日の周の向陽中学受験に備へ、大分へ向かふ。塾の終りし周を迎へ、ともに夕食を摂り、ホテルにて早めに床に入る。

一月六日木曜晴、ホテルにて周と朝食を摂る。周の世話を竹田より出できたる家人と交代し竹田へ戻る。外来は特記すべきことなし。午後再び大分へ出て大分市美術館へ。田能村竹田関係の著作ある旧知の宗像健一氏に面会す。余の田能村竹田の小説を書きたしとの希望を伝ふるに、資料収集に協力せむと確約せらる。

一月七日金曜晴、ぐっすり眠るを得たり。ネットにて岩田中学の合格発表を見て、周の受験番号を見出だし家族一同喜ぶ。夜地元医師会の新年会に出席す。十六名の参加ありて、記念写真を撮影す。各自新年の抱負を述ぶ。余は田能村竹田の小説執筆のことと、家人実家病院の継承課題のことを述ぶ。

一月八日土曜晴、朝、ネットにて周の向陽中学入試結果をみるに、受験番号を見出だし得ず一同落胆す。しかるに昼過ぎになりて向陽中学より速達来たり、合否ぎりぎりの不合格なれば補欠入学の可能性ありとのことなり。午後、玖珠の家人実家の病院へ久住経由にて行かんとするに、途中の山々に白き雪見ゆ。中学同級生のタクシー運転手に電話にて連絡して、スタッドレスタイヤ必要なりと聞きたれば、急遽大分経由にて高速を利用して行くこととす。予定時刻には若干遅れたるも無事病院に到着す。義父と病院の今後のことにつき話す。病院を閉鎖したるときは地域医療・雇用の面に影響すること大なれば、医師を探して現在の形で運営を継続せんとの方針を確認す。

一月九日日曜陰、当直室にてよく眠る。病院事務長より決算書を入手す。発熱の外来患者、思ひがけずインフルエンザテスト陽性なればタミフルを処方す。帰途も大分経由にて。大分の五車堂にて夕食にAランチを食す。

一月十日月曜陰、朝月形コースへ行き、朝食を摂る。高本、衛藤、田中の各氏とラウンドす。調子悪しければ、ラウンド後アプローチの練習をす。夜、パスタと豆腐を食す。風邪気味なれば早めに床につく。三十七・一度の発熱あり。

一月十一日火曜晴、天心堂の榎本事務長にＦＡＸにて決算書の分析を依頼す。午後、出血患者の往診のため長湯老人保健施設「みはるヶ丘」へ。本日は鏡割りなればぜんざいを食す。夕刻寒けぶりかえしたれば葛根湯を内服す。警察より暴行事件の診察協力の依頼あり。

一月十二日水曜晴、夜中に目覚め、二度寝す。大杉製薬挽田氏来院す。田能村竹田の論文を読み終る。夕刻、ウォーキングの途中、家人より周向陽中学へ入学可能となりたりとの連絡あり。家族一同喜ぶ。

一月十三日木曜晴、患者少なし。宗像健一氏解説の田能村竹田画集が三月に出版予定なるにつき、出版社よりプロモーションの依頼あり。田能村竹田顕彰会理事の渡辺竜太郎氏に相談す。午後、向陽中学入学手続きに行く。長女より自作の詩を見せらる。親馬鹿なるやは知らねども胸うつものあり。夜、ホタテと豆腐を食す。

一月十四日金曜晴、外来少なく手持ちぶさたなり。夜は医師会病院病棟新年会にて焼き鳥大将へ。十二名の出席あり。会話弾みて楽しく飲む。生ビール一杯、梅酒三杯を飲む。帰宅後、すぐに床につく。

一月十五日土曜陰後雪、寒ければ病院の整理進まず。『大風流田能村竹田』を読む。夜、まぐろ、イカ刺身、味噌汁を食す。ネットのオークションにて落語全集のCD四十枚を二万九八〇〇円で落札す。

一月十六日日曜晴、寒し。昨日の雪残れるも月形コースはゴルフ可能なりとの連絡あり。寒けれども天気良ければ行く。ラウンド後、アプローチの練習をす。妹の嫁ぎ先の舅亡くなれりとの連絡あり。夜、家族で寄せ鍋を食す。

一月十七日月曜晴、外来に中学の同級生受診し暫し雑談す。午後、老健施設「みはるヶ丘」の患者、子宮脱の疑ひにて受診す。診察の結果、子宮の脱出にはあらずして、尿道口の脱出の可能性強し。きはめて稀なる症例なり。夕刻歩く。夜、八宝菜、蟹玉など食す。芥川賞、直木賞受賞者発表。芥川賞は対照的なる経歴の男女二名受賞す。

一月十八日火曜晴、よく眠る。ゴルフコンペの組み合はせを作成しプリントす。外来ひまなり。夜、チキンカツ、クリームシチュー、切り干し大根を食す。落語全集CD届く。

一月十九日水曜晴、妹の舅の葬儀に参列するため、エスティマに母と叔母を乗せ、柳川へ赴く。葬儀は一時間にて終る。出棺時、白きハトを放つを初めて見る。帰宅後、JRで大分へ。大杉製薬の漢方勉強会に出席す。忙しき一日なり。

一月二十日木曜晴、よく眠る。外来少なし。新年の挨拶にきたりし、当院の担当の北迫税理士と初めて会ひ、少し話す。トキハにてコンペの賞品を購入し、沖縄展にて琉球ガラスのコップを購入す。わさだにて天ぷらを食し、ユニクロにてパンツを購入して帰る。

一月二十一日金曜陰、徳島の庄子先生と相談し、夏に尾台榕堂の生誕地新潟を訪ぬることとす。久しぶりに外来多し。午後になりて、たまたま日を同じくして尾台榕堂子孫の展弘氏より寒中見舞い届く。夜、肉豆腐食す。

一月二十二日土曜晴、午後豊西准看護学院にて三時間講義するもあまり疲れを感ぜず。センターで練習す。マグロの刺身、サラダ、チキンの味噌煮、味噌汁を食す。

一月二十三日日曜晴、素晴らしき天気となる。サニーヒルにて高校先輩三木氏の会社のコンペあり。余は幹事を務む。三木、大木氏とラウンドす。夜、東洋ホテルの鉄板焼にて表彰式と打ち上げをす。ホテル泊。

一月二十四日月曜陰、朝ホテルより竹田に戻る。医師会病院職員より漢方薬を頼まる。医局会にて余の申請せし桔梗石膏採用となる。

一月二十五日火曜晴、四期対抗ゴルフの賞品購入を川原に依頼し、また花宮君に写真係を依頼す。夜、コロッケ、サラダを食す。

一月二十六日水曜晴、パソコンの調子悪しく、メール開くことかなはず。夜、餃子、豆腐、ネギ煮込みを食す。

一月二十七日木曜晴、寒し。先哲叢書の『田能村竹田』を読む。午後は、はさまクリニックに行き絵の話などす。その後九重町の診療所に行き、帰りに高速にて覆面パトカーに捕へらる。追い越し車線を走り続けたるためなりといふ。この程度のことにてと思へどもやむをえず。わさだのラケルにておこげオムレツとチキンを食す。

一月二十八日金曜陰、パソコンの故障続く。夜児玉看護師の還暦祝賀会に出席す。マイクロバスにて荻の里温泉館に行き、風呂に入り、宴の最後に挨拶す。

一月二十九日土曜陰、あられ、寒き日続く。家人と周は中学の入学説明会へ。夕刻ウォーキング。焼き肉を食し梅酒を飲む。

一月三十日日曜陰後晴、月形コースにてゴルフ。平居、高本、岩野の各氏とラウンドす。九大産婦人科時代の同僚平川君と会ひ、しばし雑談す。

一月三十一日月曜晴、寒き日続く。夜、大分へ。東洋学会の財政苦しく、県部会の開催危ふしとのこと。思ひがけなきことなり。織部先生とスナックに行き、先生の義弟で県立病院の瀬口先生と一緒になり挨拶す。

平成二十三年二月

思文閣出版からの依頼

二月一日火曜晴、前日の日本東洋医学会理事会にて一泊せしため、朝大分より戻る。外来に三十歳男子にて県職員なる不眠症の患者受診す。趣味はネット囲碁といふ。些かひ弱なる印象はあるも大凡普通の青年なり。漢方薬のみにて治療せんと思ふ。外来まづまづ。寒さ少し緩む。夜、豆腐と魚の煮付け。周に宿題の算数の問題を問はれ、解けずして面目を失ふ。

二月二日水曜陰、電子カルテメーカー中請氏来院し、故障せしパソコン無事修復す。京都思文閣出版より電話あり、宗像先生の本の出版にあたり協力を依頼せらる。夜、焼きそばに梅酒を飲み、すぐに眠気を覚ゆ。

二月三日木曜晴、職場に出勤すること不安なりと訴ふる若き男性受診す。重症の様子なれど能ふかぎりのことはせんと思ふ。ジムの後、恵方巻きとロールケーキを購入す。夜家族にてその恵方巻きと湯豆腐を食す。

二月四日金曜晴、朝起床すること辛きほどの眠気を覚ゆ。寒さ少し緩む。隣保斑の元医師会病院事務長福田氏死去す。夜、春巻きを食す。

二月五日土曜陰後晴、午後家族にて母の誕生日と周の向陽中学合格祝ひを兼ね、瀬の本高原のアマファソンに会食に行く。福田氏の通夜にて余は受付を務む。留守番の梓、家のカギを自宅前の溝に落としたりとて、周通夜の式場に余のカギを取りに来たる。夕食はキムチ鍋を食す。

二月六日日曜晴、夜中何度か目覚む。月形コースで岩野、後藤、柴崎の各氏とラウンドす。レストランスタッフの女の子急死したりと聞き驚く。先週までは親しく話せしに信じがたき思ひす。帰途、四月より朝周を送ることになる犬飼駅に寄りてみる。周ジュンク堂書店にて一万円落としたりといふ。

二月七日月曜晴、外来暇。昼、好物の鍋焼きうどんを食す。回診、カルテ書きをす。説明会ではトンカツ弁当を食す。夕刻歩くに日の長くなれるを感ず。元県議会議長和田至誠氏夫人死去す。

二月八日火曜晴後陰、職員より、子供のインフルエンザにかかりし故欠勤すとの連絡あり。別府の垣迫先生より日本東洋医学会の財政状況逼迫し、県部会も開く能はずといふ電話あり。夕刻、スーパーに寄り、ジュース、オレンジ、缶詰など余の好物を購入す。和田夫人の通夜に参列す。夜、刺身、シジミ汁など食す。

二月九日水曜晴、コタロー薬品占部氏来院し説明会のことなど話す。夕刻歩く。夜、ミートスパゲッティを食し梅酒を飲む。

二月十日木曜陰、予約のありしほどには患者来院せず。午後大分へ。わさだのラケルにてチーズオムライスを食す。ジムに行き、散髪す。

二月十一日金曜建国記念の日陰、朝、雪舞ふ。高校同級生ゴルフコンペにて、竹中コースへ。森、川原、花宮、寒川、江口、足立、村上、森本、黒川の九名参加す。余の調子すこぶる良く、スコアも一番良し。四期対抗の準備につきての話し合ひもなごやかに進めり。パークプレイスへ寄る。

二月十二日土曜雪、朝早く目覚む。患者意外に多し。大分自動車道は通行止めなれば、大分まで車にて行き、大分駅より塾の終りし周と特急ゆふに乗り、玖珠へ向かふ。

二月十三日日曜陰、夜中に何度か目覚むるもよく眠り得たり。読書にて時間を過ごす。梓リンゴジュースとイチゴの差し入れを持ち来たる。ソファにて昼寝す。

二月十四日月曜雪、バレンタインデー、家族、職員よりチョコレートを貰ふ。昼過ぎまで雪降り続きたれば、スタッドレスタイヤを装着したる家人の車にて医師会病院へ行く。事務長と四月以降の勤務につき話す。山本益博『イチロー 勝利への10ヵ条』読了す。

二月十五日火曜陰、朝また少し雪降る。同級生の菅へ四期対抗の件にて、徳島の庄子先生に東洋医学会の財政の件につきメールを送る。夕刻元気出でたれば少し走る。スティックサラダ、鯵の唐揚げを食す。
二月十六日水曜晴、ネットオークションにて昔懐かしきフンパーディグのCD八四八円で落札す。夕刻、久しぶりに練習に行く。田能村竹田との関連にて頼山陽のことにつきネットで検索す。
二月十七日木曜陰後雨、朝ゆっくり眠る。梓頭痛を訴へ、学校を休む。森君より所用ありて四期対抗に参加出来ずとのメールあり。中心選手として期待せし故、いささか落胆す。午後大分へ。みさき画廊にて池田氏と雑談す。尾台榕堂出身地の十日町を描ける絵画を見つけ、小説を書く上の参考にせんと思ふ。シネマ5にて「メッセンジャー」といふ映画を観る。現実ばなれしたる話なるも、映像の美しさにリアリティあり。えび福にて天丼を食す。
二月十八日金曜陰、各期に四期対抗案内をFAXにて送る。医師会病院に回診に来られたる父と同期の井田先生と暫し歓談す。夕刻歩く。夜、鴨鍋を食し梅酒を飲む。
二月十九日土曜晴、『大風流田能村竹田』を少しづつなれど読み進む。昼、家人留守なればサンドイッチを購入し、円通閣へ行きて食す。午後、半日直の当直をす。腹痛、咽頭痛の患者来院す。夕刻、練習に。調子まづまづ。山脇東海の短冊届く。
二月二十日日曜陰、自分で朝食を作り、月形コースへ。竹内、平居、岩野の各氏とラウンドす。竹内氏の長女、早稲田大学を卒業しフジテレビに入社するとのことにて、その話題で盛り上がる。ゴルフは前半調子良かりしも、後半崩る。ラウンド後、練習す。夜、ビビンバと梅酒。
二月二十一日月曜晴、外来四名。午後病院にて回診。夕刻、運動公園を歩く。久住、大船などの稜線鮮やかに見ゆ。夜、餃子、エビチリ、蒸し鳥など食す。川原と電話で四期対抗の打ち合はわせをす。
二月二十二日火曜晴、外来ひまなり。大杉製薬挽田氏来院す。母親手作りのティッシュカバーを貰ふ。最近十二時近くまで起きてゐる日続く。
二月二十三日水曜陰後雨、天心堂榎本事務長よりメールあり、玖珠の病院の問題点など指摘せらる。夕刻雨で歩かず。周のウォークマンを、ポケットに入れたるまま家人洗濯して壊せり。夜、酢鳥、クリーム煮を食す。

二月二十四日木曜晴後陰、外来ひま。黒川温泉経由にて午後九重町の診療所へ。夕刻、百万石にて鰻重定食を食し、首藤先輩と歓談す。パークプレイスに寄り、長女の好物ポップコーンなど購入す。

二月二十五日金曜晴、余の処方せし薬を内服せず、健康食品を飲む患者あり。厳しく注意す。夕刻、運動公園へ。風暖かし。夜、豆乳鍋を食す。クレジットカードのポイントを使ひて、リンゴジュース、うどん、鼻毛カッターを注文す。

二月二十六日土曜晴、周ニーチェに興味を示したれば余の所蔵する書籍を与ふ。午後、大分へ。ゴルフの練習をす。散髪し、夜織部塾に参加す。大分大学北野教授に玖珠の病院の後継者の件につき依頼す。

二月二十七日日曜陰後雨、ホテルの朝食で宇佐の時枝先生と同席し話す。ジャンボ練習場にて練習をしたる後、サニーヒルへ。織部、金子、時枝の各氏とラウンドす。暖かくして半袖にも可ならんと思はるるほどなり。ラウンド後、医師会病院当直に。

二月二十八日月曜雨、当直明けに、林下先生と話す。大分大学穴井、北野先生に玖珠の病院の件につきメールを送る。暖かくして春の感あり。うつ病の県職員経過良し。夕刻、医局会の話し合ひあり。徒に長引けば、スピーディなる進行を望むと発言す。説明会にて供されたる寿司二人前を食す。

平成二十三年三月

黒川先生と久住「わらび」に行こう

三月一日火曜陰、午前五時半起床。外来五名。加藤精神病院の加藤一郎先生ご母堂逝去との知らせあり。葬儀出席につき母と相談す。玖珠出身の大分大学穴井先生より、家人実家病院の後継者問題につきてのメール届く。全面的に協力する意あるも、自身の後継は困難なりとの内容なり。午後医師会病院にていつもの如く回診、カルテ記録を行ふ。夕刻歩く。

三月二日水曜陰、二月分の収益少なし。独居高齢者の通院手段確保が切実なる問題なり。左下顎部辺りに鈍い歯痛あり、鎮痛剤を服用す。午後病院の監査入るも大きなる問題なし。夕刻歩くに日の長きを実感す。夕食にハヤシライスとサラダを食し、早めに床につく。

三月三日木曜陰、寒き一日なり。午後大分へ。友人と昼食を共にし、互ひに近況を語り合ふ。わさだにて家族の土産としてアイスクリームを購入す。夜、母も来たりてちらし寿司を食す。

三月四日金曜陰、外来今日も少なく将来に不安を覚ゆ。高校同級生の経営するタクシー会社、経営を譲渡すとのこと。夕刻歩くに寒さぶり返す。夜は酢豚を食す。夜、大学の同級生より珍しく電話あり、現在漢方を勉強中にて、六月の織部塾に参加したしとのことなり。

三月五日土曜晴、外来七人と少し持ち直す。家人不在にて母と梓と昼食に喜多屋へ行くも、観光客などにて満席なれば、近くのビジネスホテルつちやにて済ます。ゴルフ練習に行く。調子はまづまづなり。夕刻より医師会病院当直へ。意味不明の訴へを長々と述ぶる患者ありて困惑す。服用中の薬を見るに精神科疾患の可能性あり。

三月六日日曜小雨、月形コースにてゴルフす。畑、高本、加藤伸の各氏と同伴す。余調子悪しく気落ちす。ラウンド後衛藤氏にアドバイスを貰ふ。上野丘二十五期後藤先輩より四期対抗案内催促の電話あり。

三月七日月曜晴、二十七期の幹事大平君と四期対抗の会の運営につき意見交換す。医師会病院看護師たちと、職員の一人の夫君が経営する久住のわらびなる居酒屋に行くこととなる。幹事の作成したる案内のパンフレットをみるに、「黒川先生と久住わらびに行こう」とありて苦笑す。同級生黒田君にジャンボタクシーの借用を、九人にて一万円で交渉す。説明会にて寿司折り二つ貰ふ。夕刻歩く。

三月八日火曜晴、四月より水曜日午後に玖珠の家人実家病院の手伝ひにいくこととなりしため、自家のクリニックの外来整理などの段取りをす。病院の判定会議には十二の症例あり。夜謡曲の練習に行く。外はいまだ寒し。

三月九日水曜晴、風強く寒き一日なり。税理事務所より今年の還付金は多額なりとの知らせあり。川沿ひの道を歩くにかぜ強ければ、街中を歩きて田能村竹田の墓所に行く。夜、コロッケ、トマトスープ、カナッペを食す。
三月十日木曜晴、電話のみにて病状を心配してゐたりし患者受診し、心配せしより症状軽ければ安堵す。天気よけれども寒し。午後大分に出て、映画「ツーリスト」を観る。ヴェネツィアの風景興味深けれど、筋立てに工夫なし。夜、湯豆腐、ハンバーグ、サラダを食す。
三月十一日金曜晴、大分大学北野先生より玖珠の後継者につきてのメールあり。午後医師会病院医局のテレビに集まれる医師たちを見て、地震の発生したることを知る。津波の押し寄する様、まるで映画の如き様相なり。夕刻、黒田君のタクシーで大分へ。婦人科悪性腫瘍研究会に参加す。
三月十二日土曜晴、地震のニュース続く。わさだモロゾフにて家族と昼食、余はトマトのパスタを食す。ジムに行きニュースを見つつ、ウォーキングマシンに乗る。みさき画廊に行き、梓に詩画集を求む。俳句「山々に緑探して春を待つ」を作る。
三月十三日日曜晴、ジャンボゴルフセンターにて練習す。昼食に丸亀うどんに入らんとして事故を起こしさうになり慌てたり。白木ゴルフクラブで黒川杯ゴルフ。宮崎、目代、糸永の各氏とラウンドす。久しぶりに調子よし。ラウンド後天空の湯に入る。夜、しばらくにて打ち上げ。優勝とベスグロ獲得す。いつものごとく盛り上がる。
三月十四日月曜晴夕刻雨、ホワイトデーなればかねて用意の品物を職員などに手渡す。原発事故のニュース続く。周携帯を替えるへたしといへばその理由を文書にまとめ、提出せよと要求す。夕刻歩くに、途中にて雨降り始めたれば切り上ぐ。夜、梅酒を飲み、ソファーにて居眠りす。
三月十五日火曜晴、朝歩く。外来七名。午後病院の回診を手早く済ませ、医局にて原発事故のニュースを見る。夕刻歯科へ。治療後、舌と歯擦れて痛みあり。
三月十六日水曜晴、朝粉雪舞ふ。銀歯につきたる破片擦れて痛む。医師会病院の患者の家族来院すれば、病状を説明す。歯痛めば、歯科に行き痛む歯を削る。夕刻、周の携帯買ひ代へのため、ドコモへ。メディアスといふ機種を注文す。夜、カレー、サラダ、クリームスープを食す。

三月十七日木曜晴、外来三名。加藤病院よりの患者あり。竹田南高校へ寄付金を振り込む。午後、トキハ但馬屋へ行く。夜、オムレツを食す。
三月十八日金曜晴、朝歩く。四月出版予定の田能村竹田基本画譜のパンフレット届く。母に頼まれ、商店街の十一万円分の商品券を十万円にて購入す。夕刻、練習に行くも、調子わからず。夜、焼き肉とサラダを食す。地震にて自粛中のテレビのバラエティ番組再開す。
三月十九日土曜晴、朝歩く。携帯の待ち受け用に気に入れる桜の写真を発見す。宗像先生にメール。黒川温泉経由にて玖珠へ。岡本豆腐店で豆腐と揚げを購入す。当直中浜田省吾の記事をネットで興味深く見て、二曲ダウンロードす。
三月二十日日曜陰後雨、『岡藩（シリーズ藩物語）』を読む。外来と病棟に指示を出す。夕刻練習に。家族も来たれば玖珠にて食事を摂りて竹田に戻る。
三月二十一日月曜陰時々雨、月形コースにてラウンド。桑原、平居、衛藤の各氏と同伴す。スイング、コンパクトになれりと言はる。されどアプローチ、バンカーはいまだしなり。一度家に寄り、洗濯物を置きて医師会病院の当直へ。
三月二十二日火曜晴後陰、外来八名、新患もありてわりに多忙なり。歯科にて型をとるに、口を長くあけ続くること辛し。夜、鯛の刺身、吸ひ物を食す。藤沢周平『一茶』を読了す。精神科医の従弟、ボランティアとして被災地へ行く。
三月二十三日水曜晴、朝歩く。周の卒業式。『岡藩』読了す。夕刻、大分へ行き、大杉製薬漢方勉強会に出席す。中国より帰化したる中川先生の講演を聞く。眠気を覚ゆ。終了後新年会あり。楽しく仲間と懇談す。スナックにて織部先生らと二時まで話しこむ。
三月二十四日木曜陰後晴、寝不足なれば少しく体つらし。ジムに行くも運動は控へめにす。わさだで、梅酒を購入す。タコのサラダ、湯豆腐を食す。
三月二十五日金曜小雨後晴、二度寝して朝歩く。子宮脱患者のペッサリー交換に手間取り、患者を痛がらせ申し訳なし。大分のマンションの居住者四月一杯にて退去したしとの連絡あり。ツムラ森井氏来院し、地震にて茨城工場被害を受け、暫く生産に支障ありとのこと。夜、久住の居酒屋わらびに看護師九人と行き、楽しく飲食す。黒田君のジャンボタクシーに乗る。余はビール一杯と梅酎ハイ二杯にて帰宅後玄関前にて吐く。

三月二十六日土曜晴、夜中に目覚む。外来はそこそこなり。水琴窟の展示場の、知人の画家阿南英行氏の個展に行く。桜の幻想的な作品に惹かる。大分に出て、トキハ会館にて夕食にそばとカツ重を食す。大分臨床漢方懇話会の理事会に出席し、漢方講演会を聞く。歯科の漢方の先生の話なり。

三月二十七日日曜晴、月形コースにてゴルフ。岩野、高本、宮脇の各氏と同伴す。郵便局に勤める宮脇氏、定年前最後のゴルフといふ。ラウンド後アプローチの練習をす。帰宅後、夕刻、周と携帯の交換に行く。冷蔵庫の氷出来ざりし為、初めてスーパーにて氷を買ふ。夜、お好み焼きを食し梅酒を食飲む。「白州次郎」の再放送を観る。

三月二十八日月曜、朝歩く。ツムラの工場被災のため、大建中湯につきコタローに照会す。宗像先生より本の件にて電話あり。二割引にしてくるるとのことなり。勉強会の資料をまとむ。説明会は臥牛の焼肉弁当。歯科にてブリッジを用ゐて患部を埋め、一応治療終了す。歯科医より周の中学合格につきてお祝ひを言はる。

三月二十九日火曜晴後陰、朝歩く。患者説明用のパンフレットを作成す。夕刻も歩くに、雨降りさうになりたれば引き上ぐ。サーモンのサラダ、椎茸、ジャガイモ、鶏肉のホイール焼きを食す。

三月三十日水曜晴、朝は歩かず。『類聚方広義』を読み終る。医師会の会報に宗像先生の本の推薦文を書く。家人PTAの懇親会なれば、母と子供たちとキップスへ行く。

三月三十一日木曜晴、午後九重町の診療所へ。途中、また豆腐と揚げを求む。大分にまはりジムへ。夜牡蛎の天ぷらを食す。

平成二十三年四月

周の中学入学式

四月一日金曜晴、朝の散歩は岡城に登る。桜花満開に近く、生命の息吹を感ず。外来の合間、三月分レセプトのチェックを行ふ。県医師会、掲載予定の原稿の校正をす。午後、医師会病院へ。新任の白石先生と挨拶す。先生小児科医にして、自閉症専門なりとのことなり。織部先生に電話にて周の中学校の保証人を依頼す。湯豆腐、冷や奴、油揚を食す。

四月二日土曜晴、朝歩くに暑さを覚ゆ。出で立ちを夏仕度にする要ありと感ず。原稿の校正は二カ所のみなれば、電話にて済ます。豊後大野市の筑波先生にメールして、訪問の約束を取る。午後、医師会病院当直に。発熱患者数名あり。当直終了の後、夕刻、周と大分へ行き、織部先生宅を訪ね、保証人のサインを戴く。李白にて家族、玖珠の両親も来たりて、会食す。

四月三日日曜陰、月形コースにてゴルフ。岩野、高本、畑の各氏と同伴す。前半調子悪しけれど、後半はよくなれり。夜、ロールキャベツ、サラダを食す。

四月四日月曜晴、徳島の庄子先生より七月の新潟行きにつきメールあり。大杉製薬挽田氏来院す。メディカル・カンポーの原稿料として三万円を受領す。貴重なる臨時収入なり。盆に行く予定の長崎西海橋のホテルを予約す。梓の久留米大学病院受診のため、家人と子供たち久留米へ。夕刻歩く。スーパーにて夕食用に弁当とデザートを購入す。

四月五日火曜晴、朝歩きし後、痩せ具合を確かめんとして、試みにサイズの小さくなれるズボンを履く。外来少なかりしも終り方になりて少しもちなほす。家人留守なれば母のもとにていただきものの讃岐うどんを食す。夕食も母のもとにてヒラメのムニエル食す。

四月六日水曜晴、朝歩く。トーストと牛乳のみの朝食。午後玖珠の家人実家の病院へ行き、外来診察を行ふ。高速の別府湾インターにて夕食にカレーを食す。ジムに行き、夜、塾の終りし周を乗せて帰る。

四月七日木曜晴、周の中学入学式なり。家人とともに大分へ行くを見送る。大きめのネクタイを締め、制服を着用したる周の姿はあたかも新入社員の如くなり。クリニック玄関前にて記念撮影す。午後大分へ。旅行社にて七月に予定したる新潟行きの相談をす。予想せしごとく一旦東京に行く要ありとのこと。トキハ会館一階のグラスインダクションにてゴルフ用のサングラス注文す。夜、家族にて周の好物なるしゃぶしゃぶを食す。梅酒を飲み、早めに寝ぬ。

四月八日金曜陰後雨、マスターズゴルフ開幕す。早朝より自然に目覚め、テレビ観戦す。周の初めての通学の日なり。犬飼駅まで送る。新潟に同行する徳島の庄子先生と相談し、大体の旅程を決む。周夕刻学校より戻る。学校の様子を嬉々として語れば安堵す。シャケ、イカリングの天ぷら、サラダ、あさりしぐれ煮を食す。録画せし岡本太郎のテレビドラマを観る。

四月九日土曜晴、学校の休みの周、疲れのためか遅くまで寝ぬ。クリニックの机の上の物を整理す。午後玖珠の家人実家の病院へ当直に。

四月十日日曜晴、朝四時よりマスターズをテレビ観戦す。外は暑さうなる天気なり。奥山景布子『時平の桜、菅公の梅』を読了す。菅原道真の政敵なる藤原時平につきて初めて詳しく知る。当直は特に変はりたることなし。夕刻竹田に戻り、少し歩く。統一地方選挙の結果を見る。当選したる石原東京都知事、自動販売機やパチンコの電力の無駄を説く。早めに寝ぬ。

四月十一日月曜晴、マスターズは混戦の後、無名のシュワルツェル優勝。日本選手にてはアマチュアの松山君の健闘光る。外来暇なれば心配になる。大分のマンションを買ひたしとの問ひ合わせありとのこと。県議選は余の投票せし土居氏当選す。夕刻、多めに歩く。市内の内科開業医志賀先生、ご子息竹田に帰り来たりとのことにて、親子して挨拶に見ゆ。夜、説明会の鰻とかに玉を食す。大学同級生本田君より電話あり。ご息女医学部に入学したりとのこと。

四月十二日火曜晴、診察室前の椛の木の新緑の映ゆる季節となれり。夕刻、最近覚えたるスロージョギングを試む。夜、魚のフライ、山芋、味噌汁を食す。

四月十三日水曜晴、周の学校は本日遠足なり。外来に来たる患者、余の顔亡父に似たりといふ。午後玖珠高田病院外来に。小太郎漢方製薬占部氏来院す。大分にまはる。別府湾インターにてちりめんじゃこめしを食す。ジムに行き、周を迎へ、遠足の話を聞く。

四月十四日木曜晴、外来まづまづ。余の文章の掲載せれし県医師会報届く。四期対抗の申し込みを締め切る。午後母を乗せて大分へ。散髪に行く。トキハにてベルトを短くしてもらふ。ジュンク堂書店にて新潟の案内書を捜すも、よきものなし。仕方なくうすっぺらなる観光案内を購入す。

四月十五日金曜陰後雨、四期対抗参加者揃ふ。二十六期は二十五期と共に最高の十一名参加予定なり。午後医師会病院へ。院長の選挙違反の疑ひにて、警察の捜索入る。夜、ホテル岩城屋での新人歓迎会に出席す。閉めの挨拶を依頼され、万歳も一本締めもふさはしからざれば「上を向いて歩こう」を皆で歌ふこととす。

四月十六日土曜晴、朝周を犬飼駅に送るに、土曜日なれば列車なく、中判田駅まで送る。駅舎より出できたる駅員を見れば、数年前までのゴルフ友達なりし佐藤氏なり。最近はボランティア活動多忙にて、ゴルフはせずといふ。しばらく雑談す。午後大分へ。ジムにて大分銀行の高橋氏と会ひ、中山忠彦、田能村竹田の話などす。夕食は家族も一緒にトキハ会館向かひ側のまきといふ店にて。内容はよかりしもウーロン茶四〇〇円は高し。

四月十七日日曜晴、月形コースで岩野、加藤氏とラウンドす。ルールの解釈につきて微妙なる場面あり。ラウンド後に確認す。後半は、ゴルフ友達にて一昨年のクラブチャンピオンなりし衛藤氏の後につきてまはり、アドバイスを受く。夜、伸助司会のテレビを観て笑ふ。

四月十八日月曜雨、外来ひまなり。四期対抗の件につきて電話し、川原に賞品、花宮に写真のことを依頼す。夕刻、新しきサングラスを着用して歩く。夕食にチキンカツを食す。夜、四期対抗の組み合はせを考ふ。

四月十九日火曜陰、外来少なし。病院にて院長の事件につき聞く。エクセルを開き、組合はせを作る。夜、筑前煮、刺身を食す。

四月二十日水曜晴、先輩の滝口、後藤、三木氏と四期対抗の件につき連絡をとる。午後、玖珠高田病院に。外来多し。帰途同乗したる周、ローソンにて弁当を購入し食しつつ帰る。

四月二十一日木曜晴、外来まづまづ。田能村竹田の本、震災の影響にて紙手に入らず、出版の見通し立たずとのことなり。夕刻、九重町の診療所に行く。夜、トマト鍋、アボガドサラダ、冷や奴を食す。

四月二十二日金曜陰、夕刻、筑波クリニックを訪ね、村井琴山の掛書札を見せてもらひ、写真に撮る。夜、焼き肉を食し、ビールを飲む。

四月二十三日土曜陰後晴、夜中に目覚む。筑波クリニックにて撮影せし写真をプリントす。午後、にじが丘ゴルフガーデンに練習に行く。ジムにて川本君と会ひ、話しつつ歩く。わさだにまはり、にんにくやにて家族で会食す。高校後輩の原尻君一家に会ふ。

四月二十四日日曜晴、上野丘四期対抗当日。余は一番乗りで七時すぎに竹中コースに到着す。受付に寒川、森本を配す。スタート前に記念撮影し、余より競技の説明をす。余は二十五期の後藤、二十七期の麻生とラウンドす。足立君のパソコンにて成績を集計す。二十六期は惜しくも優勝を逃す。川原ベスグロ。夜東洋ホテルにて表彰式と懇親会。二十七期の首藤康司君、作家として小説を書きてありと聞き驚く。二十六期の七人にて上のバーに行く。大分泊。

四月二十五日月曜晴、朝竹田に戻る。昨日の整理をす。午後、医師会病院にて大分大学医学部の学生を教へつつ回診す。夜は説明会の寿司とエビチリなど。梅酒を飲む。

四月二十六日火曜晴、二十六期のメーリングリストに四期対抗の結果を報告す。合宿に行く周風邪気味なれば心配なり。外来まづまづ。医局会にて五月末をもって院長辞職すと聞く。ジムの仲間に漢方を処方す。

四月二十七日水曜晴後雨、外来割合多し。午後玖珠の病院へ。帰途久住にて激しく雨降り、大きなる虹を見る。

四月二十八日木曜晴、朝一時間半歩く。外来多し。午後母と家人と大分へ。トキハでポロシャツを購入す。合宿より帰る周を迎へに行く。周の顔を見るに、些か疲れたる様子なり。竹田に戻り、介護保険審査会へ出席す。いつもより時間を要す。夜、竹田医師会の懇親会いざよい会にて友修へ。院長の辞職と今後のことにつき会長より話あり。

四月二十九日金曜晴、月形コースでラウンドす。岩野、竹内、高本の各氏と同伴す。調子悪しく気落ちす。高校先輩の二階堂氏と会ひ、少し話す。夜、パスタ、サラダ、野菜スープを食す。

四月三十日土曜晴、朝散歩して帰るに、周を車にて送りし家人、鍵をかけて出でたれば、家に入る能はず。外来わりに忙し。午後スカイヤード練習場にて、衛藤氏にアドバイスを受く。夕刻五時より医師会病院当直に。六人の外来受診あるも重症者はなし。

平成二十三年五月

ゴルフ三連戦

五月一日日曜陰、前夜は医師会病院の当直にて泊まり、朝出勤せし日直の白石先生と交替して帰宅す。取り立てて何事もなくとも当直業務は疲るるものなれば、午前中は休養す。午後わさだタウンに行き映画「英国王のスピーチ」を観る。抑へ目の演出にて好感を抱く。ジムに行き、プールにてコーチの指導を受くるも教へらるるごとくには体動かぬものなり。夜、餃子を食し梅酒を飲む。

五月二日月曜晴、連休谷間の診療日なり。外来まづまづ。黄砂飛来して空濁る。葉室麟『恋しぐれ』読了す。小林一茶晩年の話なり。夕刻歩く。周疲労のためか発熱す。夜、鳥のクリーム煮、サラダ、ナスの味噌汁を食す。ＮＨＫの番組に、高校同級生佐野君、スーパードクターとして出演す。

五月三日火曜陰後雨、サニーヒルにて宇佐の時枝先生、メンテナンス会社の箕作氏とゴルフ。余の調子珍しく良し。終りて散髪に行き、家族留守なればトキハ会館にて夕食を摂る。

五月四日水曜晴、月形コースにてゴルフ。谷脇、畑、岩野の各氏とラウンドす。バンカーショット不調にてスコアまとまらず。パークプレイスに行き夕食。中華料理屋で海鮮五目そば、ちまき、餃子を食す。スーパーで果物、デザートなど購入して帰る。

五月五日木曜陰後晴、ゴルフ三連戦の最終日なり。月形コースにて平居、岩野、高本の各氏とラウンドす。ショット不調にてよく木にあたる。自宅に寄りてのち、当直へ。ムカデに刺されたる患者あり。刺されし部位の腫れ、はじめて見る大きさなり。

五月六日金曜陰、県部会の抄録を仕上ぐ。外来まづまづ。周サッカーの試合あれば家人と連れ立ちて行く。梓とフレインに弁当を求めに行きて食す。携帯の修理終る。野菜、フランクフルト、サラダを食し、早めに寝ぬ。

五月七日土曜陰、朝歩く。外来五人。午後玖珠へ。瀬の本にて昼食。スマナサーラ『怒らないこと』読了す。山に登りし後風呂に入りたれば、息苦しさとしびれを覚えたりと訴ふる女性受診す。過換気症候群と診断す。

五月八日日曜陰後晴、朝散歩に出づるも、すぐに救急車来たりて呼ばれ、病院に戻る。夕刻、竹田へ帰り七時すぎまで歩く。ソーメンサラダ、チキンローストを食し、早めに寝ぬ。

五月九日月曜晴、外来多し。伊集院静『いねむり先生』読了す。モデルの色川武大氏の人間性興味深し。家人は周の授業参観に行く。夕刻歩く。カレーを食す。暑さのため、今年初めてクーラーを入れて眠る。

五月十日火曜陰、外来まづまづ。資料を揃ふ。勉強、読書など。謡曲の師、手首の骨折にていまだ入院中なりとのこと。夕刻歩くも、途中にて雨になりたれば切り上ぐ。夜、八宝菜、あさりの吸ひ物を食す。

五月十一日水曜晴後雨、朝散歩に出でて戻るに家人外出しをりて閉め出さる。周は学校の授業の他に、体育祭の応援団、サッカー部、学習塾とかなりオーバーワークの感あれども、限界を知ることもまた大事なるかと口を挟まぬこととす。大杉製薬挽田氏来院し、勉強会の打ち合はせ。午後、玖珠へ行くに、運転中眠気を覚ゆ。夕刻、大分へ。別府湾インターにてしらす丼を夕食として摂るも、これのみにてはもの足らぬ心地す。ジムにては、水泳で自己新記録出でて喜ぶ。

五月十二日木曜小雨、外来、初めに四人来たりてあとは暇なり。午後大分へ。白いTシャツを購入す。ジュンク堂書店で書籍五冊購入す。夜、パークプレイスにまはりて、ナンとカレーを食す。美味なるも量少なし。

五月十三日金曜陰、朝周は車内にて朝食中居眠りをし、味噌汁をこぼすも小言を言ふを得ず。外来新患もあり、多し。夕刻歩く。夜、煮物を食す。早めに寝ぬ。

五月十四日土曜晴、朝歩くも、大儀になりたれば早めに切り上ぐ。午後大分へ。にじが丘で練習す。ホンマのウェッジ購入す。周を迎へて、別府の旅館清海へ。内風呂に入る。関アジの刺身を食す。久し振りにビールを飲む。

五月十五日日曜晴、余の五十六歳の誕生日なり。朝、旅館にて余は家族より先に朝食、ごはんとジュースのおかはりをして、月形コースに向かふ。岩野、高本、衛藤氏とゴルフ。夕食は三重町祐貴で家族とともに余の誕生祝ひの会食。帰途ケーキ屋にてチーズケーキを購入す。

五月十六日月曜晴、朝、周は車内にて巻きずしと箸を持ちたるまま居眠りすれば、笑ふ。病院にて眠くなりたれば医局で眠る。

五月十七日火曜晴、周は昨夜は遅くまで勉強したる様子なり。旧知の山田精神保健士より手紙届き、当院へ就職したしとのことなり。電話して、当院精神科デイケアの話いまだ進展せざれば、採用の予定なきことを説明す。夜、ソーメン、牛肉、豆腐、サラダを食す。

五月十八日水曜晴、朝歩く。患者少なし。午後、玖珠の病院へ。漢方に興味を抱く若き看護師あり、説明す。トキハにてコップと下着購入す。夜、大杉製薬漢方勉強会。余の古典解説を先に済まさせてもらひ、塾へ周を迎へに行く。周をともなひて高校先輩首藤氏の経営する百万石へ行き、紹介す。海老とじ丼を食しつつ、首藤夫妻と懇談す。

五月十九日木曜晴、頼まれてゐたれば周を朝五時に起こす。マンションの入居者決まらざれば、周の負担軽減のことも考へて、自分たちにて使用することにす。大分より周を乗せて帰り、余は竹田にて医師会病院院長送別会の開かるる看護師宅へ。十名ほどの参加者あり。

五月二十日金曜晴、朝少しばかり眠かりき。外来多し。ケーブルテレビ修理。余が校医を勤むる豊岡小学校へ検診に行き、そのあと悠々居の往診に回りたれば、少し疲れを覚ゆ。マルミヤにて果物、ジュース、アイスクリーム購入す。夕刻、少しばかり歩く。夜、魚のフライなどを食す。早めに寝ぬ。

五月二十一日土曜晴、今朝は周を送ること大儀に感ず。外来まづまづ。伊集院静『大人の流儀』読了す。夏目雅子との出会ひとその死、興味深し。ゴルフ友達にて不動産業者なる谷脇氏と大分にて会食す。自宅マンションの鍵を受け取り、マンション内部を見て、散髪に行く。

五月二十二日日曜晴時々陰、月形コースにてゴルフ。池辺、後藤、筑波の各氏と同伴す。夕刻家で休み、当直へ。

五月二十三日月曜晴、朝常勤医六時半に出勤したれば交代して帰宅す。小太郎漢方製薬の雑誌に投稿する原稿を仕上ぐ。夕刻、薬説明会にて鰻を貰ふ。医局会は早く終る。

五月二十四日火曜雨、香典返しとして届きしスタンドをクリニックに持ちていく。外来少なし。抑肝散のよく効きし患者、投薬翌日より効果ありきと家族言ふ。夕刻、ツムラ森井氏県部会の打ち合はせにて来たる。ホームページを見たりといふ患者来院す。夜、大根サラダ、牛肉と卵を食して早めに寝ぬ。

五月二十五日水曜陰、外来は出足暇なり。はじめて排膿散及湯を使ふ。午後、玖珠へ行くも、患者少なし。高田病院へ旧知の竹尾氏来たる。大分にまはりトキハにて新潟へ行くための東京までの航空券を購入す。夜、産婦人科理事会、周とトンカツを食して帰る。

五月二十六日木曜雨、このところ雨の日続く。外来出足悪し。午後高速道霧のため通行止めなれば九重町の診療所行きをとりやむ。マンションに行き、管理人に挨拶す。周を乗せて帰るに、大分市内渋滞にて時間を費やす。夜、刺身、竹の子めし、アジの塩焼きを食す。

五月二十七日金曜雨、広瀬神社の大祭に出席するも、外来に呼ばれ、すぐに帰る。夕刻、周の中学体育祭明日は中止との連絡あり。夜、酢豚、麻婆豆腐食す。

五月二十八日土曜雨、朝周を送る。体育祭中止なれば外来を開く。大分に出て、家人と周と三人してくーたで昼食。家人とマンションを見て、補修すべき箇所を決定す。にじが丘に練習に。ジムに行き、ハンバーグ、チキンのトマト煮など総菜を求めて帰る。夜は早めに寝ぬ。

五月二十九日日曜雨、月形コースでゴルフ。岩野、平居の各氏とラウンドす。風雨強く、余と岩野氏はハーフにて終るも、平居氏のみは後半もラウンドす。平居氏は日本文理大学学長にて、ゴルフへの情熱に並々ならぬもののある方なり。夜、お好み焼きを食す。

五月三十日月曜晴、外来少なし。腹痛を訴ふる女子高生の患者のCTに立ち会ふ。暑くしてけだるき一日なり。薬の説明会にて寿司二折を貰ひ、家族にて冷麺とともに食す。

五月三十一日火曜陰、朝周と家人は体育祭に行く。スライド作りを始む。夜、鳥鍋を食す。

平成二十三年六月

県部会での発表は好評

六月一日水曜陰、朝歩く。雑誌等の乱雑に溢れたるクリニックの机上を整理す。学会のスライド、大体のメドがつく。ネットにて注文したるスティーブン・キング著『小説作法』古書店より届く。先日逝去したる俳優にして、読書家として知らるる故児玉清氏の推薦せる書なり。マンション補修費用とクリニック待合室のステンドグラス代をATMにて引き出す。夕刻、大分のトキハ北海道展にて購入したる海鮮弁当を公園ベンチにて食す。周の体育祭のビデオを見る。

六月二日木曜晴、外来まづまづ。国会では菅首相不信任案否決、さながら一日中猿芝居をみるが如き様相を呈す。午後トキハに行き、マンションの現状をみに行く。九重町にまはり、診療所にて漢方外来を担当す。夜、牛肉のタタキ、イカとイモの煮物を食す。

六月三日金曜陰、亡父の友人逝去の連絡母にあり、葬儀出席につき相談す。学会のスライドの構成ほぼ見通し立つ。梓家人の付き添ひにて県立病院を受診す。聴覚低下したりとのことにて、心配なり。夕刻歩く。夜、ポテト、ベーコン、生ハムサラダ、魚のフライを食す。

六月四日土曜晴、母イタリア旅行へ出発す。高齢故いささか心配なり。朝歩く途中、本日は亡祖父の誕生日なることを思ひいだし、墓にまうづ。午後医師会病院当直に行く。特に何事もなし。帰りに荻町に行き、白州次郎の父、文平の晩年を過ごせし家の跡を見学す。小屋残れるのみなれど、土地の景観はよきところなり。夜、カレーを食す。周を駅に迎へに行きし家人戻らざれば連絡するに、バッテリー切れのトラブル起これりとのことなり。

六月五日日曜雨後陰、月形コースにてゴルフす。竹内、高本、衛藤の各氏と同伴す。アプローチに収穫あり。夕刻、トキハ倉庫市へ。マンションの電気器具、カーテンなどを購入す。夜、マンション隣のタイシカンにて家族で食事す。

六月六日月曜晴、マンションに搬入する家具、家庭用品など確認す。学会スライド完成す。夕刻歩くに、暑さ厳しければ早々に引き上ぐ。夜、カツオのたたきを食す。向陽中学の先生より、周の写真を『大分県の教育』といふ雑誌の表紙に出したしとの電話あり。喜んで承諾す。油井富雄『浅田宗伯』読了す。記述詳細なるも面白さは乏し。

六月七日火曜雨、夜中三時に目覚め、しばらくテレビを観る。一日中雨降る。クリニック内を整理す。待合室に芍薬を描けるステンドグラスを装着す。夜、野菜スープ、オムレツ、サラダを食す。久しぶりに謡曲の練習に行く。

六月八日水曜陰、午前中外来暇なり。ウニと明太子にて昼食をすます。玖珠に行くも外来暇にてソファーで居眠りす。夕刻大分へ。急ぎて散髪に行く。ＪＴＢに新幹線のチケットを購入に行くも、発売は一ヶ月前よりとのことにて求むるを得ず。夜、リュウキュウとろろ丼を食し、周を迎へて帰る。

六月九日木曜晴、朝周にステンドグラスを見するに、「がんばったね」と感心したる様子なり。午後ジムに行くも、人少なし。マンションで周と落ち合ひ帰る。夜はビビンバを食し、早めに寝ぬ。

六月十日金曜陰後雨、外来少なし。学会の準備大分進む。夜、病院看護助手の送別会にて乾杯の音頭を取る。余の同級生の看護師、乳ガンの手術を受けたることを知る。

六月十一日土曜雨、朝家族皆遅くまで眠る。外来まずまず。午後高田病院へ。病棟回診、外来ともにとくに問題なし。

六月十二日日曜雨、朝大雨降る。余当直にて行くを得ざりしため、ゴルフに行ける友人のことを思ひ、些か心地よし。午後三時、義父より大雨降り続くため、早めの帰宅を勧めらる。途中豆腐と油揚げ購入す。帰宅後、母のイタリア旅行の土産を受け取る。Ｔシャツ、ベネチアングラス、食後酒なり。家族中一番先に寝ぬ。

六月十三日月曜陰後晴、朝梓の作文を手伝ひ、何とか間に合はす。外来まずまず。病院の回診には大分大学学生つけり。中に一人漢方に興味を示す学生あり。夕刻久しぶりに歩く。夜、うなぎ、ソーメンを食す。スティーブン・キング『小説作法』、ドラッカー『マネジメント』、ともに斜め読みながら読了す。

六月十四日火曜晴後陰、外来暇なればスライド原稿を整理し、ツムラ森井氏来院したればその原稿を手渡しして一段落す。午後病院にて『村上春樹雑文集』を読み、回診の後国会中継を観る。夕刻歩くに涼しくして気持ち良し。夜、刺身、トムヤンクンのスープを食し早めに寝ぬ。

六月十五日水曜陰後雨、朝歩く。田能村竹田の「亦復一楽」につき、それぞれに物語を作ることを考ふ。二階にありし陶器の机を下に降ろす。午後玖珠に行くに雨降りて涼し。夜、おこわ、フランクフルト、メンチカツ、鳥天定食を食す。徹宵雨激しく降る。

六月十六日木曜雨、夜中何度か目覚む。雨激しく降れば長靴にて運転し、周を送る。玖珠の義母、車のドアに手を挟み、負傷したりとのことなれば漢方薬を処方す。午後大分へ。トキハにてポロシャツを購入す。マンションにて周を待ち、一緒に帰る。

六月十七日金曜陰、車を点検に出す。タイヤ交換、オイル交換など。午後病院の病棟にて、看護師よりあいさつ上手なりと誉めらる。口述の練習をす。夜、ロールキャベツを食す。早めに寝ぬ。

六月十八日土曜雨、外来少なし。午後医師会病院当直に行く。吐血の患者あり。夜、牛のタタキ、魚の煮付けを食す。新しき冷蔵庫届く。

六月十九日日曜雨、月形コースにてゴルフ。岩野、高本、加藤の各氏と同伴す。激しく降る雨の中、出だしにて三連続トリプルをたたきスコアの望みなし。父の日なれば子供たちより手紙を貰ふ。すき焼きを食す。母体調悪し。

六月二十日月曜雨、大雨にてJR不通となれば、家人周を大分へ送る。全米オープン二十二歳マキロイ優勝。外来天気のわりには多し。病院にて学会の準備。説明会で松華堂弁当を貰ふ。

六月二十一日火曜陰、外来まづまづ。昼前、ツムラ森井氏来院し、完成せるスライドを確認す。枇杷を貰ひ食す。夕刻歩き、ずぶ濡れとなる。夜、クリームシチュー、イカの刺身を食す。

六月二十二日水曜陰後晴、朝歩きて雨に遭ふ。学会プレゼンの練習をす。今少し時間を減らす要あり。家人留守なれば、昼食は玖珠へ行く途中うどんを食す。

六月二十三日木曜晴、午後大分へ。串の豊に行き、家人と串揚げを食す。散髪に行くも、客多くして出来ず。新幹線のチケットを大分駅にて購入す。マンション用飲料水を周とともに求めに行く。
六月二十四日金曜晴、梓に子宮頸ガンワクチン注射。外来に痴呆の患者受診し、家族と今後のことを相談す。学会リハーサルの仕上げを行ふ。時間ほぼ制限内におさまる。昼、ソーメンとカレーを食す。ケーズデンキにてマンション用の扇風機購入す。散髪に行く。ジムに行き、夜、織部塾へ。塾長の『方伎雑誌』解説終る。百万石にて懇親会。白い花にて午前一時半まで飲む。
六月二十六日日曜雨後陰、三時間眠り得たり。近くのホテルに朝食に行く。トキハの駐車場に車を移し、コンパルホールへ。日本東洋医学会大分県部会に出席す。余の演題発表はほぼ満足なる出来にて、織部先生にも誉めらる。午前中にて終り、天気も改善したれば午後は織部先生と白木にゴルフに行く。帰りの車の運転中、疲れを感ず。梅酒を飲み、早めに寝ぬ。
六月二十七日月曜陰後雨、朝周を送る。周車内にパン屑を大量にこぼす。外来少なし。医局会にて人員配置につき議論するも、論点定まらずイライラす。
六月二十八日火曜晴、周は車内にまたサンドイッチを落とし、コーヒーもこぼす。やむをえざることとなるか。

夕刻歩く。魚のフライ、豆腐ステーキ、巻き寿司を食す。周定期券を紛失したりとのことにて、駅に連絡するも発見できず。
六月二十九日水曜晴、朝歩く。昼は瀬の本の八菜家にて鶏めし定食を食す。味噌汁に柚子胡椒を入れ旨味を増す。夕刻大分へ。アーケード内の店にて周とオムライスを食す。マンションに入り、扇風機を組立て、掛け時計を取り付く。夜、早々に眠気を感ず。
六月三十日木曜晴後雨、朝二度寝したれば午前中眠気あり。外来はひま。家人県病受診の梓に付き添ひ留守のため、昼はお茶漬けを食す。午後九重町の診療所へ。帰途ガソリン無くなり、高速インターチェンジで給油す。夜、アジの刺身、ふぐ、竹の子と油揚げ、えびのむき身を食す。

平成二十三年七月

新潟県十日町市へ

七月一日金曜雨後晴、竹田市菅生の農家にて働く中国人女性来院す。蛇を見てパニックを起こし、以後仕事手に付かずといふ。雇用主困惑したる様子なり。漢方薬を一応処方するも、効果あまり期待出来ず、早急に帰国せしむることを助言す。暑さ厳しければ終日出来る限り室内にて過ごす。高樹のぶ子『飛水』読了す。夜、皿うどんを食し、早めに寝ぬ。

七月二日土曜陰後雨、夜中に数度目覚む。午後大分に出てジムへ。トキハ、ジュンク堂書店にて買ひ物をしたるのちマンションにてしばし休息す。夜、小エビの唐揚げなどを食す。ウインブルドン女子決勝の試合を観る。

七月三日日曜陰、月形コースにてゴルフ。高本、池辺、平居の各氏と同伴す。アプローチに進歩あり。ゴルフの帰途スーパーに寄り、寿司とスイカを購入す。夕刻より医師会病院にて当直、日直の秦医師と暫し雑談す。虫さされの患者来院す。

七月四日月曜陰、当直、夜は何事もなくわりによく眠るを得たるも、朝方になりて十七歳発熱の男子受診す。原因不明にて、小児科入院の既往を有すれば大学病院に紹介して帰宅遅る。クリニックの外来少なし。日々不安ありといふ統合失調症の二十六歳女性受診す。薬の説明会にてトンカツ弁当を貰ふ。夕刻歩く。夜蟹玉、酢鳥を食す。新潟吉村氏より雪の中の生活を描ける『北越雪譜』届く。

七月五日火曜晴、吉村氏に御礼のメールを書く。暴言にて問題となりし松本大臣辞任す。尾台榕堂関連の資料を読む。夜、刺身、タコ、キュウリ、野菜の煮物などを食す。謡曲の練習に行き、蚊に刺さる。

七月六日水曜雨、朝歩きて雨に濡る。外来に当院に通院する、レストラン経営の夫妻の娘来院す。午後玖珠の病院に行く。途中瀬の本の八菜家でとりめし定食を食す。霧出づ。高田病院、外来少なし。回診を終りて大分へ廻り、夜五車堂にてランチを食す。周には弁当を求め、車中にて食せしむ。

七月七日木曜雨、小説執筆に打ち込む。新潟行きの詳細なる日程を決む。午後大分にじが丘の練習場にて久しぶりにボールを打つ。みさき画廊の案内葉書に興味ある絵画あれば尋ぬるに、実物はさほどの魅力なし。ジムにて体重を測定するに、体重徐々に増加する傾向にあり注意を要す。

七月八日金曜晴一時雨、予約多く、患者も多し。ツムラ森井氏より県部会における余の演題評判良しと聞く。夕刻雨降り歩かず。夜、カレー、コーンスープ、サラダを食す。学術講演会に行く。テーマは双極性障害につきてなり。マルミヤにて買ひ物をして帰る。

七月九日土曜晴、周はサッカーの試合にて家人と共に山香町へ。梓と玖珠に行く。途中、助手席の梓、シートベルトを装着せざりしため切符を切らる。岡本豆腐店にて昼食を摂る。梓も気に入りたる様子なり。家人母校の森高校野球部のバス、交通事故を起こし監督死亡す。夜、当直室にて寿司、天ぷらを食す。原発問題の討論番組を観る。

七月十日日曜晴、朝四時に起きて全米女子オープンを観る。宮里美香一時首位に立つ。朝歩く。外来少なし。小説の構想を考ふ。新聞記事により、余のクリニック近くの印刷店社長、詐欺罪にて逮捕せられたることを知る。夕刻家族と共に帰り、瀬の本の美ら野といふレストランにてパスタセットを食す。周の中間テストの成績届く。八番とのことにて意外に良好なり。

七月十一日月曜陰後晴、患者少なし。断続的に小説を書く。富田薬品鈴木氏転勤とのことにて、後任とともに挨拶に来たる。回診にて患者といくつかの話を交はす。説明会でウナギの弁当を貰ふ。夕刻歩く。

七月十二日火曜晴、朝周を犬飼駅に送りし帰途、危ふく追突しさうになれり。トイレにムカデ出現す。テーラーメイドのR11のドライバーをオークションにて購入す。小説捗る。夕刻歩く。梓の詩、大分合同新聞夕刊に掲載せられ、本人家族皆喜ぶ。夜、タコとキュウリ、刺身、天麩羅、吸ひ物を食す。早めに寝ぬ。

七月十三日水曜陰、朝歩く。外来少なし。新潟の吉村氏と電話による打ち合はせを行ふ。昼食はまた八菜家にてかしは飯とソフトクリームを食し玖珠へ。高田病院は外来多し。夕食はトキハ会館でハンバーグと海老フライを食す。散髪に行き、マンションにて三十分休憩の後帰宅す。

七月十四日木曜晴、なでしこジャパン、スウェーデンを破り決勝へ。午後家人と母とニンナ・ナンナに行く。スープ、サラダ、パスタを食す。夜全英オープンゴルフをテレビ観戦す。

七月十五日金曜晴、新潟行きの準備をす。外来に耳鼻科にて抗生物質の処方を受け、カンジダに罹りし患者来院す。小説の筋立てを考ふ。夕刻少し歩く。夜認知症の講演会に出席し、そのまま大分のマンションへ。

七月十六日土曜晴、朝五時半に起床。六時前に出発。大分空港近くのコンビニで朝食。羽田から東京駅に着き、少し時間あれば金匱会診療所を訪ねて山田光胤先生に挨拶す。尾台榕堂住居跡碑の建立せられたる、八重洲ダイビルにて庄子先生と合流す。昼過ぎMAXとき三二一号に乗車す。席は二階にて景色良し。弁当を求むるに生憎子供用よりほかは残らず。越後湯沢駅にて在来線に乗り換へ、十日町駅へ。吉村氏に会ひ、車でまづ積翠荘へ案内せらる。次いで尾台榕堂生誕の地に行き、円通寺の跡を訪ぬ。余は小説に書きし故感慨深し。大井田城跡に登れば、信濃川、十日町の町並み一望せらる。公民館に行き資料閲覧す。夜、地元の町おこし会の人たち、郷土史作家と会食す。余は雪国の人々の心情を知らんとしていくつか質問す。

七月十七日日曜晴、早朝ホテル近辺を散策す。家の作り二重になれることに気づく。吉村氏来たり、ともに河本杜太郎の石碑を見学す。十日町博物館にて風俗、習慣につきて調べ、国宝火炎土器を見学す。時間の余裕ありとのことにて、千年の湯へ案内せらる。余は冷水を頭にかぶるに、心地よし。昼食は小島屋といふ店にて、へぎ蕎麦を食す。その後現在の円通寺二十三代住職の話を聞く。住職は余と同年なり。寺にてはコンサートなど開く由にて親近感を抱く。車にて一時間以上を要する道のりを、吉村氏に出雲崎良寛記念館まで送ってもらひ、有難く、恐縮す。ともに見学して尾台榕堂の恩人の一人なる、亀田鵬斎と良寛の交流ありしことを知る。長岡駅より新幹線に乗り新潟へ。ホテルイタリヤ軒に宿泊し、夜、中華料理を食す。

七月十八日月曜晴、早朝テレビにてなでしこジャパン優勝の様子を観る。久々に胸踊る快挙なり。十日町にて取材せるノート、資料の整理をす。庄子先生と共に万代橋まで歩く。ホテルにもどり、チェックアウトしたるのち、ホテル日航新潟三十一階の展望台に登る。信濃川の流れをはるか遠くまで見渡すを得たり。西に佐渡島陸地のごとく浮かび、日本海の群青色の海目に染む。ハヤシライスを食す。ＪＲの新潟駅までタクシーで移動し、駅にて土産を購入す。帰途の新幹線の車中、江戸に上る古人の心になりて車窓の風景に見入る。東京駅より羽田へ移動す。新しきターミナルの勝手判らず。高校同級生井上君と出会ひ、暫し雑談す。大分泊。

七月十九日火曜雨、台風の中、大分のマンションより竹田に戻る。外来少なし。写真屋へプリントに行く。ＦＡＸにて北里大学の小曽戸先生、メールにて吉村氏、庄子先生に礼状を書く。昼食はコロッケを食す。夕刻雨止み、歩く。夜、カレーを食し、小説を書くも捗らず。疲れて早めに寝ぬ。

七月二十日水曜陰、朝歩く。外来わりに忙し。新患もありて少し自信を持つ。午後玖珠に行く途中、あざみ台にて地鶏定食を食す。風強し。高田病院も外来わりと多し。夜、大分臨床漢方懇話会に出席。十日町にて撮影したる写真を供覧するに、事前に大杉に送りおきし地図欠落す。白い花へ行き、織部、垣迫、成田、山下の各氏と懇談す。大分泊。

七月二十一日木曜晴、朝マンションより竹田に戻る。資料の整理をし、午後、周と共に再び大分へ。ジムにて運動に励みたるため、帰りの運転眠し。夜、刺身、ナスの煮物、味噌汁を食す。

七月二十二日金曜陰、朝歩く。スライドを忘れたる大杉製薬の挽田氏来院すれば、注意す。外来まづまづ。昼前にツムラ森井氏、所長の梅原氏とともに来院す。病院にては執筆に熱中す。十日町の吉村氏より雪の季節の写真届く。大いに参考になる。夕刻も歩く。夜、カレーを食す。土産に求めたるナスの漬け物辛し。早く眠りにつく。

七月二十三日土曜陰後晴、夜中三時に目覚め、原稿を書く。午後、阿蘇の大観峰を経由して、熊本へ。村井琴山の叢桂園、宮本武蔵ゆかりの島田美術館など見学す。

七月二十四日日曜晴一時雷、月形コースを岩野、高本、平居の各氏とラウンドす。新しきドライバーを初めてコースにて使ふ。感触良し。十六番ホールまで来たるところにて、雷轟き、一時間中断す。月形コースにては初めての体験なり。夜、海老フライを食す。

七月二十五日月曜陰、夜中に目覚め、睡眠不足なれば朝歩かず。外来まづまづ。長らく夫婦にて受診せる患者、千葉に帰るとのことなり。夕立激しく降る。説明会の弁当はウナギ。医局会は、特に重要案件なし。

七月二十六日火曜陰、一日中眠気を感ず。外来わりと多し。小説なかなか進まず。早めに寝ぬ。

七月二十七日水曜晴、朝歩く。締め切り迫り、外来以外は小説最優先の体勢にて臨む。午後、玖珠の病院にて外来。大分にまはり、マンションにて周を待つに、約束の時間に現れざれば心配す。サッカーの練習にて突き指をし、処置を受けてありしとのこと。五車堂にてAランチを食す。夜は早めに寝ぬ。

七月二十八日木曜晴、朝四時より小説を書く。午後、九重町の診療所に。あまり症例はなし。帰途、久住のランニングコースにて車を止めて歩く。芝生心地よし。夜、地元医師会のいざよい会に出席す。十一名の出席あり。竹田にこれはといふ食べ物屋あればといふ声あり。

七月二十九日金曜晴、紛失せし周の携帯見つかれりと警察より連絡あり。思文閣出版より田能村竹田の本、来週早々に送ると連絡あり。小太郎漢方製薬占部氏来院したれば、資料集めの礼として余の本を贈る。夜、世界水泳を観る。北島孝介惜しくも銀。

七月三十日土曜晴後雨、夜中何度も目覚む。午後医師会病院へ当直に。十日町大雨とのニュースありて心配す。ゴルフをして熱中症にかかれる患者来院す。夕刻歩く。

七月三十一日日曜晴、月形コースにてゴルフ。加藤、高本、衛藤の各氏とラウンドす。夜、母も来たりて手巻き寿司を食す。『田能村竹田基本画譜』届く。高価なるだけにさすがに立派なる書物なり。

平成二十三年八月

大分の七夕まつりへ

八月一日月曜晴、朝車にて周を送る途次眠気を覚ゆ。六月分日記を仕上ぐ。同窓会ゴルフにてゴルフをともにする同級生に連絡す。夕刻、大雨。小説を何度も読み返へす。夜、鰻、鳥、味噌汁。
八月二日火曜晴、朝、体きつければ歩かず。小説の形かなり出来あがる。家人留守なれば母と梓とホテルつちやへ行き、昼食を摂る。夕刻歩く。周キャンプより帰るも、疲れたるためか眠り続けたり。
八月三日水曜晴、外来少なく小説を書く。大分市美術館の宗像健一先生より電話あり。『セーノ』といふ地方月刊誌に田能村竹田につきエッセイを連載中といふ。午後、玖珠へ。帰宅すれば、プリント等をマグネット・画鋲双方にて、居間に掛けて掲示可能のボード届きたり。
八月四日木曜晴、夜中に目覚め小説を書く。睡眠不足なれば歩くことをやむ。外来はひまなり。昼食を摂らずに家を出て、途中魚の白身バーガーを食す。久しぶりに散髪に行く。県立図書館にて尾台榕堂関連の資料を収集す。
八月五日金曜雨、朝二度寝す。周携帯を紛失したりといふ。高機能の物を買ひ与へし故に失望甚だし。日中、診療の合間に小説を書く。夕刻七夕まつりを観賞せむと家族四人して大分へ。アクアパークの屋台にて、焼きそば、たこ焼き、シューマイ、パエリア、焼き鳥、ソフトクリームなどを食す。府内ぱっちんを初めて見物す。
八月六日土曜雨後陰、昨夜はマンションに泊る。エアコンなき部屋にて寝ねたる家人、暑さにて睡眠不足なりとのこと。朝竹田に戻り、午前中外来、午後医師会病院半日直に。小説三十五枚となり、分量としては十分なり。夜、大分に再び出でて友人の谷脇氏と焼鳥屋へ行く。パレードを見る。
八月七日日曜陰、余が幹事を務むる高校同級生親睦ゴルフコンペ。城島高原ゴルフクラブに、足立、菅、宮崎、安藤、森本、村上、寒川の八名集結す。まづまづの調子にて思ひがけず余優勝す。夜はビヤガーデンにて、狭間・溝部も参加して打ち上げをす。バイキング料理は、すぐに腹一杯になれば多くは食せられず。遠くに花火を見る。大分泊。
八月八日月曜陰後一時雨、夜中に目覚め、午前四時大分を出づ。夕刻説明会にてトンカツ弁当を貰ひ、牛タタキとともに食す。早めに床に就く。

八月九日火曜晴夕立、夜中に目覚め、原稿を書く。何とか小説らしき形となる。夕刻歩くに、雨上がりなれば涼し。天ぷらを食し、ヱビスビールを飲む。
八月十日水曜晴、朝歩く。外来は暇なり。体重増加したり。午後玖珠の病院へ行き、帰途は大分へ廻りてロイヤルホストにてタイ風カレーを食す。
八月十一日木曜晴、朝家族とともに墓参りに行く。蚊に刺さる。外来は暇。周の携帯紛失の件、警察に行きて紛失届を提出し、保険を使ひ改めて買ひ直す。午後わさだに出て、映画「コクリコ坂から」を観る。昭和の雰囲気良く表現せられて面白し。夜、ビビンバを食し、早めに寝ぬ。
八月十二日金曜晴、夜中に目覚め、全米プロを観る。石川遼不振なり。小説完成し、午後医師会事務所にてＰＤＦ処理をしてもらひしのち、メールにて印刷所に送る。夕刻歩く。夜、冷麺、大根の煮物、味噌汁を食す。
八月十三日土曜晴、盆休みの家族旅行へ九時すぎに家族と母と出発す。熊本より高速に乗るに、少し車込む。妹の嫁ぎし柳川の家、初盆なればお参りに寄り、寿司をちそうになる。午後運転きつくなりたれば、家人と交替す。三時頃、目的地の長崎西海橋のホテルに到着す。夕刻、日頃は運動を禁じられたる梓、プールにて泳ぎたしといひ、二十分程浮き輪を使ひて水遊びに興ず。夕食時、白ワインを飲み、すぐに眠気を感ず。
八月十四日日曜雨、家人と息子はハウステンボス、余と梓は西海パールシーリゾートに行く。梓とともに海賊船「海王」に乗るに、子供向けの趣向なれど梓喜ぶ。昼はあごラーメン、餃子を食す。ホテルに帰り休憩す。夕食は和食を摂り、ノンアルコールビールを飲む。皿うどんと枇杷のシロップ漬けを土産に購入す。
八月十五日月曜陰時々雨、朝久しぶりにホテル周辺を歩く。赤きカニの多数海に向かひて移動するを見る。チェックアウトの後、家族して新西海橋へ行く。車道の下の歩道、自殺防止のためか金網にて被はれ少し興ざめす。昼食は家族の意見別れて紛糾するも、結局佐世保にて佐世保バーガーを食す。ガソリンぎりぎりなれば心配するも、何とか玖珠までもちたり。しばらく休み、テレビにて高校野球を観る。家族を家人実家に残し、余独り竹田へ戻る。

八月十六日火曜雨、朝新潟吉村氏のメールを確認す。外来まづまづ。『村上春樹雑文集』読了す。夜、母のもとにて鳥鍋を食す。

八月十七日水曜雨、外来ひまなり。午後高田病院へ。外来わりと多し。家族とともに竹田へ帰る。途中、瀬の本のレストランにて夕食。

八月十八日木曜晴、外来まづまづ。吉村氏より返信あり。家人、余のお気に入りの琉球ガラスのコップを割る。残念なるもいたし方なし。午後、大分に行く途中、睡魔に襲はれたれば、車を止めて仮眠をとる。トキハにて靴下、下着など日用品を購入す。

八月十九日金曜雨後晴、外来まづまづ。周の携帯見つかりたりと警察より連絡あり。夕刻、体調不良の母より弁当の購入を依頼せらる。夜、社会福祉センターにて無料映画の上映あるを市報にて知り、観に行く。国際交流事業の一環なりとのことにて、ドイツ人女性の解説ののち、「シャーロックホームズ」を観る。面白きものの映像暗きところ多し。

八月二十日土曜雨、夜中三時半頃小説のアイデアを思ひつき、目覚む。印刷所より小説の校正刷り届く。午後より玖珠に当直へ。道中にて葡萄、夜、近くのスーパーにてスイカを購入す。

八月二十一日日曜雨、学会の抄録を書き改む。読書と漢方の勉強にて時間をすごす。伊集院静『なぎさホテル』を読了す。私小説にて面白し。夕刻竹田に戻り、オムレツ、味噌汁、サラダを食す。

八月二十二日月曜陰、小説の校正終了し、出版社へ送る。学会の抄録を学会事務局に送る。夕刻、医局会、特に問題なく早く終る。帰宅後、六時すぎより歩く。涼しくして気持ち良し。

八月二十三日火曜陰、クリニックの整理。九月の黒川杯に十六名参加との連絡あり。見城徹『憂鬱でなければ、仕事じゃない』読了す。独特の視点ありて面白し。ツムラ森井氏来院し学会の打ち合はせをす。山口淳『PAPA & CAPA』も読了す。ヘミングウェイの写真を見るのみにても楽しむことを得たり。

八月二十四日水曜陰、外来暇。午後周かけ間違ひにて何度も電話をかけてくる故に叱る。午後、玖珠の病院に到着と同時に心停止の患者ありとて呼ばる。救急隊と共に蘇生術を試みるも心電図すでに平坦にて死亡を確認す。死亡処置の後、お見送りに呼ばれていくに、病院職員全員かと思はるるほどに人の多きことに驚く。家人と子供たち、午後映画に行きしに、疲れたるためか深夜に梓痙攣を起こす。三年ぶりのことなり。県立病院に連絡し、医師会病院にて用意せし点滴をせんとするも、血管確保出来ず。やむなくそのまま救急車にて搬送す。家人付き添ひて病院へ行く。余は動揺のためかなかなか寝付けず。

八月二十五日木曜陰、周も手伝ひて朝食を作る。午後周と共に大分へ。昼食は途中ホットドッグを食す。散髪に行き、ジュンク堂書店で本を買ふ。周と県立病院へ行く。梓入院後一度痙攣を起こすも、以後状態落ち着きたりとのこと。余は高速を使ひて九重町の診療所へ行き、外来を行ふ。大分に戻り、再び県立病院へ。梓を置きて三人で夕食に病院近くの店に行き焼き肉を食す。家人、少しばかり元気出でたりといふ。

八月二十六日金曜陰、朝久しぶりに歩く。家人より梓の経過良く、本日退院可能との連絡あり。安堵す。梓夕刻戻るも疲れのためか、ソファーにて眠り続く。夜、椎茸、豆、チキンソテーなどを食す。早めに寝ぬ。

八月二十七日土曜晴、朝歩く。外来少なし。梓よく眠りたるも様子変化なし。民主党代表選挙の様子を見る。県立図書館にてコピーに時間を要す。夜、織部塾に出席す。東京の栄山先生らと懇談す。延岡より初参加の先生、余の書を読みしことありといふ。

八月二十八日日曜晴、サニーヒルにて織部先生らとゴルフ。調子まづまづ。終りて時間なければ風呂にも入らず当直へ。入浴中意識不明になりたりといふ老人受診す。ケンカの後、頭痛嘔吐ありといふ若き女性受診し、CT撮影の結果上顎骨骨折を確認したれば永富脳外科病院を紹介す。。

八月二十九日月曜晴、朝方救急隊より死亡確認の問ひ合はせあり。帰宅後、シャワーを浴ぶ。野田佳彦氏民主党代表に。夕刻説明会の弁当を持ち帰り、餃子、豚しゃぶ、味噌汁とともに食す。

八月三十日火曜晴、猟銃診断書を求むる者多し。朝夕二回歩く。お好み焼き、小海老の唐揚げを食す。国会にて野田氏首相に選出せらる。

八月三十一日水曜晴、外来少なし。左耳詰まりたる感ありて、聴覚低下したるがごとし。午後、玖珠に行く途次、追い越し違反をして罰金を課せらる。夜、天ぷら定食を食す。美味なるも量物足らず。

平成二十三年九月

豪雨で豊肥線不通に

九月一日木曜陰、外来まづまづ。余の左耳の不快なる様子を、ゴルフ友達にて耳鼻科医なる後藤先生に相談し、一度受診することとす。午後母と大分へ行き、織部先生同級生上田氏の経営する蕎麦屋永楽庵に行く。余はにしん蕎麦を注文す。昼時にて店内客多し。それぞれの用事を済ませ、夕刻、また母を乗せて帰る。夜、ロールキャベツを食す。

九月二日金曜雨、余の所属する漢方の会に揉め事ありと、東京の先生のメールにて知る。職員に薬の出し間違ひあり注意す。野田内閣発足す。夕刻歩く。夜、練り物、キュウリとたこの酢の物、茄子と豆腐の田楽を食す。

九月三日土曜陰、朝小雨の中を歩く。外来少なし。午後後藤耳鼻科へ診察に。右耳の聴力低下と詰まりたる感じを説明し診察を受く。古き耳垢原因とのことにて、溶解液を入れたる後、吸引器によりて除去す。すっきりしたる感じあり。夜、肉じゃが、味噌汁を食す。

九月四日日曜陰後晴、サニーヒルのゴルフ場にて時枝、谷川、糸井の各氏とラウンドす。谷川氏は歯科医の中にて、ゴルフおそらく県随一の腕前ならん。楽しくラウンドし、終了後、カキ氷を食す。夜、シチューを食し、ワインを飲みて酔ふ。

九月五日月曜晴、起床するや喉に違和感あり。早速桔梗石膏を飲むに、やがて咳の症状出現したれば麦門冬湯を内服す。患者少なく片づけをす。午後漢方にて脂肪肝を治したしといふ新患来院す。夕刻説明会にて鰻弁当をもらひ、夜、冷麺とともに食し、赤ワインを飲む。

九月六日火曜晴、外来ひま。勉強会の資料を仕上ぐ。大杉製薬挽田氏来院す。福岡のある先生、余の話を聞きたしとのことなり。周学校の授業にて歌舞伎の鑑賞に行くといふ。羨ましきことなり。夕刻、億劫なれば歩かず。夜、吸ひ物、刺身、豚の角煮、野菜の煮物を食す。

九月七日水曜晴、夜何度か目覚む。体調いまだ悪し。高速料金を割引にするため、ホンダにＥＴＣの取り付けを依頼す。午後、玖珠の病院へ。外来多忙なり。大分へまはり五車堂にてランチを食し、周の帰途の車中にて食する弁当を購入す。夜、早めに床に就く。

九月八日木曜晴、体調悪しければ厚着す。診察時には起き、あとはソファーにて休む。午後漢方仲間のはさまクリニックを受診す。前回の採血結果は尿酸値高しとのこと。原因に思ひあたることなし。散髪、してマンションにて周を待つ。夜、鯵の塩焼きなどを食す。たにぐち書店に注文せる本二冊届く。

九月九日金曜陰、未だ起床時の体調戻らず。昼食はやうやく半分を摂るのみ。夜はオムレツ、カボチャスープを食す。医師会病院にてうつ病の講演会あり、出席して質問す。

九月十日土曜晴、起床時の体調いまだし。外来に新患あり。午後、周と大分へ。夕刻、後の家族も来たりてマンション近くなる焼鳥屋へ。家族皆気に入れる様子なり。夕食後、余は漢方仲間にて麻酔医なる平田先生の講演会に出席し、質問す。大分大学の西田先生に山友会の話を聞く。大分泊。

九月十一日日曜晴、黒川杯ゴルフコンペにて竹中コースへ。宮崎、糸永、山口の各氏とラウンドす。余の調子まづまづ。夜、山口氏の経営する居酒屋しばらくにて打ち上げをす。余はアルコールは摂らず、早めに引き上ぐ。

九月十二日月曜陰、体調少し快方へ向かへる気す。梓は家人と県病に診察へ。昼食は電子レンジで冷凍のドライカレーを温めて食す。体調は一進一退。説明会の寿司、余分あれば二折持ち帰る。夕刻久しぶりに歩く。

九月十三日火曜晴、外来の予約多く、まづまづ。体調はきつさは無くなれるも咳未だ出づ。午後、病院にては暇。夜、床節、刺身、豆腐ステーキ、キャベツと豚肉の蒸し焼きなどを食す。謡曲の練習に。声は抑へて発声す。テレビにゴルフ友達竹内氏の息女、アナウンサーとして出づ。

九月十四日水曜晴、朝の体調少し良し。外来は出足悪しかりしも、終りてみれば普通なり。佐賀にて行はるる日本東洋医学会九州支部会に演題を出すこととし、その計画を立つ。午後、玖珠に行く途中、小国町あたりにて休憩せんとして、車を自動販売機近くの木陰に寄するに、左前輪を側溝に落とす。ＪＡＦを呼び、救援を受く。夜、大分にてエビフライランチを食す。

九月十五日木曜晴、朝車にて周を送る。昨日ＥＴＣ作動せざりしかば、ガソリンスタンドにて一緒になりしホンダの社員に見てもらふこととす。午後、大分に出でて、以前よりよしと思へるシャツとパンツを購入す。マンションにて周と待ち合はせて帰る。夜、ジャガイモ、パプリカのチーズ焼き、タコ、キュウリのマリネを食す。周の成績下がる。

九月十六日金曜雨、朝より少しづつ学会準備をす。外来まづまづ。午後、医師会病院の廊下にて退職する首藤看護部長と出会ひ、挨拶す。夜、母のもとにてステーキを食し、白ワインを飲む。夜、読書、テレビ。

九月十七日土曜雨、漢方勉強会の準備をす。昼は母のもとにてカレーを食す。午後、医師会病院当直に。骨折の疑ひある老女を入院せしむ。夜、カマス、エビと菜っぱの煮物、薩摩揚げを食す。

九月十八日日曜陰時々晴、月形コースにて高本、加藤、池田の各氏とラウンドす。前半よかりしも後半崩る。されど楽しくラウンドできたり。夜、スパゲッティ、大根と豚肉、コロッケ、豚汁を食す。

九月十九日月曜雨、月形コースを加藤、岩尾、寒川の各氏とラウンドす。雨降り、スコアまとまらず。家に帰るに新潟の吉村氏よりメール届く。夕刻より医師会病院当直に。夜、ホテルの宿泊客、呼吸困難とて来院す。サルコイドーシスの持病あれば、大分赤十字病院に転送す。

九月二十日火曜雨、当直の朝は何もなし。豪雨にて豊肥線不通となりたれば、家人周を迎へに行く。漢方を希望する新患あり。夜、鰹のたたき、エビ餅スープ、鮭のムニエルを食す。

九月二十一日水曜陰、天気回復す。午後玖珠に。途中、葡萄、ソフトクリームを食す。蕁麻疹の患者に葛根湯を処方す。夕刻、トキハ会館でハンバーグを食し、周を乗せて帰る。

九月二十二日木曜晴、久しぶりの晴天。周を送るとき、朝日真正面に上りて眩しく、運転に支障あり。すごしやすき気温となり、運動したくなりたれば、夕刻、久しぶりに歩く。夜、鳥鍋を食す。

九月二十三日金曜秋分の日晴、五時に目覚む。月形コースにてゴルフ。竹内、加藤、岩尾の各氏と同伴す。久しぶりの好天なればゴルフ場混雑せり。夕刻、秋の例祭にて神主さん来たる。その後、母の敬老の日を祝して家族と三重の祐貴にて会食す。帰宅後、咳止まらず、失神寸前となる。

九月二十四日土曜晴、久しぶりに朝歩き気持ち良し。午後、当直にて玖珠の病院へ。途中、葡萄、ヨーグルト、お茶を購入す。とにかく点滴をと希望する患者来院す。

九月二十五日日曜陰、朝喘息の患者来院し吸入治療す。読書とネット将棋にて時間をすごす。夕刻帰宅し、夜オムレツ、サラダ、クリームスープを食す。新潟の吉村氏よりまたメール届く。

九月二十六日月曜陰、朝より薄暗き陰うつなる天気なり。外来は暇。子宮ガン検診の検体紛失したりとてリンテック詫びに来たる。午後回診し、説明会の弁当を食し、医局会に出席す。わりと早く終る。夜、街灯のあるところを歩く。

九月二十七日火曜陰、スライドを整理し、ツムラ森井氏に手渡す。学会の準備大体目途が立つ。患者結構多し。夜、鯛の刺身、味噌汁を食す。物まね番組を家族で面白く観る。

九月二十八日水曜晴、朝歩く。家人寝坊す。薬を指導通り飲まざる患者に注意す。午後、玖珠の病院へ。漢方薬を処方せし、蕁麻疹の職員、症状少しよくなりて面目を施す。夕刻大分へ廻り、トキハ会館にて蕎麦と天ぷらを食す。ジュンク堂書店に行き、CDブック『中国の古典 唐詩を読む』を購入し帰りの車中にて聞く。

九月二十九日木曜陰、周は今日からテスト。自信無しといふ。外来まづまづ。夕刻、介護保険審査会に出席す。何事もなく順調に終る。夕刻、来月の上京時の水戸行きのチケットを豊後竹田駅にて購入す。夜、おろしハンバーグ、サラダ、味噌汁を食す。

九月三十日金曜陰後雨、外来まづまづ。リンテックよりまた、お詫びに行きたしとの連絡あり。意味判らず、辟易す。午後、病院にてホームページ用の写真撮影をす。夜、コロッケ、ゴーヤ、味噌汁を食す。

平成二十三年十月

尾台榕堂住居跡碑の除幕式に出席

十月一日土曜陰後晴、朝歩く。水戸の情報を得るために北里大学の小曽戸先生にＦＡＸを送る。レセプトの整理をす。午後半日直なれば医師会病院へ。宿直の石井先生早く来院せしかば三時には帰る。夕刻も歩く。夜、鯖の味噌煮を食す。胃カメラ開発の実話に基づくドラマ「光る壁画」を面白く観る。午後十時すぎ、梓、痙攣を起こす。座薬にて落ち着かせし後本人は入院を嫌がるも、救急車にて家人付き添ひの上、県立病院へ搬送す。

十月二日日曜陰、早朝家人に入院せし梓の様子を聞く。入院後、一度痙攣あるも、後は落ち着けりとのこと。病院に持参するものを揃へ、周の朝食の仕度をして、予定通り、月形にゴルフへ行く。ラウンドの後、県立病院へ。梓昏々と眠る。竹田に戻り、夕食は母と周とともに外にて食す。

十月三日月曜晴、家人より梓の経過順調なりとの連絡あり。家人留守なれば母が家事の手伝ひをしてくる。夕刻、周を連れて県立病院へ。明日の検査にて異常なければ退院可能とのこと。

十月四日火曜陰、外来少なし。茨城大真柳先生より原南陽の史跡につきての資料届く。夜、周を駅に迎へに行き、母のもとにてすき焼きを食す。友人の衛藤哲一氏クラブ選手権取ることかなはずとの連絡あり。

十月五日水曜陰後雨、家人と梓、玖珠にまはる。外来まづまづ。余も玖珠へ。昼食は途次石焼きカレーを食す。美味なり。梓を連れて帰る。途中、鹿、道を横切る。夜、鳥鍋を食す。夜、久しぶりに家族揃ふ。早く寝ぬ。

十月六日木曜晴、夜中午前三時に目覚め、録画せし「開高健スペシャル」を観る。午後大分へ。ユニクロで子供たちのダウンジャケットを購入す。ジムに行く。夜、鶏の唐揚げ、マグロの刺身を食す。

十月七日金曜晴、外来は暇。夕刻歩く。夜、母も来たりておでんを食す。梓の退院祝ひとて近所の友達よりロールケーキ届く。早く寝ぬ。

十月八日土曜晴、朝歩く。家人は周に付き添ひてサッカーの試合に山香町へ。午後緒方の准看看護学院にて講義す。夜、松井組松井社長と会食す。

十月九日日曜晴、月形コースにてゴルフ。岩野、高本、小山の各氏と同伴す。前半調子悪しけれども後半挽回す。終了後少し練習して悟るところあり。夜、野菜スープ、エビとレタスのサラダなど食す。

十月十日月曜晴、月形コース開場記念日杯に参加し、衛藤、岩尾、畑の各氏とラウンドす。アイスクリームを貰ふ。連日のゴルフなれば些か疲れを覚ゆ。帰宅して休憩の後、当直へ。

十月十一日火曜小雨後晴、当直朝方まで何もなし。十一月にゴルフ遠征する予定の周防灘行きの計画を立つ。外来久しぶりに多し。梓、朝きつさうなる様子にて遅れて登校す。夕刻、運動公園を歩く。夜、鮭、刺身、団子汁を食す。

十月十二日水曜晴、朝歩く。周の成績表届く。夏休み以降成績不振なり。サッカー部の活動、学習塾、遠距離通学と負担過重の様子なり。いづれ話し合ひが必要なるか。午後、玖珠の病院へ。大分へ廻り、エビフライ弁当を食し、周にも同じものを購入す。

十月十三日木曜陰、午後月形コースの練習グリーンへ行き、バンカーの練習をす。散髪に行き、トキハ京都展へ。お茶と漬け物購入す。夜、太刀魚、ロールキャベツを食す。

十月十四日金曜陰、暖かき一日なり。ツムラ森井氏来院し、学会のスライドの打ち合はせをす。夜、久住高原荘にての医師会病院首藤看護部長送別会に出席す。秦先生と竹田に戻りスナックへ。看護師たちや事務長と偶然合流して大いに盛り上がる。

十月十五日土曜陰、外来少なし。家人周のサッカーにて中津へ。午後、玖珠の病院へ当直に。夜、風呂にて転倒し、右頬を打撲したる患者来院す。大きく腫れあがりて痛々しき様子なり。NHKドラマ松下幸之助夫人モデルの「神様の女房」を面白く観る。

十月十六日日曜晴、外来は創交処置など。午後テレビで日本オープンゴルフを観る。韓国選手強く優勝す。夕刻、竹田に戻る。夜、ふろふき大根、豆乳鍋、家人実家より貰ひし松茸ごはんを食す。

十月十七日月曜晴、うつ病の患者来院す。午後、病院の回診をす。夕刻、運動公園を歩く。夜、サーモンのサラダ、ビーフシチューを食す。梓生徒会副会長に立候補したしとのこと。

十月十八日火曜晴、外来暇。午後も特に変はりなく、ソファーで居眠りす。夜、あめたの塩焼き、アサリの味噌汁を食す。梓の立候補演説を共に考ふ。

十月十九日水曜晴、朝歩く。外来は暇。午後玖珠の病院へ。こちらも暇。夕刻、家人縁戚の友成先生来たりてしばし雑談す。義母よりいなり寿司をもらひ、トキハにてハンバーグを求めて、マンションにて食す。

十月二十日木曜陰、同窓会ゴルフの組み合はせ届き、メンバー各人に通知す。午後、竹尾氏とサニーヒルへ行き、久しぶりに八十台でまはる。スイング中の呼吸法に注意す。大分にまはり、周を乗せて帰る。鰯、豚汁を食す。

十月二十一日金曜雨、周はまた定期券を忘れたり。外来少なし。夕刻、雨で歩かず。夜、サラダ、肉じゃが、湯豆腐を食す。梓、副会長選に落選す。されど落胆したる様子なし。伊集院静『作家の遊び方』、細川護熙『跡無き工夫』読了す。

十月二十二日土曜陰、朝より些細なることとなれど不愉快なること多し。午後、准看看護学院へ講義に行く。教科書に沿ひたる課題を出だし、うまくいく。夕刻、大分へ。トキハの親鸞展をみる。興味深き内容なり。親鸞のフィギュアを求む。夜、織部塾へ。いくつか塾長よりの質問あるも無難に答ふ。大分泊。

十月二十三日日曜晴、マンションにて昨夜買ひおきし朝食を摂る。サニーヒルにて、織部、金子、二宮の各氏とラウンドす。途中四ホール連続パーを取る。夜、焼き肉を食す。学会のスライドはよき出来なり。

十月二十四日月曜陰、外来まづまづ。説明会にて鰻弁当を食す。医局会で職員の給料につき話し合ふ。夜歩く。

十月二十五日火曜陰、外来まづまづ。水戸の資料を集む。午後、暇。夜、刺身、カモ鍋を食す。少し読書す。

十月二十六日水曜晴、北杜夫死去のニュースあり。午後、玖珠へ。別府湾サービスエリアにて鳥天定食を食す。

十月二十七日木曜晴、外来少なし。新潟の吉村氏に電話して疑問点を尋ね。午後わさだの回転寿司で昼食。プロ野球ドラフト会議。夜、クリーム煮、甘酢あんかけを食す。
十月二十八日金曜小雨、東京行きの準備。荷物は最小限に止む。同級生の挾間君に電話して、脳血栓にて入院中なることを知る。夕刻、大分空港へ。東京行き最終便に搭乗し、上野駅近くのホテルへ。古けれども従業員の応対感じ良し。
十月二十九日土曜晴、上野駅七時発スーパーひたちに乗車す。八時十二分水戸着。電話にて予約せしグリーンタクシーに乗る。酒門共有墓地の原南陽の墓と、常盤共有墓地の本間棗軒の墓を訪ね、弘道館を見学す。予定より早く終り、十時すぎの特急にて東京に戻る。銀座伊東屋にて来年のデスクダイアリー購入す。午後、尾台榕堂住居跡碑の除幕式に出席す。祝賀会にて医史学の真柳先生、酒井シズ先生らと懇談す。夕刻の便で大分に戻る。大分泊。夜中、梓、痙攣を起こしたりとの連絡あり。幸ひ座薬にて落ち着き、入院せずにすむ。
十月三十日日曜雨、梓は結局大丈夫なり。月形コースにてゴルフ。岩野、高本、竹内の各氏とラウンドす。ラウンド後練習して帰る。梓はソファーにて寝入りたり。春巻きと湯豆腐を食す。漢方仲間の西田先生の子息、周と同級生なること判明す。
十月三十一日月曜晴、朝写真屋へ行き、東京にて撮影せし写真をプリントす。夕刻、説明会へ。弁当、トンカツ、スープカレーを食す。

平成二十三年十一月

同窓会ゴルフ三位入賞

十一月一日火曜陰、梓と家人、診察のため県立病院へ。先月の収益少なく、本日の外来患者も少なし。学会のスライドと口述原稿完成す。産婦人科先輩なる宮崎の郡先生亡くなれりと連絡あり。午後眠気に襲はれ、ソファーにてうたた寝す。夜、田楽と刺身を食す。
十一月二日水曜陰、患者少なし。資料の整理をし、明日のゴルフの用意をす。午後、玖珠の病院へ。腫瘍のため顔面大きく変形し、通常の二倍ほどになりたる人受診し、驚く。夕刻大分に出て、ロイヤルホストにてロースカツサンド、オニオンスープを食す。

十一月三日木曜陰、上野丘高校同窓会ゴルフに大分東急ゴルフクラブへ。同級生八名参加す。アプローチ、パターにミス多くスコアまとまらず。夜、表彰式兼懇親会に出席のためトキハ会館へ。成績発表にて思ひがけずわが二十六期は団体戦で初の三位に入賞す。

十一月四日金曜雨、早速同級生のメーリングリストに昨日の結果を報告す。午後、豊岡小学校へ就学児検診に行く。周、数学が苦手なること顕著となれば、相談の上、塾の数学のクラスを個人クラスに変ふることとす。少し風邪気味なれば葛根湯を飲む。夕刻、運動公園を歩く。夜、焼き魚、味噌汁、カニサラダを食す。読書。梓軽き発作を起こすも幸ひに大事に至らず。

十一月五日土曜陰、朝梓昏々と眠る。外来少なし。午後玖珠の病院へ当直に。学会のプレゼンテーションの練習をす。眠気を覚えたれば早々に床に就く。

十一月六日日曜雨、当直。外来少なし。病棟患者への指示をし、読書して時間を過ごす。病院の五十周年記念の博多人形を貰ふ。風邪は少し軽快す。帰宅後、水餃子、サンマを食す。テレビにて女子バレーを観戦し家族皆興奮す。紅葉うつくしくなれり。

十一月七日月曜晴、久しぶりの好天なり。親戚の医師、ガンにかかれりと聞く。同級生子息の放射線技師、竹田医師会病院に就職を希望すとのことなれば事務長に紹介す。夕刻歩くに、歩幅を大きくすることを心がく。サラダ、野菜スープを食す。

十一月八日火曜晴、外来まづまづ。佐賀の学会、希望のホテルを取ることかなはず落胆す。夕刻歩く。夜、刺身、味噌汁、煮物を食し、早めに寝ぬ。

十一月九日水曜陰、朝歩くに雨降り始めたれば、途中にて引き上ぐ。外来少なし。午後玖珠へ外来に。途中ホット牛乳を飲む。大分にまはり、周と落ち合ふ。イカのフライを食す。

十一月十日木曜陰、外来少なし。学会の口述原稿を書き改む。寒き一日なり。夕刻、介護保険審査会に出席す。終了後、大分へ。ロイヤルホストでクラブハウスサンドとオニオンスープを食す。周を乗せて帰る。

十一月十一日金曜陰、外来少なし。午後歯科へ行く母を車で送る。病棟は動きなく暇。黒鉄ヒロシ『千思万考』読了す。巨人軍の内紛勃発するも、いかなるにてもよき内容にて興味なし。夜、しゃぶしゃぶを食す。

梓痙攣を起こすもすぐに治まる。

十一月十二日土曜陰後晴、明日のゴルフの準備。外来少なし。午後大分へ。ジムにて運動し、ワイン、チーズケーキ、ボディシャンプーを求めて帰る。夜、三重町の祐貴へ家族にて食事に行く。蛤の味噌汁を食す。

十一月十三日日曜晴、朝テレビにて幻冬舎の見城徹氏が「情けあるなら今宵来い、明日の朝なら誰でも来る」という高杉晋作の言葉を紹介するを観る。月形コースにてゴルフ。岩野、小山、高本の各氏と同伴す。余は半袖にてプレーするに、さすがに少し肌寒し。夕刻より医師会病院当直へ。

十一月十四日月曜晴、外来は暇、午後の病院も暇なり。夕刻大股にて歩くことを心がけて歩く。夜、寿司と八宝菜、サラダを食し、辛口ワインを飲む。夜、江戸の地図を見比べて遊ぶ。

十一月十五日火曜晴、新潟の吉村氏より漸く返信メール届く。午後、口述原稿の修正と大杉製薬漢方勉強会の準備をす。夜、大根、油揚げの煮物、味噌汁、サラダ、魚のフライを食す。

十一月十六日水曜晴、外来暇なり。車検の日程打ち合はせのためホンダに連絡す。夜、東洋ホテル二十周年感謝パーティに出席し、八時すぎより漢方の勉強会へ。白い花に行き、浜田省吾を歌ふ。

十一月十七日木曜陰、外来暇なる日続く。漢方を使用したる患者は概ね薬効顕著なり。午後、月形の練習グリーンへ行くに、高本氏ありて、ともにアプローチ、バンカーの練習をす。佐賀にて着る予定のズボンの直しをすることとす。カキフライを食す。

十一月十八日金曜雨、朝周を送る途次、周定期を忘れたることに気づき、途中にて家に戻る。患者少なし。京都の垣本氏に明日の佐賀にての会食の予定につき連絡す。夜、カモ鍋、スティックサラダを食す。竹楽に行き、西の関の店にて、日本酒と升を購入す。同店にありし戦前の竹田の地図に、かつての黒川病院も掲載せられたり。

十一月十九日土曜雨、外来に余の指導を聞かざる患者ありて腹立たし。午後、学会のため佐賀へ向かふ。夕刻、駅近くのビジネスホテルに着き、昔なじみのすし栄へ行く。京都の垣本氏、福岡県小郡の福富先生らと会食す。

十一月二十日日曜陰後晴、朝二十年前余の住まひしたる官舎を訪ぬるも跡形なし。演題の発表は旨く話せたるも質問なし。高校同級生にて、現在宮崎大学所属の山口君と、産婦人科専門医更新に必要なるシールを取りに行く。九州大学時代の同僚にて、現在小倉で開業する行徳先生と会ひ、暫し雑談す。昼食は予約せし水匠といふ店にて、織部先生らと共に豆腐料理を食す。帰路は休み休み帰り、玖珠にてゴルフの練習をす。夜、チーズフォンデュを食す。

十一月二十一日月曜晴、天気良好なるも風寒し。同級生花宮君の子息の放射線技師、病院に挨拶に来たれば少時話す。夜、弁当と酢鶏、中華スープを食す。

十一月二十二日火曜晴、朝は寒さ厳し。県医師会報の原稿なかなか捗らず焦りを覚ゆ。患者わりと多し。午後原稿を書くも、いまだ形見えず。夕刻、四十分歩く。夜、医祖祭に出席す。

十一月二十三日水曜勤労感謝の日陰一時晴一時雨、周防灘へのゴルフ遠征の日なり。朝ゴルフ友達にてタクシー会社を経営する和田氏の運転するジャンボタクシーに乗り込み、周防灘のゴルフ場へと向かふ。余は珍しく好調にてバーディ四個を取る。和田氏優勝す。帰途わさだにて、和田氏より天ぷらをごちそうになる。

十一月二十四日木曜晴、風強く寒し。外来まづまづ。午後医師会報の原稿を書く。九重の診療所より電話あり、本日が余の診療日なるをすっかり失念したることを知らせらる。手帳の記録忘れが原因なり。恥づかしきこと限りなし。帰途ジュンク堂書店にて書籍三冊購入し、トキハ会館レストランにてハンバーグとカキフライを食す。周に『アンネの日記』を頼まれたるも、手頃なるものなし。

十一月二十五日金曜晴、外来少なし。医師会報の原稿を書き進め、漸く完成の目途たつ。夜、田楽、こんにゃく、里芋、大根を食す。講演会に行くも、専門外の話にて面白からざれば早々に帰る。梓、夜中に発作を起こすもすぐに軽快す。

十一月二十六日土曜晴、外来少なし。午後大分に出てゴルフの練習。アイアンの感じ良し。マンションにて風呂に入り、しばらく休む。五車堂にてチキンAランチを食し、大分臨床漢方懇話会の理事会に出席す。その後、大阪の三谷先生の講演を聞き、二つ質問をす。

十一月二十七日日曜陰後晴、月形コースにてゴルフ。岩野、高本、畑の各氏と同伴す。夕刻、自宅に寄り、水筒のお茶とリンゴを持参して医師会病院へ。めまひの患者二名あり。

十一月二十八日月曜陰、外来まづまづ。診察室前の椛の紅葉、見ごろなり。説明会にて焼き肉弁当。医局会にて頭痛の漢方薬採用を依頼し許可せらる。夜、読書す。

十一月二十九日火曜陰、外来まづまづ。なまあたたかき一日なり。ウォーレン・バフェット『賢者の教え』読了す。夕刻三十分歩く。医師会の臨時総会ありて定款の変更につき話し合ふ。余もいくつか意見を述ぶ。

十一月三十日水曜晴、外来暇。大久保病院の院長よりメール届く。午後、玖珠の病院へ。途中小国町のカップルといふ店にてプリンを食し休憩す。夜、ハンバーグ、味噌汁、白菜のクリーム煮を食し、ワインを飲む。

平成二十三年十二月

長男と映画を観る

十二月一日木曜陰時々雨、患者少なし。レセプトのチェック、その終る頃に患者少し来る。午後大分へ。にじが丘へ行き練習す。ゴルフ雑誌にありし片手にてボールを打つ練習をす。マンションにて風呂に入り、県庁の医療政策課へ。院長、理事長の兼務可能なるかなどにつき説明を聞く。トキハにてかつ重と蕎麦を食す。全教研にて周のことにつき先生と面談す。数学は要領をつかみたるときは成績向上可能なりとのこと。

十二月二日金曜陰後雨、県医師会報に投稿せし文章の校正刷届く。大きなる訂正箇所はなし。田能村竹田を小説に書く準備を始む。高校同級生にて医師の井上健君より電子カルテの研修会への誘ひの電話あり。夕刻雨降れば歩かず。

十二月三日土曜陰後晴、梓、夜中に痙攣を起こすも大事に至らず。午後医師会病院の半日直へ行く。何事もなし。夜、刺身、酢豚を食す。

十二月四日日曜晴、月形コースで岩野、高本、谷川の各氏とラウンドす。早朝より練習し、自信を持ちて臨むも後半崩れて落胆す。谷川氏と親しくなれり。夜、コロッケ、大根サラダ、味噌汁を食す。

十二月五日月曜晴、昨日の悔しさ残れば素振りす。診察室前の紅葉散り始む。外来まづまづ。子宮体ガン疑ひの患者あり、県立病院に紹介す。病院は暇なり。夕刻歩く。キムチ鍋を食す。

十二月六日火曜陰、外来少なし。差し当たりての懸案事項なければゆっくりすごす。ファイザーの社員と竹尾氏来院す。富士山の写真のカレンダーを貰ふ。『漢方の臨床』に投稿予定の「新年の言葉」を仕上ぐ。夜、イカとジャガイモの煮物、アジのゴマだれ、湯豆腐を食す。子供たち試験中なればテレビを控ふ。

十二月七日水曜陰、朝歩く。「新年の言葉」を仕上げ、メールにて送る。外来少なし。午後玖珠へ。途中、ヨーグルトを飲む。高田病院の外来は多忙なり。夜、母も来たりておでんを食す。ワインを飲み、早めに寝ぬ。しばらく書店より遠ざかりたれば、読むべき本に事欠く。

十二月八日木曜雨、寒き一日なり。外来少なし。午後、九重町の診療所へ。大分にまはり、試験の終りたる周をえび福に伴ひて、天ぷらを食せしむ。帰りにジュンク堂書店に寄り、本と雑誌数冊を求む。帰宅後、地域雑誌『セーノ』に、余の高校先輩三木氏夫妻、特集として写真入りにて掲載せられたるを見出だし、メールを送る。

十二月九日金曜晴、クリニックのブレーカー度々落つれば、川合電気に連絡し、アドバイスを受く。外来まづまづ。医師会病院林下先生退職との話を聞く。病院を回診す。夜、ハヤシライス、タコの唐揚げなどを食す。周、顔の面皰化膿したれば排膿散及湯を処方す。

十二月十日土曜晴、朝歩く。本日の夜は織部塾、明日は夕刻より当直、日中はゴルフの予定なればその準備をす。午後豊西循看護学院にての講義二時間。学生に本年一番良かりしことを聞く。夜、織部塾。東京の栄山先生などと話す。ふぐ八丁で忘年会。余は乾杯の音頭をとる。スナック白い花へ行き、織部夫人らと合流す。

十二月十一日日曜晴、サニーヒルにてゴルフ。二宮、桑野、金子の各氏とラウンドす。由布岳に雪降り積もり、あたかも富士山の如き様相を呈したり。前半、スコアまとまらず。後半はまづまづ。夕刻より病院当直へ。胆嚢炎の患者受診す。

十二月十二日月曜晴、朝病院を出づるに、車のフロントガラスに霜降りて溶かすに苦労す。午後病棟を回診す。夜、説明会の弁当とロールキャベツを食す。ワインを飲み、居眠りす。

十二月十三日火曜晴、椛の紅葉ほぼ散り終る。外来暇なればクリニックの整理をす。雑誌『セーノ』に掲載せられたる田能村竹田関係のものを読む。夕刻歩く。夜、魚、琉球、団子汁を食す。

十二月十四日水曜晴、朝歩く。バルトリン腺炎の患者受診す。同級生花宮君の子息医師会病院への採用決まるとの連絡あり。午後玖珠に行く途中、プリンを食す。先日のサニーヒルのゴルフ、三位入賞との連絡あり。夜、鶏のオーブン焼を食す。

十二月十五日木曜晴、外来少なし。余の仲人なる足立先生の子息のカフェへ。家庭的なる雰囲気なり。香りよき紅茶を喫す。トキハのポロにて手袋購入す。夕刻トキハ会館でハンバーグと海老フライを食す。

十二月十六日金曜晴、一月の大杉製薬の漢方勉強会の準備を済ます。外来少なし。病棟の回診をす。夕刻よりホテル岩城屋での病院の忘年会に出席す。余は「ラストダンスは私に」を唄ひ、万歳三唱の音頭をとる。帰宅後、早めに寝ぬ。

十二月十七日土曜晴、外来は暇。午後家人は塾へ周を迎へに行き、余は梓と二人玖珠へ向かふ。カップルにて梓はきのこスパゲッティ、余はカレーセットを食す。夕刻より望山荘にての高田病院忘年会に出席し、乾杯の音頭をとる。

十二月十八日日曜陰、夜中末期ガンの患者死亡す。見送り遅くなりたれば、しばらく眠るを得ず。『田原紘のゴルフコース攻略論』読了す。夕食は豆乳鍋を食し、安心院ワイン飲む。

十二月十九日月曜晴、外来まづまづ。昼過ぎ、金正日死去のニュース流る。にはかには信じがたし。二十三日のコンペの準備をし、当直の予定を決む。夜、説明会の焼き肉弁当、野菜スープ、チキンカツを食す。早めに寝ぬ。

十二月二十日火曜陰、外来予約多くまづまづ。腰痛少しあり。夕刻より介護保険審査会に出席す。梓は家人と共に久留米大学に診察に行く。夜、母のもとにてステーキとトマトスープを食す。

十二月二十一日水曜晴、周のために朝食を作る。新潟の吉村氏よりメール届く。大分銀行より通帳に残金なく引き落とし不可能なりとの連絡あり。午後玖珠へ。カップルにてカフェオレを飲み温まる。久留米大学を受診せし梓につきて、家人より新しき梗塞が認めらるものの、沖縄の修学旅行に行くことは可能なりとの連絡あり。マンションにて風呂に入り、周とパークプレイスへ。紅虎でペアセットを食す。チンジャオロース、玉子スープ、餃子、デザートなど。映画「ミッション：インポッシブル4」を観る。隣の周を見るに口を空けしまま夢中にて見入りたり。

十二月二十二日木曜陰、マンションにて目覚む。ローソンでサンドイッチと牛乳を購入し、周と食す。外来多し。午後月形で練習す。バンカーショットの感じつかめたり。夜、ビーフストロガノフを食す。

十二月二十三日金曜晴、参加者少なし、クリスマスコンペは中止す。月形を十二名三組に分かれてラウンドす。余は田中、谷脇、矢尾板の各氏と同伴す。楽しくラウンドするもスコアはまとまらず。余のクリニックの隣で精神科を開業する従弟の精一郎氏、閉院すといふ話を初めて聞く。夜、海老フライ、味噌汁、アボガドサラダを食す。年賀状を書き終ふ。

十二月二十四日土曜晴、外来まづまづ。昼食はクリスマスの前日なれば家族してアマファソンに食事に行く。遠くの山並みに雪みゆ。余はオマール海老を食す。帰宅後は寒くして歩く気にも練習する気にもならざれば読書す。夜、かも鍋を食し早めに床に就く。

十二月二十五日日曜陰、寒気厳しき一日なれどいつもの如く月形コースにゴルフへ。高本、岩野、小山の各氏とラウンドす。調子悪し、ラウンド後練習す。夜、お好み焼きを食す。

十二月二十六日月曜晴、外来少なし。訴への限りなく多き患者に気持ちを外に向くるやう諭す。腰痛は変らず。寒ければ何をする気にもならず、室内にて素振りを少しす。夕刻、医局会。遅れて参加したる長湯の伊藤医師会長、医師会病院の医師の言葉に激昂し退出す。

十二月二十七日火曜晴、外来多し。雇用保険を受給する患者より書類の内容につき便宜を図るやう請はるるも断る。性交後の避妊目的にて、アフターピルを希望する患者あり。夜麻婆豆腐を食す。本日、ネット将棋のしすぎにて反省す。

十二月二十八日水曜晴、外来少なく暇を持て余す。夕食は、ローストビーフ、イカと大根の煮物。プロゴルファー杉原輝雄氏死去のニュースあり。余の大学在学中より活躍せるプロなれば、一抹の感慨なきにしもあらず。

十二月二十九日木曜晴、珍しく七時すぎまで寝ぬ。午後、同級生寒川君と白木へ。アーリーコックを心がけ、少しよくなる。夕刻、トキハ会館でカキフライを食す。今年最後の散髪へ。

十二月三十日金曜陰後晴、今日も七時すぎまで寝ぬ。家族にて墓参に行き墓所の掃除をす。午後より休診なれば一時間歩く。夕刻、マルミヤにて買ひ物す。夜、珍しくすき焼きを食す。

十二月三十一日土曜晴、ゆっくり朝寝して、年越し旅行の準備をす。十時すぎにエスティマに母を含め家族五人を乗せて出発。熊本インター前の回転寿司で昼食。ANAクラウンプラザ博多ホテルにチェックイン。夕刻、ホテル近くの阪急デパートに行き、ゴルフウェア、ジーパンなどを購入す。店員より「社長さんですか」と言はれ「社長に見えますか」といふに「見えます」と言はる。夕食は早めに中華料理を摂り、部屋にて紅白歌合戦を観る。

平成二十四年

平成二十四年一月

医師会は大変です

一月一日日曜陰、ホテルにて一人朝早く目覚め、テレビで富士山の初日の出を観る。朝食後、タクシーに家族五人同乗して、筥崎宮へ初詣に行く。余の抽きしおみくじは末吉なり。五色破魔矢を求む。キャナルシティへ。大分にはなきオークリーなるショップにて、ゴルフシューズの靴ひも、腕時計の入りたる福袋、ハイネックのシャツ等を購入す。ホテルに帰り、プールにて一時間半水中歩行す。夜はホテルのレストランにてビュッフェスタイルの食事、余も多量に食す。食後、テレビにてたまたま探し当てたる伊集院静のレジェンドオブゴルフを観る。

一月二日月曜晴、家族を待ち、八時四十五分より朝食。周と阪急デパートに行き、ノートと靴下を購入す。ホテルを引き上げて帰途につくに雪のため通行止めの所あり、高速道渋滞す。玖珠に立ち寄り年始のあいさつをなす。家族を残して大分にまはりジムへ。プールにて水中歩行す。自宅に帰り、折り詰めにして貰ひたるおせち料理を食す。正月のバラェティのスポーツ番組を観る。母は雪のためバス通行止めとなりたればＪＲにて遅く帰る。年賀状の整理をす。正月に求めたる靴ひもをシューズに通すに、思いのほか時間を要したり。

一月三日火曜晴、朝四時頃目覚め、二度寝す。月形コース本年の初ゴルフに。畑、小山、高本の各氏とラウンドす。早きコックを心がけ、快調なりしもアプローチのミスにより崩る。夕食は母のもとにて水炊きを食す。年賀状の返信を済ます。夜は独り読書す。

一月四日水曜晴後雪、仕事始め。患者よりカボス汁を貰ふ。午後雪降る。高速経由で玖珠へ。湯布院付近は路面に雪積もり、運転に恐怖を覚ゆ。家族と午後四時すぎに帰途につく。わさだ天風にて食事。ケーズデンキに寄り、家人はホットカーペットを、梓は電子辞書を求む。頭痛すれば早めに床につく。

一月五日木曜晴、外来少なし。漢方にて発疹出でたりといふ患者あるも、日頃より訴へ多き人なれば信用できず。午後、周と芸術会館へ行き、平山郁夫展を鑑賞す。スケールの大きな作品に惹かる。ハガキとファイルを求む。夜は焼き肉を食し、ワインを飲み、家族より先に床に入る。湯たんぽ重宝す。

一月六日金曜晴、朝夜明け前より歩く。外来わりと多し。家人のつまらぬ一言にこだはり、口論す。午後、病院にて職員より漢方につき相談を受く。夜、いざよい会の新年会ありて竹田茶寮へ。幹事として集金す。NHK大河ドラマの資料を配布して、喜ばる。乾杯の音頭に手間取る。終りて、秦、竹下、石井先生とスナックへ。医師会のことなどにつき雑談す。

一月七日土曜晴、朝、暗きうちより歩く。外来少なし。全日本高校サッカーに出場したる大分高校準決勝にて惜敗す。午後エスティマで玖珠へ。道の両側に雪残れり。当直はむつかしき患者なし。大杉製薬の勉強会の準備をす。オークションにて注文したる周の電波時計届きたれば、そのベルトを調整す。

一月八日日曜晴、朝携帯を持ち、病院周囲を歩く。漫画『歎異抄』読了す。少し理解を深めたる感あり。夜、酢の物、鳥大根の煮物、カボチャ、豆のスープ、湯豆腐を食す。

一月九日月曜成人の日晴、月形月例に参加す。畑、小山、岩尾の各氏と同伴す。前半は好調なるも、後半にアプローチ、バンカーのミス続き、スコアを崩す。終了後、バンカーの練習をす。夜、白菜と豚肉のはさみ煮、ブリの刺身を食す。周は宿題終らず、周囲にあたる。

一月十日火曜晴、久しぶりに周を犬飼まで送る。多毛症の患者受診し、アルダクトン希望す。午後『漢方の臨床』に投稿したる新年の言葉の校正刷り届く。九大時代の仲間にて内分泌専門の野崎医師に電話し、多毛症の治療につき相談す。夜、チキン南蛮、トマトスープなどを食す。衛星放送にて「紀ノ川」を観る。

一月十一日水曜晴、朝歩く。夜明け少し早まりたるがごとし。医師会改革につきてのアイデアをまとむ。患者少なし。知人にて薬卸会社を経営する竹尾氏より中津に支店を出だすにつき、勉強会を立ち上げたしとのことにて、その協力を依頼せらる。午後高田病院へ。外来にて酒が飲めなくなれりと嘆く患者に対し、体の教ふるなりと諭す。大分にまはり、マンションにて周を待つも現れず。失念してJRにて帰宅せりといふ。オムレツを食し、ワインを飲む。

一月十二日木曜晴、外来少なく、寒さは厳しく、体のちぢまる思ひなり。大杉製薬挽田氏来院す。午後九重町の診療所に。大分にまはりてジムにて運動す。トキハの加賀百万石展に行き、かに弁当を求む。

一月十三日金曜晴、外来少なく、ネット将棋に時間を費やす。午後医師会病院へ。研修中の中村医師と雑談す。夜、その中村医師の歓迎会に二次会より出席す。ラウンジ大橋にて医師、事務長など七名と同席す。余はカラオケにて「おーい中村君」を唄ひ、好評を博す。

一月十四日土曜晴、朝歩く。気分明かるければ少し走る。梓にインフルエンザの予防接種をす。午後、医師会病院当直に。夕刻より大分へ。電子カルテの勉強会に出席し、ふぐ八丁の懇親会にも出席す。同級生の井上健君らと話す。いちじくに行くも、混みたれば早々に引き上ぐ。

一月十五日日曜陰、月形コースにてゴルフ。岩野、小山、高本の各氏とラウンドす。体きつし。ドライバーはよくなれるも、他はいまだしの感あり。夕刻、録画せしブックレビューを観る。ワインを飲み、新番組のドラマ「運命の人」を観る。

一月十六日月曜雨、寒き一日なり。外来まづまづ。眠気を感じソファーにて居眠りす。夕刻雨降りて歩くことかなはざれば、室内にて腹筋運動をす。夜コロッケ、春雨サラダ、味噌汁を食す。

一月十七日火曜晴、来年鹿児島にて開催せらる予定の日本東洋医学会の企画書を書き、事務局の山口先生にメールにて送る。夕刻、おがた病院の先生より不可思議なる電話あり。人違ひなるがごとし。夜、豆乳鍋を食す。

一月十八日水曜晴、朝歩く。午後、玖珠の病院へ。玖珠周辺は雪残れり。途中休憩しながら行く。夕刻大分へまはり、漢方の勉強会へ。中国の人にて日本に帰化したる中川先生の講演を聞く。終了後、新年会の会食あり。白い花に行き、織部先生らと二時まで話し込む。

一月十九日木曜雨、外来少なし。午後周と大分に行き、県立図書館にて貸し出しの手続きなどにつき教ふ。そののち周のＵＳＢメモリーを買ふ。夜、串揚げを食す。トキハの沖縄展に行き、琉球ガラスのコップを求む。

一月二十日金曜雨、宗像先生著田能村竹田を読み始む。午後新患二名あり。一人は統合失調症のごとくなり。

夕食は魚の南蛮甘酢かけ。雑煮を食す。医師会病院の事務長らと相談しゴルフコンペを行ふこととす。夜、テレビで「ALWAYS 続・三丁目の夕日」を観る。

一月二十一日土曜雨、朝体きつければ歩かず。外来まづまづ。梓を高校まで迎へに行き、そのまま大分へ。わさだのモロゾフにて家人と周と合流し、昼食。余はパニーニのみにては足らず、ホットサンドを追加す。大分市美術館に行き、「若き日の田能村竹田展」を鑑賞して、芸術会館古賀先生の講義を聞く。富士図のレプリカを購入す。夜はしゃぶしゃぶを食す。

一月二十二日日曜陰、よく眠りたれば、寝覚め心地よし。朝、ガン研修会に出席し、月形にゴルフへ。岩野、小山、高本の各氏とラウンドす。B組にて優勝す。

一月二十三日月曜陰、朝周を送るに眠たさうなる様子なり。外来多し。電子カルテ、スムースに作動せずいらだつ。午後病院にて余のスリッパの足音特徴ありと看護師に言はる。夕刻、薬の説明会にてママズキッチンの弁当を食す。医局会に出席し、医師の交替などによる勤務体制の変更などにつきて話し合ふ。その後、ホテル岩城屋にて開かれたベンゾジアゼピンの講演会に出席す。帰宅して周の成績上がりしことを聞く。梓夜中に痙攣を起こすも座薬を挿入したれば落ち着けり。山崎光夫『老いてますます楽し—貝原益軒の極意—』読了す。面白き内容なり。

一月二十四日火曜陰、外来まづまづ。梓は体調のことを考慮し遅れて学校へ。午後、医師会病院へ。新患、本人にてはなく配偶者より話を聞く。夕刻、一度自宅へ帰り、医師会の臨時総会のために再度病院へ。会長の人選長引く。長老同志の激しき言ひ争ひあり。帰宅後も興奮残る。

一月二十五日水曜雪、朝より雪降りて患者少なし。午後、エスティマに乗り小国経由で玖珠へ。途中、雪のためスリップし、又吹雪により前方の視界さへぎられ、恐ろしき思ひをす。高田病院では心臓外科の医師と一緒になる。錦織の全豪オープンの試合を観るも敗退す。夕刻大分にまはるに、高速道通行止めにて二時間を費やす。夜、同級生の会に出席す。二次会はいちじくに行く。代行にて帰る。

一月二十六日木曜晴、朝周を送るに、昨夜の疲れにてきつし。寒さのためか患者少なし。午後、はさまクリニックへ。しばし院長と雑談す。同級生の勉強会につき、ツムラの梅原所長に後援を依頼し了解を得。にじが丘でゴルフの練習をす。マンションにて風呂に入り、周と落ち合ひて帰る。夜、グラタン、刺身を食す。梓が目の中にて光り点滅すといへば、心配す。高校同級生の挾間君と電話で話す。脳梗塞のリハビリを終り、退院したりとのこと。

一月二十七日金曜晴、天気よけれども相変はらず寒し。午後、医師会病院にて事務長とコンペの相談をす。夕刻、久しぶりに歩く。梓が指に棘を刺したれば、ピンセットにて除去す。余の新年の言葉の掲載せられたる『漢方の臨床』届く。よき感じに仕上がりたり。

一月二十八日土曜陰、今日は久しぶりに外来多し。バイアグラ希望の患者もあり。周の成績表送られ来たるに七番とあれば家族皆喜ぶ。夕刻わさだへ。家族合流し、ラケルでオムライス、チキンソテー、デザート等を食す。帰途ゴルフ5に寄り、素振り用の短きアイアンを購入す。

一月二十九日日曜晴、月形コースにてゴルフ。岩野、谷脇、小山の各氏と同伴す。アプローチ安定す。B組にて連続優勝す。高校大先輩の大場先生、二宮氏と話す。夕刻より医師会病院へ当直に行く。夜中三時頃、地震あり。当直室にて地震の後眠り得ず、しばらくじっと佇みてあり。

一月三十日月曜陰、起床後医局にて雑務を処理す。午後クリニックにツムラの梅原所長、森井、矢口の各氏来院す。六月に大分大学第一外科の先生方を対象に華岡青洲の事績につき余に講演を依頼したしとのこと、思ひがけざる大役に興奮す。夜、同級生の津崎とM—26聖人の会につき相談す。説明会の寿司と鳥のすり身フライなどを食す。読書せんと思ひしも、眠気に襲はれ早々に床に就く。

一月三十一日火曜晴、午前三時に目覚む。勉強してありし周、クリニックにコピーに行きて戻りこざれば心配するに、紙詰まりたりとのことなり。ツムラ矢口氏、大分市美術館野田氏、徳島庄子氏、同級生財前君にメールを送る。午後病院にて判定会議あり出席す。夜、カナッペ、味噌汁、牛肉と卵の煮物を食す。夕刻歩くも、寝不足なれば短時間にて切り上ぐ。

平成二十四年二月

同級生医師の会で別府へ

二月一日水曜陰時々雪、閉院せしクリニックに通院中なりし患者薬を求めて受診す。ツムラ矢口氏よりメールあり。余の講演会に大分大学の北野学長参加すとのことなり。午後雪になる可能性を考へ、大分経由の高速にて玖珠へ向かふ。外来に牛車腎気丸よく効きたりといふ患者訪れ喜ぶ。大分に戻り、ジュンク堂書店にて注文せし書籍を受け取る。周を乗せて帰る途中、眠気に襲はるるも必死に耐ふ。

二月二日木曜雪、周の学校は休みなり。朝歩く。庄子、吉富、矢口氏より返信のメール届く。華岡青洲の講演の取材目的で和歌山行きの計画進行す。外来に新患二名あり。午後少し午睡したるのち、スタッドレスタイヤを搭載したる家人のエスティマを借用して大分へ。今市のあたりには雪残れり。ジムにて体を動かし、少し時間あれば久し振りにみさき画廊へ行き、池田氏としばし雑談す。散髪に行く。全教研に周を迎へに行き、見送りに出で来たれる教師に周の成績向上したることの礼を言ふ。

二月三日金曜、最近午前二時三時に目覚め眠れざる傾向あり。外来には今日も閉院したるクリニックの患者受診す。昼休み、ドコモへ修理に出だしたる携帯を受け取りに行くに、電池とカバーは余が保管せるはずなりと言はるるも心当たりなし。夕刻歩くに、手に痛みを覚ゆるほどの寒さなり。夜、恵方巻き、湯豆腐を食し、ワインを飲む。

二月四日土曜晴、携帯のカバーと電池、偶然に自宅にて見つかり、余の不覚を恥づ。午後、玖珠に当直に行く途次、黒川温泉あたりにて雪のため車スリップし危ふく難を免る。風邪の流行したるためか発熱の患者多し。寒さ厳しく、暖房の効きたる室内にて過ごす。夜中十二時すぎ患者の死亡を確認す。見送りは寒風吹きて辛し。

二月五日日曜陰、朝五時前、肩こりを訴ふる老女受診するも原因は不明なり。本日当番医なるも午前中は暇なり。午後はインフルエンザの患者多く忙し。夜、焼きそばを食し、エビスビールを飲む。周、和歌山行きに同行することとなる。日出町の女児行方不明事件は、母親犯行を認め逮捕せらる。

二月六日月曜雨後陰、朝の運転中疲れを覚ゆ。外来暇なればメールの返信書きをし、資料の整理などをす。修理の終りたる携帯を受け取り、イヤホンを買ふ。午後病院よりクリニックに呼ばれて帰る。夕刻雨のため歩かず。夜、鴨鍋を食す。

二月七日火曜陰後晴、梓、付き添ひの家人と修学旅行に沖縄へ出発す。外来午後多し。学会発表のための原南陽のスライド原稿に着手す。明日よりの天気予報悪しければ、スタッドレスタイヤ装着したる家人のエスティマを旅行中使用することとす。夜、母のもとにて周とともにステーキ、トマトスープなどを食す。

二月八日水曜晴後陰、朝寝床の中にて講演につきてのよきアイデア思ひ浮かびたればすぐに書き留む。四時前に起きて周の朝食を作り犬飼まで送る。修学旅行の梓は、家人より調子良しとの連絡あり。安堵す。天気良けれども外は寒し。午後高田病院へ。雪はさほどのことなし。当直室で心臓外科の迫先生と話す。大分にまはり周と落ち合ひ、百万石に行きて夕食を摂る。茶碗蒸しのサービスを受く。夜は早く眠気を覚ゆ。大分泊。

二月九日木曜晴、朝四時に目覚む。サンドイッチなど食す。周は遅くまで眠る。竹田に戻り、母と共に周の大分連泊の荷物を揃ふ。外来に漢方薬を飲む能はずといふ患者あり。午後九重町の診療所に行く。道の駅にてビーフシチューを食す。大分にまはりジムへ。背泳ぎで泳ぐ。八時に周を迎へに行き、留守を守る周と余の打ち上げとして奮発して李白にて食事す。焼き豚入り汁そば、天津飯、蒸し鶏、杏仁豆腐を食す。十時半頃ともに寝ぬ。

二月十日金曜晴、朝大分より竹田に戻る。運転面倒なり。外来少なし。母のもとにて昼食。午後病院にて武田薬品のMRと話し込む。竹田医師会の会長に就任する予定の久住の大久保先生より電話ありて、裁定委員を依頼せらる。夕刻大分へ。トキハ会館にて和定食を食す。二十六期のゴルフ同好会のユニフォームにするオレンジのポロシャツを購入す。夜、ツムラの講演会に出席す。帰宅後、修学旅行より帰りし梓と話し、無事を喜ぶ。

二月十一日土曜晴、珍しく朝五時まで眠る。コンビニに寄り飲み物などを求めて医師会病院日直へ。風邪、インフルエンザの患者六、七名受診す。専ら読書す。夜、鶏のオーブン焼きを食す。周風邪をひきて発熱す。

二月十二日日曜晴、月形コースにてゴルフ。岩野、小山、高本の各氏と同伴す。午前中の最後のホールのバンカーにて大叩きし、十三打す。ラウンド中疲れを感ず。夜は白菜と豚肉の鍋、湯豆腐を食し、ワインを飲む。

二月十三日月曜雨、朝、周宿題を済ますこと能はざりし己に立腹し癇癪を起こす。雨降り、寒くして患者少なし。午後、病院に行くに紛失したる気に入りの青色のペンを発見し喜ぶ。風邪のひきかけか体たるし。梓も体調悪しく学校を休み眠り続く。余葛根湯二包を一度に服用するも夕刻にはさらに体調悪化し、早退して寝室にて横になる。夕食のカレーは食すること能はざれば、玉子かけ飯を食す。夜、読書と講演会の準備。

二月十四日火曜雨、朝起くるも体きつければ、周の犬飼までの送りを家人に依頼す。家にて寝てあらんと思へど外来結構多忙なり。昼食はお粥を梅干しと佃煮にて食し、体温まる。バレンタインデーなれば職員、家人などよりチョコレートを貰ふ。夜もお粥を食し、早々に寝室に入る。夜中に目覚め、オレンジを食し、お茶を飲む。咳出でて、鼻痛く、体たゆし。

二月十五日水曜雨、体調悪しけれど周を犬飼まで送る。午前中、自宅のホットカーペットの上にて横になる。新患少し来たる。午後高田病院へ。インフルエンザの患者多し。大分にまはりマンションにて周を待つ。周サッカーの練習を終へ、泥まみれにて帰り来たれり。犬飼経由で帰る。お粥と野菜スープを食す。夜、たけしが能楽師のもとを訪問する番組を観る。その鋭き質問に感心す。

二月十六日木曜晴後陰、起床時体調少し改善せる感あり。福大医学部に通学する妹の子息、産婦人科の試験にて単位を落としたりといふ。教授の宮本君は医局時代の後輩なれば連絡をとるも、当然のことながら救済は出来ずとのことなり。午後大分へ。県立図書館にて華岡青洲の本を借用す。ジムに行きて少し運動し、久方ぶりに空腹を覚えたれば、トキハ会館に行き、体力回復の目的にてステーキを食す。散髪に行く。周には

「旨いもの展」にて名古屋の天むすとかに稲荷を求む。家に帰りてミカンサイダーを飲むもあまり旨きものにはあらず。

二月十七日金曜晴、朝起きしとき体調回復せる感あり。午前中母に勧められて、車の買ひ換へを検討す。現在の車にても不満はなきものの、加速時のパワー不足し、高速運転時に安定感なければなり。家人三十九度の発熱す。インフルエンザテストをするに陽性なり。夕食は余が鰤をフライパンにて焼き、湯豆腐とともに食す。

二月十八日土曜晴、朝珍しく起床辛し。家人寝込みたれば、子供の送り迎へ、朝食などのことも余が行ふ。午後病院の半日直を勤め、別府亀の井ホテルへ向かひ、高校同級生医師の会に出席す。鉄板焼きを食す。別府在住の木下の計らいにて、両築別邸なる旅館に泊まる。菅たちと露天風呂に入り、体温まる。別府泊。

二月十九日日曜晴、別府より月形コースへ。岩野、小山、高本氏と同伴す。バンカー不調にてスコアまとまらず。家に帰るに「華岡青洲の妻」のＤＶＤ届きをれば早速鑑賞す。

二月二十日月曜晴、外来暇なれば漢方の勉強会の準備をす。午後病院へ。回診あり。夕刻説明会で雅風の弁当を食す。医局会は四月からの体制などにつきての話し合ひあれど、大きなる揉め事なし。夜は早めに寝ぬ。

二月二十一日火曜陰、朝の運転辛し。外来少なし。体調未だ万全ならざれども午後病院へ。ソファにて目を閉ぢて静養す。。夕刻、丸食でリンゴ、オレンジ、グレープフルーツジュースを購入す。謡曲の練習は中止してもらふ。夜は鯛チリを食せしのち、居間にて眠くなれば早めに床につく。

二月二十二日水曜雨、朝小雨の中を久しぶりに歩き、気持ちよし。午後高田病院へ。ちゃうど駅伝に出くはし二十分ほど待たさる。体調回復し大分へまはる。周を乗せて帰宅し、カボチャスープなどを食す。

二月二十三日木曜雨後陰、講演の準備煮詰まりたれば、しばし放置することとす。少し下痢気味なり。大分に出でて、マンションにてゆっくり休養す。チーズのオムライスを食し、モロゾフにてケーキセットを食す。体調かなり回復したるも未だ本調子ならず。

二月二十四日金曜晴、華岡青洲のスライド原稿骨子を作成す。寒さ少し緩む。夕刻大分へ。福岡大学宮本君の講演を聞き、懇親会にて少し話をす。

二月二十五日土曜晴、午前中の外来を済ましたるのち、今日より外泊が二日続けばその準備をす。午後周と大分へ。渋滞あり、時間かかる。マンションにてゆっくりすごしたるのち、夕刻織部塾へ。ツムラ矢口氏とスライドの打ち合はせをす。百万石の懇親会にて産業医大の学生と話す。白い花で午前二時まで話し込む。織部先生は四月より県医師会の副会長となる由。

二月二十六日日曜晴、高校同級生のふろく会ゴルフコンペでサニーヒルのゴルフ場へ。十一名参加し、余は森本、寒川、花宮君とラウンドす。後半バーディをとり、余優勝す。夜の打ち上げにはタイシカンに八名集まる。リハビリの終りし挟間君も参加し、楽しく歓談す。大分泊。

二月二十七日月曜晴、朝四時半頃大分を出て竹田に戻る。外来暇なり。夕刻久しぶりに歩く。気持ちよし。夜は寿司を食し、ワインを飲む。

二月二十八日火曜陰後雪、病院にては回診を行ひカルテを記入し、あとは古書を読む。夕刻、天気悪しければ歩かず。夜、久しぶりに謡曲の練習に。雪降る。和歌山行きの飛行機、ホテルをパックにて予約す。夜、蟹鍋を食す。

二月二十九日水曜陰後晴、朝雪積もる。午後、天気回復し小国経由にて玖珠へ。外来へなかなか来ること能はずといふ患者を諭す。夕刻周を迎へに大分にまはるも、周は間違へてJRにて帰宅す。二度目のこととなるも叱らざることとす。チキンカツカレーを食し、ジムにて運動して帰る。

平成二十四年三月

車を替えました

三月一日木曜陰、周は学校休みなり。久しぶりに朝歩く。外来少なし。先月分のレセプトの処理をすます。午後九重町の診療所へ。先月麦門冬湯を処方せし患者、経過良しとのことにて喜ぶ。夕刻大分へまはりジムにて運動す。急に思ひ立ちて、数十年ぶりに吉野家の牛丼を食するも、味薄く期待はづれなり。物足らざれば、牛乳とパンを食す。

三月二日金曜陰後雨、外来は子宮脱のペッサリー交換三例続く。新患あるも統合失調症にて、余の手に余れば精神科を紹介す。午後病院にて回診を終り、医局に戻りしとき眠気を覚えたり。夕刻、ヤナセの姫野氏来院し車の買ひ替へにつき相談す。減税措置は三月一杯なりと言ふ。雨降るも傘を差して歩く。

三月三日土曜陰、朝少し面倒なるも歩く。外来まづまづ。午後玖珠の病院へ。排尿困難の患者受診すれば導尿す。吐血の患者あり。川上未映子『すべて真夜中の恋人たち』読了す。意外に正当派的作品なり。ＪＡＬパックのホームページにアクセスするも、思ふやうに操作出来ず苦慮す。

三月四日日曜陰、当直室でゆっくり眠る。読書、テレビなどにて時間をすごす。発熱の患者ほか外来数名あり。夕刻、竹田に戻る。夜チキンソテーを食す。子供たちの試験前なればテレビを控へ協力す。

三月五日月曜雨、蕁麻疹の治療に漢方薬を求むる新患受診す。外来少なし。注文せしパターー練習用のマット届き、二階にセットす。夕刻、説明会のハンバーグ弁当を家に届け、余は大分へ。散髪に行き、日本東洋医学会の県理事会出席のためオアシスの和食レストラン折り鶴へ。思いがけず織部先生より六月の県部会にて特別講演をせよと命ぜらる。食後夜景の美しき二十一階のバーに上がり、カクテルを飲む。大分泊。

三月六日火曜陰、午前三時に目覚め、四時半に大分を出る。外来相変はらず暇。ダイキョー竹尾氏、大杉製薬挽田氏来院す。旅行のために母携帯を持ちたしと望めばドコモまで送り、説明を聞く。梓風邪にて発熱し、寝込む。夕刻、久しぶりに歩き足に痛みを覚ゆ。

三月七日水曜陰、外来にて久しぶりに子宮頚管ポリープの切除手術を行ふ。午後玖珠へ。大分にまはりノンアルコールワインを購入するも、葡萄ジュースの如きものにて失望す。マンションにて周と合流し、竹田へ帰る。肉じゃが、サラダ、味噌汁を食す。梓の体調回復す。

三月八日木曜陰、税理士より確定申告の書類の説明を受く。院外の収入増加し、何とか糊口を凌げり。午後大分へ。家人とともにヤナセへ行き、車の色を検討す。余は通帳記入を行ひ、えび福にて天丼を食す。周幾何の試験にて百点を取れりと聞き皆喜ぶ。

三月九日金曜陰、新しき車の色は家人と母の意見により黒に決む。母梓に携帯の使用方を習ふ。ツムラの矢口、森井氏来院し、講演会の打ち合はせをす。午後病院にてカルテのCT検査の病名決む。夕刻久しぶりに歩く。周はテストの成績上々なりとの由。夜、近大時代の友人と電話で話す。

三月十日土曜陰、朝歩く。大杉製薬の勉強会の準備をす。周は家人と共にサッカーの試合へ。梓と母とニンナ・ナンナへ昼食に行く。余は梓のサラダやパスタの残りまで食し、満腹となれり。帰宅後、三重へゴルフの練習に行く。夜は鍋で五島うどんを食す。

三月十一日日曜晴、月形コースにてラウンドす。岩野、小山、高本の各氏と同伴す。アプローチのミス多くスコアまとまらず。夕刻、五時ぎりぎりに医師会病院に着き、当直勤務に就く。

三月十二日月曜晴、当直何事もなし。夕刻、七十分歩く。氷室京介の新しき曲気に入り、繰り返し聞く。夜、エビフライを食す。読書。

三月十三日火曜晴、梓、朝より腹痛と吐き気を訴ふれば、医師会病院に診察を依頼す。病院にてCT検査の結果便秘原因のごとしとの診断に安堵す。夕刻歩くに川沿ひは風吹きて寒ければ、町中を歩く。夜、麻婆豆腐、味噌汁、鶏を食す。謡曲の師、大腸ポリープにガン見つかり、四月手術とのこと。

三月十四日水曜晴、外来暇。ヤナセの姫野氏来院し契約す。午後、玖珠へ。心臓外科の迫先生に冠動脈手術のビデオを見せてもらふ。大分にまはりマンションにて周と落ち合ふ。夜、カレーを食す。梓は学校行事にて日田の工場見学へ行き、疲れたる様子なり。

三月十五日木曜陰、外来時に旧友来たるも、診察の最中なれば話すこと能はず。午後、月形へアプローチの練習に行く。バンカーに少し自信を持ち得たり。ジムに行く。トキハにて酢豚定食を食し、周にはステーキ弁当とポテトサラダを求め、喜ばる。ホワイトデーのお返しの菓子を購入す。

三月十六日金曜雨、雨降るも春の訪れたる感じあり。税金の還付金の連絡あり。夜、病棟の慰労会で居酒屋ちょうちんへ。料理よく、楽しく飲む。

三月十七日土曜陰、午後医師会病院の当直へ。扁桃炎

と点滴の患者受診す。朝と夕刻、二度歩く。夜、魚の煮付け、アサリの味噌汁を食す。周の成績七番とのことにて喜ぶ。

三月十八日日曜雨、竹中コースにて黒川杯、雨降るも決行す。ドライバーの調子悪し。宮崎、山口、糸永の各氏とラウンドす。打ち上げはいつもの如く居酒屋しばらくにて行ふ。鰤しゃぶを食す。

三月十九日月曜陰、地元加藤精神病院の院長来院す。医師足らざれば余に週一、二日程度の応援を依頼したしとのことなり。午後、大杉製薬の漢方勉強会の準備をす。

三月二十日火曜春分の日陰後晴、月形コースで高本、畑、衛藤の各氏とラウンドす。バンカーいま一つなり。大分のマンションに行き、周と合流。トキハ会館にて周とステーキを食す。四期対抗の案内届く。大分泊。

三月二十一日水曜晴、朝大分より竹田に戻る。四期対抗の案内を同級生に配信す。外来少なし。高田病院の外来は結構多忙なり。マンション近くの店にて、周とトンカツとホタテフライを食す。大杉製薬勉強会へ。余が十年以上解説せし類聚方広義、本日にて終了す。些かの感慨あり。織部先生とスナックへ。周は先に寝ぬ。

三月二十二日木曜晴、外来まづまづ。ツムラの矢口、森井氏より返信のメールあり。午後、母を大分駅南口へ送る。初めて南口の様子を見るに明るくなれる印象あり。ジムにて運動す。トキハに行き、フランス展を見る。色のきれいなるヤモリの置物あり、購入す。味噌チャンポンと高菜めしを食す。夕刻、周とともに全教研の面接を受く。大分大学医学部に本年は東明より八名合格したれば、これを目安にせよとのこと。散髪に行き、さっぱりす。

三月二十三日金曜雨、朝車の運転中スリップし、危ふき目を見る。四期対抗は二十六期の参加者多く、嬉しきことなり。夕刻、雨にて歩かず。夜は中華前菜、豆腐と挽き肉の煮込みを食す。猟銃診断書三通書く。昼過ぎ、医師会病院に行く途次、車、突然余の車の前に飛び出し危ふく衝突するところなり。運転する相手の若き女性、しきりに謝れるも腹立たしきこと限りなし。

三月二十四日土曜晴、講演のスライドの並べ替へ、かなり捗る。午後、月形に行き、アプローチ、バンカーの練習をす。ジムに行き、運動す。トキハの銀次郎にてカレーを食す。フランス展に行き、挾間先生の新築祝ひとして、余の求めたると同じヤモリの置物を買ふ。大分臨床漢方懇話会に出席す。講演会は眠たかりき。

三月二十五日日曜晴、久住高原ゴルフクラブにて、余が幹事をする竹田医師会病院ゴルフコンペを行ふ。事務の岡、看護師の吉良、社会福祉士の橋本氏とラウンドす。前日の雪薄く残りて、スタート遅る。初心者多く心配するも無事に終る。ラウンド後温泉に入り、夜は居酒屋羅夢歩にて打ち上げ。九人出席し盛り上がる。帰宅後、居間にて鼾をかきて眠りしと聞く。

三月二十六日月曜晴、朝歩く。タイガー・ウッズ二年半ぶりに優勝す。公園の柳に新緑あり。外来少なし。加藤病院の件は断ることとす。四期対抗、二十六期は十三名の参加となる。医局会進行遅れて疲る。ヤナセの姫野氏に電話し、三十日納車と決定す。医師会病院にてパソコンの得意なる和田氏にスライドの修正を依頼す。

三月二十七日火曜晴、朝歩くに暖かし。春休みなれば子供たち家にてごろごろす。夕刻、三月を以て退職する林下先生の離任式あり。夕刻も歩く。夜、太刀魚の塩焼きなど。甘酒を飲む。

三月二十八日水曜晴、外来中大分大学北野学長より講演会の件にて電話あり。午後玖珠の病院へ。夜、ビビンバ、サラダを食し、甘酒を飲む。MLB開幕戦でイチロー四安打す。

三月二十九日木曜晴、朝歩く。外来に他院を受診中の患者紹介状なしに来院し、対応に苦慮す。午後、母と周を大分へ送り、ジムで運動す。午後四時より竹田市である介護保険の審査会に間に合ふやうにと余裕をもって大分を出づるも、渋滞にて遅れさうになる。審査会はまづまづスムースに行く。帰りにマルミヤに寄り、オレンジ、カルピス、白ワインを購入す。スライドの修正、少しづつ進む。夜、鶏の骨付き、春雨の酢の物、吸ひ物を食す。

三月三十日金曜晴、朝歩く。家族は休みなればゆっくり寝ぬ。午後は外来忙し。ふれあひ駐車場の桜咲く。下取りに出す車の整理。夕刻、体きつければ歩かず。夜、焼きそばを食しワインを飲む。

三月三十一日土曜晴、朝八時前にヤナセの姫野氏新しき車を運び来たれり。なかなかよき感じなり。操作法を習ふも、カーナビとオーディオの習熟には時間を要す。午後、玖珠へ。途中カレーを食す。運転は次第に慣るるごとし。

平成二十四年四月

新車は快適です

四月一日日曜晴、前日より玖珠の病院の当直、午前二時患者一人死亡す。見送りもありてほとんど睡眠時間なし。日中は外来少なし。テレビを観つつスライド修正などの作業をす。夕刻、玖珠の河川歩道を歩き、夕食を玖珠に来たる妻子とともにす。

四月二日月曜晴、余が校医を務むる豊岡小学校の校長以下教師数名、新任の挨拶にきたる。些か大げさにて、不要のことに思はるれば、来年以降は無用なりと伝ふ。医史学会入会の申込書を書く。外来少なし。母のもとにて昼食。スライドの改良を少しづつ行ふ。午後、医師会病院に於いて、病院と医師会の両事務長と四月よりの契約につき署名を交はす。夕刻、町を歩く。夜、チキンカツを食す。梓とオセロをし、思ひがけなく敗る。

四月三日火曜雨、起床するに天気悪しく風雨強し。外来まづまづにて、猟銃診断書も二名あり。校医の委嘱状届くも、余の名前に敬称なければ教育委員会に電話して尋ぬるに、手違ひなりとのことにて担当者謝罪す。夕刻、花を見に岡城に登る。風強く寒し。桜はすでにかなり散りたり。創造の丘にまはりて帰宅す。夜、華岡青洲の門人名簿をスライドにす。面倒なる作業なり。夜、刺身、味噌汁、鮭などを食す。午後十時頃眠気を覚え、家族の中にて最初に床につく。

四月四日水曜晴、診療報酬のレセプトを整理す。外来少なし。昼食は今年初めてソーメンを食す。午後、玖珠へ。高校野球決勝、青森の高校を応援するも敗る。新しき車の運転に次第に慣るるごとし。夜、カレーを食す。十時前に床につく。

四月五日木曜晴後夜雨、周を初めて新しき車に乗せて送る。日本東洋医学会大分県部会の案内届く。特別講演欄に余の名前あり。午後大分に出て、散髪に行く。夕食はトキハ近くのマキにて海鮮丼を食す。

四月六日金曜晴、マスターズゴルフ開幕し、早朝よりテレビ観戦す。スライドの修正を医師会病院のパソコンに詳しき和田氏に依頼す。ヤナセの姫野氏昼前に来院。車の操作の方法を習ふ。午後病院にて回診す。帰宅して入浴の後、岩城屋の医師会病院歓送迎会に出席す。最後の締めのガンバロウの発声をす。

四月七日土曜晴、朝マスターズを観て少し歩く。外来まづまづ。午後、家族にて新しき車に乗り、わさだへ行き、夜はレンブラントホテルにて会食す。ビールを飲む。

四月八日日曜晴、月形コースでゴルフ。小山、高本、竹内の各氏と同伴す。ドライバーはよかりしもスコアはまとまらず。暑がりの余には半袖にてちゃうどよき気候となれり。

四月九日月曜晴、朝三時に起床し、マスターズ最終日を観る。結局左打ちのB・ワトソン優勝す。講演会のスライドと口述原稿のアウトライン完成す。入会したる日本医史学会より機関誌届く。夜、説明会の寿司とハンバーグを食す。ワインを飲みたれば、眠気に襲はる。

四月十日火曜晴後雨、久しぶりに外来多し。乗る前に簡単に車の掃除をす。夕刻雨になるも傘をさして歩く。夕食は刺身、クリーム煮、アサリの味噌汁を食す。夜、眠気ありて講演の準備進まず。

四月十一日水曜雨後陰、外来少なく講演の準備をす。午後、玖珠の病院へ。忙し。夜、パスタ、ローストビーフ、さつまあげを食す。

四月十二日木曜晴、四期対抗は二十六期が参加者最も多しとのこと。夜、FAXにて組み合はせ届く。午後、九重町の診療所へ。大分にまはりにじが丘で練習す。同級生の足立君ら知人数名と会ふ。ロイヤルホストにて夕食。夜、全教研に行き、周の先生と少し話す。

四月十三日金曜陰後雨、北朝鮮ミサイル発射失敗のニュースあり。最近車中にて中島みゆきの「過ぎゆく夏」を聞くこと多し。叔父眼底出血を起こす。夕刻、雨にて歩かず。夜、春巻き、酢豚、豆腐サラダを食す。盆に行くハウステンボスのホテルを家族にて検討す。

四月十四日土曜陰後晴、朝歩く。医師会病院にて口述原稿を書くも集中力続かず。昼過ぎに自宅に帰るに思ひがけなく向陽中学の周の友人二名来たれり。午後、月形に行きアプローチの練習をす。バンカーショット少し改善す。夜、織部塾に出席す。六月に京都にて開催せらるる日本東洋医学会に於いて、織部先生その著書の功績によりて表彰を受くとの話を聞く。百万石にて会食す。大分泊。

四月十五日日曜晴、四期対抗ゴルフで大分富士見ゴルフクラブへ。二十四期毛利、二十五期甲斐、二十七期森本の各氏とラウンドす。アイアンがトップばかりなるも、まづまづのスコアなり。天気、微風吹きて最高のコンディションなり。二十六期わづかに優勝を逃す。夜はじょうくらにて表彰式、懇親会。挟間君も出席す。大分泊。

四月十六日月曜陰、朝三時に目覚む。五時半に竹田に戻る。メーリングリストに四期対抗の結果を報告す。昼食後、眠気を覚えうたた寝す。夕刻歩く。夜、ロールキャベツ、タコのサラダ、寿司を食す。

四月十七日火曜晴、外来まづまづ。午後病院に医学部の学生実習にて来院したれば、種々教示す。夕刻歩く。夕食は鮭、味噌汁、薩摩揚げを食す。口述原稿大分進む。

四月十八日水曜晴、外来少なし。産婦人科専門医更新手続きを済ます。午後玖珠の病院に行き、大分にまはる。高速道路の運転、新しき車にて安定性増し安心す。梓は別府溝部学園短大に進学を希望すれば、可能性あるかを担任の先生に聞く。夜、ヤキソバサラダと肉豆腐を食す。

四月十九日木曜陰後雨、外来暇なり。昼は家人留守なればわさだ天風にて天丼を食す。ジムで運動し、トキハで絵画展に行くに、余が結婚の仲人を務めし足立夫人とその子息に出会ひ暫し雑談す。散髪に行く。夕食はトキハ会館にてトマトパスタを食し、周には麻婆丼を買ふ。午後より雨降るも、周の遠足は何とか出来たりとのこと。村上春樹『小澤征爾さんと、音楽について話をする』を読了す。専門的過ぎて、わからぬところあるも興味深き内容なり。

四月二十日金曜陰、朝周を犬飼まで送るに、ガソリン残量少なくなり、警告ランプ点灯してカーナビは一番近きガソリンスタンドを表示す。辛うじて朝地のセルフスタンドにて給油す。外来ぼつぼつ。午後医局にて武田薬品MRと雑談す。夕刻、同級生のタクシーで大分の同級生医師の会へ。講演のあと質問す。二次会は数名とともにスナックいちじくへ。大分泊。

四月二十一日土曜陰後雨、朝同級生のタクシーにて竹田に戻る。午後、大分まで出ること面倒なれば、三重へ練習に行く。マルミヤに寄り買ひ物をす。周の成績、大きく下がる。夜、トマト鍋を食し、ワインを飲む。早めに寝ぬ。

四月二十二日日曜雨後陰、月形コースにてゴルフ。畑、高本、加藤伸の各氏と同伴す。天気悪しく、客少なし。練習新調せるレインウェアのズボン、履き心地良し。練習して帰る。梓、家人とともに別府溝部学園短大のオープンスクールへ。

四月二十三日月曜晴、午前中のノルマをこなす。電話にて五月の和歌山行きにつき、ＪＡＬに問ひ合はす。対応悪し。夕刻大分へ。レンブラントホテルの新経営者の祝賀パーティに出席す。挨拶四十分も続き、余のみならず出席者の評判悪し。経営者との関係で相撲の日馬富士も出席す。ジムにて衛藤、川本と大学の後輩に会ひ、しばし雑談す。

四月二十四日火曜晴、暑さの感ぜらるる気候となれり。医局にてはクーラー入る。外来まづまづ。夕刻、久しぶりに短パンにて歩く。木々の緑、目に鮮やかなり。夜、刺身、竹の子、味噌汁などを食す。早く寝ぬ。

四月二十五日水曜陰後雨、朝、口述原稿を録音して試みに聞く。ダルビッシュ、ヤンキースを押さへ三勝目。午後、玖珠の病院へ。結構多忙なり。竹田に戻り、医師会病院の歓迎会にて羅夢歩へ行く。十人ほどの参加者でなかなか盛り上がれり。二次会にて歌を歌ふ。

四月二十六日木曜陰後晴、夕刻にじが丘に行き、ゴルフの練習をす。左手一本にて打つ練習を中心に行ふ。トキハに行きハンバーグを食す。八時半に塾へ行き周を迎へて帰る。運転中眠気を覚ゆ。

四月二十七日金曜晴、外来珍しく忙し。夜、医師会のいざよい会にて、ジャンボタクシーに乗り久住高原のオーベルージュ小山に行く。十六名出席。夕日の中の池や高原の風景、素晴らし。シャンパンとワインを飲みすぎて酔ひ、帰宅後家の前にて吐く。

四月二十八日土曜晴、夜中、何度か目覚む。朝歩く。

周と家人はサッカーの試合に杵築へ行く。昼休み、ホームワイドへ洗車のためのホースを求めに行く。夕刻、蛇口に繋がんとするもうまくいかず。夜、刺身、鯛の吸ひ物、冷や奴などを食す。食後眠くなり、居間で居眠りして、そのまま床につく。

四月二十九日日曜晴後陰、三井生命のゴルフコンペにて臼杵カントリークラブへ。ゴルフ仲間の小山、糸永、衛藤の各氏とラウンドす。楽しくラウンドできたり。表彰式にてリンゴ、牛肉などの賞品をもらふ。

四月三十日月曜雨、畑、宮脇、寒川の各氏とラウンドす。背筋を伸ばすことを心がく。同級生の寒川君と仲良く言ひ合ひなどして面白し。帰途ホームワイドに寄り、ホースの繋ぎ方を習ふ。夜、オムレツ、サラダ、味噌汁を食す。

平成二十四年五月

和歌山で旧友と会う

五月一日火曜陰後雨、外来まづまづ。約束せしツムラの森井氏と矢口氏の来院遅れ、イライラす。今度の講演につきての打ち合はせなり。夕刻、和歌山在住の高校同級生宇都宮君と電話で話し、現地訪問時のことを打ち合はす。スライドの最初に朝鮮アサガオの写真を入れたれば見映えよくなる。夕刻、小雨の中を歩く。

五月二日水曜雨、朝天気悪しければ歩かず、クリニックにて素振りす。外来まづまづ。旅行の準備をす。午後玖珠の高田病院へ。お八つに余の好物枇杷出でたれば喜ぶ。夕食はカレー、サラダ、コーンスープを食す。眠くなれば早めに床につく。

五月三日木曜晴、九時すぎに車で周と竹田を出発。大分空港の駐車場にて高校同級生の森君夫妻に会ひ雑談す。飛行機に搭乗し、周は緊張したる様子なり。伊丹より空港バスにて新大阪へ行き、特急くろしおに乗り、和歌山駅に着く。駅には宇都宮君の迎へあり。同君の勤務する日赤和歌山医療センターを案内してもらひし後、和歌浦、番所庭園などを訪ね、写真をとる。夜は居酒屋千里十里にて会食す。

五月四日金曜、夜中に何度か目覚む。朝ホテル近くの和歌山城を歩く。和歌山駅よりJRに乗り、青洲の里のある名手駅へ。青洲が農民たちのために作りしといふ垣内池を探すも見つからず焦る。再びJRで和歌山に戻り、和歌山ラーメンを食さんとするも行列の長きを見てあきらむ。くろしおに乗り天王寺駅で下車して、周と周辺の店を見て回る。大分空港に着くに、折柄の連休のためにレストラン込み合ひて食事できず。結局、玖珠まで帰りて夕食をとる。

五月五日土曜晴、早朝家族の就寝中に玖珠を出発す。サニーヒルでゴルフ。高校同級生の宮崎、足立と大分駅前の二宮先生と同伴す。つまらぬミス続くも、六番ホールにて第二打直接カップインし、イーグルをとる。マルミヤでオレンジやジュースを購入す。母のもとにて夕食。

五月六日日曜晴、月形コースでゴルフ。岩野、高本、畑の各氏と同伴す。真夏のやうなる暑さにて疲れを感ず。定年の岩野氏、退職後の仕事見つかれりと喜ぶ。スコアはまとまらず。

五月七日月曜晴、朝和歌山にて撮影せし写真のプリントに行く。外来まづまづ。旅行とゴルフの疲れは覚ゆるも、少しづつ仕事は捗る。病院では回診とカルテ記録。夕刻、一時間歩く。夜はトンカツ、味噌汁、サラダを食す。

五月八日火曜陰、講演のスライドを少しづつ改良す。宇都宮君に写真を送る。昼に和歌山で求めたる井出商店のインスタントラーメンを食す。豚骨と醤油の合はせにて美味なり。夕刻歩く。夜は十時には眠くなり、床につく。

五月九日水曜陰後晴、講演の原稿とスライド進む。午後、玖珠の病院へ。説明を理解し得ずしつこく質問する患者に辟易す。帰途天気回復したれば久住高原にて車を止め、二十分ほど歩く。食事は肥満防止のために野菜より食するやうに心がく。扇風機を出して組み立つ。

五月十日木曜晴、外来は少なし。課題少しづつ進む。ヤナセの姫野氏来院すれば、カーナビ等の操作を習ふ。

午後、九重町の友成医院へ。大分にまはり、夕刻トキハ会館にてそばとカツ重のセットを食す。久しぶりにジムに行き、汗を流す。

五月十一日金曜晴、名越康文『毎日トクしている人の秘密』読了す。著者は余の大学の後輩なれば興味深く読む。午後病院にての回診中、痴呆患者より「あんた可愛いいなあ」と言はれ、苦笑す。夜、同級生医師の会あり、大分へ。オアシスで脳卒中の話を聞く。余の講演の座長を務むる穴井君と話す。

五月十二日土曜晴、朝歩く。午後、玖珠の病院に行く途中、小国町にてカレーを食す。屋外にて食するに木陰に風吹き、気持ち良し。病院に着くや肩こりと頭痛出現し、気分悪し。夜、近くのスーパーにて好物のスイカを求めて食す。漢方仲間より電話あり。

五月十三日日曜晴、夜中幾度か目覚むるもまづまづ眠るを得たり。早朝携帯を持ち、病院近くを歩く。県医師会報に投稿する原稿の組立てに大凡の目途つく。昼過ぎよりソファーにてうたた寝。夜は母も来たりてロールキャベツ、サラダを食す。誕生祝ひとして日傘を貰ふ。早く眠る。

五月十四日月曜雨、県医師会に原稿を送り一段落す。試みに周の電子辞書を使ひしに、便利なる面もありと感ず。外来まづまづ。外科医の英次叔父眼底出血にて大分大学附属病院に入院せりとのこと。夕刻、雨やまざれば傘をさして歩く。夜、硬焼きそば、味噌汁を食す。体脂肪抑制のコーラをこのごろ夕食時に飲みてあり。

五月十五日火曜雨、余の誕生日なり。朝二度寝して、ゴルフボール旗に当たるを夢に見る。瑞兆なるか。華陀の言葉の解釈につき笠木先生にＦＡＸにて尋ぬ。スライドは大体完成す。夕刻歩き、帰りに丸食でスイカを買ふ。

五月十六日水曜陰、外来に東京より帰りしといふ新患受診す。紹介状にうつ病とあるも格別悪しとは見えず。午後玖珠の高田病院へ。大分にまはりロイヤルホストにて食事。県医師会館に行き、産婦人科理事会に出席す。途中退席して、漢方勉強会へ。今日より『療難百則』といふ古典を解説す。初回は序文を読む。織部先生とスナックへ。大分泊。

五月十七日木曜陰、早朝大分より四十八分で竹田に戻る。携帯を忘れたることに気づく。外来まづまづ。午後大分に出て「幸せの教室」といふ映画を観る。ジュリア・ロバーツとトム・ハンクス主演。断片的にはよき場面もあれど、つなぎ弱く大きなる感動はおぼえず。マンションに行き、テレビの修理を終ふ。トキハ会館にて夕食にハンバーグと魚のフライを食す。ジムで運動す。

五月十八日金曜晴、外来は少なし。午後、余の校医を務むる豊岡小学校に検診に行くも、関係者不在にて不快なり。夕刻歩き、少し時間あれば洗車す。乾くに汚れ目立てり。小太郎製薬の雑誌に投稿する原稿を仕上ぐ。夜、竹の子ご飯、イカとイモの煮物を食す。

五月十九日土曜晴、朝歩く。医師会病院にて八時半より五時まで勤務す。講演の口述の練習をす。帰りにマルミヤに寄り、ネーブルとパイナップルジュースを求む。夜、ステーキを食しワインを飲む。医師会和田事務長より国保の委員を依頼せらるるも、余は他の役にて十分その務めを果たし居れば断る。

五月二十日日曜陰後雨、月形コースにてゴルフ。衛藤、小山、高本の各氏と同伴す。よく眠り、朝食は自ら作れり。早めに着きてアプローチの練習をす。スコアはまとまらざれども、気候涼しくして気持ち良し。ラウンドの後も練習す。夕刻三重祐貴へ行く。家族での余の誕生祝ひなり。

五月二十一日月曜陰後雨、外来少なし。天気悪しく金環日食見えず。家人留守なれば昼はカップラーメンとおにぎりを食す。夕刻、雨なれば歩かず。夕食に説明会の鰻とカレーを食す。夜は子供たち勉強し居ればテレビを消して過ごす。

五月二十二日火曜晴、雑誌にて見しウェッジ欲しくなり、ゴルフ5で買ふことにす。猟銃診断書の患者多し。川良君と電話で話す。夕刻歩くにあたかも昼の如く、明るし。

五月二十三日水曜晴、外来に夫婦二組受診す。午後玖珠へ。患者多し。大杉製薬支店長あいさつに。大杉のサフランを入れ、円皮針を採用す。夕刻大分にまはり周を乗せて帰る。原南陽の叢桂偶記、古書店より届き、ざっと目を通したるに見るべき新しき所見なし。

五月二十四日木曜陰、午前中外来まばらなり。スライド原稿に小さき修正箇所あり。母より元大分県医師会長にて、両親と親しかりし吉川先生亡くなれりと聞く。午後、サニーヒルにゴルフへ。同伴して教へを請ふ予定なりし佐藤正信氏、事故にて来たらず、やむなく一人ラウンドす。思いがけず調子良く、八十五でまはり、自信つく。大分に出てトキハ北海道展にてりんごジュース、海鮮弁当を購入す。

五月二十五日金曜雨、周に頼まれて早朝午前三時四十五分に起こすも、勉強は捗らざる様子なり。外来忙しく少し自信を取り戻す。家人実家の病院の医師、一年後に退職する予定なりと告げしとのことにて、義父母あわてたる様子なり。夜、コロッケ、サラダ、ミネストローネを食す。

五月二十六日土曜晴、午後大分へ。ジムは人少なく、活気なし。トキハにて講演会用にシャツとネクタイを求む。夕刻、五車堂にてチキンAランチを食す。そのあと、漢方の講演会に行き、鹿児島大学丸山教授の話を聞く。

五月二十七日日曜晴、月形コースにてゴルフ。豊後大野市の医師、後藤、麻生、筑波の三氏と同伴す。楽しくラウンドできたり。夕刻、家に寄り、スイカを食し、医師会病院の当直へ。夜、ムカデに刺されたると胃痛の患者受診す。あとは何もなし。

五月二十八日月曜晴、外来は予約なく暇なり。日本文理大学の学長は余のゴルフ友達なれば、梓の進学先として考へて見るも、適当なる学部なし。病院の説明会はツムラなりしも、二名よりほか参加者なかりしは残念なり。帰宅するにいまだ明るければ、それより歩く。

五月二十九日火曜晴、外来暇。母はバス旅行にて平戸へ行く。病院の判定会議にて、整形の石井先生よりベッドコントロールの話出づ。収入大きく変るとのこと。夜、医師会総会。訪問看護につき質問。大きなる問題もなく終了す。

五月三十日水曜晴、朝眠ければ歩かず。周の成績表送られてきたり。十五番なり。高田病院にても痛みの患者に円皮針を始む。最初の患者効果あり。高田病院の今後につき、事務長と義母と相談す。大分にまはり、マンションにて講演会用のワイシャツとネクタイを試着す。散髪に行き、すっきりす。

五月三十一日木曜陰、外来まづまづ。午後大分へ。漢方仲間のはさまクリニックへ。クリニックの新築成り、駐車場も広くなれり。余の仲人の子息の経営する喫茶店タピエスに行き、アイス・カフェオレを飲む。シネマ5にてウディ・アレンの新作「ミッドナイト・イン・パリ」を観る。若き日のヘミングウェイ、ダリなど登場し、面白し。

平成二十四年六月

外科医に華岡青洲について講演

六月一日金曜晴、朝の運転少しつらし。県医師会報掲載予定の原稿を校正す。スライドに修正箇所あり。夜は八宝菜、サラダ、麻婆豆腐など食す。夕刻、歩きつつ、携帯電話に録音したる口述原稿を聞く。一英先生に高田病院のことにつき電話す。

六月二日土曜陰、朝歩く。福田和也『死ぬことを学ぶ』を読了す。いくつか参考になることあり。午後、当直のため玖珠の病院へ。寿司と天ぷらを食す。

六月三日日曜陰、朝携帯を持ちて病院周辺を歩く。講演の準備をす。帰宅後家族外出中なれば、幕の内弁当を購入して食す。

六月四日月曜陰後晴、周に頼まれたれば午前三時に起こす。外来まづまづ。講演原稿の仕上げにかかる。

六月五日火曜雨、外来まづまづ。スライドの修正箇所いまだあり。大体原稿無しにても話すこと可能となる。午後ツムラの森井氏来院し、スライドの調整をす。夕刻、雨小降りになれば歩く。夜、刺身、焼き魚、アサリの吸ひ物を食す。

六月六日水曜晴、朝歩く。周と家人は中体連の試合ありて出かけたり。田植ゑの故か外来少なし。午後玖珠へ。途中小国町のカップルなる店にてカレーを食す。屋外の席なれば木々の緑と風心地よし。高田病院の外来まづまづ。帰宅後、久しぶりに車を洗ふ。蚊に刺さる。夜、お好み焼きを食す。

六月七日木曜陰、外来まづまづ。午後、レンブラントホテル大分にての、故吉川晶先生お別れの会に母と共に出席す。葬儀よりスマートなる方法と余には感ぜらる。ジュンク堂書店にて、司馬遼太郎講演テープを求む。食欲あまりなければ、夕食はモロゾフにてサンドイッチを食す。早めに寝ぬ。
六月八日金曜雨、外来ぼつぼつなり。午後眠ければぼうつらうつらとして過す。夕刻歩くに雨降り始め、途中にて引き上ぐ。夜、トマトスープ、魚のフライを食す。周は定期券を学校に忘れ、取りに戻りたりとて、帰宅遅る。
六月九日土曜晴、朝大分行きの準備。午後周を乗せて大分へ。ジムの運動は少な目にす。織部塾では塾長の質問にうまく答ふるを得たり。塾生達と織部先生学会奨励賞受賞祝賀会のことにつき相談す。午前二時半まで飲む。大分泊。
六月十日日曜晴、あまり長くは眠るを得ず。日本東洋医学会大分県部会の監査のために岩尾文具で印鑑を買ふ。県部会の参加者は五十名を越え、会費収入は予定通りにて安堵す。余の特別講演は、喉渇きたるもうまくできたり。マンションで一休みして帰る。冷やし中華などを食して、早めに寝ぬ。
六月十一日月曜雨、夜中に何度か目覚む。「外科と漢方」の講演会の準備にうつる。昨日の講演にて大体のイメージつかみ得たれば自信つく。午後回診のあと、講演会の準備をす。説明会に薬剤師も参加す。夕刻雨なれば歩かず。夜は講演のリハーサルを一度して床につく。
六月十二日火曜雨、外来少なし。講演の練習をす。最近腹具合悪しき母、今日は調子よしとのこと。午後病院の回診をしたるあとは医局にて読書などして過す。雨降りたれば夕刻歩かず、素振りす。夜、ナスの味噌汁、イサキの味噌焼きを食す。
六月十三日水曜陰後晴、朝高校同級生の溝部君来院す。近くに仕事の用事あり来たりとのことにて暫く雑談す。午後玖珠の病院へ。夕刻大分へ。途中腹すきたれば菓子パンを食す。
六月十四日木曜晴、西部邁&佐高信『ベストセラー炎上』読了す。氏の意見には共感し得る部分と偏りたりと思ふ部分あり。ツムラ森井氏来院し、明日の講演会終了後の会食等の打ち合はせをす。午後、九重町の診療所に。大分にまはり、ジムで運動し、えび福で天ぷら定食を食す。
六月十五日金曜雨、講演会当日。外来少なし。睡眠障害にて就労不能なりと訴ふる患者あり。本人の訴ふる上は認めざるを得ず。講演の準備万端なるも、北野学長韓国出張にて遅るる可能性ありとツムラより連絡あり。医師会病院外科の明石先生、延髄の梗塞にて永富脳外科に昨日入院したりとのこと。余より十歳以上若き先生なれば驚く。夕刻、中学同級生の黒田君のタクシーにて、レンブラントホテルへ。講演は余裕を持ちてうまくできたり。北野学長は途中より聴講せられ、後の懇親会にて少し話すを得たり。終了後、ツムラ所長と織部先生と会食す。

六月十六日土曜雨、葉室麟『蜩ノ記』読了す。直木賞受賞作品なり。午後、五時まで医師会病院に。京都の学会での観光スケデュールを考ふ。夕刻医局に大久保先生来院し、京都のことを聞く。マルミヤにてスイカ、ジュース等の買ひ物をして帰る。久しぶりに自宅にて食事す。

六月十七日日曜陰、月形コースでゴルフ。岩野、小山、高本の各氏と同伴す。久方ぶりのゴルフなれば楽しみにしたるも、スコアまとまらず。後半疲れ、ラウンド後の練習も取り止めて帰る。夜、ステーキを食し、ワインを飲みて、早めに寝ぬ。

六月十八日月曜陰、外来最初は少しあるも、あとはヒマなり。別府の垣迫先生と織部先生の祝賀会につき相談す。夕刻雨降れば傘をさして三十分間歩く。説明会のステーキ弁当は持ち帰りて、トンカツと共に食す。早めに寝ぬ。梓は学校にて午後になれば疲れを覚ゆといふ。

六月十九日火曜雨後陰、午前中外来多し。梓体調不良で昼前に早退す。周は台風にて早退す。尾台榕堂の小説、これまで書きたる分を読み返す。体脂肪吸収抑制効果ありといふ、メッツコーラをオークションにて落札す。自宅前の空き地の雑草の処理を地主に依頼す。夜、鳥の唐揚げ、刺身、鳥のスープを食す。早めに寝ぬ。

六月二十日水曜陰、外来全く暇なり。午後玖珠の病院へ。この方は結構多忙なり。夕刻、大分にまはり、周を乗せて帰る。途中永富脳外科に寄り、入院中の明石先生を見舞ふ。退屈なる様子なり。氏がファンなる吉川晃司の本を贈る。オークションにて注文したるコーラ届く。

六月二十一日木曜雨、尾台榕堂の小説は未だ構想立たず。午後、ヤマダ電器に行き、デジカメとヘッドフォンを求む。夕刻、トキハの横浜中華街展へ行き、フカヒレ天津飯を食するも、期待はづれなり。周にはビビンバと黒豚中華饅頭を買ふ。京都にてのスケデュールを決め、MKタクシー塚本氏に連絡す。

六月二十二日金曜陰、梓はリフレッシュのためにわさだへ行く。ひとり映画を観たるよしにて皆驚く。帰宅後もあまり疲れたる様子見えざれば安堵す。夕刻、医局会。明石先生の入院は長くなりさうなりとのこと。帰宅して、まだ明るければ外を歩く。デジカメの使用方を説明書を見ながら覚ゆ。夜、巻きずし、吸ひ物、サーモンサラダを食す。

六月二十三日土曜雨、朝方天気悪しく、体もだるければ、歩かず。周足の痛みを訴ふれば、医師会病院に連れて行き受診せしむるに、たいしたことなしとの診断にて安堵す。病院にて昼食を摂る。夜、刺身、肉鍋、鯖の味噌煮、アサリの味噌汁を食す。

六月二十四日日曜雨、起床するに大雨なればゴルフを中止す。家族五人してアマファソンに昼食に行く。スポーツカー並びて駐められ、客多し。葉室麟『霖雨』読了す。広瀬淡窓のことなど興味深し。夕刻五時より当直。人工呼吸器の患者、酸素飽和度、一時下降す。

六月二十五日月曜雨、当直は、病棟患者に呼ばれて一回起こさるるもあとは何もなし。資料や本の整理。午後も病院に行き、親戚の医師死亡したりとの話を聞く。小説は進まず。夕刻、小雨の中を歩く。夕食は焼き肉弁当、エビとレタスのサラダ、魚のフライを食す。

六月二十六日火曜雨後陰、別府垣迫先生より祝賀会打ち合はせの電話あり。夕刻一時間歩く。夕食は、冷麺、蟹サラダ、餃子を食す。衆院で増税法案可決。「いざよい会」につき幹事の志賀先生らと相談し、アマファソンに決む。

六月二十七日水曜雨、外来ひま。母は夕刻親戚の加藤家と一緒に久住加藤家の弔問に行く。午後、玖珠高田病院に。外来多し。夜、チンゲンサイのクリーム煮を食す。

六月二十八日木曜陰、ツムラの森井氏、矢口氏来院す。余の本を贈呈す。勉強会にてタクシー券をもらひたれば、中学同級生のタクシーを呼びジムへ。夕刻、全教研面接。専ら夏休みの受講予定の話。オアシスでの勉強会の講演延び、時間なくなりたれば、ローソンにて弁当を購入しあわてて食す。

六月二十九日金曜陰時々雨、学会行きの準備。暑くなりたればカジュアルなる服装にて行く。夕刻四時半出発。空港近くのくにさき牧場で夕食にハンバーグセットを食す。飛行機で伊丹へ。空港バスで京都に行き、タクシーでホテルへ。十時半頃チェックインす。

六月三十日土曜陰、朝地下鉄にて国際会議場へ。熊本の吉富先生と一緒になる。日本東洋医学会会長の石川先生に、織部先生祝賀会への出席を依頼したれば、予定あれど検討すとの返答なり。午後、総会にて織部先生奨励賞を受賞す。余は写真撮影をするも出来はいまひとつなり。来年度の総会を開催する鹿児島の山口準備委員長より余の企画採用せられたりと聞く。夜、京都駅のホテルにての山友会に出席す。徳島の庄子先生教授に昇進したりとのこと。カメラを会場に忘れて帰り慌てたるも、あとになりて保管したる先生より連絡あり。

平成二十四年七月

日本東洋医学会会長を探し回る

七月一日日曜雨、日本東洋医学会総会に参加して京都市に滞在中。昨日学会より奨励賞を受賞せし織部先生の祝賀会への出席を確認するため、日本東洋医学会会長の石川友章先生を学会場にて探す。会場の京都国際会議場は広大なる施設なれば、ポスター会場にて漸く見出し、了解を戴き安堵す。正午にて織部先生の出番終れば、予約したるＭＫタクシーに織部、田渕、余の三人同乗して京都観光に向かふ。フランス料理のおくむらにて昼食、乾杯す。食後十念寺にある曲直瀬道三の墓に詣で、平清盛ゆかりの楠木などを見学す。豪雨となる中、京都駅にて新幹線に乗る織部先生らと別れ、伊丹より飛行機にて帰途につく。

七月二日月曜陰、起床時腹痛あれば、家人に周を犬飼まで送るを交替してもらふ。六月の収益は低し。体調悪しく、レセプトチェックを後日に延期す。一日中おかゆを少量づつ食す。桂枝加芍薬湯を飲み、少し軽快す。夜は早く眠る。
七月三日火曜陰時々雨、起床するに昨日より体調少しばかり良し。学会の写真をプリントし、後かたづけ終る。織部先生祝賀会案内状の文面、大体完成す。夕刻、雨の中を久しぶりに三十分歩く。排便数回あり、少しづつながら体調落ち着くがごとし。夜、太刀魚、味噌汁、イカ納豆、マカロニサラダを食す。
七月四日水曜陰時々雨、体調ほぼ平常に復す。竹田医師会の親睦会なるいざよい会と高校同級生医師の会「M―26医聖人の会」、いづれも余が今回幹事なれば案内状を発送す。義父より玖珠高田病院の今後につきて相談を受く。夕食はコロッケ、野菜スープなどを食す。
七月五日木曜陰、余の自宅近くなる、版画の佐藤武夫美術館閉館とのことなれば、事情を土居県議と渡辺市議に電話して尋ぬ。外来まづまづ。午後大分に出で、ジムで運動す。トキハ会館で五目そばとライスを食す。周を迎へに、行くにテストの出来悪しき様子にて機嫌悪し。
七月六日金曜陰、外来まづまづ。尾台榕堂生誕地の新潟県十日町市の吉村氏よりメール届く。パンダの赤ん坊生まれしといふニュースあり。小説を進む。夕刻、五十分歩く。京都の友人垣本氏より推薦せられたるビモロシューズ届き、歩行姿勢に注意しつつ歩く。夜は肉、味噌汁、サラダを食す。
七月七日土曜雨後陰、早暁激しき雷雨ありて目覚む。午後、高田病院当直へ。小説と大杉製薬漢方勉強会準備を交互にす。夜テレビにて「海猿2」を観る。
七月八日日曜陰後晴、早朝携帯を持ち、病院周辺を歩く。当直は特に何事もなし。午後三時に早退し、最近亡くなれる親戚の医師のお別れの会に出席す。終りに近く片づけを始めたるところなり。竹田に戻り、夕刻いま一度歩く。その後久しぶりに洗車せしに結構疲れたり。夜、焼き魚、水餃子、味噌汁を食す。
七月九日月曜陰後晴、周は風邪で発熱し、学校を休む。午後眠気あるも小説を書き進む。竹田医師会ゴルフコンペの案内を配布す。夜、母も来たりて手巻き寿司を食す。衛星放送にて「スウィングガールズ」を観る。面白し。
七月十日火曜陰、外来ぼつぼつなり。ビモロシューズを履きて歩くせゐか腰に痛みを感ず。家人には外反母指あれば同シューズの使用を勧む。夜、高校同級生にて和歌山在住の宇都宮君より、同窓会につき電話あり。夜、衛星放送で「好人好日」を観る。夕食はイカの竜田揚げ、サラダを食す。謡曲の練習中、蚊に刺さる。

七月十一日水曜陰、腰痛続く。ダイキョー竹尾氏、大杉製薬挽田氏来院す。ニュースにてパンダの赤ん坊死せりと聞く。午後、高田病院にて病院の今後のことを、岡病院より循環器診察のため来院する迫先生に相談す。大分に出でて、散髪、本屋に行く。周遅くなる。トンカツ、サラダ、味噌汁を食す。

七月十二日木曜大雨後陰、未明より大雨。JR不通となり、家人は周を大分まで車で送る。雨降り続き、前の空き地に雨水たまる。自宅の浸水を覚悟するも、幸ひに小降りとなり、水引く。職員出勤不能なれば、臨時休診とす。ニュースにて竹田市内の被害状況を観る。午後九重町の診療所に行く。大分にまはりジムに行く。大雨の見舞ひのメールと電話多数あり。トキハにてオムライスとチキンカツを食す。

七月十三日金曜雨、外来少なし。午後医師会病院に行く途次、被害の重かりし地域を通る。惨憺たる有様なり。雨また降り、避難勧告出さるるもやがておさまる。夕刻、自宅の水の出悪しければ、市内の温泉施設月のしずくに家族で行く。余はしばらく歩行浴をなす。ローソンで夕食を求め、帰宅す。皆早めに寝ぬ。

七月十四日土曜陰時々雨、朝歩く。川に近き総合庁舎のあたりは被害甚大なり。断続的に激しく雨降る。午後大分へ。にじが丘ゴルフガーデンにて練習す。トキハで同窓会にて着用する予定のシャツを買ふ。六時半より織部先生祝賀会の打ち合はせを関係者で行ふ。その後、山本巌先生の弟子なる福富先生の講演を聞き、ひとつ質問す。

七月十五日日曜陰後晴、月形コースにてゴルフ。岩野、小山、高本の各氏と同伴す。アプローチに少しよき感じあり。腰痛くして軽くのみより打つことあたはず。ラウンド後、熱中症の症状を呈し、吐き気を覚ゆ。家人と子供たち、実家に帰りたれば、パークプレイスの紅虎にてチャーハンセットを食す。ジュース、コーラ類を多量に飲みし故か、やや下痢気味なり。

七月十六日月曜海の日晴、月形コースにてゴルフす。衛藤、大迫、池田の各氏と同伴す。いつもより遅めにゴルフ場へ。暑さきびし。昨日よりアプローチ悪しくして、スコアまとまらず。されど楽しくラウンドす。夕刻、医師会病院当直へ。整形外科石井先生と雑談す。

七月十七日火曜晴、患者わりと多し。ツムラの町田所長と森井氏来院す。高校同級生医師の会なるM―26医聖人の会の出席状況を所長に聞く。午後、医師会病院に行く前、眠気強し。夕刻、四十分歩く。夜、サバの味噌煮を食す。

七月十八日水曜晴、朝高校同級生の河村君とM―26医聖人の会の件につき電話で話す。外来多し。午後玖珠の病院へ行き、大分へまはる。ロイヤルホストにて野菜カレーを食す。午後七時より大杉製薬の大分漢方懇話会に出席す。今回より、余は福井より来たりて大分の織部先生のもとにて漢方を学ぶ山下先生と共同で『療難百則』の解説を行ふ。終了後織部先生らとスナック白い花へ行き、懇談す。大分泊。

七月十九日木曜陰、朝大分より戻る。眠気あり。外来まづまづ。昼寝して再び大分へ。わざだにて、「スノーホワイト」なる映画を観るも凡庸なる出来なれば退屈し、途中退場す。ジムに行き運動す。トキハ会館にてざるそばと天丼を食す。腰痛続けば入念に体操す。

七月二十日金曜陰一時雨、外来わりと多し。小説は集中出来ずして進まず。夜、医師会病院整形外科の石井先生、大久保竹田医師会会長と羅夢歩で会食す。玖珠の病院の今後のことなど話す。

七月二十一日土曜陰、午前中外来まづまづ。午後は大分に出づること面倒なれば、家にてすごす。刺身、ビーフンを食す。

七月二十二日日曜晴、月形コースにてゴルフ。朝周とともに家を出て、JR犬飼駅まで送る。岩野、小山、高本の各氏と同伴す。本日よりUVカットの帽子を着用せし故か、熱中症の症状なし。終了後、周を犬飼駅に迎ふる時間を合はするため、ゴルフ場のラウンジにてテレビを観る。夜、母も来たりて焼き肉を食す。

七月二十三日月曜晴、朝は歩く気にならずゆっくり眠る。外来に猟銃診断書求むる者四名。小説、少しづつ進む。説明会の鰻弁当を食し、医局会に出席す。大きなる問題なく早く終了す。帰宅後、五十分歩く。

七月二十四日火曜晴、イチロー、ヤンキースへ移籍のニュースに驚く。外来少なし。ツムラの森井氏来院し、刺身を食す。

勉強会の相談。夕刻、歩く。夜、焼き魚、野菜スープ、

七月二十五日水曜晴、朝は日陰を選びて歩く。外来少なし。午後、玖珠の高田病院へ行く。岡病院心臓外科の迫先生と話し合ひをす。義父とも話し合ふ。院長を譲る気なく、ただ手伝ひてもらひた欲しといふことなれば、話進展せず。大分にまはる。周は高校野球の応援に行き、大分東明逆転負けしたりとのことにて、落胆せる様子なり。家人より惣菜購入を依頼され、アスパラチーズカツと枝豆サラダを求めて帰る。

七月二十六日木曜晴、外来まづまづ。午睡の後大分へ。ジムで運動す。散髪に行き、試みに冷シャンプーをするも、効き目いまひとつなり。トキハの職人展に行き、伊万里の作家の作れるガラスコップを購入す。そばと鳥そぼろ飯を食す。夜中にオリンピックの男子サッカーの試合を観る。日本優勝候補のスペインに勝ち興奮す。

七月二十七日金曜陰後雨、猟銃所持許可の診断書を求むる人、相変はらず多し。夕刻より余が幹事を務むるM—26医聖人の会で大分へ。天気悪しく、最初出席者少なく心配するも、結局十三人出席し安堵す。二次会のスナック白い花へ織部先生も一緒に六人して行き、おおいに盛り上がる。遅くまで診療せし河村君も途中より合流す。大分泊。

七月二十八日土曜晴、朝タクシーで竹田に戻る。午後は暑さと疲れにて大分には出でず、竹田にゐることにしたり。ロンドンオリンピック開会式をテレビにて観る。いつものことなるも、余には長すぎるやうに感ぜらる。午後、クーラーの効きし部屋でテレビを見たる後、夕刻スーパーに行き、好物のスイカを求む。夜、カレーとコーンスープを食す。

七月二十九日日曜晴一時雷雨、同級生とサニーヒルでゴルフ。十名参加す。雷雨激しく茶店にてしばらく中断して休憩す。後半は三年ぶりの三十台出づ。

七月三十日月曜晴、朝周を犬飼まで送りし帰途、朝地のセルフガソリンスタンドにて給油と洗車。外来はひまにて、クーラーの効きしクリニックの院長室にてすごす。小説は仕上がりの構図少し見えて来たり。夕刻、一時間歩く。ロンドン五輪、柔道は不振なり。

七月三十一日火曜晴、小説進む。戸外は暑さ厳しく耐へられず。夜、竹田医師会の親睦会いざよい会にて、

瀬の本なるレストランアマファソンへ行く。14名の出席予定なるも、急患などありて二名キャンセルとなる。大久保病院の若き先生とも話す。料理皆気に入りしごとくにて、紹介したる余も安堵す。

平成二十四年八月

ロンドンオリンピック始まる

八月一日水曜雨、外来患者より、蝮に咬まれ入院したりといふ話を聞く。腕に残りし歯形生々し。ロンドンオリンピック、日本の柔道不調にて銅メダル多し。午後一眠りしたるのち玖珠の病院へ。大分にまはり、周を迎へて帰る。夜、魚、鶉の卵のフライ、味噌汁を食す。小説は少し手応へあり。

八月二日木曜晴、九月の東京行きに格安航空券のソラシド航空を利用することにし、電話にてチケットを予約す。往復で二万八千円はかなり安し。夕刻、介護保険審査会に出席す。順調に進行し一時間弱にて終了す。大分に出てケーキとアイスコーヒーをイタリアントマトにて食し、夕食はトキハ会館にて鶏天定食を食す。オリンピック、大分出身柔道の穴井、二回戦にて敗退す。

八月三日金曜晴、夜中にオリンピックを見したため朝歩かず。外来まづまづ。小説は全体の見直し作業に入る。夕刻、西日の中、三十分歩く。家人留守なれば、スーパーにて買ひ物をして帰る。

八月四日土曜晴、午前三時までなでしこジャパンの試合をテレビ観戦す。午後、玖珠の病院へ。町は夏祭り中にて賑はふ。病棟の回診患者多く、疲る。ラジオで矢沢永吉三昧を聞く。

八月五日日曜晴、朝病院近くの河原を五十分歩く。小説は少し進む。夕刻、竹田に戻る。オリンピック佳境に入る。バスにて福岡に行きし母を駅まで迎へに行く。

八月六日月曜晴一時夕立、朝ＪＲ不通のため緒方まで周を送る。外来まづまづ。小説の執筆は難航す。携帯電話に変調をきたせしかば、昼休みドコモショップに持ちてゆく。修理に一万五千円要すとのことなれば、買ひ換ふることとす。夕刻歩く。家族、梓の診察のため、久留米に行きたれば、夜はひとりで過ごす。
八月七日火曜晴、朝夕二回に分けて歩く。新しき携帯にて初めてメールを打つ。いまだ慣れず。外来まづまづ。病院にて小説は少し進む。夜は母のもとにてステーキを食し、謡曲の練習に行く。
八月八日水曜晴一時夕立、小説は少しづつ進む。午後、玖珠の病院に行く。途中でカレーを食す。久留米より戻りたる家族とともに高速を使ひて大分に行くに、激しき雷雨に会ひ、運転に困難を感ず。夕食は家族四人で高速インター近くのチャイナムーンにて中華料理を食す。小説少し目処立つ。
八月九日木曜陰、親戚の加藤内科より患者の紹介あり。午後、漢方仲間のはさまクリニックに行く。マンションの監査の仕事をす。久しぶりにジムに行く。織部先生の祝賀会に出席せらるる日本東洋医学会会長の石川先生、ご夫妻にて出席との連絡あり。
八月十日金曜陰、朝、女子サッカーの決勝を観る。惜しくもアメリカに敗る。小説になかなか集中出来ず。別府の垣迫先生と祝賀会の相談す。夕刻、家族にて墓参に行くに墓の周囲の木々うっ蒼と生い茂りて暗し。
八月十一日土曜雨後晴、早朝オリンピック男子サッカーの試合を観る。韓国に敗れ口惜しきこと限りなし。外来多し。丁寧なる診察を心掛く。午後大分へ。夕刻よりトキハ会館にて開かれたる高校同級生の同窓会に出席す。恩師、旧友と旧交を温む。余はゴルフ同好会の案内をす。恩師の一人なる上杉先生、ゴルフをすとのことなれば、次回より案内を送ることとす。二次会、三次会に行き、二時近くまで飲む。大分泊。
八月十二日日曜晴後雷雨、同級生と城島高原ゴルフクラブにてゴルフ。十名参加す。雷雨で中断し、再開するも再び雷雨となれば途中にて中止し、そこまでの成績にて順位を決定す。県職の寒川君、初優勝す。夜、大分にてゴルフ仲間の谷脇氏と会食す。谷脇氏、脳梗塞の入院治療後なれば、快気祝ひとして余がごちそうす。大分泊。
八月十三日月曜陰、朝大分のマンションにてゆっくり過ごし、家族のゐる玖珠へ。玖珠でエスティマに乗り、ハウステンボスへ家族旅行に。ホテル日航ハウステンボスは子供多く、俗化せられたる感ありて、期待はづれなり。夕刻、小説の見直しをし、大体完成す。夕食のあらかぶは旨し。夜、オリンピック関連のテレビ番組を観る。ホテル泊。

八月十四日火曜雨後陰、雨なれば朝歩かず。ホテル内の長い廊下を運動のため歩く。家族はハウステンボスに行くも、余は独り残り、昼過ぎに部屋を出る。幻のゴッホ展を見る。写実的な作品多く、ゴッホらしさ少なし。パサージュの店にて、柿右衛門の飯茶碗欲しくなり、高価なる故迷ひし末に購入す。夜は家人と周、余と梓に別れて夕食。ホテルで海鮮丼を食す。夜、部屋の窓より花火を見る。ホテル泊。

八月十五日水曜晴、天気回復し、朝ホテル周辺を歩く。米軍の施設まで行き、ホテルに戻る。チェックアウトまで部屋でゆっくりす。帰途、高速道路のサービスエリアで、佐世保バーガーを購入し、昼食とす。玖珠に着くに、病院の午後の当直不在なりといへば、急遽買って出て茶碗代を稼ぐこととす。夕刻、余一人竹田に帰宅す。途中で宝泉寺温泉に寄り、同級生矢野君の経営する旅館にて温泉に入り、暫し雑談す。夜、母のもとにてすき焼きを食す。

八月十六日木曜晴、小説の執筆佳境に入る。外来まづまづ。新患あり。午後、トースターを購入したしとい ふ母をベスト電器まで車に乗せてゆく。九重町の診療所へ。宝泉寺の矢野君のところに再び寄り、ポーク丼を食す。竹田に戻り、夜は外食でオムライスを食す。

八月十七日金曜晴、朝日の昇る前に歩く。外来わりと多し。夕刻も歩く。完成したる小説の原稿を送信す。夕刻、家族戻る。夜、薩摩揚げ、サラダ、豚の角煮を食す。

八月十八日土曜晴、夜中に目覚め、寝不足なれば朝歩かず。夕刻、体きつく、熱を測るに、三十七・二度の微熱あり。葛根湯を飲む。冷たきもののとりすぎなるか、腹の調子も悪し。夜、早めに寝ぬ。

八月十九日日曜晴時々陰、竹田市医師会のゴルフコンペで久住高原ゴルフクラブへ。余は幹事なれば早めに到着す。十四名と予想以上の参加者あり。天気良く楽しくラウンドするも、余の成績は今一つなり。高原なれど日のあたる場所はまだまだ暑きを覚ゆ。打ち上げはやきとりの大将にて行ひ、九名参加す。いつものごとく盛り上がる。

八月二十日月曜晴、疲れのためか、夜中に目覚むることもなくよく眠る。朝食は自分で作り、久しぶりに周を車で犬飼まで送る。小説完成し、少し虚脱感あり。

八月二十一日火曜陰、大分の雑誌『セーノ』の田能村竹田の連載終り、その部分を整理す。夕刻歩くは気持ち良し。今年の同窓会ゴルフの説明会には、同級生にて現在母校の事務長なる花宮君に出席を依頼す。

八月二十二日水曜晴、朝歩く。外来は少なし。午後、玖珠の病院へ。家人留守なれば、途中カレーを食す。祝賀会につきて挟間先生と電話にて相談す。高田病院の外来はいつになく忙し。夕刻大分へ。レンブラントホテルで、ホテルの小野氏、ツムラの町田氏と祝賀会の打ち合はせ。夜、家族も大分に泊まるため、近くの店にてケーキを求む。大分泊。

八月二十三日木曜雨、朝竹田に戻る。外来まづまづ。昼食は大分に出て、家族で串の豊に行き、串揚げを食す。食後、銀行の用事を済ませ、マンションで休憩す。夕刻、ジムに行き運動し、空腹を覚えたれば、トキハ会館にてステーキを食す。食後、岩尾文具に立ち寄り、祝賀会の記念品につき相談す。

八月二十四日金曜晴、外来は猟銃診断書を求むる者多し。医師会病院にては回診のあと体きつければゆっくり休む。ツムラ森井氏来院し、勉強会のＤＶＤをもらふ。夜、鮭、昆布などを食す。ＮＨＫに沢尻エリカ出演す。意外にしっかりしたる印象を受く。

八月二十五日土曜晴、朝花宮君に電話して、同窓会ゴルフの話し合ひの様子を聞く。午後大分へ行き、マンションの理事会に途中より出席す。余は監査役としての参加なり。終りてジムに行く。夜織部塾に出席す。記念品につき相談す。塾生たちへ祝賀会の企画等を説明す。終了後、百万石にて懇親会。福岡の平田先生とバーＣＡＳＫに行く。大分泊。

八月二十六日日曜晴時々陰、月形コースでゴルフす。小山、岩野、高本の各氏とラウンドす。早めに行くも、暑さ厳しく練習はあまり出来ず。楽しくまはるも、スコアは今一つなり。帰途スイカを買ふ。

八月二十七日月曜雨、周は二泊三日の乗馬合宿へ。天気悪しく可愛相なり。外来少なし。病院の医局会はスムーズに終了す。夜はチキンソテー、ポテトサラダなど食す。漢方勉強会の準備をす。広島にて九月十六日に開かるる吉益東洞顕彰会への参加を検討す。前回石川会長の大分に来られし平成十八年の日記を読み返し、当時のゴルフスコア現在よりずっとよきことに驚く。
八月二十八日火曜雨後陰、記念品のことにつき京都の東洋医学関係出版社社長垣本氏に相談す。夜、魚のフライ、サラダ、味噌汁を食す。
八月二十九日水曜陰、当直を山下先生に依頼することにし、広島に行くことを決む。夜、カレー、サラダを食す。
八月三十日木曜陰、午後、周を乗せて大分の県立図書館へ送り、ジムへ。夕刻、トキハ会館にてトマトパスタとサラダを食す。ツムラの町田氏に祝賀会の件につき電話す。
八月三十一日金曜晴、花宮君より同窓会ゴルフの資料届く。また垣本氏より記念品のサンプルも届く。家人は最近体調不良を訴ふる梓を県立病院へ診察に連れていく。体重減りたりといふ。マンションの駐車場使用可能となる。小説の校正をす。

平成二十四年九月

東京日帰り初体験

九月一日土曜晴、明日の東京への日帰り旅行のための準備を整ふ。運動は朝夕二度歩く。原稿の校正。同級生に同窓会ゴルフの案内を発す。医師会病院の職員内にて、ゴルフの話題盛り上がれりといふ。良き傾向なり。夜はトキハで購入せし惣菜を食す。
九月二日日曜陰時々雨、早朝熊本空港に着くに、いまだ玄関開きてをらざれば、しばらく外にて待機す。ソラシドエアは既存の航空会社と変はらず、十分に満足せり。十時前羽田に到着、そのまま銀座伊東屋に直行し、織部先生に贈る記念品を選ぶ。七万程度の予算なればイタリア製の皮のデスクマットに決む。次いで、知人の勤むる松屋デパートのダンヒルに行き、祝賀会にて着用するネクタイとワイシャツを求む。その後、昼過ぎ東京駅近くの山友会会場に入る。日本東洋医学会の石川会長に面会し、大分滞在時の日程を決む。また来年総会を開く鹿児島の準備委員長山口先生と打ち合はせをす。夕刻、空港にて少し時間あれば、織部先生同級生の古賀先生に電話し、祝賀コンペの相談をす。**九月三日**月曜陰後雨、東京にて石川会長と打ち合はせたる件をツムラの町田所長に電話で報告す。昨日の疲れもあれば、ゆっくりすごす。梓体きつしといひて、学校を休む。夕刻雨で歩かず。夜、オクラ、ちくわの天ぷらなどを食す。

九月四日火曜陰後晴、夜中に目ざめ、二度寝す。梓調子悪しく午後より点滴に行く。夜もずっと寝て過ごす。夕食に、豚の角煮と味噌汁、刺身を食す。夜、古賀先生に再度電話して、打ち上げの会場などの件につき相談す。

九月五日水曜晴一時雷雨、祝賀コンペの案内をＦＡＸにて送る。昼頃、雷雨になり停電す。夕刻大分にまはり、はじめてマンションの駐車場に車を停む。打ち上げ会場のレストランをしおんに決めたれば、その場所を確認す。ジュンク堂書店にて注文しおきたる本三冊を受け取る。周余の入る前に風呂を流したり。

九月六日木曜陰、午前中外来まづまづ。梓今日は体調だいぶよしといひしに、夕食後になりて頭痛を訴ふ。午後大分へ。月形でアプローチの練習をす。大分に出て通帳の記帳、駐車場の契約書などの用事を済ます。ジムに行き、運動す。午後七時、打ち上げの予定のしおんに行き、古賀先生と会食して打ち合はせをす。なかなかよきレストランなり。周学校にて禁止せられたる携帯の所持を先生に見つけられ、没収せられたりとのこと。

九月七日金曜晴、祝賀会の案内状漸く届く。なかなかよき出来なり。梓は夕刻より体調悪しく、家人県立病院に連れゆく。夕刻より大分に出て、県内の近大医学部卒業生の近大会に出席のため、レンブラントホテル大分十四階の鉄板焼山茶花へ。十名程度の出席者あり、楽しく談笑す。大分泊。

九月八日土曜晴、虹が丘の練習場にてボールを打つ。高校同級生足立君と会ふ。梓はまた夕刻点滴に行く。夕食はトキハ会館にてビーフシチューを食す。夜、大分臨床漢方懇話会の前に挟間先生と祝賀会の打ち合はせ。石川先生夫妻の空港への出迎へは西田先生に決まり、安堵す。大分泊。

九月九日日曜晴、黒川杯でサニーヒルへ。竹尾、原尻、宮崎の各氏と同伴す。同級生の宮崎君調子良く、初めて彼に敗る。いつもの如く居酒屋しばらくにて打ち上げをし、おほいに盛り上がる。
九月十日月曜晴、細切れに運動す。外来多し。大分市美術館の野田氏に連絡をとり、石川夫妻の美術館案内を依頼す。梓は自分の体調を考へたる故か、短大、大学へは進学せずといふ。不憫なることなり。夜、山下先生に電話して勉強会資料の内容につき相談す。
九月十一日火曜晴、午前中に大杉製薬挽田氏来院したれば、資料を渡す。梓昼前より調子悪しく、点滴に行く。夜、エビフライ、野菜スープを食す。謡曲の練習に行く。
九月十二日水曜陰、石川会長に携帯にてメールを送り、返信届く。午後、玖珠の高田病院へ。患者に検診結果を説明する際に、同席せし看護師に余の説明わかりやすしと誉めらる。帰り際に、義父より医師の確保を頼まる。夕刻大分にまはる。時間なければ大慌てにてラーメンを食し、グランシアタにて初めて歌舞伎を鑑賞す。なかなかに面白きものなり。
九月十三日木曜晴、外来暇なれば片づけをす。午後ゴルフ5に寄りてトロフィーのプレートを頼み、はさまクリニックへ。夕刻百万石の首藤さんのところに行き、織部先生の祝賀コンペのことを紹介す。トキハの「うまいもの展」に行き、ミニ鯛焼きを購入す。又天丼を食す。
九月十四日金曜晴、外来わりに多し。されど再診ばかりなり。車の点検にヤナセの来たること遅ければ、叱る。梓学校に行くも昼過ぎには戻る。
九月十五日土曜陰、余の質問のメールに、県立病院小児科岩松先生より返信あり。梓、体重減りて寝たきりになることもあるとのことなり。午後、高田病院の当直に行く。
九月十六日日曜陰、午前六時、当直の交替を依頼せし山下先生到着す。後事を託し車にて出発す。一時間少々にて博多駅に着き、近くの駐車場に車を置く。駅にて四百八十円の朝食をとるに、その充実したる内容に感心す。吉益東洞顕彰会出席のため、新幹線で広島へ行く。早めに会場に入る。小曽戸洋先生と会ひ、来年の総会につき打ち合はせをす。寺澤先生と大河ドラマにつきて話す。広島に来たる収穫ありと喜ぶ。帰途は台風のため風雨強く、運転に注意を要したり。
九月十七日月曜陰後晴、月形コースにてゴルフす。小山、大迫、広谷の各氏と同伴す。アプローチに少し自信を得たり。夜は母も来たりて焼き肉を食す。
九月十八日火曜陰、外来忙し。夜、テレビでＡＫＢのジャンケン大会を観る。くだらぬとは思へどつい見てしまへり。肉じゃが、ナスの炒め物、味噌汁食す。
九月十九日水曜晴、大杉製薬の勉強会の準備十分には出来ず。夕刻より大分へ。古典の解説はまづまづうまくできたり。桑谷先生、織部先生らと白い花へ行き、午前二時すぎまで飲む。成田さんのぐちも聞く。大分泊。
九月二十日木曜陰、朝竹田に戻る。昼過ぎに昼寝するも眠るを得ず。午後、九重町の診療所へ行く。夕刻大分にまはりロイヤルホストで、オニオンスープとカツサンドを食す。
九月二十一日金曜晴、周定期券を忘れたれば、家人夕刻迎へに行く。家人は岩松先生より梓の予後につきて悲観的なる説明を受けたりとのことなり。梶村啓二『野いばら』と小山薫堂『幸せの仕事術』読了す。参考になることあり。
九月二十二日土曜秋分の日陰、朝のうちに運動す。午前十時家族五人して宝泉寺温泉にて同級生の経営する旅館に行く。風呂はいまだ湯を入るる途中なり。ビーフシチューを食す。同級生の矢野君生憎不在なり。家族と別れ、余独り大分にまはる。
九月二十三日日曜晴、サニーヒルにて同級生とゴルフす。安藤君、知り合ひの糸永氏と同伴す。午前中は調子よかりしも、午後に崩る。夕刻、家に寄りし後医師会病院当直に行く。梓また痙攣をおこしたりとのこと。
九月二十四日月曜陰、当直明けの朝方に腹痛を訴ふる患者あり。あとにて聞きしところにては、尿官結石なれりといふ。外来は暇。梓は久しぶりに学校に行く。安藤庭園、庭木の手入れに来たる。医局会にて心エコーのフォーマットに金かかるといふ話あり。
九月二十五日火曜陰、梓は顔面左側の痙攣続く。されど昨夜はよく眠るを得たりといふ。外来暇。家人、たまたま訪れたる水の販売員の話に乗りたる故、叱る。夜、古賀先生と相談してゴルフコンペの組み合はせを決む。
九月二十六日水曜陰、外来少なし。患者より意味不明の電話あり。自民党総裁選挙ありて安部普三氏選ばる。夕刻、レンブラントホテルに祝賀会打ち合はせのため挟間先生、西田先生らと集まる。式次第、座席表を決む。僕は閉会の辞を担当することとなる。

九月二十七日木曜晴、夏の高校同窓会の写真届く。午後大分へ。わさだで入金、記帳などの用事を済ます。しおんに優勝カップを預く。午後六時同級生の津行と会ひ、ゴルフ同好会の相談をす。

九月二十八日金曜晴、外来少なし。トキハに電話してコンペの賞品を発注す。梓は痙攣おさまり、今日は眠り続けたり。夕刻、元気に歩く。夜、ビーフシチュー、肉じゃがを食す。

九月二十九日土曜雨、左脇腹の痛みを訴ふる患者来院するも原因不明なり。夜、鳥鍋を食す。

九月三十日日曜陰、月形コースにてゴルフす。岩野、高本、加藤の各氏と同伴す。余のスイングよくなれりと言はれ喜ぶ。夜、トンカツ、麻婆豆腐を食す。

平成二十四年十月

織部先生祝賀会

十月一日月曜晴、竹田医師会ゴルフコンペの案内文の配布を始む。気候はめっきり涼しくなり、秋の気配漂ふ。家人と学校の休みの梓を連れて、昼食に入田養鱒場近くの一風堂へラーメンを食しに行く。中華そば、おにぎり、饅頭を食す。味良し。夕刻、運動公園を歩く。夜、織部先生の同級生なる古賀先生より電話あり。説明会の寿司と肉じゃが、味噌汁を食す。

十月二日火曜晴、猟銃許可証を求むる患者受診するも、感情不安定なる様子なれば許可せず。梓、高校卒業後は英会話を習ひたしとの意欲を見す。織部先生受賞祝賀会にて、着用する予定のスーツを試着するになかなかよし。余の好む金木犀の香り庭に漂ふ。周、余のカメラを不具合にして謝らざれば叱る。夜、ビーフシチュー、サラダを食す。

十月三日水曜晴、祝賀会の準備を終り、本番を待つのみとなる。午後梓とともに玖珠へ向かふ。黒川温泉の手前の道改良され、直線となれり。喫茶店カップルにて余はカレーを食し、梓は牛乳フロートを食す。外来まづまづ。子猫、病院近くの木に登りて降りられず、大騒ぎする様子を当直室の窓より見る。夜、たこ焼き、刺身を食す。

十月四日木曜晴、外来まづまづ。祝賀会閉会の辞の草稿を仕上げ、笠木先生に批正を乞ふ。余の小説の掲載せられたる『玉函』三十号が届く。午後大分に出て通帳記入をし、久しぶりにジムへ行く。トキハにて祝賀コンペの賞品を決定す。トキハ会館にてピザとサンドイッチを食す。

十月五日金曜晴、朝セルフスタンドにて給油と洗車をす。車内に周の落とした割り箸などのゴミあり。外来わりと多し。笠木先生に見てもらひたる閉会の辞をボイスレコーダーに吹き込む。

十月六日土曜陰、閉会の辞の読む練習をす。午後医師会病院の半日直を勤む。特に何もなし。夕刻大分へ。マンションにて少し休みたる後、タクシーで良の家へ。余の初めて訪るる店なるも、なかなか風雅にしてよき店なり。日本東洋医学会会長の石川先生夫妻、織部、挾間、西田の各氏とふぐ料理を食す。余は日本酒を飲み過ぎ、トイレにて嘔吐、挾間先生も悪酔いしたる様子なり。マンションに帰るに、家人より梓入院したりとの知らせあり。大分泊。

十月七日日曜晴、朝法華クラブにて鹿児島より参加せる新富君と朝食をとる。サニーヒルにて、余の幹事を務むる織部先生祝賀コンペを行ふ。五組二十人無事にそろひ、安堵す。アウトの八番のショートホールにて、ユーティリティ五番のクラブにて打ちたるボール、すばらしき球にてピンの根元に落つ。見事に入りさうなる球なりきと同伴者と会話したる後、ボールを見るに見当たらず。同伴者のツムラの町田所長、カップインしたることを確認す。終了後、県立病院に入院したる梓のもとを見舞ふ。手の冷たければ、何度もさするも温まらず。夜、レストランしおんにて打ち上げ。ホールインワンコンペの予定も決定す。大分泊。

十月八日月曜体育の日祝日、マンションにて目覚め、近くを歩く。工事中の大分駅を見学す。新富君を乗せ、大分市美術館へ行く。石川夫妻の見学を学芸員の野田氏に依頼しありしに、石川先生講演の準備あれば行かれずとのことにて、余は野田氏に対しおおいに面目を失ふ。正午よりレンブラントホテルにて石川先生講演会。記念撮影の後、祝賀会に移る。無事に進行し、余は閉会の辞を述ぶ。好評なり。終了後県立病院へ行く。梓点滴は終了するも、やせて顔色悪しく痛々しき様子なり。京都大学山中教授ノーベル賞受賞との嬉しきニュースあり。

十月九日火曜陰後晴、興奮のせゐか夜中に目覚め、その後眠れず。ホールインワンの保険請求の手続き進む。保険金四十万のつもりなるも確認するに二十万円なり。梓明日退院との連絡あり、安堵す。夜、周を駅に迎へに行く。母の作りくれたる弁当を食す。病院にては祝賀会の疲れ出で、ソファーにて休む。

十月十日水曜陰、外来少なし。昼過ぎに病院を退院したる梓、家人と共に帰宅す。クリニック前の道路の補修工事ありて遠回りして帰る。午後玖珠へ。カップルにてカレーを食す。屋外にて食するに、風ありて寒し。義父母に呼ばれ、病院のことにつき相談を受く。夜、玖珠町会議員で親戚なる高田修治氏に電話す。帰宅後疲れて早めに寝ぬ。

十月十一日木曜晴、漢方仲間なる鍼灸師の成田氏へ患者を紹介す。周またうっかりしてＪＲに乗りて帰り、大分のマンションにて待機せし余は、置いてけぼりを食らふ。されど叱らず。器の大なるところ見せんがためなり。テストの出来は良しと言ふ。

十月十二日金曜陰、ホールインワン保険の申請書類届く。記入を始む。外来多し。丁寧なる診察を心がく。梓は遅れて登校するも、顔の痙攣始りて夕刻早退す。夜、おろしハンバーグと味噌汁を食す。

十月十三日土曜晴、当直の医師会病院にては特に変はることなし。県医師会報に「幹事の心得」といふタイトルにて、エッセイを書かんと思ひ立つ。昼過ぎに帰る。母と梓留守番なり。午後大分へ。ジムに行く。トキハでキャディバッグを見る。ジュンク堂書店で書籍四冊購入す。夜、織部塾あり、ツムラの町田さんにホールインワンの証明サインをもらふ。大分泊。

十月十四日日曜晴後陰、月形コースにてゴルフ。いつものメンバーに加へ、ＴＯＳの池辺氏も同伴す。最初調子良かりしも、次第に崩る。夕刻より医師会病院当直へ。発熱、胃痛、湿疹の患者など受診す。

十月十五日月曜晴、朝当直患者の引継をす。わりとよく眠るを得たり。外来少なし。メンテナンス会社社長の箕作氏より、医者探しの件にて電話あり。午後、病院にて眠くなりたればソファーでまどろむ。秋のよき気候となれり。夕食時、梓調子悪しくなり医師会病院に点滴に行く。

十月十六日火曜晴、外来わりと多し。コピー機より周の撮りたるカラー写真多数出できたり。梓、左顔面に痙攣頻発す。夕食は天ぷら、余の好物なるも、梓の様子心配にて落ち着きて食するを得ず。母家の玄関にて蛇を見たりとのことなり。気色悪し。

十月十七日水曜雨、梓の顔面の痙攣続き、不憫なり。午後玖珠の高田病院へ。外来少なし。また義父より医師を見つくることを頼まる。大分にまはり、腹すきたればあすかうどんにてうどんを食す。味いまひとつなり。周を車に乗せて帰る。野菜スープ、グラタンを食す。眠くなり早めに寝ぬ。

十月十八日木曜晴、外来少なし。医師捜しを始む。午後九重町の友成医院へ。秋の高原をドライブするは心地良し。看護師よりにきびの相談を受け漢方を処方す。大分にまはり周に牛鍋弁当を買ふ。トキハのゴルフ売り場の勧むるキャディバッグを求むることを決む。京都展にて、梓にストラップを買ふもあまり喜ばれず。

十月十九日金曜晴、漢方仲間の大分大学呼吸器科阿南先生のメールアドレス届き、医師派遣を依頼す。梓の調子悪しく、家人県立病院に連れ行く。「幹事の心得」は何とか書けさうなる目途立つ。総菜屋のおかずを食す。夕刻、家人と梓帰宅す。周文化祭の劇にて教師の役をすとのことなれば、余のスーツを貸すことにす。

十月二十日土曜晴、朝歩くに薄暗く、夜明けの遅くなりたること顕著なり。病院にて原稿を書くに眠くなりて昼寝す。

十月二十一日日曜晴、月形コースにてゴルフ。岩野、高本氏と同伴す。天気良く素晴らしきコンディションなり。珍しく安定したるゴルフなり。大分にまはり、トキハにて専門医認定書を入るる額を購入す。大分泊。

十月二十二日月曜晴、朝大分より竹田に戻る。外来少なし。勝新太郎のことを書きたる、田崎健太『偶然完全』を読了す。勝の魅力の一端を知る。午後病院で眠気を催す。看護師より余太れりと言はる。夕刻薬剤の説明会。弁当を食し医局会に出席す。事務的なる課題多く閉会遅る。梓は顔の痙攣頻発し、不憫なり。

十月二十三日火曜雨後晴、「幹事の心得」脱稿し、メールにて県医師会に送る。外来少なし。梓体調悪化の様子にて心配なり。夕刻、大久保病院循環器科の安永先生と雑談す。夜、湯豆腐、焼き魚、刺身を食す。

十月二十四日水曜晴、朝歩く。梓の痙攣続くため、久留米大学受診し、そのまま入院となる。外来少なし。午後玖珠へ。病院は監査ありけりとのこと。紅葉進む。帰途久住高原を歩く。景色きれいなり。夜、おでんを食す。梓小康状態続く。

十月二十五日木曜晴、午後高校同級生寒川君とサニーヒルをラウンドす。調子まづまづなるも、アプローチ、バンカー未だ安定せず。クラブよりホールインワンの証明書類にサインを貰ふ。トキハにてバッグを決め、ホールインワンコンペの賞品代の領収書もらふ。コンペの幹事を頼む原尻君と李白で食事、塾の終りたる周もあとで合流す。

十月二十六日金曜雨、ホールインワン申請書類を保険会社へ郵送す。保険の件は一段落す。周と朝食をとる。外来暇なり。母いろいろと取り越し苦労すれば、ついあたる。竹田医師会のゴルフコンペ、十四名参加確定す。上々なり。周は玖珠に泊まりに行く。

十月二十七日土曜晴、よく眠り朝は、気持ちよく起く。歩くことはやむ。竹田医師会コンペの組み合はせ完成す。午後玖珠へ。途中カップルにてコーヒーを飲む。外は少し寒し。梓は明日退院可能とのこと。日本シリーズ、巨人先勝す。

十月二十八日日曜陰、朝の当直を義父に頼み、周をサッカーの試合のあるわさだに送る。当直に戻り、一人患者を看取る。梓の状態悪化し退院延ぶ。夜は周と丸福に行き、鳥のモモの唐揚げ定食を食す。梓やせて体を動かすこと困難なる様子なりと家人言ふ。

十月二十九日月曜晴、梓昨夜より元気なるやうに見ゆるも、リハビリ必要なりとのこと。入金などの用事を済ます。昼はお好み焼きを食す。日記を仕上ぐ。夕刻歩くにきれいなる満月見ゆ。夜、母のもとにて酢豚とウナギを食す。ミッキーのキャディバッグ届く。

十月三十日火曜陰、朝寝過ごして起きたればいつもの出発時間六時四分なり。あわてて周を起こす。車を飛ばし、ぎりぎり犬飼駅の発射時間に間に合ふ。外来まづまづ。竹田南高の生徒、梓の回復を祈り、寄せ書きを持ち来たれり。医師会報へ投稿予定の原稿完成す。梓のためにトイレに手すりをつくることとす。夜、母のもとでステーキを食す。

十月三十一日水曜晴、周は朝感心によく勉強す。外来少なし。午後、玖珠の病院に行く途中、市役所を退職せし石井さんの始めたるゆめうさぎといふレストランに立ち寄る。グリーンパスタを食す。可もなし、不可もなし。玖珠の病院にて外来を行ひ、大分へまはる。マンションにて周を待つに、カバンを間違へられたりとのことにて、来ること遅る。近くの百万石に行き、首藤夫妻と話しながら食事す。

平成二十四年十一月

長女の入院長引く

十一月一日木曜晴、風の涼しさに秋を感ず。外来少なし。午後わさだタウンへ。周の誕生日プレゼントとして嵐のCDを購入す。ドンクでサンドイッチを求め、昼食とす。夜プロ野球日本シリーズをテレビ観戦し、明らかなる誤審に憤慨す。

十一月二日金曜晴、梓の状態安定せず退院延ぶとの連絡あり。梓帰宅時のことを考へ、自宅トイレに手摺りをつけ、手洗ひを自動にす。夜は母のもとにてしゃぶしゃぶを食す。小泉今日子主演のテレビドラマ「最後から二番目の恋」を観る。今度の木曜に杵築へ行くことを計画し、地図などにて研究す。ネットオークションにて母の歩行用ステッキを購入す。

十一月三日土曜文化の日晴、朝自分で朝食を作りて食したる後、上野丘同窓会ゴルフ出席のため大分東急ゴルフクラブへ。二十六期は最多人数の十四人揃ひ、楽しくラウンドす。夜、表彰式出席のため、トキハ会館へ。二十六期はこれまで最高の成績にて準優勝す。同級生とかみ風船の二次会へ行く。周ひとりをマンションに残したるため、早めに帰る。大分泊。

十一月四日日曜陰後雨、竹田医師会のゴルフコンペにて久住高原ゴルフ場へ。楽しく回るも、初心者二人を連れたれば、その世話が大変なり。夜、もつ鍋屋で打ち上げす。いつもの如く、盛り上がる。

十一月五日月曜陰、外来暇なり。入院中の梓の点滴とれたりとの連絡あり。周の中間テストの成績は芳しからざる様子なり。ホールインワンコンペの案内文を考ふ。夜、母のもとにてパスタ、ピザを食す。

十一月六日火曜晴、周を犬飼まで送りて家に帰りしに、周の財布あり、心配す。されど、周はカバンに予備として入れたるお金にて、問題なかりし様子なり。豊岡小学校の就学児検診に行く。十六人を診察せしに、一人障害のある子あり。夜、魚、湯豆腐を食す。

十一月七日水曜晴、外来少なく気落ちす。母余に久留米に見舞ひに行けといへば、言ひ争ひとなる。午後玖珠へ。途中小国町の店にてちゃんぽんを食す。梓いまだ痙攣はあるも金曜には一応退院可能とのこと。又、義父に呼ばれ、病院の後継者につき相談を受く。

十一月八日木曜晴、外来は相変はらず少なし。少し片づけをす。また梓の痙攣激しくなりて、退院延ぶとの連絡あり。落胆す。午後大分へ行きたる後杵築へ。同級生佐野武君の家を訪ねて見学し、三浦梅園の書などを見る。家そのものは質素なり。夜塾に周を迎へに行き、弁当を渡すに、箸を入れ忘れたることに気付きマンションに立ち寄る。

十一月九日金曜陰、久しぶりに外来多く、新患も来りて、元気出づ。明日の午後久留米へ周と梓の見舞ひに行くことにす。夜、母のもとにて買ひ求めきたりし惣菜などを食す。周の学校の担任に電話し、現在の家庭事情を説明す。スーパーにて朝食の材料などの買ひ物をす。

十一月十日土曜陰、朝時間あるも暗ければ歩くことをやむ。午後、周と二人して久留米大学病院へ。途中は順調に進みしに、高速のインターを降りたる後、渋滞にかかる。大学病院前のローソンの駐車場に車を停む。病院の建物は新しく近代的なる施設なり。久方ぶりに会へる梓は笑顔を見するも、声を出ださず。主治医と話をす。水分摂取不足にして、抗痙攣剤の使用量は極量に近しとのこと。

十一月十一日日曜雨後陰、月形コースにてゴルフをす。小山、衛藤、宮脇の各氏と同伴す。雨降るも、欠席するものなし。ゴルフの調子はいつもの如し。夕刻、一旦家に寄りし後、当直へ。病院食にては満腹とならざれば、カップヌードルを食す。
十一月十二日月曜陰後晴、早朝当直を交代してもらひ、周を竹田駅まで送る。来年の日本東洋医学会の車座勉強会にて、同席することとなれる馬島先生と連絡をとる。梓は痙攣なくなりたるも、歩く能はずとのこと。今週中の退院は、微妙となれり。説明会の寿司折りを二個もらひ、母のもとにてカレーと共に食す。周は朝少し遅刻したりとのこと。夜は早めに寝ぬ。
十一月十三日火曜晴後雨、朝徳島の庄子先生に電話して総会での協力を依頼す。又尾台榕堂をNHK大河ドラマ主人公にする運動の組織作りのことも依頼す。外来まづまづ。クリニックのトイレ詰まり修理を依頼す。梓、痙攣はなきものの体に力入らずとのこと。母心労のためか体調を壊す。
十一月十四日水曜晴、朝出かくるをり周のネクタイ見つからず慌つ。梓の十八回目の誕生日なるも未だ状態落ち着かず、退院の目途も立たず。ツムラ町田所長、ホールインワンのお祝いのボールを持ちて来院し、暫し雑談す。党首討論にて野田首相十六日の解散を明言す。夕刻、トキハに行き、梓の誕生祝ひとしてリハビリにて着用するトレーナーを購入す。マンションにて周を待ち、焼鳥屋にて夕食を摂る。
十一月十五日木曜陰、ホールインワンコンペの案内文を仕上げ、配布を始む。昼は母のもとにてビーフンを食す。梓発熱するも解熱したりとのこと。NHKアナウンサー、痴漢容疑にて逮捕せらるとのニュースあり驚く。午後、はさまクリニックに行き、祝賀会の打ち上げの予定を話し合ふ。料理本を参考にしてスープを作る。
十一月十六日金曜晴、梓薬を飲み得ざれば、鼻孔チューブを入れたりと聞き、暗胆たる心地す。水送られてきたるに、家人と相談し解約することとす。今日より竹楽にて街中は交通規制始まり、観光客の姿多し。母日曜日ひとりして久留米に見舞ひに行くといへば、疲労を考へ再考を促す。
十一月十七日土曜陰、朝食作りが余の日課となれり。午後当直で玖珠の高田病院へ。夜、宇佐の時枝先生に電話し、宇佐の医療事情を聞く。病院泊。
十一月十八日日曜晴、当直室の窓を開くるに、紅葉と朝霧のコントラスト息を飲むほどの美しさなり。高田病院の経営に関心を示す宇佐の玄々堂の話を義父母に伝ふ。考へてみるとのことなり。夕刻、竹田に戻り、ジョイフルにて夕食。

十一月十九日月曜晴、鹿児島の準備委員長山口先生、対応遅ければ、思はず電話にて声を荒ぐ。外来はペッサリーの交換が偶然三名続く。夜、説明会の弁当を周と食す。味噌汁を作るに意外にうまし。梓は覚醒時間延びたりとのこと。

十一月二十日火曜晴、玄々堂事務長吉野氏来院す。小柄なれどエネルギッシュなる印象を受けたり。丸福にて鶏の唐揚げ定食を食しつつ、高田病院のことを説明す。保健増進課宮成氏来院す。乳ガン検診の案内に誤りありしためなり。梓の病状を考慮し、しばらく当直をはずしてもらふこととす。

十一月二十一日水曜晴、朝周の弁当を用意す。梓と電話で話すに、言葉不明瞭にて不憫なり。周はマラソンにて頑張れりと言ふ。夜、母と周ともつ鍋を食しに行く。母いまひとつ不満足なる様子なり。

十一月二十二日木曜陰、朝周に目玉焼きを作る。午後九重町の診療所へ行く。入院患者を診察す。大分にまはり、五車堂の弁当を食す。

十一月二十三日金曜陰時々雨、月形コースにてゴルフ。岩野、岩尾、加藤博の各氏と同伴す。雨は思ひしほどには降らず。夕刻家に寄り、当直へ。当直は暇なり。梓は家に帰りたがる様子なりとのこと。トリニータ、プレーオフに勝ちJ1昇格を決む。

十一月二十四日土曜晴、早朝肝臓ガンの入院患者の死亡を確認す。午後周と大分へ。玖珠に行き、寿司を食す。一人竹田に戻る。

十一月二十五日日曜晴、月形コースにてゴルフ。岩野、高本、衛藤の各氏と同伴す。スコアまとまらず。天気良く楽しくラウンドす。終了後大分へ。マンションにて周と待ち合はせて帰る。夜、母のもとにてすき焼きを食す。

十一月二十六日月曜陰、朝竹田医師会の件につき織部先生に電話す。ベーコンエッグを作る。梓の身体障害者手帳申請用紙をもらふため市役所に行く。医師会事務所に寄り、先日の臨時総会の議事録を読む。なかなか緊迫したる議論ありたる様子なり。夕刻、説明会の鰻弁当を食し、医局会に出席す。周を迎へに行くに汽車の到着遅る。梓また痙攣を起こしたりとの連絡あり、不安なり。

十一月二十七日火曜晴、朝同級生で神経内科の三宮君と、久留米大学小児科の古賀教授に電話して梓の状況を相談す。転院可能なりとのことなれば希望を抱く。金曜日に家人実家の病院へ転院と決まる。大杉製薬勉強会の準備を進む。夕刻、マルミヤにて買ひ物す。医師会の臨時総会にてついつい熱くなり発言す。

十一月二十八日水曜晴、食器洗ひの技術向上す。午後道の駅にて木の子ハンバーグを食し、玖珠の病院へ。コンペにＴＯＳの池辺氏と佐藤アナ出席との返事あり。大分にまはり、周と百万石にて天丼を食す。大杉製薬の勉強会はまづまづ。終了後、スナック白い花へ行き、談笑す。大分泊。

十一月二十九日木曜雨、朝大分より竹田に戻る。気の立ちたるためか母にきつくあたる傾向あり、反省す。午後大分へ。みさき画廊で雑談す。ジムにてしっかり運動す。ビーフシチューを食す。

十一月三十日金曜晴、夜中に目覚め、医師会のことにつきよきアイデア思ひうかぶも、関知せざることとす。外来珍しく多し。新潟の吉村氏鹿児島の総会に来てくるるとのこと。夜は周も交じへて鍋を食す。梓は久留米大学病院を退院し玖珠へ移る。

平成二十四年十二月

同年の中村勘三郎死去す

十二月一日土曜晴、病院にて医師同士で過日行はれし医師会総会のことを話す。とかく不条理なること多し。午後、大分のマンションへ家人に頼まれし荷物を運び、塾の終りし周を乗せて玖珠へ。梓、久々に周と会ひたれば顔をくしゃくしゃにして泣く。哀し。周の鼻近くの腫れ物、膿みたれば、余がメスにて切開す。

十二月二日日曜雨、玖珠より月形のゴルフ場へ。竹田の佐藤、上野、菅の各氏とラウンドす。バンカーショット調子悪しく、今日も課題解決せず。夕刻、大分にまはりトキハにて周の制服を受け取り、玖珠へ周を迎へに行く。梓の手冷たければ、余の手にて強くさするも暖まらず。周と竹田へ戻る。

十二月三日月曜陰、余のホールインワンコンペの参加者増え、二組追加す。外来はひまなり。冬道に備へて、スタッドレスタイヤを購入せんと考へ、調べしところ高価にしてしかも四、五年以上はもたずとのことなればやむ。昼過ぎ、家人玖珠より一時帰宅して衣服の整理などす。夕刻歩く。寒さ緩み、気持ち良し。宇佐の花岡先生と連絡をとり、コミュニケーションを図るために木曜の午後一緒にゴルフをすることとす。夜は説明会の寿司を食す。

十二月四日火曜陰、朝鹿児島の総会にて一緒にセッションを担当する佐賀の医師と電話で話す。外来ひま。コンペの参加者、六十四名に達し、安堵す。旧知の女性より不定愁訴につきての相談を受け、織部先生を紹介して感謝せらる。夜、母のもとにてステーキを食す。周は風邪気味にて早めに寝ぬ。高校後輩でコンペの幹事を委任せし原尻君と電話で相談す。

十二月五日水曜陰、余と同年の歌舞伎役者中村勘三郎死去のニュースあり。午後、降雪心配なれば早めに玖珠へ出発す。久住のあたりにて雪降り始めたるも、幸ひ黒川温泉あたりにて止む。梓と話すによく笑ふ。重病にかかはらず明るき心持を保つ様子に、わが子ながら感心す。早めに竹田に戻る。風邪気味で歩くことはやむ。夜、母のもとにてトマト鍋を食す。

十二月六日木曜晴、寒さを感ず。ジムに行き運動す。夕刻、高田病院の経営につき、レンブラントホテルにて花岡先生、玖珠出身にて岡病院心臓外科迫先生と話す。花岡先生が主に経営方針につき説明す。三人それぞれに出資し、権利を分かちあふといふ話なり。

十二月七日金曜晴後雨、外来まづまづ。最近松任谷由美の「スイートドリームス」といふ曲気に入り繰り返し聞く。梓大分具合よしと家人より聞く。余いづこかに疲れたまりたる心地す。熊本の漢方仲間なる吉富先生に電話し、韓医学の勉強会につきて聞く。夕刻、少し歩く。夜、母のもとにてカレー、コーンスープ、サラダを食す。

十二月八日土曜晴、外来少なし。周は久しぶりによく眠る。午後緒方の准看に講義に行く。終了後、大分に廻るも疲れあればジム行きを中止す。散髪に行き、マンションにてゆっくり休む。織部塾では鹿児島の新富君、元気なし。忘年会ありてふぐ八丁にてふぐ料理を食す。その後、スナックに行くも、ツムラの町田氏より織部先生体調不良を起こしたりとの話を聞き、早めに引き上ぐるやう進言す。大分泊。

十二月九日日曜晴後陰、月形コースへ。岩野、高本、二宮の各氏と同伴す。風強く寒けれど、まづまづの調子なり。大分に出で、トキハ会館にて周とそば、カツ重の夕食。帰途は運転中眠気覚え、必死に耐ふ。

十二月十日月曜晴、来年二月に、六月の総会につきて新潟県十日町市にて打ち合はせを行ふこととにす。夕刻、田能村竹田につきての疑問点あり、大分市美術館の宗像先生に電話にて聞く。夜は生協の弁当を温め、味噌汁を作り、周と食す。早めに寝ぬ。

十二月十一日火曜晴、『漢方の臨床』に投稿する新年の言葉の原稿をＦＡＸで送る。担当者の応対悪し。夕刻歩くに、無意識に車道を歩きをりて危ふかりき。高校恩師の上杉先生と電話で話し、同級生のゴルフコンペへの参加を依頼す。

十二月十二日水曜陰、性交後の中絶目的にてピル処方を希望する患者あり。織部先生の体調不良につきて、先生の義弟の瀬口先生より検診を受くことを勧めてもらふことにし、朝電話す。午後、母を乗せ、別の車に乗れる竹田南高校土崎校長と同道して、梓の見舞ひに玖珠へ行く。校長とお会ひできて、梓喜ぶ。大分にまはり、卵、パンなどの買ひ物。周を乗せて帰る。生協の弁当はキャベツあまりに多く、辟易す。

十二月十三日木曜晴、学会打ち合はせの件にて鹿児島の山口先生、佐賀の馬島先生にメールを送る。午後別府豊岡に行き、宇佐の花岡先生らとラウンドす。景色良く調子まづまづ。夜、織部先生の祝賀会打ち上げにて都町竹善へ。余は周の迎へあれば、途中にて引き上ぐ。

十二月十四日金曜陰、周の成績の低空飛行続く。近くに住む同級生、離婚したりとの話を聞く。夜、ホテル岩城屋にての医師会病院忘年会に出席す。余の歌、選曲ミスにて不出来なり。秦先生たちと二次会へ。スナックとカラオケへ行く。

十二月十五日土曜晴後雨、鹿児島の総会にての共同演者なる馬島先生、協力する姿勢乏しければ、已む無くメンバーよりはづすことにす。その件につき学会の担当者に電話す。梓、肺炎を起こして県立病院に搬送されたりとのこと。午後玖珠の当直へ。ペースメーカーを入れたるまま死亡せし患者より、それを外すことに思ひの外苦労す。夜、玖珠高田病院の忘年会に出席す。職員一同より梓へ励ましの言葉と、寄せ書きの色紙を贈られ、感激す。病院泊。

十二月十六日日曜晴、前夜は遅く寝たるも五時には起床す。義母より忘年会の挨拶につき礼を言はる。昼過ぎソファーにて眠る。帰途県病に梓を見舞ふ。夜、衆議院選挙の開票速報を観る。自民大勝す。

十二月十七日月曜晴、田能村竹田のエッセイ少し形になる。大分市美術館の野田氏に竹田のことを聞く。黒川家の系図につき古文書研究家の本田氏に電話す。説明会のステーキ弁当を食し、医局会に出席す。特に大きなる問題なし。

十二月十八日火曜晴、寒き一日なり。本田氏来院したれば、黒川家の系図を見てもらふ。本田氏デジカメにて系図を写真にとり、内容を分析してくるるとのこと。久住の大久保病院にて、ノロウイルスの感染による死亡者出でたりとのニュースあり。夕刻、歩く。梓明日退院との知らせあり。電話で話すにたどたどしき話しぶりなり。将棋の米長邦雄氏死去。

十二月十九日水曜晴、近所の酒屋の渡辺竜太郎氏、市長選に出馬との新聞報道ありて驚く。早速電話して激励す。梓、病院より帰宅す。顔色悪し。呼吸機能に問題ありとのこと。エッセイ、分量の調整に入る。

十二月二十日木曜晴、田能村竹田のエッセイを市役所に提出す。応募は五十数編なりとのこと。午後大分のはさまクリニックへ。血圧高し。帰りに織部先生の自宅に行き、高田病院のことにつき相談す。夜、同級生医師の会に出席す。周の迎へあれば早めに帰る。

十二月二十一日金曜晴後陰後雨、エッセイを美術館の野田氏にメールにて送り、感想を聞く。面白しとのこと。宗像先生にも読みてもらひ、二カ所訂正ありとの指摘を受く。訂正して再提出す。コンペの組み合はせ文書の体裁を整ふることを、医師会病院事務の和田君に依頼す。夜、羅夢歩で医師会病院医局の忘年会。院長らと映画や幕末の話で盛り上がる。

十二月二十二日土曜陰、学会の抄録にとりかかれるに、思ひの外容易に出来上がる。午後、再入院せる梓のゐる玖珠へ。微熱あるものの落ち着きたる様子なり。大分にまはり、ジムで運動し散髪す。夜、高田病院の運営の件につき山下、花岡、迫先生と余の四人してふく亭にて会食し相談す。話盛り上がる。二次会でバーCASKへ行く。

十二月二十三日日曜晴、サニーヒルで同級生とゴルフ。天気良く意外と暖かし。足立、川原、恩師上杉先生とラウンドす。先生の真摯なるプレーぶりに、我が身を反省す。夕刻、余のホールインワンコンペ表彰式の司会を頼むTOSの佐藤晶代氏と打ち合はせ。夜、同級生ゴルフ部の忘年会。ソレイユ二階花邨にて。二次会は余の行きつけのスナックに八人して行く。盛り上がる。大分泊。

十二月二十四日月曜晴、月形コースへ行き、連日のゴルフ。衛藤、大迫、高本の各氏と同伴す。調子いまひとつなり。クリスマスなれば終了後、わさだタウンに回り、オードブルとケーキ、ワインを購入す。駐車場込み合ひ時間かかる。夜、母と周と寄せ鍋を食し、ワインを飲み、ケーキを食す。眠気を覚えたれば、早めに床に着く。

十二月二十五日火曜晴、朝、母の依頼せし掃除の人突然訪れたれば驚く。年のせゐなるか母のグチ多し。生協の弁当味気なく、器を移しかへてみる。夜のテレビ、歌番組多くなり年末の雰囲気なり。学会の抄録を発送す。

十二月二十六日水曜晴、外来は新患もありて多忙なり。両替のためやむなく余が銀行へ行く。年末にて込み合ふ。午後、玖珠へ。梓は笑顔を見するも体は動かさず。安部内閣発足す。その健闘をただ祈るのみ。

十二月二十七日木曜晴、外来多し。午後、九重町の診療所へ。特別の症例なし。大分にまはる。ゴルフ用品の賞品に適当なるものなく一部変更す。

十二月二十八日金曜晴、外来まづまづ。家人一時帰宅し、掃除、片づけなどす。コンペ参加者八十三名に達す。嬉しきことなるも、不思議にてもあり。夕刻町を歩く。同級生の閉店したる店の貼り紙を見る。夜、花岡先生に電話して話す。

十二月二十九日土曜晴、午後玖珠へ。梓痙攣なく機嫌良し。iPadを買ひてもらひたりとのこと。漢方仲間の鍼灸師の成田氏、梓の治療に来たれり。ついでに腰痛の義母も治療を受く。寿司を食して大分へ。マンションに泊まる。イチローのテレビ番組を観る。

十二月三十日日曜雨後陰、月形コースで今年最後のゴルフ。岩野、小山、池田の各氏と同伴す。雨なればスタートを遅らす。調子良し。ペアマッチを行ひわづかに敗る。夜、母のもとにてすき焼きを食す。

十二月三十一日月曜陰、朝珍しくゆっくり眠る。母と墓掃除に行く。親戚の来たりし後なる様子にて周辺意外に整ひたり。午後大分へ。原尻君とトキハ四階の喫茶店銀次郎にてコンペの打ち合はせをす。夜、母と紅白歌合戦を観る。

あとがき

黒川達郎君とはじめて会ったのは、昭和四十八年、私が大分上野丘高校に転任し、三年理系クラスの担任となった年です。雄城台高校の新設にともない、この年から始まった舞鶴高校を含めた三校合選前の、上野丘高校単独選抜の終りから二番目の学年でした。生徒はまことに多士済々で、県内外から俊英が集い、私のクラスだけでも、東大三名、京大二名、ほか多数が難関大学に進み、中でも医学部に七名、歯学部に三名進学するほどの優秀さでした。当時の私は、担任らしい指導は何一つできず、クラスの諸君からは、「呑んだら来るな、来るなら呑むな」といわれる飲んだくれで、怠惰な日々をおくっておりましたが、生徒諸君は進んで勉学に励み、それぞれに吾が道を達成して行きました。その中で、黒川君は極めて大らかな性格で、近畿大学が医学部を創設することを知り、その一期生ならば大学もきっと大切に教育するであろうと、余裕を残して同大学へ進学して行きました。

卒業後は、九州大学の医局に入り、同窓会、友人の結婚式等で時折り出会っておりましたが、父祖相伝の医業を継承すべく、旧岡藩竹田に帰郷しました。しかし、専門の産婦人科のみにては過疎の進む竹田の地では経営困難の憂いがあり、新たに進むべき道を模索する中で漢方を学ぶことを決意し、この道に造詣の深い織部和宏先生の門を敲き、その教えを乞うこととしました。幸い、良師先輩友人に恵まれ、以後の斯道への精進は前作「漢方修行日記」に記載された通りです。又、織部先生の慫慂《しょうよう》により始めた小説の執筆も、「春雷―東洞世に出る―」以下、数々の傑作を発表していることはご承知の通りです。

その黒川君から、次は永井荷風の「断腸亭日乗」を模して、文語文で「古訓堂日乗」と題する日記を書きたい、ついてはその文体の校正を依頼したい旨の申し出がありました。国語を教えたものとして断ることもならず、自信のないままに承引した次第です。

以後、送られて来た原稿の内容には全く手を加えず、用語の適否、文法的可否のみを校正しました。未だ見落した誤りがあればそれは全て力不足と不注意による私の責任です。お許しください。

ともあれ、日々の暮らしの中で生起する、幸不幸、喜怒哀楽を淡々とありのままに記すことは、大変勇気のいることであり、それだけに又重い記録となっていると考えます。どうか素直な心で読んでいただきたいと念じます。

笠木寛十郎

黒川達郎（くろかわ たつろう）
昭和30年、大分県竹田市生まれ。昭和49年大分上野丘高校卒業。昭和55年近畿大学医学部卒業。同年、九州大学医学部婦人科産科学教室に入局。昭和62年助手。平成元年下関市立中央病院産婦人科医長。平成8年竹田健診センター所長。平成12年古訓堂黒川クリニック院長。平成9年から漢方を本格的に学ぶ。著書に平成17年に漢方歴史小説集「春雷ー東洞世に出るー」たにぐち書店、平成18年に『漢方修行日記』たにぐち書店など。

古訓堂日乗

二〇一五年二月一日　第一刷発行

著　者　黒川　達郎
発行人　吉田　幹治
発行所　有限会社　源草社
〒一〇一―〇〇五一
東京都千代田区神田神保町一―十九
ベラージュおとわ二階
tel 03-5282-3540
fax 03-5282-3541
e-mail info@gensosha.net/
http://www.gensosha.net/
印　刷　株式会社　カシヨ

ISBN978-4-907892-02-9